O Herdeiro Roubado

CB032429

O Herdeiro Roubado

HOLLY BLACK

Tradução
Adriana Fidalgo

6ª edição

Galera
RIO DE JANEIRO
2025

REVISÃO
Cristina Freixinho

CONSULTORIA
Edu Luckyficious

ARTE DA CAPA
Sean Freeman

DESIGN DE CAPA E PROJETO GRÁFICO
Karina Granda

TÍTULO ORIGINAL
The Stolen Heir

CIP-BRASIL. CATALOGAÇÃO NA PUBLICAÇÃO
SINDICATO NACIONAL DOS EDITORES DE LIVROS, RJ

Black, Holly
O herdeiro roubado / Holly Black ; tradução Adriana Fidalgo. - 6. ed. - Rio de Janeiro : Galera Record, 2025.

Tradução de: The stolen heir
ISBN 978-65-5981-228-8

1. Ficção americana. I. Fidalgo, Adriana. II. Título.

22-81049 CDD: 813
CDU: 82-3(73)

Meri Gleice Rodrigues de Souza - Bibliotecária – CRB-7/6439

Copyright © 2023 by Holly Black
Mapa e ilustrações by Kathleen Jennings

Publicado mediante acordo com a autora e a BAROR INTERNATIONAL, INC., Armonk, New York, USA.

Todos os direitos reservados.
Proibida a reprodução, no todo ou em parte, através de quaisquer meios.
Os direitos morais da autora foram assegurados.

Texto revisado segundo o novo Acordo Ortográfico da Língua Portuguesa.

Direitos exclusivos de publicação em língua portuguesa somente para o Brasil adquiridos pela
EDITORA GALERA RECORD LTDA.
Rua Argentina, 120 — Rio de Janeiro, RJ - 20921-380 - Tel.: (21) 2585-2000,
que se reserva a propriedade literária desta tradução.

Impresso no Brasil

ISBN 978-65-5981-228-8

Seja um leitor preferencial Record.
Cadastre-se e receba informações sobre nossos lançamentos e nossas promoções.

Atendimento e venda direta ao leitor:
sac@record.com.br

Para Robin Wasserman,
que tem a maldição (e a bênção) da Visão

Uma noite, também, junto à lareira do berçário,
Nós nos aconchegamos e sentamos muito quietos,
De repente, quando o vento soprava mais forte,
Algo arranhou o peitoril da janela,
Um rosto marrom e franzido espiou — estremeci;
Ninguém ouviu ou pareceu ver;
Os braços da criatura acenaram e suas asas farfalharam,
Uh — Eu sabia que tinha vindo por mim!
Alguns são tão ruins quanto podem ser!
A noite toda dançaram na chuva,
Voltas e voltas em piruetas gotejantes,
Jogaram os barretes na vidraça,
Tentaram me fazer gritar e uivar
E arremessar as roupas de cama para longe:
Eu pretendia ficar na cama naquela noite,
E se você tivesse deixado uma luz acesa
Eles nunca teriam me levado!

— Charlotte Mew,
"A Criança Trocada"

PRÓLOGO

Uma pessoa encontrou uma criança sentada no concreto frio de um beco, brincando com o rótulo de uma lata de comida para gato. Quando enfim foi levada ao hospital, estava com membros azuis de frio. Ela era uma coisinha enrugada, muito magrinha, feito um graveto.

Sabia apenas uma palavra, o próprio nome. Wren.

Conforme a menina crescia, a pele mantinha um tom suave de azul, semelhante ao leite desnatado. Os pais adotivos a embrulhavam em jaquetas e casacos e mitenes e luvas, mas, ao contrário da irmã, ela nunca sentia frio. A cor de seus lábios mudava como um anel de humor, ficando azulada e roxa mesmo no verão, e rosada apenas quando estava perto de uma lareira. E ela podia brincar na neve por horas, construindo túneis elaborados e simulando lutas com pingentes de gelo, entrando em casa apenas quando era chamada.

Embora parecesse magricela e anêmica, a menina era forte. Quando completou oito anos, conseguia levantar as sacolas de compras com as quais a mãe adotiva se atrapalhava.

Quando tinha nove anos, ela se foi.

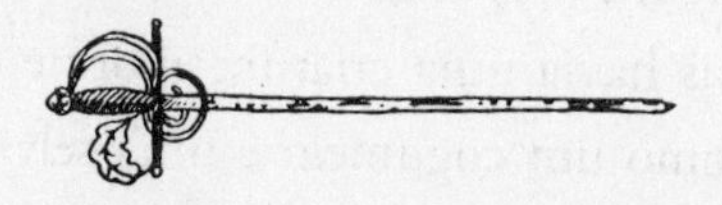

Na infância, Wren lia muitos contos de fadas. Por isso, quando os monstros apareceram, ela soube que era porque havia sido má.

Eles se esgueiraram pela janela, empurrando o batente e cortando a tela tão silenciosamente que a menina continuou a dormir, abraçada a sua raposa de pelúcia favorita. Ela acordou apenas quando sentiu garras tocarem seu tornozelo.

Antes que pudesse dar o primeiro grito, dedos cobriram sua boca. Antes que pudesse dar o primeiro chute, suas pernas estavam presas.

— Vou soltar você — avisou uma voz áspera, com um sotaque estrangeiro. — Mas, se acordar alguém da casa, vai se arrepender muito.

Aquilo também era como nos contos de fadas, o que deixou Wren receosa de quebrar as regras. A menina ficou totalmente imóvel e quieta, mesmo quando a soltaram, embora seu coração batesse tão forte e rápido que parecia ser capaz de ecoar alto o bastante para acordar a mãe.

Uma parte egoísta de Wren desejava que o fizesse, desejava que a mãe aparecesse e acendesse a luz para banir os monstros. Não seria quebrar as regras, seria, se fosse apenas o trovejar de seu coração que despertasse alguém?

— Sente-se — ordenou um dos monstros.

Docilmente, Wren obedeceu. Mas seus dedos trêmulos enterraram a raposa de pelúcia entre os cobertores.

A visão das três criaturas que rodeavam sua cama a fez estremecer de forma incontrolável. Duas eram seres altos, elegantes, de pele cinza como pedra. A primeira, uma mulher com um tufo de cabelo claro preso em uma coroa de obsidiana dentada, trajava um vestido de algum tecido prateado que esvoaçava ao seu redor. Era linda, mas a linha cruel de sua boca alertou Wren para que não confiasse nela. O homem fazia par com a mulher como se fossem peças de um tabuleiro de xadrez, e usava uma coroa preta e roupas do mesmo material prateado.

Ao lado dos dois havia uma criatura enorme e imponente, esguia, com pele pálida como um cogumelo e uma selvagem cabeleira preta.

Mas o traço mais notável eram seus longos dedos, parecidos com uma garra.

— Você é nossa filha — disse um dos monstros de rosto cinza.

— Você pertence a nós — grasnou o outro. — Nós a fizemos.

Ela sabia sobre *pais biológicos*, que, aliás, a irmã tinha, pessoas simpáticas que vinham visitar e que se pareciam com a irmã e que às vezes traziam avós ou donuts ou presentes.

Ela desejara ter os próprios pais biológicos, mas nunca pensou que seu anseio poderia evocar um pesadelo como aquele.

— Bem — disse a mulher da coroa. — Você não tem nada a dizer? Está admirada demais pela nossa majestade?

A criatura com dedos de garra soltou um pequeno suspiro indelicado.

— Deve ser isso — comentou o homem. — Quão grata você se sentirá por ser afastada de tudo isso, changeling? Levante-se. Depressa.

— Para onde vamos? — perguntou Wren. O medo a fez cravar os dedos nos lençóis, como se ela pudesse se agarrar à vida antes daquele momento se simplesmente segurasse com força suficiente.

— Para o Reino das Fadas, onde você será uma rainha — respondeu a mulher, um rosnado na voz que deveria ser bajuladora. — Nunca sonhou com alguém aparecendo para contar que não é uma criança mortal, mas uma feita de magia? Nunca sonhou em ser tirada de sua vidinha patética e levada para uma de incrível grandeza?

Wren não tinha como negar que sim. Ela assentiu. Lágrimas queimavam no fundo de sua garganta. Aquele havia sido seu erro. Aquela era a maldade em seu coração que fora descoberta.

— Vou parar — sussurrou ela.

— O quê? — perguntou o homem.

— Se eu prometer nunca mais formular desejos assim, posso ficar? — perguntou ela, a voz trêmula. — Por favor?

A mão da mulher golpeou seu rosto em um tapa tão forte que parecia um estrondo de trovão. Sua bochecha doía, e, embora os olhos marejassem, a menina estava chocada e zangada demais para que escorressem. Ninguém jamais havia batido nela.

— Você é Suren — disse o homem. — E nós somos seus criadores. Seu senhor e sua senhora. Sou Lorde Jarel e ela, Lady Nore. Esta que nos acompanha é Bogdana, a bruxa da tempestade. Agora que sabe seu verdadeiro nome, deixe-me mostrar sua verdadeira face.

Lorde Jarel estendeu a mão para ela, em um gesto como se a rasgasse. E ali, por baixo, estava sua natureza monstruosa, refletida no espelho acima da cômoda; a pele de leite desnatado dando lugar à carne azul-pálida, da mesma cor de veias. Quando a menina abriu a boca, viu dentes afiados como os de um tubarão. Apenas os olhos eram do mesmo verde-musgo, grandes, e a encarando de volta, horrorizados.

Meu nome não é Suren, ela queria dizer. *E isso é um truque. Essa no espelho não sou eu.* Mas, mesmo enquanto pensava nas palavras, ouviu como Suren era semelhante ao próprio nome. Su*ren*. Ren. Wren. A abreviação feita por uma criança.

Changeling.

— Levante-se — ordenou a enorme e imponente criatura com unhas do tamanho de facas. *Bogdana.* — Você não pertence a este lugar.

Wren ouvia os ruídos da casa, o zumbido do aquecedor, o raspar distante das unhas do cachorro da família ao arranhar o chão num sono inquieto, correndo em sonhos. A menina tentou se lembrar de cada som. Com o olhar embaçado pelas lágrimas, guardou seu quarto na memória, do título dos livros nas prateleiras aos olhos vidrados das bonecas.

Ela arriscou uma última carícia no pelo sintético de sua raposa e a pressionou para baixo, mais fundo sob as cobertas. Se ela ficasse ali, estaria segura. Estremecendo, Wren deslizou para fora da cama.

— Por favor — implorou ela, outra vez.

Um sorriso cruel curvou o canto do rosto de Lorde Jarel.

— Os mortais não a querem mais.

Wren balançou a cabeça, porque aquilo não podia ser verdade. A mãe e o pai a *amavam*. Sua mãe cortava as cascas de seus sanduíches e a beijava na ponta do nariz para a fazer rir. Seu pai a aninhava junto de si para assistir a filmes, e depois a carregava para a cama quando ela adormecia no sofá. A menina sabia que eles a amavam. E, no entanto, a certeza com a qual Lorde Jarel falou deixou-a abalada.

— Se eles admitirem que desejam que permaneça com eles — começou Lady Nore, a voz suave pela primeira vez —, então você pode ficar.

Wren seguiu pelo corredor, o coração frenético, entrando em seguida no quarto dos pais, como se tivesse tido um pesadelo. O arrastar dos pés e sua respiração irregular os acordaram. O pai se sentou e, então, assustado, colocou um braço de forma protetora na frente da mãe, que olhou para Wren e gritou.

— Não tenha medo — disse ela, se aproximando pela lateral da cama e apertando os cobertores em seus pequenos punhos. — Sou eu, Wren. Eles fizeram algo comigo.

— Saia daqui, monstro! — berrou o pai. Ele foi assustador o bastante para fazer a menina se encolher contra a cômoda. Wren nunca o ouvira gritar daquele jeito, e certamente jamais com ela.

Lágrimas escorriam pelas bochechas da menina.

— Sou *eu* — repetiu ela, a voz embargada. — Sua filha. Você me ama.

O quarto parecia estar do jeito que sempre foi. Paredes bege--claro. Cama queen size com pelo marrom de cachorro salpicado no edredom branco. Uma toalha caída ao lado do cesto, como se alguém a tivesse jogado e errado a mira. O odor de calefação, e o cheiro de petróleo de um creme removedor de maquiagem. Mas era a versão macabra de um espelho distorcido, na qual todas aquelas coisas se tornaram horríveis.

No andar de baixo, o cachorro latiu, soando um alarme desesperado.

— O que está esperando? Tire essa coisa daqui — rosnou o pai, olhando para Lady Nore e Lorde Jarel, como se estivesse vendo algo além, alguma autoridade humana.

A irmã de Wren chegou no corredor, esfregando os olhos, obviamente acordada pelos gritos. Com certeza, Rebecca ajudaria. Rebecca que se certificava de que ninguém fizesse bullying com ela na escola, que a levava ao parque de diversões, muito embora não permitissem a presença da irmã mais nova de ninguém. Mas à visão de Wren, Rebecca pulou na cama com um grito horrorizado e passou os braços em volta da mãe.

— Rebecca — sussurrou Wren, mas a irmã apenas enterrou mais o rosto na camisola da mãe.

— Mãe — implorou Wren, lágrimas lhe estrangulando a voz, mas sua mãe não a encarava. O ombro de Wren tremia com os soluços.

— *Esta* é nossa filha — disse o pai, abraçando Rebecca junto de si, como se Wren estivesse tentando enganá-lo.

Rebecca, que também fora adotada. Que deveria ter o exato mesmo valor quanto Wren para eles.

Wren rastejou até a cama, chorando tanto que mal conseguia falar. *Por favor, me deixem ficar. Serei boazinha. Sinto muito, desculpe, desculpe pelo que quer que eu tenha feito, mas não podem deixar que eles me levem. Mamãe. Mamãe. Mamãe, eu te amo, por favor, mamãe.*

O pai tentava afastá-la, pressionando o pé contra seu pescoço. Mas ela estendeu a mão para ele mesmo assim, a voz se elevando em um grito.

Quando os dedinhos da menina tocaram a panturrilha dele, o pai a chutou no ombro, a derrubando no chão. Mas ela apenas rastejou de volta, chorando e suplicando, gemendo de tristeza.

— Basta! — grasnou Bogdana. Ela puxou Wren para si e correu uma das unhas compridas pela bochecha da menina com um quê de gentileza. — Venha, criança. Vou carregá-la.

— Não — disse Wren, seus dedos se agarrando nos lençóis. — Não. Não. Não.

— Não é adequado que os humanos a toquem com violência, você que nos pertence — argumentou Lorde Jarel.

— Nossa para ferir — concordou Lady Nore. — Nossa para punir. Jamais deles.

— Devem morrer pela ofensa? — perguntou Lorde Jarel, e o quarto caiu em silêncio, exceto pelo som dos soluços de Wren.

— Devemos matá-los, criança? — repetiu ele, mais alto. — Deixar o cachorro entrar e enfeitiçar o animal para que se volte contra eles e lhes estraçalhe a garganta?

Com aquilo, Wren olhou para ele, o choro dando lugar ao espanto e à indignação.

— Não! — gritou a menina. Ela estava nervosa demais para se controlar.

— Então ouça e pare de chorar — disse Lorde Jarel. — Você nos acompanhará de bom grado, ou vou matar todos naquela cama. Primeiro a criança, depois os outros.

Rebecca soltou um soluço assustado. Os pais humanos de Wren a observavam com renovado horror.

— Eu vou — decidiu Wren por fim, o choro ainda presente na voz, sem ser capaz de reprimir. — Já que ninguém me ama, eu vou.

A bruxa da tempestade a levantou, e eles partiram.

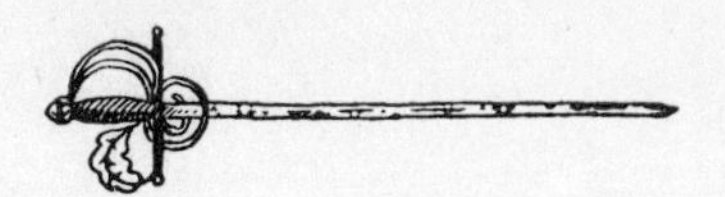

Wren foi flagrada pelas luzes de uma viatura policial dois anos depois, caminhando pelo acostamento da rodovia. A sola dos sapatos muito desgastadas, como se ela tivesse dançado até furá-las, a roupa dura devido ao sal marinho, e cicatrizes na pele dos pulsos e das bochechas.

Quando o policial tentou perguntar o que havia acontecido, ela não quis, ou não pôde, responder. A garota rosnava para qualquer um que chegasse perto demais, se escondeu debaixo da cama no quarto onde a colocaram, recusando-se a dar um nome ou um endereço de casa para a mulher que os policiais trouxeram.

Seus sorrisos doíam. Tudo doía.

Quando viraram as costas, ela se foi.

CAPÍTULO 1

O ângulo da lua me informa que são dez e meia quando minha não irmã sai pela porta dos fundos. Ela está no segundo ano da faculdade e tem horários aleatórios. Enquanto observo das sombras, ela coloca uma tigela de cereal vazia no degrau mais alto da varanda lascada e torta. Em seguida, a enche com leite de caixinha. Derrama um pouco. De cócoras, franze o cenho em direção ao limite do bosque.

Por um momento inacreditável, é como se estivesse olhando para mim.

Eu me afundo ainda mais nas sombras.

O cheiro de agulhas de pinheiro impregna o ar, se misturando ao de folhas mofadas e ao do musgo que esmago entre os dedos dos pés descalços. A brisa carrega o fedor dos restos pegajosos, podres e açucarados ainda agarrados às garrafas na lixeira, de algo pútrido no fundo da lata de lixo vazia, da doçura química do perfume que minha não irmã está usando.

Eu a observo, faminta.

Bex deixa o leite para um gato da vizinhança, mas gosto de fingir que o está deixando para mim. Sua irmã esquecida.

Ela fica parada ali por alguns minutos, enquanto mariposas sobrevoam sua cabeça e mosquitos zumbem. Somente quando volta para dentro me aproximo da casa, espiando pela janela para ver minha não mãe tricotando na frente da televisão. Observo meu não pai na copa com o laptop, respondendo e-mails. Ele leva a mão aos olhos, como se estivesse cansado.

Na Corte dos Dentes, eu era punida se chamasse os humanos que me criaram de mãe e pai. *Humanos são animais*, censurava Lorde Jarel, a advertência acompanhada de um golpe de tirar o fôlego. *Animais imundos. Você não divide sangue algum com eles.*

Eu me ensinei a chamá-los de não mãe e não pai, para não irritar Lorde Jarel. Mantenho o hábito de lembrar o que eles foram para mim, e o que nunca mais serão. Lembrar a mim mesma de que não há nenhum lugar a que eu pertença, e ninguém a quem eu pertença.

O cabelo em minha nuca se arrepia. Quando olho em volta, noto uma coruja num galho alto, me observando com um giro de cabeça. Não, não uma coruja.

Pego uma pedra e a arremesso na criatura.

A coruja assume a forma de um duende e decola para o céu com um guincho, batendo as asas emplumadas. Dá duas voltas, depois plana em direção à lua.

Os membros do Povo dali não são meus amigos. Me certifiquei de que fosse assim.

Mais um motivo pelo qual sou uma ninguém, de lugar nenhum.

Resistindo à tentação de ficar mais tempo perto do quintal onde um dia brinquei, me dirijo para os galhos de um espinheiro na periferia da cidade. Sigo pela penumbra da floresta sombreada, os pés descalços encontrando o caminho pela noite. Na entrada do cemitério, paro.

Enorme e coberto de flores brancas do início da primavera, o espinheiro se ergue sobre as pedras tumulares e outras lápides. Moradores desesperados, em especial os adolescentes, visitam o local e amarram desejos nos galhos.

Ouvi as histórias na infância. Chama-se a Árvore do Diabo. Três visitas, três desejos, e o diabo deveria aparecer. Ele concederia à pessoa um pedido e tomaria o que quisesse em troca.

Não é um demônio, no entanto. Agora que vivi entre o Povo das Fadas, sei que a criatura que cumpre essas barganhas é uma glaistig, uma fada com pés de cabra e gosto por sangue humano.

Subo até um berço de ramos e espero, pétalas caem ao meu redor com o balanço dos galhos da árvore. Apoio a bochecha na casca áspera, ouvindo o farfalhar das folhas. No cemitério que cerca o espinheiro, as sepulturas próximas têm mais de cem anos. Aquelas pedras se tornaram pálidas e delicadas. Ninguém as visita mais, o que faz do local o esconderijo perfeito para pessoas desesperadas não serem vistas.

Algumas estrelas piscam para mim através do dossel de flores. Na Corte dos Dentes, havia um nisse que mapeava o céu, em busca das datas mais propícias para tortura, assassinato e traição.

Olho para cima, mas qualquer que seja o enigma nas estrelas, não consigo lê-lo. Minha educação no Reino das Fadas foi escassa, e a minha educação humana, ineficiente.

A glaistig chega um pouco depois da meia-noite, saltitante. Veste um sobretudo bordô que vai até o joelho, projetado para destacar os pés de cabra. Seu cabelo castanho casca de árvore está preso em uma trança apertada.

Ao seu lado, voeja uma fadinha com pele verde-gafanhoto e asas do mesmo tom. Pouco maior do que um beija-flor, zumbe pelo ar, inquieta.

A glaistig se dirige a fada alada.

— O Príncipe de Elfhame? Que interessante ter a realeza tão perto...

Meu coração reage à palavra *príncipe*.

— Mimado, dizem — gorjeia a fadinha. — E selvagem. Irresponsável demais para um trono.

Aquilo não soava como o garoto que conheci, mas talvez ele tenha mudado nos quatro anos desde a última vez que o vi. Ele teria sido apresentado a todos os prazeres da Grande Corte, teria sido oferecido a cada deleite devasso imaginável. Os bajuladores e puxa-sacos estariam tão ocupados competindo por sua atenção que, hoje em dia, não me seria permitido nem mesmo beijar a bainha de seu manto.

A fadinha vai embora, disparando para cima e para longe, felizmente sem se embrenhar nos galhos da árvore onde estou escondida. Eu me acomodo para observar.

Naquela noite, três pessoas aparecem para fazer desejos. A primeira, um jovem loiro com quem cursei o quinto ano, um ano antes de ser levada. Seus dedos tremem enquanto amarram o pedaço de papel no galho com um fiapo de barbante. A segunda, uma mulher idosa com as costas curvadas. Ela fica enxugando os olhos marejados, e seu bilhete está manchado de lágrimas quando o prende com um laço. A terceira é um homem sardento, de ombros largos, um boné bem enterrado na cabeça para esconder a maior parte do rosto.

Aquela é a terceira visita do homem sardento e, com sua chegada, a glaistig sai das sombras. O homem solta um gemido de medo. Não imaginava que aquilo fosse real. Raramente imaginam. Eles ficam constrangidos com as próprias reações, o terror, os sons que emitem.

A glaistig obriga que ele diga o que quer, mesmo que ele tenha escrito o pedido em três ocasiões diferentes, em três mensagens individuais. Não acho que ela se dê ao trabalho de ler os desejos.

Eu sim. Aquele homem precisa de dinheiro, por causa de um negócio malsucedido. Se não conseguir, perderá a casa, e, então, a esposa vai deixá-lo. Ele sussurra isso para a glaistig, enquanto mexe na aliança de casamento. Em troca, a glaistig apresenta ao homem suas condições: todas as noites, por sete meses e sete dias, ele deverá lhe trazer um pedaço de carne humana fresca. Ele pode cortá-lo de si mesmo, ou de outra pessoa, o que preferir.

O homem concorda ansiosa, desesperada, tolamente, e a deixa amarrar um pedaço de couro enfeitiçado em torno do pulso.

— Isso foi feito de minha própria pele — explica ela. — Vai permitir que eu o encontre, não importa o quanto tente se esconder de mim. Nenhuma faca mortal pode cortá-lo, e, se não cumprir o que prometeu, o bracelete encolherá até cortar as veias de seu braço.

Pela primeira vez, vejo pânico no rosto do homem, do tipo que ele deveria ter sentido desde o início. Tarde demais, e parte dele já sabe. Mas o homem nega a constatação um instante depois, o conhecimento emergindo e sendo mais uma vez reprimido.

Algumas coisas aparentam ser terríveis demais para sequer parecerem possíveis. Em breve, talvez o homem aprenda que a pior coisa capaz de imaginar é apenas o começo do que as fadas estão dispostas a fazer com ele. Eu me lembro de quando percebi isso e espero poder poupá-lo.

Então a glaistig manda o homem sardento colher folhas. Para cada uma, ele receberá no lugar uma nota de vinte dólares. Ele terá três dias para gastar o dinheiro antes que desapareça.

No bilhete que anexou à árvore, ele escreveu que precisava de quarenta mil dólares. São *duas mil* folhas. O homem se esforça para reunir uma pilha grande o bastante, revistando desesperado, o cemitério bem-cuidado. Ele coleta algumas no trecho de mata ao longo da divisa e arranca punhados de algumas árvores com galhos baixos. Ao ver o que ele amontoa, penso na brincadeira que fazem nos parques de diversões, em que a pessoa precisa adivinhar o número de jujubas em uma jarra.

Nunca fui boa naquele jogo, e me preocupo que ele também não seja.

A glaistig encanta as folhas como dinheiro com um gesto de mão entediado. Então o homem se ocupa em enfiar as notas nos bolsos. Ele corre atrás de algumas que o vento faz voar em direção à estrada.

Aquilo parece divertir a glaistig, mas a criatura é esperta o suficiente para não continuar ali só para ficar rindo. Melhor que ele não se dê conta de como foi completamente enganado. Ela desaparece na noite, atraindo sua magia para envolvê-la como uma capa.

Quando o homem enche os bolsos, enfia mais notas na camisa, onde se assentam perto da pele, criando uma barriga artificial. Conforme ele sai do cemitério, me deixo cair da árvore sorrateiramente.

Eu o sigo por vários quarteirões, até ter a chance de me aproximar e agarrar seu pulso. Ao me ver, ele grita.

Grita, assim como minha não mãe e meu não pai.

Estremeço com o som, mas a reação não deveria me surpreender. Sei qual é a minha aparência.

Minha pele, o azul-pálido de um cadáver. Meu vestido, manchado de musgo e lama. Meus dentes, projetados para arrancar a carne do osso com facilidade. Minhas orelhas são pontudas, escondidas sob o sujo e emaranhado cabelo azul, apenas um pouco mais escuro do que minha pele. Não sou nenhuma pixie, com belas asas de mariposa. Nenhum membro da nobreza, cuja beleza deixa os mortais tontos de desejo. Nem mesmo uma glaistig, que mal precisaria de glamour se as saias fossem longas o suficiente.

Ele tenta se desvencilhar, mas sou muito forte. Meus dentes afiados têm pouco trabalho com o bracelete e o feitiço da glaistig. Nunca aprendi a usar glamour muito bem em mim mesma, mas na Corte dos Dentes me tornei habilidosa em quebrar maldições. Havia sido alvo de tantas que aquele talento se tornou necessário.

Coloco um bilhete nas mãos do homem sardento. É o papel dele mesmo, com o desejo escrito de um lado. *Pegue sua família e fuja*, escrevi com uma das canetinhas de Bex. *Antes que os machuque. E você vai.*

Ele me encara enquanto vou embora apressada, como se eu fosse o monstro.

Já vi o desenrolar desse tipo de barganha. Todos começam dizendo a si mesmos que vão pagar com a própria pele. Mas sete meses e sete dias é muito tempo, e um pedaço de carne é um bocado para cortar do próprio corpo todas as noites. A dor é intensa, pior a cada nova lesão. Logo se torna fácil justificar cortar um pouco daqueles perto de você. Afinal, seu sacrifício não foi pelo bem deles? A partir daí, as coisas degringolam com rapidez.

Estremeço, lembrando de minha não família olhando para mim com horror e desgosto. Pessoas em cujo amor sempre acreditei. Levou quase um ano para descobrir que Lorde Jarel havia *encantado* seus sentimentos, que os feitiços dele eram a razão por trás daquela inabalável certeza de que meus não pais não iriam me querer.

Mesmo agora, não sei se o feitiço ainda persiste.

Nem sei se Lorde Jarel amplificou e explorou seu horror genuíno ao me ver ou se criou todo aquele sentimento a partir de magia.

É minha vingança contra o Reino das Fadas anular os feitiços da glaistig, quebrar toda maldição que descubro. Libertar quem estiver iludido. Não importa se o homem aprecia o que fiz. Minha satisfação vem da frustração da glaistig com a fuga de outro mortal de sua armadilha.

Não posso ajudar a todos. Não posso impedir que tomem o que ela oferece e paguem o preço. E a glaistig está longe de ser a única fada a oferecer barganhas. Mas eu tento.

Quando enfim volto para a casa de minha infância, minha não família já foi dormir.

Abro o trinco e me esgueiro pela casa. Meus olhos enxergam bem o suficiente no escuro para eu atravessar os cômodos apagados. Vou até o sofá e pressiono o suéter semiacabado de minha não mãe na bochecha, sentindo a maciez da lã, inspirando o perfume familiar. Eu me lembro de sua voz, cantando para mim enquanto ela se sentava na beirada da minha cama.

Brilha, brilha, estrelinha.

Abro o lixo e pego as sobras do jantar. Nacos de bife duro e grumos de purê de batata salpicados com pedaços do que deve ter sido uma salada. Está tudo misturado com guardanapos amassados, embalagens plásticas e cascas de vegetais. Monto uma sobremesa com uma ameixa meio amassada em uma das extremidades e um pouco de geleia no fundo de um vidro na lixeira.

Devoro a comida, tentando imaginar que estou sentada à mesa com eles. Tentando me imaginar como sua filha de novo, e não como o que restou dela.

Um passarinho tentando voltar ao ovo.

Outros humanos sentiram o que havia de errado comigo assim que coloquei os pés no mundo mortal. Aconteceu logo após a Batalha da Serpente, quando a Corte dos Dentes foi dissolvida e Lady Nore fugiu.

Sem lugar para ir, eu vim para cá. Na primeira noite de volta, fui descoberta em um parque por um grupo de crianças que pegou pedaços de pau para me expulsar. Quando um dos maiores me espetou, avancei nele, cravando os dentes afiados em seu braço. Rasguei a carne como se fosse papel.

Não sei o que eu faria com minha não família se me enxotassem outra vez. Não sou uma coisinha inocente. Não mais uma criança, mas um monstro adulto, como aqueles que foram atrás de mim.

Ainda assim, fico tentada a arriscar quebrar o feitiço, me revelar a eles. Estou sempre tentada. Mas, quando penso em falar com minha não família, me lembro da bruxa da tempestade. Por duas vezes, ela me encontrou na floresta nos arredores da cidade humana, e por duas vezes ela pendurou o corpo enforcado e esfolado de um mortal em meu acampamento. Um mortal que, segundo ela, sabia demais sobre o Povo. Não quero dar motivos para ela escolher alguém da minha não família como a próxima vítima.

No andar de cima, uma porta se abre e eu travo. Dobro as pernas, abraçando os joelhos, tentando me encolher ao máximo. Alguns minutos depois, ouço uma descarga e me permito respirar normalmente de novo.

Não devia ter vindo. Nem sempre vou... Algumas noites, consigo me manter afastada, comendo musgo e insetos e bebendo água de córregos poluídos. Vasculhando as lixeiras atrás dos restaurantes. Quebrando feitiços para que possa acreditar que não sou como o restante do Povo das Fadas.

Mas sou atraída de volta, de novo e de novo. Às vezes lavo a louça suja na pia ou coloco as roupas molhadas na secadora, como um diabrete. Às vezes roubo facas. Quando estou com muita raiva, rasgo algumas de suas coisas em retalhos minúsculos. Às vezes cochilo atrás do sofá até que todos saiam para o trabalho ou para a aula, e eu possa perambular de novo. Procuro nos quartos por traços de mim mesma, boletins e artesanato com lã. Fotos de família que incluam uma versão humana minha, com o cabelo claro e o queixo pontudo, os olhos grandes e ávidos. Evidências de que minhas lembranças são reais. Em uma caixa marcada com *Rebecca*, encontrei minha velha raposa de pelúcia e fiquei pensando em como eles explicaram precisar se livrar de um quarto inteiro de pertences.

Rebecca prefere ser chamada de Bex agora, um novo nome para um novo começo na faculdade. Embora talvez diga que é filha única a todos que perguntam, ela está em quase todas as boas lembranças que tenho da infância. Bex bebendo chocolate quente na frente da televisão, espremendo marshmallows até os dedos ficarem melados. Bex e eu chutando as pernas uma da outra no carro até mamãe gritar para que parássemos. Bex sentada em seu armário, brincando com bonequinhos comigo, segurando o Batman para beijar o Homem de Ferro e dizendo: *Vamos casar eles dois, então eles podem adotar alguns gatos e viver felizes para sempre.* Imaginar a mim mesma destituída daquelas memórias me faz ranger os dentes e me sentir ainda mais como um fantasma.

Se eu tivesse crescido no mundo mortal, talvez estivesse frequentando as aulas com a minha irmã. Ou viajando, pegando trabalhos aleatórios, descobrindo coisas novas. Aquela Wren encararia seu lugar no mundo como certo, mas não consigo mais me imaginar em sua pele.

Às vezes me sento no telhado, observando os giros dos morcegos à luz da lua. Ou vejo minha não família dormir, estendendo a mão para o cabelo da minha mãe com ousada proximidade. Mas esta noite, apenas me alimento.

Quando acabo a refeição, vou até a pia e coloco a cabeça debaixo da torneira, bebendo a água doce e cristalina. Depois que mato a sede, limpo a boca com as costas da mão e saio para a varanda. No degrau mais alto, bebo o leite que minha não irmã deixou ali fora. Um inseto caiu na superfície, onde gira. Eu o engulo também.

Estou prestes a voltar para a floresta quando uma longa sombra se projeta do pátio lateral, os dedos como galhos.

Com o coração acelerado, desço a escada e deslizo para baixo da varanda. Consigo me esconder momentos antes de Bogdana dar a volta na esquina da casa. Ela é tão alta e assustadora quanto me pareceu ser naquela primeira noite, e pior, porque agora sei do que ela é capaz.

Prendo a respiração. Preciso morder com força o interior da bochecha para ficar quieta e imóvel.

Vejo Bogdana arrastar uma das unhas pela curvatura do revestimento de alumínio. Seus dedos são tão longos quanto caules de flores, os membros tão finos quanto ramos de bétula. Mechas de cabelo preto e liso, como ervas daninhas, pendem sobre o rosto pálido de cogumelo, escondendo olhos minúsculos que brilham com malícia.

Ela espia pelas vidraças de uma janela. Como é fácil erguer uma das cortinas, se esgueirar para dentro e cortar as gargantas de minha não família enquanto dormem, em seguida esfolar a pele de seus corpos.

Minha culpa. Se eu conseguisse ficar longe, ela não teria farejado meu rastro até ali. Não teria aparecido. *Minha culpa.*

E agora tenho duas opções. Posso ficar onde estou e ouvir enquanto morrem. Ou posso atraí-la para longe da casa. Não há escolha, exceto pelo medo que tem sido meu companheiro constante desde que fui roubada do mundo mortal. Terror gravado no fundo de minhas entranhas.

Mais intenso que minha vontade de estar segura, porém, é o desejo que minha não família *viva*. Mesmo que eu não pertença mais a eles, preciso salvá-los. Se morressem, o último traço do que fui sumiria com eles, e eu ficaria à deriva.

Tomando fôlego, trêmula, saio de sob o pórtico. Corro para a estrada, longe da cobertura da floresta, onde ela se aproximaria de mim com facilidade. Sou descuidada com minhas passadas no gramado, ignorando o estalar de galhos sob meus pés descalços. O estalido de cada um ecoa pela noite.

Não olho para trás, mas sei que Bogdana deve ter me ouvido. Ela deve ter se virado, narinas dilatadas, farejando a brisa. Movimento chama a atenção do predador. O instinto da caçada.

Eu estremeço diante dos faróis dos carros quando chego à calçada. Há folhas no emaranhado lamacento de meu cabelo. Meu vestido — outrora branco — agora exibe uma cor opaca e manchada, como o vestido que se esperaria que um fantasma estivesse usando. Não sei se meus olhos brilham como os de um animal. Suspeito que sim.

A bruxa da tempestade dispara atrás de mim, rápida como um corvo e certeira como a morte.

Movo as pernas mais rápido.

Pedaços afiados de cascalho e vidro se enterram em meus pés. Faço uma careta e tropeço um pouco, imaginando poder sentir a respiração da bruxa. O terror me dá força para seguir adiante.

Agora que a atraí, preciso me livrar dela de algum jeito. Se ela se distrair sequer por um instante, posso escapar e me esconder. Fiquei muito boa em me esconder, lá na Corte dos Dentes.

Entro em um beco. Há uma brecha na cerca de arame ao fundo, pequena o suficiente para me espremer por ela. Corro até lá, os pés deslizando em dejetos e lixo. Alcanço a cerca e pressiono o corpo na abertura, metal arranha minha pele, o fedor de ferro impregna o ar.

Enquanto continuo a fuga, ouço o barulho da cerca ao ser escalada.

— Pare, sua tola! — grita a bruxa da tempestade atrás de mim.

O pânico tira minha concentração. Bogdana é rápida demais, confiante demais. Tem matado tanto mortais quanto fadas desde muito antes de eu nascer. Se ela invocar um relâmpago, é morte certa.

O instinto me faz querer voltar para minha parte da floresta. Para me entocar na grota abobadada que teci com galhos de salgueiro. Deitar no chão de pedras de rio, afundadas na lama após uma tempestade até que pavimentaram uma superfície plana o suficiente para dormir. Para me aninhar em meus três cobertores, apesar de roídos por traças, manchados e chamuscados em um dos cantos.

Lá, tenho uma faca de trinchar. É apenas tão comprida quanto um dos dedos de Bogdana, mas afiada. Melhor que qualquer uma das outras lâminas menores que levo comigo.

Corro, na direção de um condomínio residencial, cruzando os feixes de luz. Atravesso ruas, o parquinho, o rangido das correntes do balanço soa alto em meus ouvidos.

Tenho mais habilidade em desfazer encantamentos do que em criá-los, mas desde sua última visita, lancei feitiços de proteção em meu covil para que um pavor se abata naquele que se aproximar demais. Os mortais se mantêm longe de lá, e até o Povo das Fadas fica inquieto quando chega perto.

Tenho pouca esperança de que vá afugentá-la, mas tenho pouca esperança em tudo.

Bogdana era a única pessoa que Lorde Jarel e Lady Nore temiam. Uma bruxa que podia invocar tempestades, que vivera por incontáveis anos, que sabia mais de magia que a maioria dos seres vivos. Eu a vi destroçar e devorar humanos na Corte dos Dentes, e estripar uma fada com aqueles dedos longos por causa de uma suposta ofensa. Vi relampejar quando se aborrecia. Foi Bogdana quem ajudou Lorde Jarel e Lady Nore com seu esquema para conceber uma criança e me esconder entre os mortais, e muitas vezes ela testemunhara meu tormento na Corte dos Dentes.

Lorde Jarel e Lady Nore jamais me deixaram esquecer que eu pertencia a eles, apesar de meu título de rainha. Lorde Jarel se deleitava em me arrastar por uma coleira, como um animal. Lady Nore me punia com crueldade por qualquer descuido imaginado, até que me tornei uma besta feroz, arranhando e mordendo, sem consciência de nada, exceto dor.

Certa vez, Lady Nore me jogou no uivante deserto de neve e bloqueou as portas do castelo contra mim.

Se ser uma rainha não combina com você, criança inútil, então encontre sua própria sorte, disse ela.

Caminhei por dias. Não havia nada para comer além de gelo, e eu não conseguia ouvir nada além do vento frio soprando ao meu redor. Quando chorei, as lágrimas congelaram em minhas bochechas. Mas segui em frente, na vã esperança de que pudesse encontrar alguém para me ajudar ou alguma maneira de escapar. No sétimo dia, descobri que tinha apenas andado em um grande círculo.

Foi Bogdana que me envolveu em uma capa e me levou para dentro, depois que desmaiei na neve.

A bruxa me carregou até meu quarto, com as paredes de gelo, e me envolveu nos cobertores de pele da cama. Ela me tocou a testa com os dedos duas vezes mais compridos do que dedos deveriam ser. Olhou para mim com os olhos pretos, balançou a cabeleira rebelde e despenteada pela tempestade.

— Nem sempre será tão pequena ou tão assustada assim — assegurou ela. — Você é uma rainha.

A maneira como a bruxa disse aquelas palavras me fez levantar a cabeça. Em sua boca, o título soava como se fosse algo de que eu deveria me orgulhar.

Quando a Corte dos Dentes se aventurou no sul, na guerra com Elfhame, Bogdana não nos acompanhou. Pensei que nunca mais a veria, e lamentei. Se havia um deles que poderia ter cuidado de mim, era ela.

De alguma forma, isso torna pior que seja ela em meu encalço, ela me perseguindo pelas ruas.

Quando ouço os passos cada vez mais próximos da bruxa, cerro os dentes em uma tentativa de correr ainda mais rápido. Meus pulmões já estão doendo, meus músculos latejando.

Talvez, tento dizer a mim mesma, talvez possa argumentar com ela. Talvez esteja me perseguindo apenas porque fugi.

Cometo o erro de olhar para trás e perco o ritmo da passada. Vacilo quando a bruxa estende uma das longas mãos para mim, unhas afiadas como facas prontas para cortar.

Não, acho que não consigo dialogar com ela.

Há apenas uma coisa a fazer, então faço, me viro para ela. Estalo os dentes no ar, me recordando da sensação de cravá-los em carne. Lembrando como era bom ferir alguém que me assustava.

Não sou mais forte que Bogdana. Não sou nem mais rápida nem mais esperta. Mas é possível que eu esteja mais desesperada. Quero viver.

A bruxa hesita. Ao avaliar minha expressão, ela avança, e sibilo. Há algo em seu rosto, faiscando nos olhos pretos, que não entendo. Parece triunfante. Procuro uma das pequenas lâminas sob o vestido, mais uma vez desejando a faca de trinchar.

A que pego está dobrada, e me atrapalho tentando abri-la.

Ouço o eco de um par de cascos e, de algum modo, penso que pode ser a glaistig, chegando para me ver ser capturada. Para se vangloriar. Deve ter sido ela que alertou Bogdana sobre o que eu andava fazendo; deve ser ela a razão para aquilo estar acontecendo.

Mas não é a glaistig que emerge da escuridão da floresta. Um jovem com cascos e chifres de bode, vestindo uma camisa de cota de malha dourada e segurando um florete de lâmina fina, para sob o facho de luz perto de um edifício. Seu rosto está inexpressivo, como alguém em um sonho.

Reparo nos cachos do cabelo loiro-acastanhado presos atrás das orelhas pontudas, no manto vermelho-escuro jogado nos ombros largos, na cicatriz na lateral da garganta, uma coroa na testa. Ele se move como se esperasse que o mundo faça as suas vontades.

No céu, as nuvens se adensam. Ele aponta a espada para Bogdana. Então seu olhar se volta para mim.

— Você nos proporcionou uma bela caçada. — Os olhos cor de âmbar são brilhantes como os de uma raposa, mas não há calidez alguma neles.

Eu poderia ter dito a ele para não desviar o olhar de Bogdana. A bruxa percebe a oportunidade e avança, unhas prontas para rasgar seu peito.

Outra espada a detém antes que ele precise aparar o golpe. Esta é empunhada pela mão enluvada de um cavaleiro. Ele usa uma armadura de couro marrom trabalhada com faixas largas de metal prateado. Seu cabelo cor de amora é curto, os olhos escuros são cautelosos.

— Bruxa da tempestade — diz ele.

— Saia do meu caminho, lacaio — responde ela ao cavaleiro. — Ou vou invocar um relâmpago para atingi-lo onde está.

— Você pode comandar o céu — retruca o homem com chifres e cota de malha dourada. — Mas, infelizmente, estamos aqui no chão. Vá, ou a trespassarei com minha lâmina antes que invoque sequer uma garoa.

Bogdana estreita os olhos e se vira para mim.

— Vou voltar por você, criança — ameaça ela. — E, quando o fizer, é melhor não fugir.

Então ela se dissolve nas sombras. Assim que ela some, tento passar ao lado dele, com a intenção de escapar.

O homem com chifres agarra meu braço. Ele é mais forte do que eu esperava.

— Lady Suren — cumprimenta ele.

Solto um rosnado do fundo da garganta e o surpreendo com as unhas, arranhando sua bochecha. As minhas não são nem de longe tão longas ou afiadas quanto as de Bogdana, mas, ainda assim, ele sangra.

Ele solta um silvo de dor, mas não me solta. Pelo contrário, torce meus pulsos para trás das minhas costas e os aperta com firmeza, não importa o quanto eu rosne ou chute. Pior, a luz atinge seu rosto em um ângulo diferente e finalmente reconheço aquele cuja pele está sob minhas unhas.

Príncipe Oak, herdeiro de Elfhame. Filho do traiçoeiro Grande General e irmão da Grande Rainha mortal. Oak, a quem uma vez fui prometida em casamento. Que já foi meu amigo, embora não pareça se lembrar.

O que a pixie tinha dito sobre ele? *Mimado, irresponsável* e *selvagem.* Acredito. Apesar da armadura brilhante, ele é tão mal treinado na luta com espadas que nem mesmo tentou bloquear meu golpe.

Mas depois desse pensamento vem outro: eu *feri* o príncipe de Elfhame.

Ah, estou em apuros agora.

— As coisas serão muito mais fáceis se fizer exatamente o que dissermos deste momento em diante, filha de traidores — avisa o cavaleiro de olhos escuros na armadura de couro. Ele tem o nariz comprido e o olhar de alguém que se sente mais confortável batendo continência do que sorrindo.

Abro a boca para perguntar o que querem comigo, mas minha voz está áspera devido à falta de uso. As palavras saem truncadas, não foram aqueles sons que eu pretendia emitir.

— Qual é o problema dela? — pergunta o cavaleiro, franzindo o cenho como se eu fosse algum tipo de inseto.

— Vida selvagem, suponho — responde o príncipe. — Longe das pessoas.

— Ela nem mesmo falava sozinha? — pergunta o cavaleiro, levantando as sobrancelhas.

Rosno novamente.

Oak leva os dedos à lateral do rosto e os retira com uma careta. Ele exibe três longos cortes, que sangram devagar.

Quando o olhar volta para mim, há algo em sua expressão que me lembra seu pai, Madoc, que nunca foi tão feliz como quando estava indo em direção à guerra.

— Eu lhe disse que nada de bom jamais saiu da Corte dos Dentes — diz o cavaleiro, balançando a cabeça. Então ele pega uma corda e a amarra em torno de meus pulsos, passando-a pelo meio para tornar o nó mais seguro. Ele não machuca minha pele como Lorde Jarel costumava fazer, me aprisionando ao enfiar uma agulha com uma corrente de prata entre os ossos de meus braços. Ainda não sinto dor.

Mas não duvido de que sentirei.

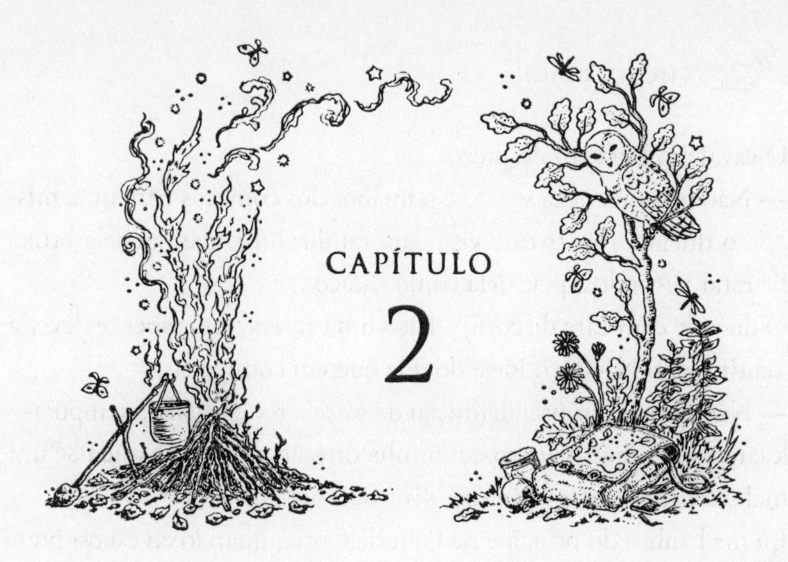

CAPÍTULO 2

Enquanto me arrasto pela floresta, penso em como vou escapar. Não alimento ilusões de que não serei punida. *Feri* o príncipe. E, se soubessem das maldições que tenho quebrado, eles ficariam ainda mais furiosos.

— Da próxima vez, você vai se lembrar de não baixar a guarda — diz o cavaleiro, estudando os talhos no rosto de Oak.

— Minha vaidade sofreu o pior golpe — responde ele.

— Preocupado com seu belo rostinho? — ironiza o cavaleiro.

— *Há* beleza de menos no mundo — comenta o príncipe, descontraído. — Mas essa não é minha área de maior orgulho.

Não pode ser coincidência que os dois tenham surgido vestidos com armaduras e preparados para a luta quase ao mesmo tempo que Bogdana começou a bisbilhotar a casa da minha não família. Estavam todos procurando por mim, e, qualquer que seja o motivo, não me parece que eu vá gostar.

Inspiro o familiar perfume de casca molhada e bolor recém-agitado que enche o ar. As samambaias brilham prateadas ao luar, os bosques cheios de sombras oscilantes.

Torço os pulsos, tentando algo. Infelizmente, fui bem amarrada. Flexiono meus dedos, num esforço de deslizar um deles sob a laçada, mas os nós estão apertados demais para tanto.

O cavaleiro bufa em desprezo.

— Não tenho certeza se este é o melhor dos começos para uma missão. Se o duende não tivesse visto sua rainhazinha aqui, aquela bruxa podia estar vestindo a pele dela como casaco.

O duende com cara de coruja. Faço uma careta, sem saber se deveria me sentir grata. Não faço ideia do que querem comigo.

— Não é essa a própria definição de sorte... ter chegado a tempo? — Oak lança um olhar travesso em minha direção, como se estudasse um animal selvagem que imagina ser divertido domar.

Eu me lembro do príncipe na Grande Corte, quando eu estava prestes a ser condenada por meus crimes como rainha da traiçoeira Corte dos Dentes. Eu tinha onze anos e ele havia acabado de completar nove. Eu estava amarrada na época, como agora. Penso no Oak de treze anos, quando me encontrou na floresta e o mandei embora.

Agora, aos dezessete anos, ele está alto, bem mais do que eu, esguio e com um corpo musculoso. Seu cabelo capta a luz da lua, ouro cálido permeado com platina, franja partida por pequenos chifres de bode, olhos de uma cor âmbar impressionante e uma constelação de sardas no nariz. Tem a boca de um trapaceiro e a arrogância de alguém acostumado com as pessoas lhe fazendo todas as vontades.

A beleza das fadas é diferente da beleza mortal. É elementar, extravagante. Existem criaturas no Reino das Fadas de beleza tão insuperável que machuca os olhos de quem as contempla. Seres que possuem uma beleza tão grande que mortais choram ao vê-los, ou ficam paralisados, assombrados pelo desejo de admirá-los outra vez. Talvez até morram na hora.

A feiura no Reino das Fadas pode ser extravagante na mesma proporção. Existem seres entre o Povo tão hediondos que todas as coisas vivas recuam, horrorizadas. E ainda outros, donos de uma monstruosidade tão exagerada, tão voluptuosa, que se torna bela.

Não é que os mortais não possam ser bonitos — muitos são —, mas a sua beleza não possui uma qualidade agressiva. Eu me sinto um pouco agredida pela beleza de Oak.

Se olhar para ele por muito tempo, fico com vontade de lhe dar uma mordida.

Dirijo o olhar para meus pés enlameados, arranhados e doloridos, em seguida para os cascos de Oak. Eu me lembro de ler em um livro de ciências roubado da escola que os cascos são feitos da mesma substância das unhas. Queratina. Acima dos cascos, pelagem da mesma cor de seu cabelo desaparece sob a barra da calça, logo abaixo dos joelhos, revelando a estranha curva das pernas. Uma calça justa cobre suas coxas.

Estremeço sob a pressão de me conter para não lutar contra as amarras.

— Está com frio? — pergunta ele, oferecendo seu manto. É de veludo, bordado com um padrão de bolotas, folhas e galhos. É extremamente bem-feito, e parece muito deslocado tão longe de Elfhame.

Conheço bem esse teatrinho. A encenação de cavalheirismo enquanto me mantém amarrada, como se o ar frio fosse o que mais me preocupa. Mas imagino que seja assim que os príncipes devam se comportar. *Noblesse oblige* e tudo mais.

Uma vez que minhas mãos estão atadas, não tenho certeza de como ele espera que eu coloque o manto. Quando não respondo, ele ajeita o manto em meus ombros, então o amarra no meu pescoço. Eu permito que o faça, muito embora esteja acostumada com o frio. Melhor ter algo para me cobrir, e é macio.

Além do mais, esconde minhas mãos, protegendo-as de vista. O que significa que, se eu *de fato* conseguir desatar os nós de meus pulsos, ninguém saberá até que seja tarde demais.

É a segunda vez que ele comete um deslize.

Tento me concentrar na fuga e em não permitir que o desespero me domine. Se minhas mãos estivessem livres, eu ainda precisaria fugir. Mas, se o fizesse, acho que conseguiria impedi-los de me rastrear. O cavaleiro talvez saiba como seguir um rastro, mas conto com anos de experiência em esconder meus passos.

As habilidades de Oak — se é que possui alguma além de ser um lorde — são desconhecidas para mim. É possível que, apesar de toda a sua arrogância e seu pedigree, o príncipe tenha levado o cavaleiro para se certificar de que não tropece e se empale na própria espada elegante.

Se eles me deixarem sozinha por um instante, posso me abaixar e passar o corpo pelo círculo dos braços, trazendo minhas mãos amarradas para a frente. Então eu mastigaria a corda.

Não consigo pensar em nenhum motivo para eles me darem uma oportunidade dessas. Ainda sob a capa de Oak, repuxo as amarras, tentando esticá-las o máximo possível.

Quando saímos da floresta, seguimos por uma rua desconhecida. As casas são mais afastadas que no bairro de minha não família e mais decadentes, os gramados estão cobertos de mato. Ao longe, um cachorro late.

Então sou guiada para uma estrada de terra. No final, há uma casa deserta, com janelas fechadas com tábuas e grama tão alta que um cortador poderia quebrar tentando apará-la. Do lado de fora, vejo dois corcéis feéricos, brancos como osso, a curva suave do pescoço mais longa do que a de cavalos mortais.

— Lá? — pergunto. A palavra sai enunciada com nitidez, mesmo que minha voz ainda soe áspera.

— Repugnante demais para Sua Alteza? — pergunta o cavaleiro, arqueando as sobrancelhas para mim, como se eu não tivesse consciência da sujeira em meu vestido e da lama em meus pés. Como se eu não soubesse que não sou mais rainha, que não me lembro da irmã de Oak dissolvendo minha corte.

Dou de ombros. Estou acostumada a jogos de palavras como aquele, em que não há resposta certa e qualquer erro leva à punição. Mantenho a boca fechada, meu olhar se ergue para os arranhões no rosto do príncipe. Já cometi erros suficientes.

— Não liga pro Tiernan. No fundo, ele não é tão ruim — diz Oak, abrindo um sorriso de cortesão, do tipo que deveria convencer alguém de que não há problema em baixar a guarda. Fico ainda mais tensa.

Aprendi a ter medo de sorrisos como aquele. Ele continua, com um aceno de mão. — E, então, podemos explicar por que tivemos que ser tão terrivelmente indelicados.

Indelicado. Um jeito peculiar de se referir ao fato de me amarrar.

O cavaleiro — *Tiernan* — abre a porta, pressionando o ombro na madeira. Entramos, Oak atrás de mim, portanto não há esperança de fuga. As tábuas empenadas do assoalho gemem sob a sola de seus cascos. É evidente que a casa está vazia há muito tempo. O papel de parede floral está rabiscado de grafite, e um armário embaixo da pia foi arrancado, provavelmente para roubarem um cano de cobre qualquer. Tiernan me leva em direção a uma mesa de plástico rachada que fica em um canto da cozinha, com algumas cadeiras de aspecto detonado.

Sentado em uma delas, há um soldado com asa no lugar do braço, pele marrom-clara, uma longa cabeleira cor de mogno e olhos de um tom impressionante de violeta-acônito. Não o conheço, mas acho que conheço a maldição. A irmã de Oak, a Grande Rainha, fez com que os impenitentes soldados que seguiram Madoc fossem transformados em falcões após a Batalha da Serpente. Eles foram amaldiçoados de modo que, se quisessem retornar a sua verdadeira forma, não poderiam caçar por um ano e um dia, comendo apenas o que lhes fosse oferecido. Não sei o que significa ele parecer amaldiçoado pela *metade* agora. Se eu estreitar os olhos, posso ver os fios de magia ao redor dele, sinuosos e enrolados, como raízes tentando crescer.

Um feitiço nada fácil de desfazer.

E, em sua boca, vejo as finas tiras de couro e as presilhas de ouro de um arreio. Um calafrio de reconhecimento me atravessa. Conheço *aquilo* também.

Criado pelo grande ferreiro Grimsen e dado a meus pais.

Lorde Jarel colocou aquelas rédeas em mim há muito tempo, quando minha vontade era um inconveniente a ser removido, como uma teia de aranha. Ver o arreio traz de volta todo pânico e medo e desamparo que senti enquanto as correias afundavam devagar na minha pele.

Mais tarde, ele tentou usá-lo para prender o Grande Rei e a Rainha. Ele fracassou e o arreio caiu nas mãos dos monarcas, mas estou horrorizada que Oak obrigue um prisioneiro a usá-lo, casualmente, como se não fosse nada de mais.

— Tiernan o *capturou* do lado de fora da Cidadela da sua mãe. Precisávamos descobrir os planos dela, e ele tem sido imensamente útil. Por infelicidade, também é imensamente perigoso. — Oak está falando, mas é difícil ver qualquer coisa, além do arreio. — Ela conta com um grupo heterogêneo de vassalos. E ela roubou uma coisa...

— Mais que uma coisa — diz o falcão com o arreio.

Tiernan chuta a perna da cadeira do falcão, mas o falcão apenas sorri para o cavaleiro. Eles podem obrigar aquele soldado capturado a fazer qualquer coisa, dizer qualquer coisa. O falcão está preso dentro de si mesmo com muito mais firmeza do que poderia ser amarrado por qualquer corda. Admiro sua bravata, por mais inútil que seja.

— Vassalos? — ecoo a afirmação do príncipe, a voz áspera.

— Ela reivindicou a Cidadela da Corte dos Dentes, e como a Corte não existe mais, estabeleceu uma nova — responde Oak, erguendo as sobrancelhas. — E ela possui uma magia antiga. Consegue *criar* coisas. Pelo que sabemos, criaturas de galhos e madeira em sua maioria, mas também partes dos mortos.

— Como? — pergunto, horrorizada.

— Isso importa? — retruca Tiernan. — *Você* deveria mantê-la sob controle.

Espero que ele possa ver o ódio em meus olhos. Só porque a Grande Rainha fez Lady Nore jurar lealdade a mim depois da batalha, só porque eu *poderia* comandá-la, não significava que eu tinha a menor ideia do que fazer de fato.

— Ela era uma criança, Tiernan — diz Oak, me surpreendendo. — Assim como eu.

Umas poucas brasas ardem na lareira. Tiernan xinga e avança, se ajoelhando ao lado do fogo. Ele acrescenta toras de uma pilha, junto com bolas de papel que arranca de um livro de receitas já rasgado. A borda de uma página inflama e as chamas se acendem.

— Você seria um tolo em confiar na antiga rainha da Corte dos Dentes.

— Tem tanta certeza de que consegue diferenciar aliados de inimigos? — Oak pega um graveto comprido da pilha de madeira, fino o suficiente para usar como fósforo. Ele o mantém no fogo até que a ponta queime. Então o usa para acender os pavios das velas espalhadas pela sala. Logo, fulgurantes poças de luz tremeluzem, fazendo as sombras dançarem.

O olhar de Tiernan vai até o soldado encoleirado. Repousa ali por um longo momento, antes de se virar para mim.

— Com fome, rainhazinha?

— Não me chame assim — rosno.

— Rabugenta, é? — pergunta Tiernan. — Como deseja que este humilde criado se dirija a você?

— Wren — respondo, ignorando a provocação.

Oak observa a interação com olhos semicerrados. Não sou capaz de adivinhar seus pensamentos.

— E você deseja cear?

Balanço a cabeça. O cavaleiro ergue as sobrancelhas, com ceticismo. Após um instante, ele se vira e pega uma chaleira de cobre, já escurecida pelo fogo, e a enche na torneira da pia do banheiro. Então a pendura em um suporte que devem ter montado. Nada de eletricidade, mas a casa ainda tem água corrente.

Pela primeira vez em muito tempo, penso em um banho. Em qual seria a sensação de ter o cabelo penteado e desembaraçado, meu couro cabeludo poupado da coceira da lama seca.

Oak caminha até onde estou sentada, os pulsos amarrados forçando meus ombros para trás.

— Lady Wren — começa ele, os olhos cor de âmbar como os de uma raposa me encaram. — Se eu desfizer as amarras, posso confiar que você não vai tentar escapar nem nos atacar durante a nossa estada nesta casa?

Assinto uma vez.

O príncipe me lança um sorriso rápido e conspiratório. Minha boca me trai ao devolver o sorriso. Aquilo me faz lembrar de como ele era encantador, mesmo quando criança.

Eu me pergunto se, de alguma forma, interpretei mal a situação. Se, de alguma forma, é possível que estejamos do mesmo lado.

Oak pega uma faca no guarda-punho escondido sob a camisa de linho branco e pressiona a corda atrás de mim.

— Não corte isso — avisa o cavaleiro. — Ou teremos de comprar uma corda nova, e talvez precisemos amarrá-la novamente.

Fico tensa, esperando que Oak se irrite por lhe dizerem o que fazer. Como nobre, não é comum que alguém de status inferior dê ordens a ele, mas o príncipe apenas balança a cabeça.

— Fique tranquilo. Estou usando apenas a ponta da lâmina para ajudar a desfazer seus nós habilidosos.

Observo Tiernan à meia-luz do fogo. É difícil adivinhar a idade do Povo das Fadas, mas ele parece ser apenas um pouco mais velho do que Oak. O cabelo cor de amora está bagunçado; um único piercing, uma argola de prata, atravessa uma das orelhas pontudas.

Levo as mãos ao colo, esfregando os dedos nas marcas que a corda deixou em minha pele. Se não tivesse forçado tanto as amarras, elas não estariam tão profundas.

Oak guarda a faca e, então, anuncia com grande formalidade:

— Minha senhora, Elfhame precisa da sua ajuda.

Tiernan ergue o olhar do fogo, mas não fala nada.

Não sei como responder. Não estou acostumada a prestarem atenção em mim, e fico perturbada por ser o foco do príncipe.

— Já jurei lealdade a sua irmã — consigo resmungar. Eu não estaria viva se não o tivesse feito. — Devo obediência a ela.

Ele franze o cenho.

— Me deixe tentar explicar. Meses antes da Batalha da Serpente, Lady Nore causou uma explosão embaixo do castelo.

Olho para o ex-falcão, me perguntando se ele fazia parte daquilo. Me perguntando se eu deveria me lembrar dele. Algumas de minhas memórias da época são incrivelmente vívidas, enquanto outras parecem borradas como tinta escorrendo no papel.

— Na época, pareceu que foi apenas um ataque aos espiões de Elfhame e que foi coincidência ter o local de descanso da rainha Mab ter sido perturbado. — Oak hesita, me observando como se estivesse tentando determinar se o estou acompanhando. — A maioria dos corpos de fadas se decompõe em raízes e flores, mas o de Mab não. Seus restos, das costelas aos ossos dos dedos, estavam imbuídos de um poder que os impedia de se deteriorar... um poder capaz de trazer coisas à vida. Isso é o que Lady Nore roubou, e é de onde ela está extraindo seu novo poder.

O príncipe gesticula em direção ao soldado com o arreio.

— Lady Nore tentou recrutar mais seres encantados para a própria causa. Para aqueles que foram amaldiçoados a virarem falcões, se forem a sua Cidadela, ela oferece alimentá-los da própria mão por um ano e um dia, durante o qual estão proibidos de caçar. E quando retornarem à forma original, ela lhes exige lealdade. Com eles, mais aqueles de seu povo que permaneceram fiéis a ela e os monstros que está criando, seus planos de vingança contra Elfhame parecem bem encaminhados.

Encaro o prisioneiro. A Grande Rainha concedeu clemência a qualquer soldado que repudiou o que fizeram e lhe jurou obediência. Todos que se arrependeram. Mas ele se recusou.

Eu me lembro de estar diante da Grande Rainha, na noite em que Oak falou a meu favor. *Lembra que você disse que a gente não podia ajudar ela? A gente pode ajudar agora.* A voz cheia de pena.

Eu havia me gabado para a Grande Rainha que conhecia todos os segredos de Lady Nore e Lorde Jarel, na esperança de ser útil, pensando que, como falaram diante de mim sem pensar duas vezes, me tratando como um animal estúpido em vez de uma garotinha, não tinham escondido nada. Ainda assim, jamais falaram sobre aquilo.

— Não me lembro de qualquer menção aos ossos de Mab.

Oak me lança um olhar demorado.

— Você morou na Cidadela da Agulha de Gelo durante mais de um ano, então deve conhecer a estrutura, *e* pode comandar Lady Nore. Você é a maior vulnerabilidade dela. Independentemente de quaisquer outros planos, ela tem bons motivos para querer te eliminar.

Estremeço com aquela ideia, porque deveria ter me ocorrido antes. Eu me lembro das longas unhas de Bogdana, do pânico enquanto a bruxa me perseguia pelas ruas.

— Precisamos que você detenha Lady Nore — diz Oak. — E você precisa da nossa ajuda para afugentar quem quer que ela envie para matá-la.

Odeio que ele esteja certo.

— Você fez Lady Nore lhe prometer alguma coisa antes que ela deixasse Elfhame? — pergunta Tiernan, esperançoso.

Nego com a cabeça, desviando o olhar, envergonhada. Assim que pôde, Lady Nore se mandou. Nunca tive a chance de dizer nada a ela. E, quando percebi que ela se fora, o que mais senti foi alívio.

Penso nas palavras de seu juramento perante a Grande Rainha, quando Jude exigiu que ela me penhorasse sua lealdade: *Eu, Lady Nore, da Corte dos Dentes, juro seguir Suren e obedecer suas ordens.* Nada sobre não cravar um punhal nas minhas costas, lamentavelmente. Nada sobre não enviar uma bruxa da tempestade atrás de mim.

Tiernan franze o cenho, como se meu lapso em dar ordens a Lady Nore confirmasse sua suspeita de que não sou confiável. Ele se vira para Oak.

— Você sabe o rancor que Lady Nore guarda de Madoc, justificado ou não. Quem sabe que insultos *essa daí* não vai esquecer.

— Não é o momento de falarmos do meu pai — devolve Oak.

Madoc, o traidor que marchou para Elfhame com a Corte dos Dentes. Antes disso, o Grande General responsável pelo assassinato da maior parte da família real. E o pai adotivo de Oak.

Madoc tentara colocar Oak no trono, onde poderia governar por intermédio do filho. A coroa adornaria a cabeça de Oak, mas todo o poder estaria nas mãos do barrete vermelho. Pelo menos, até que Lorde Jarel e Lady Nore passassem Madoc para trás e assumissem o trono.

Sei como é precário ser uma rainha sem poder, controlada e humilhada por completo. Aquele poderia ter sido o destino de Oak. Mas, se o príncipe guarda algum ressentimento do pai, não deixa transparecer.

Tiernan se inclina para a frente a fim de tirar a chaleira de metal do fogo com um atiçador, colocando-a com cuidado em uma toalha dobrada. O bico solta vapor sem parar.

Então o cavaleiro pega várias embalagens de miojo de um armário da cozinha, assim como uma caixa já aberta de chá de menta. Ao perceber que estou observando, ele acena na direção de Oak.

— O príncipe me apresentou a essa iguaria do mundo mortal. Atrapalha a magia por um tempo, todo esse sal, mas não posso negar que é viciante.

O aroma me faz lembrar da satisfação de algo quente a ponto de queimar a boca, algo saído direto do forno em vez do congelado de uma lata de lixo.

Não aceito um dos miojos, mas, quando Oak me entrega uma caneca de chá, eu a pego. Olho para o fundo e vejo um sedimento. *Açúcar*, ele me diria se eu perguntasse, e pelo menos uma parte seria, mas não posso ter certeza de que o resto não é algum tipo de droga ou veneno.

Eles não me querem morta, tento me convencer. *Precisam de mim.*

E eu preciso deles também, se quiser viver. Se Lady Nore está me caçando, se Bogdana a está ajudando, o príncipe e seu companheiro são minha única esperança de escapar.

— Então... o que quer que eu faça? — Tenho orgulho de ter dito a frase inteira sem minha voz embargar.

— Venha para o norte comigo — responde Oak, sentado na cadeira de plástico ao lado da minha. — Ordene a Lady Nore que amarre um grande laço em volta de si mesma como um presente para Elfhame. Vamos roubar de volta os ossos de Mab e acabar com a ameaça contra...

— Com *você*? — Eu o encaro, certa de que entendi mal. Príncipes ficam em palácios, desfrutando de festejos e devassidão e coisas do gênero. Seus pescoços são valiosos demais para serem arriscados.

— E meu valente amigo Tiernan. — Oak inclina a cabeça para Tiernan, que revira os olhos. — Juntos, nós quatro, contando com Hyacinthe, iremos retomar a Cidadela e pôr fim à ameaça contra Elfhame.

Hyacinthe. Então esse é o nome do soldado amaldiçoado.

— E quando completarmos nossa missão, você pode me pedir um favor, e se estiver ao meu alcance e não for terrível demais, eu o concederei. — Eu me pergunto qual a motivação do príncipe. Talvez ambição. Se entregasse Lady Nore, ele poderia pedir um favor ao Grande Rei e consolidar sua posição como herdeiro, cortando de forma efetiva quaisquer futuros filhos da linha de sucessão.

Imagino que um príncipe esteja disposto a bastante coisa por um caminho incontestável rumo ao trono. Um trono que, na opinião de alguns, deveria ter sido seu desde o início.

E, no entanto, não posso deixar de pensar na fadinha dizendo que ele seria um governante ruim. Mimado demais. Selvagem demais.

Mas, como ela é companheira da glaistig e a glaistig é horrível, talvez sua opinião não devesse importar.

Tiernan pega um estojo de pergaminho de madeira, esculpido com um padrão de vinhas. Contém um mapa, que ele desenrola na mesa. Oak prende as pontas com xícaras, colheres e um tijolo que pode ter sido jogado através de uma das janelas.

— Primeiro devemos ir para o sul — começa o príncipe. — Até uma bruxa que vai nos dar uma informação que espero que nos ajude a enganar Lady Nore. Então seguiremos para o norte e leste, por sobre a água, pelo Passo Uivante, através da Floresta de Pedra, até sua fortaleza.

— Um pequeno grupo é ágil — argumenta Tiernan. — Mais fácil de esconder. Mesmo que eu considere a travessia pela Floresta de Pedra uma ideia tola.

Oak traça a rota pela costa com um dedo e abre um sorriso malicioso.

— Sou eu mesmo o tolo com essa ideia.

Nenhum dos dois parece inclinado a me contar mais a respeito da bruxa, ou de como ela deveria ajudar a ludibriar Lady Nore.

Olho para o caminho e para o destino no final. A Cidadela da Agulha de Gelo. Imagino que ainda esteja lá, brilhando ao sol como se fosse feita de algodão doce. Vidro soprado.

A Floresta de Pedra *é* perigosa. Os trolls que vivem ali não pertencem a nenhuma corte, não reconhecem nenhuma autoridade a não ser a própria, e as árvores parecem se mover por vontade própria. Mas tudo é perigoso agora.

Desvio o olhar para Hyacinthe, notando a asa de pássaro e o arreio cravado nas bochechas. Se Oak o deixar com as rédeas por tempo suficiente, aquilo se tornará parte do soldado, invisível e sem possibilidade de remoção. Ele ficará para sempre sob o jugo do príncipe.

A última vez que o usei, o plano de Lady Nore e Lorde Jarel de atacar a Grande Corte foi o único motivo pelo qual os dois cortaram as tiras do arreio da minha pele, deixando as cicatrizes que ainda correm ao longo das bochechas. Incutindo em mim o conhecimento do que fariam comigo se eu os desobedecesse.

Então eles me exibiram diante da Grande Rainha e sugeriram que eu fosse unida em matrimônio a seu irmão e herdeiro, o príncipe Oak.

É difícil explicar a selvageria da esperança.

Achei que ela poderia concordar. Pelo menos duas irmãs de Oak eram mortais, e embora eu soubesse que era tolice, não pude deixar de pensar que ser mortal significava que seriam gentis. Talvez uma aliança satisfizesse a todos, e então eu teria escapado da Corte dos Dentes. Mantive a expressão a mais neutra possível. Se Lady Nore e Lorde Jarel achassem que a ideia me agradava, teriam encontrado uma maneira de transformá-la em tormento.

Oak estava acomodado em uma almofada ao lado dos pés da irmã. Ninguém parecia esperar que ele agisse com qualquer tipo de decoro formal. À menção do casamento, ele olhou para mim e estremeceu.

A irmã mais velha franziu um pouco o lábio, como se achasse repulsiva a ideia de eu sequer me aproximar do príncipe. *Oak não deveria ter nada com essa gente, nem com essa filha sinistra*, disse ela.

Naquele momento, eu o odiei por ser tão precioso para eles, por ser mimado e tratado como se merecesse proteção, quando eu não tinha nenhuma.

Talvez eu ainda o odeie um pouco. Mas ele parecia gentil quando éramos crianças. É possível que haja uma parte dele que continue assim.

Oak sempre pode tirar o arreio de Hyacinthe. Como fará, se decidir colocá-lo em *mim*. Se eu sou a maior vulnerabilidade de Lady Nore, então ele pode muito bem me considerar uma arma valiosa demais para deixar escapar.

É um risco muito grande pensar em um príncipe tão gentil a ponto de não o fazer.

Mas mesmo que ele não use o arreio para me controlar, ou invoque a autoridade da irmã, ainda tenho de ir para o norte e enfrentar Lady Nore. Se não o fizer, ela enviará a bruxa da tempestade mais uma vez, ou algum outro monstro, e eles vão acabar comigo. Oak e Tiernan são minha melhor chance de sobreviver por tempo suficiente para detê-la, e eles são minha única chance de chegar perto o suficiente para comandá-la.

— Sim — concordo, como se tivesse outra escolha. Minha voz não falha desta vez. — Eu irei com você.

Afinal, Lady Nore tirou de mim tudo com o que eu me importava. Será o maior prazer retribuir o favor a ela.

Mas isso não quer dizer que eu não saiba que, independentemente de quão educados pareçam ser, sou tão prisioneira quanto o soldado alado. Posso comandar Lady Nore, mas o príncipe de Elfhame pode me comandar.

CAPÍTULO 3

Na noite após o fracasso de Madoc, Lady Nore e Lorde Jarel em arranjar nosso casamento, Oak se esgueirou até o limite do acampamento do exército de traidores de Madoc e da Corte dos Dentes. Ali, ele me encontrou acorrentada a um poste, como uma cabra.

Ele tinha talvez nove anos, e eu, dez. Rosnei para ele. Lembro bem.

Pensei que estivesse procurando pelo pai, e que era um tolo. Madoc parecia do tipo que o assaria numa fogueira, consumiria sua carne e consideraria aquilo uma demonstração de amor. Àquela altura, eu já estava familiarizada com esse tipo de amor.

Ele pareceu transtornado ao me ver. O príncipe deveria ter aprendido a não deixar as emoções transparecerem. Em vez disso, ele assumia que os outros se *importavam* com seus sentimentos, então não se preocupava em escondê-los.

Pensei no que aconteceria se, quando ele se aproximasse o suficiente, eu o prendesse ao chão. Se eu o espancasse até a morte com uma pedra, poderia ser recompensada por Lorde Jarel e Lady Nore, mas parecia igualmente provável que fosse punida.

E eu não queria machucá-lo. Ele foi a primeira criança que conheci desde que chegara ao Reino das Fadas. Eu estava curiosa.

— Trouxe comida — disse ele, se aproximando e pegando um pacote de um saco pendurado no ombro. — Caso esteja com fome.

Eu estava sempre com fome. Ali no acampamento, enchia a barriga sobretudo com musgo e, às vezes, terra.

Ele desembrulhou um guardanapo bordado no chão — um feito de seda de aranha, mais elegante do que qualquer coisa que já vesti — para revelar um frango assado e ameixas. Então se afastou, me permitindo espaço para comer, como se fosse ele o mais assustador entre nós.

Olhei para as tendas próximas e para a floresta, para o fogo apagado a poucos metros de distância, as brasas ainda incandescentes. Havia vozes, mas distantes, e eu sabia por longa experiência que, enquanto Lorde Jarel e Lady Nore estivessem fora, ninguém apareceria para ver como eu estava, mesmo que gritasse.

Meu estômago roncou. Eu queria pegar a comida, embora tamanha gentileza destoasse e me fizesse pensar no que Oak iria querer em troca. Estava acostumada a truques, a joguinhos.

Olhei para ele, notando a robustez de seu corpo, sólido de um modo que sugeria comida farta e corridas ao ar livre. A estranheza dos chifres de cabrito rompendo os macios cachos bronze-dourado e o peculiar tom âmbar de seus olhos. A facilidade com que se sentou, as pernas de fauno cruzadas, cascos cobertos por ouro marchetado.

Um manto de lã de tom verde profundo estava preso em sua garganta, longo o suficiente para que ele se sentasse sobre o tecido. Por baixo, vestia uma túnica marrom com botões dourados e uma calça que chegava na altura do joelho, logo acima de onde as pernas de bode se curvavam. Eu não conseguia pensar em uma única coisa minha que ele pudesse querer.

— Não está envenenado — disse ele, como se aquela fosse minha preocupação.

A tentação venceu. Agarrei uma asa, rasgando a carne. Comi até o osso, que eu quebrei para chegar à medula. Ele observava fascinado.

— Minhas irmãs estavam contando histórias — disse Oak. — Elas caíram no sono, mas eu não.

Aquilo não explicava nenhum de seus motivos para estar ali, mas aquelas palavras me causaram uma estranha dor aguda no peito. Depois de um momento, reconheci a sensação como inveja. Por ter irmãs. Por ter contos de fadas.

— Você fala? — perguntou ele, e me dei conta de quanto tempo fiquei em silêncio. Eu havia sido uma criança tímida no mundo mortal, e no Reino das Fadas abrir minha boca jamais resultou em algo de bom.

— Não muito — admiti e, quando ele sorriu, sorri de volta.

— Você quer jogar? — Ele se aproximou, olhos brilhantes. Enfiou a mão no bolso, tirando de lá algumas pequenas figuras de metal. Três raposas prateadas descansavam no meio da palma calejada. Lascas de peridoto brilhavam em seus olhos.

Eu o encarei, confusa. Oak de fato foi até ali para se sentar na terra e me mostrar seus brinquedos? Talvez ele também não encontrasse outra criança havia um tempo.

Peguei uma das raposas para examiná-la. Os detalhes eram muito bem-feitos.

— Como se joga?

— Você as lança. — Ele juntou as mãos em uma gaiola com as raposas ali dentro, sacudiu-as e depois as jogou na grama. — Se caírem de pé, você ganha dez pontos. Se caírem de costas, ganha cinco. Se elas ficarem de lado, nenhum ponto.

A jogada de Oak: duas peças de lado e uma de costas.

Estendi a mão, ávida. Eu queria segurar aquelas raposas, senti-las cair de meus dedos.

Quando elas o fizeram e duas caíram de costas, soltei uma exclamação de prazer. Repetidas vezes, jogamos o jogo. Registramos o placar na terra.

Por um tempo, houve apenas a alegria de escapar de onde eu estava e de quem eu era. Mas, então, lembrei que a despeito do pouco que ele pudesse querer de mim, havia muito de que eu precisava.

— Vamos apostar — sugeri.

Ele parecia intrigado.

— O que você vai apostar?

Eu não era tola a ponto de pedir muita coisa de cara.

— Se você perder, me conta um segredo. Qualquer segredo. E eu farei o mesmo com você.

Jogamos e eu perdi.

Ele se inclinou, perto o suficiente para eu sentir o cheiro de sálvia e alecrim com os quais suas roupas haviam sido embrulhadas antes de vesti-las, perto o suficiente para eu arrancar um pedaço da carne de sua garganta.

— Cresci nas terras mortais — confessei.

— Eu estive lá. — Ele pareceu se divertir ao descobrir que tínhamos algo em comum. — E comi pizza.

Era difícil imaginar a viagem de um príncipe do Reino das Fadas ao mundo humano por qualquer motivo que não fosse com uma intenção sinistra, mas comer pizza não parecia tão sinistro assim.

Jogamos de novo, e daquela vez ele perdeu. Seu sorriso esmoreceu, e ele baixou a voz para um sussurro.

— Este é um *segredo de verdade*. Você não pode contar para ninguém. Quando eu era pequeno, enfeiticei minha irmã mortal. Eu a fiz bater em si mesma, muitas vezes, repetidas vezes, e eu ria enquanto ela fazia aquilo. Foi horrível da minha parte, e eu nunca disse a ela que me arrependia. Tenho medo de fazer com que ela se lembre. Ela pode ficar muito brava.

Eu me perguntei que irmã ele havia enfeitiçado. Esperava que não tivesse sido aquela que agora ocupava um trono, a vida do príncipe nas mãos.

Suas palavras permaneciam como um lembrete, no entanto, de que não importava o quão delicado ou jovem aparentasse ser, Oak era tão capaz de ser cruel quanto o restante deles. Mas cruel ou não, ainda podia conquistar sua ajuda. Meu olhar foi para a estaca na qual eu estava amarrada.

— Dessa vez, se minha pontuação for melhor, você corta a corda e me liberta. Se *sua* pontuação for melhor, você pode... me pedir para fazer alguma coisa, qualquer coisa, e eu farei.

Uma barganha desesperada, mas a esperança me deixou imprudente.

Ele franziu o cenho.

— Se eu libertar você — disse ele —, o que acontece então?

Ele devia estar pensando que fui amarrada por ser *perigosa*. Talvez tenha pensado que, uma vez livre, eu investiria contra ele e o machucaria. Pelo visto, ele não era tão estúpido assim. Mas, se queria que eu fizesse uma promessa a ele, não seria possível.

Todas as Cortes juram lealdade ao seu governante, e esse governante jura lealdade à Grande Corte. Quando o Grande Rei Cardan ascendeu ao poder, como eu estava escondida e era rainha da Corte dos Dentes, minha falha em prestar a ele um juramento de lealdade foi a razão pela qual Lady Nore e Lorde Jarel puderam traí-lo. Eles me matariam na hora se eu me comprometesse com qualquer um, porque teria me tornado inútil.

— Podemos ir até o palácio, e você pode me mostrar seus outros jogos — sugeri. Eu me esconderia por lá o máximo que pudesse, talvez o suficiente para escapar de Lady Nore e Lorde Jarel.

Ele assentiu.

— Você joga primeiro.

Segurei as raposas em minha mão e sussurrei para as peças, baixinho.

— Por favor.

Elas caíram, uma de costas, uma sobre o focinho e uma de lado. Um total de quinze pontos. Bom, mas não ótimo.

Oak as pegou, sacudiu e jogou. Todas caíram de pé. Trinta pontos. Ele riu e bateu palmas.

— Agora você tem de fazer o que eu mandar!

Pensei no que ele havia obrigado a irmã a fazer para sua própria diversão e estremeci. Naquele momento, o segredo que ele me contara parecia menos uma confissão e mais um aviso.

— Então? — rosnei.

Oak franziu o cenho, visivelmente tentando pensar em algo. Então sua testa relaxou, e temi o que viria a seguir.

— Cante uma música — disse ele, com um sorriso travesso.

Olhei para o acampamento em pânico.

— Eles vão ouvir — protestei.

Ele balançou a cabeça, ainda sorrindo.

— Você pode cantar baixinho. E nós estivemos conversado durante todo esse tempo. Não precisa ser mais alto que isso.

Minha mente deu um branco. Há apenas talvez um ano, minha não irmã e eu estávamos dançando pela casa ao som de trilhas sonoras de princesas valentes, mas, naquele momento, eu não conseguia me lembrar de nenhuma palavra. Tudo de que conseguia me lembrar eram baladas sanguinárias da Corte dos Dentes. Mas, quando abri a boca, a melodia era a de uma música que minha não mãe tinha cantado quando me colocava na cama. E a letra era uma mistura de duas canções.

— *Cante uma canção de seis centavos* — cantei tão suavemente quanto pude. — *Bolso cheio de cobras. Se cortarem minha cabeça, isso vai curar minhas dores.*

Oak riu como se minha música fosse realmente engraçada, e não apenas algum verso estranho e sombrio. Mas, ainda que de modo tosco, minha dívida foi paga, o que significava que eu tinha outra chance de ganhar a liberdade.

Peguei as raposas para arremessar de novo, antes que ele pudesse mudar a aposta.

Minha jogada resultou em um focinho para baixo, dois de lado. Cinco míseros, estúpidos e inúteis pontos. Quase impossível de ganhar assim. Eu queria chutar as estatuetas na terra, jogá-las em Oak. Mas ficaria lhe devendo o dobro, e continuaria de mãos vazias. Eu podia sentir o familiar ardor das lágrimas nos olhos, o gosto de sal na boca. Era uma criança azarada, malfadada e...

No lance de Oak, todas as raposas caíram de lado, somando zero pontos.

Recuperei o fôlego e o encarei. Eu venci. *Eu venci.*

Oak não parecia desapontado por ter de pagar a prenda. Ele se levantou com um sorriso e tirou um punhal de uma bainha que eu não havia notado, escondida na manga de sua camisa. A lâmina era pequena e em formato de folha, o cabo cinzelado em ouro, o gume afiado.

Mas a adaga mal separou os fios da corda grossa, levando minutos para serrar cada um. Eu tinha tentado com meus dentes antes, sem muito sucesso, mas não tinha percebido como era resistente.

— Há algum tipo de encantamento na corda — disse ele, frustrado.

— Corte mais rápido — insisti, e recebi um olhar irritado.

Meus dedos vibravam com a tensão da espera. Porém, antes que ele tivesse cortado um quarto do material, o tropel de cavalos e o chacoalhar de uma carruagem me fizeram perceber que minha vitória chegara tarde demais. Lady Nore e Lorde Jarel estavam voltando para o acampamento. E iriam verificar para ter certeza de que eu continuava onde me deixaram. Oak começou a cortar a corda freneticamente, mas eu sabia que a fuga era impossível.

— Vá — disse eu, a decepção amarga em minha boca.

Ele pegou minha mão, pressionando uma das raposas prateadas na palma.

— Volto amanhã — garantiu ele. — Prometo.

Prendi a respiração diante daquilo. Fadas não podiam quebrar suas promessas, então eu não tinha escolha a não ser acreditar nele.

Na noite seguinte, toda a Corte dos Dentes estava se preparando para o que Lorde Jarel anunciou, com grande presunção, o que seria um banquete comemorativo. A Grande Rainha mortal concordou em aceitar o arreio, junto com sua oferta de trégua. Um vestido me foi dado e me disseram para não o sujar, então fiquei de pé em vez de me sentar no chão.

Fiquei preocupada de Oak não chegar a tempo de me impedir de ser levada para o banquete. Eu ficava pensando em maneiras de suplicar a Oak no castelo, quando ele emergiu da floresta; arrastava uma espada às costas, longa demais para usar no quadril. Aquilo me fez lembrar de quando ele pulou na frente da mãe quando o rei serpente disparou em direção a ela, um príncipe de conto de fadas enfrentando um dragão. Ele poderia ser delicado e mimado, mas ele era corajoso.

Oak piscou para mim, e me perguntei se era corajoso porque não entendia o perigo que corria.

Olhei para o acampamento, depois para ele, arregalando os olhos em alerta. Mas Oak se aproximou mesmo assim, puxou a espada e começou a serrar minhas amarras.

— O nome da espada é Cair da Noite — sussurrou ele. — Pertence à Jude.

Sua irmã. A Grande Rainha. Era uma maneira tão diferente de ser da realeza, ter uma família à qual você se referia pelos laços, antes do título. Cuja arma você não teria medo de roubar.

A lâmina era afiada e devia ter sido bem feita, pois cortou a corda encantada muito mais rápido do que aquela faquinha.

— Seu pai humano era ferreiro — continuou Oak. — Ele forjou a espada antes de ela nascer.

— Onde ele está agora? — Eu me perguntei se Jude tinha a própria não família em algum lugar.

— Madoc o matou. — O tom de Oak soou como se estivesse ciente de que aquilo era *ruim*, mas não tão *ruim* para que a irmã guardasse rancor. Não sei o que eu deveria ter esperado; Oak poderia abrir uma exceção para as irmãs, talvez tivesse gostado de pizza, mas aquilo não significava que valorizasse muito as vidas mortais.

Meu olhar foi na direção do acampamento principal, onde se erguia a barraca de Madoc. Em seu interior, ele estaria se preparando para o banquete. Preparando-se para enganar Jude, sua filha adotiva, dona daquela espada e cujo pai ele havia matado. Oak parecia alimentar a ilusão de que Madoc se importava com ele o suficiente para que não corresse perigo se fosse pego, mas eu duvidava de que fosse assim.

O último fio da corda se rompeu e eu estava livre, embora um nó ainda envolvesse minha perna.

— Eles vão estar a caminho do banquete — sussurrei. — Podem nos ver.

Ele pegou minha mão e me puxou em direção à floresta.

— Então é melhor andarmos rápido. Vamos, podemos nos esconder no meu quarto.

Juntos, atravessamos a floresta coberta de musgo, passando por árvores brancas com folhas vermelhas e riachos abrigando nixies de olhos claros, que nos observavam enquanto passávamos.

Aquilo parecia um pouco com um dos jogos de Lady Nore e Lorde Jarel. Às vezes eles agiam de uma maneira que parecia ser afetuosa, então se comportavam como se nunca tivessem sentido nada além de nojo. Deixavam à mostra algo que eu desejava desesperadamente — comida, uma chave para um quarto na Cidadela onde eu poderia me esconder, um livro de histórias para me distrair no esconderijo —, em seguida me puniam por pegar.

Mas corri mesmo assim. E apertava os dedos de Oak como se ele pudesse me arrastar para um mundo onde outros tipos de jogos eram possíveis. A esperança tomava meu coração.

Reduzimos o passo em alguns pontos, ao avistar outro membro do Povo das Fadas. Tão distante do acampamento da Corte dos Dentes, os soldados que tentávamos evitar pertenciam a Elfhame. Aquilo não me deixava mais tranquila, no entanto. Eles não fariam nenhum mal a Oak, mas eles poderiam me trancar em suas masmorras, ou me levar para a Torre do Esquecimento.

No palácio, passamos por nosso primeiro grupo de guardas. Eles se curvaram para Oak e, se ficaram surpresos ao vê-lo com outra criança, uma que arrastava um pedaço de corda suja, nada expressaram. O palácio de Elfhame era uma colina gramada, com janelas. No interior, havia paredes de pedra, ocasionalmente cobertas com gesso ou terra batida. Nada como as frias câmaras de gelo esculpido da Cidadela. Subimos um lance de escadas, e então outro, quando uma cavaleira apareceu na nossa frente.

Trajada toda de verde, sua armadura foi habilmente talhada no formato de folhas. O cabelo cor de aipo estava puxado para trás do rosto anguloso, semelhante ao de um inseto.

— Príncipe — saudou a cavaleira. — A senhora sua mãe o procura. Ela queria se certificar de que estava em segurança.

Oak assentiu com rigidez.

— Você pode dizer a ela que voltei.

— E onde devo dizer que estava...? — A cavaleira olhou para mim, depois para a espada roubada. Eu temi ter vislumbrado um brilho de reconhecimento em seu olhar.

— Diga a ela que estou bem — respondeu o príncipe, aparentando ter deliberadamente interpretado mal a pergunta.

— Mas por qual nome devo chamar... — começou a cavaleira, em uma tentativa de interrogá-lo e demonstrar respeito a sua posição, tudo de uma vez.

A paciência de Oak parecia ter chegado ao fim.

— Chame a gente como quiser! — Ele a interrompeu. Então agarrou mais uma vez minha mão, e disparamos pelas escadas até seu quarto, onde batemos a porta. Nós nos apoiamos na madeira.

Oak sorria e, ao encará-lo, senti o impulso muito bizarro de rir.

O cômodo era grande e pintado de branco brilhante. Uma janela redonda deixava entrar a luz das lâmpadas do lado de fora. Ouvi trechos de música, sem dúvida do banquete, que em breve começaria. Havia uma cama encostada a uma das paredes, coberta com uma colcha de veludo. Uma pintura foi pendurada acima dela, de veados comendo maçãs em uma floresta.

— Este é seu quarto? — perguntei. Nada ali parecia indicativo de Oak, exceto alguns livros de bolso em uma mesa lateral, e cartas de baralho espalhadas ao lado de uma poltrona.

Ele assentiu, mas parecia um pouco cauteloso.

— Acabei de voltar às ilhas. Estava morando no mundo mortal com uma das minhas irmãs. Como eu te disse ontem à noite.

Não foi bem o que ele disse. Pensei que havia *visitado* o lugar, não morado lá, e, definitivamente, não imaginei nada tão recente.

Olhei pela janela. A vista se abria para a floresta e o mar além, as ondas escuras refletindo o luar.

— Você vai voltar? — perguntei.

— Acho que sim. — Ele se ajoelhou e abriu uma gaveta da cômoda para revelar alguns jogos e blocos de montar. — A gente não podia trazer muita coisa.

Imagino que não teria como ele ter certeza de nada, com a improbabilidade de sua irmã manter a coroa, com tantas forças conspirando contra ela.

— Você tem Uno — comentei, pegando o jogo e estudando as cartas como se fossem a relíquia de alguma cidade caída.

Ele sorriu, encantado por eu reconhecer o baralho.

— E Trilha, Chispa! e Banco Imobiliário, mas esse leva uma *eternidade*.

— Já joguei alguns deles. — Eu me sentia tímida, agora que estávamos no palácio, no território dele. E me perguntava quanto tempo ele me deixaria ficar.

— Pode escolher um — decidiu ele. — Vou ver o que posso pegar das cozinhas. Os cozinheiros devem ter bastante de sobra, considerando a quantidade de comida que prepararam para esta noite.

Depois que Oak saiu, tirei o Chispa! da caixa com reverência, deslizando os dedos nas peças de plástico. Eu me lembrava de jogar com minha não família certa noite, quando Rebecca me mandou para o início três vezes seguidas e ficou me provocando, antes de eu descobrir o quanto realmente havia a perder. Mas eu tinha chorado e meu não pai dissera a Rebecca que era tão importante ser um bom vencedor quanto um bom perdedor.

Eu queria que Oak me desse a oportunidade de ser uma boa vencedora.

Quando voltou, ele trazia uma torta inteira e uma jarra de creme. Havia esquecido colheres, pratos e copos, então tivemos de usar as mãos para comer o recheio de mirtilo e a massa, e beber do jarro. Manchamos os dedos e depois as bordas das cartas do jogo.

Tão perdida na alegria daquele momento, não pensei no perigo até o trinco da porta girar. Mal consegui rolar para debaixo da cama de Oak, colocando os dedos pegajosos e manchados sobre a boca, antes que Oriana entrasse no quarto.

Tentei ficar o mais imóvel possível. A esposa de Madoc tinha acampado conosco quando estávamos no norte, e me reconheceria de imediato se me visse.

Por um instante, até considerei me colocar a sua mercê. Eu poderia ser útil como refém. Se Oriana me entregasse à Grande Rainha, talvez a irmã de Oak não se mostrasse cruel. Com certeza, eu não ouvira rumores de ela ser horrível assim.

Mas, se houvesse uma trégua, então eu seria devolvida a Lorde Jarel e Lady Nore. A Grande Rainha iria querer dar a eles todas as coisas fáceis que exigissem para que tivesse alguma chance de lhes negar as difíceis.

Além disso, eu não tinha certeza de que lado Oriana estava.

— Onde você estava? — perguntou ela a Oak, a voz tensa. — É isso que Vivi e aquela Heather ensinaram a você no mundo mortal? Fugir sem falar nada?

— Vá embora — disse Oak.

— Os guardas disseram que você estava com alguém. E há um boato de que aquela criança monstro da Corte dos Dentes está desaparecida.

Ele lhe lançou um olhar entediado.

— Você não deve chegar perto dela sozinho — avisou Oriana.

— Sou o príncipe — argumentou ele. — Posso fazer o que eu quiser.

Oriana pareceu surpresa por um momento, e depois magoada.

— Eu deixei Madoc por você.

— E daí? — Ele não parecia nada arrependido. — Não preciso ouvir ou fazer o que você diz. E eu não tenho que te dizer nada.

Eu esperava que ela lhe desse um tapa, ou que chamasse os guardas para fazer aquilo, mas, então, percebi que eles seguiriam as ordens do príncipe, não as de Lady Oriana. Era ele que as irmãs amavam, e elas detinham todo o poder agora.

Mas eu não poderia ter previsto como sua mãe foi até ele e lhe tocou a testa, dedos afastando o cabelo dourado-escuro dos chifres.

— Eu sei — disse ela. — Também não posso torcer para que um lado vença. Eu costumava desejar que Madoc jamais tivesse ido atrás daquelas garotas, e agora tudo o que mais quero é que possamos estar juntos novamente, como antes.

Apesar do que tinha dito à mãe, Oak inclinou a cabeça contra sua mão e fechou os olhos. Naquele momento, compreendi o quão pouco eu sabia sobre qualquer um deles. Mas reconheci o amor, e invejei o roçar das mãos de Lady Oriana pelo cabelo do príncipe.

Ela suspirou.

— Fique no quarto esta noite, se não porque lhe peço, então porque o banquete vai ser entediante e sua irmã não pode lidar com mais uma distração.

Com um beijo em sua testa, ela saiu.

A porta se fechando me lembrou da precariedade da minha posição. Eu precisava encontrar uma maneira de persuadir Oak a me manter no palácio. Um motivo para ele enfrentar a mãe e as irmãs em meu favor. Eu tinha certeza de que conhecia os jogos mortais melhor que o príncipe, mesmo que ele tivesse estado no mundo humano mais recentemente, e, além do mais, eu sabia como trapacear. Eu poderia contar o número de manchas de mirtilo, poderia embaralhar para que as primeiras cartas me beneficiassem mais. Rebecca costumava fazer aquilo o tempo todo.

— Vamos jogar Par Perfeito — sugeri.

Oak parecia aliviado por eu não ter feito perguntas sobre sua mãe, como por que ele estava chateado com ela ou por que ela havia sido gentil mesmo assim. Eu me perguntei de novo se ele estava à procura de Madoc quando me encontrou na noite anterior.

Comecei a embaralhar as cartas, falando enquanto o fazia, para que ele não focasse nas minhas mãos.

— O que mais havia nas cozinhas?

Ele franziu o cenho um pouco, o que me deixou nervosa, até que me dei conta de que estava apenas concentrado.

— Faisão — respondeu ele. — Doces de bolota. Ah, e acho que tenho pirulitos Ring Pops em algum lugar por aqui, do Halloween. Me fantasiei como eu mesmo.

Havia algo de assustador naquilo, mas uma parte de mim queria poder ter feito o mesmo.

Dei as cartas a ele, tirando do fundo do baralho, e pegando as minhas do topo, onde me certifiquei de colocar muitos pares. Ele ganhou uma partida mesmo assim. Mas ganhei duas.

Ele me deixou me esconder debaixo de sua cama naquele dia, e no seguinte, depois que descobri que nunca houvera qualquer possibilidade de paz, que a Corte dos Dentes perdera a guerra, e que Lorde Jarel, meu pai, estava morto.

Aquela foi a primeira vez em mais de um ano que dormi a noite toda e até tarde sem acordar.

Sempre serei grata por aquilo, mesmo depois que os guardas me arrastaram para fora de seu quarto, três dias depois, acorrentada. Mesmo depois que a Grande Rainha me expulsou de Elfhame e Oak não disse uma única palavra para impedi-la.

CAPÍTULO 4

Atrás da casa abandonada, dois corcéis feéricos mastigam dentes-de--leão enquanto esperam por seus cavaleiros. Esguios como cervos, com um suave halo de luz ao redor do corpo, deslizam entre as árvores como fantasmas.

Oak se aproxima do primeiro. A pelagem é cinza suave, a crina trançada em um padrão que lembra uma rede, enfeitada com contas de ouro. Alforjes de couro trabalhado descansam em seu flanco. A égua esfrega o focinho na mão do príncipe.

— Você já cavalgou antes? — pergunta ele, e o fulmino com o olhar.

Na Corte dos Dentes, não fui treinada em quase nenhuma das habilidades que uma herdeira da realeza deveria dominar. Mal fui ensinada a usar minha própria magia, o que me deixou assim, feitiços fracos, sem saber como me portar e zero familiaridade com corcéis feéricos.

— Não? E, ainda assim, você ficaria tão bem com o cabelo esvoaçando — comenta Oak. — Selvagem como o Povo de outrora.

Sinto o constrangimento me dominando. Embora ele possa ter tido a intenção de ser zombeteiro, estou ao mesmo tempo satisfeita e envergonhada com suas palavras.

Tiernan está com a mão nas costas de Hyacinthe, guiando-o pelo gramado. Maneira estranha de tocar um prisioneiro.

— Você não consegue evitar de tentar encantar todas as cobras que encontra pelo caminho, não importa o quão fria ou cruel seja. Deixe essa em paz.

Quero mostrar os dentes, mas sinto que o gesto apenas fará com que Tiernan pareça ter razão a meu respeito.

— Acho que está me dando o conselho que deveria ter dado a si mesmo há anos — retruca Oak sem se aborrecer de verdade, e noto, pela expressão de Tiernan, que a flecha acertou o alvo. Os olhos do cavaleiro se estreitam.

Oak esfrega os olhos e, naquele momento, parece exausto. Pisco, e sua feição muda para levemente divertida. Fico me perguntando se imaginei tudo aquilo.

— Bater papo com seus companheiros de viagem resulta em viagens menos deprimentes, aposto.

— Ah, você acha? — pergunta Tiernan, em uma paródia do tom de voz do príncipe. — Bem, então, por favor... continue.

— Ah, eu *vou* — rebate Oak. Agora ambos soam obviamente irritados um com o outro, apesar de eu não ter ideia do porquê.

— Qual é o nome de seu cavalo? — pergunto, no longo silêncio que se segue, minha voz apenas um pouco rouca.

Oak acaricia a pelagem de veludo do flanco da égua com os dedos, visivelmente controlando o temperamento.

— Minha irmã Taryn a chamava de Donzelinha quando éramos mais novos, e pegou. Eu te ajudo a montar.

— Mas que fofura — ironiza Hyacinthe, as primeiras palavras que o ouvi falar. — Montando o cavalo da irmã para a batalha. Você tem alguma coisa realmente sua, príncipe? Ou apenas descartes e restos de coisas de garotas?

— Levante-se — ordena Tiernan a Hyacinthe, com rispidez. — Monte.

— Como desejar — diz o soldado amaldiçoado. — Você adora dar ordens, não é?

— A você, sim — devolve Tiernan, montando atrás do prisioneiro. Um momento depois, ele parece se dar conta do que disse, e suas bochechas ficam coradas. Acho que Hyacinthe não consegue vê-lo, mas eu consigo.

— Ele chama a égua de Trapilha — continua Oak, como se nenhum dos outros tivesse falado, embora ignorá-los deva exigir algum esforço.

Tiernan me vê observando-o, e me lança um olhar que me lembra que, por ele, eu estaria amarrada, amordaçada e sendo arrastada.

— Preciso pegar minhas coisas — aviso a eles. — Em meu acampamento.

Oak e Tiernan compartilham um olhar.

— Certo — concorda Oak, depois de qualquer que seja a comunicação silenciosa que se passou entre eles. — Mostre o caminho, Lady Wren.

Então o príncipe junta as mãos para que eu possa subir no cavalo. Eu o faço, me atrapalhando para dar impulso com a perna. Ele monta na minha frente, e não sei onde colocar as mãos.

— Segure-se — pede Oak, e não tenho escolha a não ser cravar os dedos na carne de seu quadril, logo abaixo da cota de malha, e tentar não cair. O calor da pele dele queima através do tecido fino que fica sob as placas de ouro, e o constrangimento atrai aquele ardor para minhas bochechas. O corcel feérico é ágil de um modo sobrenatural, se movendo tão depressa que parece um pouco como voar. Tento falar no ouvido de Oak, para lhe dar instruções, mas sinto como se metade das coisas que digo fossem varridas pelo vento.

Quando nos aproximamos da minha cabana de salgueiro trançado, a égua diminui a velocidade para um trote. Um arrepio atravessa o príncipe quando atingimos o feitiço que teci para proteger o lugar. Ele se vira com um rápido olhar recriminador e, então, estica o braço no ar e rasga o encantamento tão facilmente como se fosse uma teia de aranha.

Oak acha que eu pretendia usar o feitiço para escapar? Para prejudicá-lo? Quando ele para, desmonto com alívio, as pernas bambas. Em geral, eu estaria dormindo àquela hora e estou mais exausta do que o normal enquanto cambaleio para a minha pequena casa.

Sinto o olhar de Oak em mim, avaliador. Não posso deixar de ver o lugar sob seu ponto de vista. A toca de um animal.

Cerro os dentes e rastejo para dentro. Ali, procuro uma velha mochila garimpada de uma lixeira. Dentro dela, enfio itens, sem ter certeza do que eu poderia precisar. O menos manchado de meus três cobertores. Uma colher das gavetas da cozinha dos meus não pais. Um saco plástico com sete jujubas de alcaçuz. Uma maçã velha que eu estava guardando. Um cachecol, de pontas inacabadas, que minha não mãe ainda tricotava quando o roubei.

Oak percorre um padrão de anéis de cogumelos nas proximidades, me observando fazer as malas à distância.

— Você mora aqui desde a última vez que nos falamos? — pergunta ele, e tento não levar a pergunta a sério demais. Sua expressão não é de nojo ou algo do tipo, mas está exageradamente neutra para eu acreditar que ele não esconde o que pensa.

Quatro anos antes, era mais fácil disfarçar o quão baixo eu tinha descido.

— Mais ou menos — respondo.

— Sozinha? — pergunta ele.

Não completamente. Fiz uma amiga humana aos doze anos. Eu a conheci enquanto vasculhava a lixeira atrás de uma livraria, procurando livros de bolso com as capas arrancadas. Ela pintou minhas unhas do pé de azul intenso e brilhante, mas um dia eu a vi conversando com minha não irmã e me escondi dela.

E, então, Bogdana apareceu alguns meses depois, pendurou a pele de um humano no meu acampamento e me avisou para não revelar nenhum de nossos segredos. Fiquei longe dos mortais por um ano depois daquilo.

Mas houve um menino que salvei da glaistig quando eu tinha catorze e ele, dezessete anos. Nós nos sentávamos junto a um lago a alguns quilômetros dali, e eu cuidadosamente evitava lhe dizer qualquer coisa que, em minha opinião, a bruxa da tempestade não aprovaria. Acho que ele tinha quase certeza de que havia me conjurado com o seu cigarro eletrônico, uma namorada imaginária. Ele gostava de tacar fogo nas coisas, e eu gostava de assistir. Por fim, ele decidiu que, como eu não era real, não importava o que fazia comigo.

Então demonstrei que eu era muito real, assim como eram meus dentes.

A bruxa da tempestade voltou depois do ocorrido, com outra pele e outro aviso sobre os mortais, mas àquela altura eu mal precisava.

Havia uma banshee de cabelo prateado que eu visitava de vez em quando. Como um dos espectros, as outras fadas locais a evitavam, mas sentávamos juntas por horas enquanto ela chorava.

Mas, quando pensei em contar qualquer dessas coisas a Oak, percebi que faria minha vida parecer pior, ao invés de melhor.

— Mais ou menos — repito.

Pego as coisas, depois as coloco no chão, desejando mantê-las comigo, mesmo sabendo que nem todas vão caber na bolsa. Uma caneca lascada. Um único brinco pendurado em um galho. Um livro pesado de poesia do oitavo ano, com REBECCA escrito em canetinha grossa na lateral. O cutelo da cozinha da família, que Tiernan olha com ceticismo.

Fico com as duas facas pequenas que trago comigo.

Há uma última coisa que escolho, apanhando-a com rapidez para que nenhum dos outros a veja. Uma pequena raposa prateada com olhos de peridoto.

— A Corte das Mariposas é um lugar selvagem, arriscado até mesmo para um príncipe de Elfhame. — Tiernan informa Oak do tronco em que está sentado, entalhando a casca de um galho com uma pequena lâmina afiada. Sinto que aquela não é a primeira vez que tiveram essa conversa. — Sim, eles são vassalos de sua irmã, mas são violentos como abutres. A rainha Annet come seus amantes quando se cansa deles.

Hyacinthe se ajoelha à beira de um riacho nas proximidades para beber. Com apenas uma das mãos para se apoiar, e sem uma segunda para usar como concha, o soldado coloca a boca direto na água e engole o que pode. Com as palavras de Tiernan, ele levanta o rosto. Alerta, talvez, para uma perspectiva de fuga.

— Só precisamos falar com a Bruxa do Cardo. — Oak lembra a ele. — A rainha Annet pode nos conceder passagem para navegar em seus pântanos e encontrar a bruxa. A Corte das Mariposas fica a apenas meio dia de cavalgada, para baixo e a leste, em direção ao mar. Não vamos nos demorar. Não podemos nos dar ao luxo.

— A Bruxa do Cardo — ecoa Tiernan. — Ela testemunhou a morte de duas rainhas na Corte dos Cupins. O boato é que teve dedo dela no estratagema. Quem sabe o que está tramando agora?

— Ela estava viva durante o reinado de Mab — argumenta Oak.

— Ela era *velha* durante o reinado de Mab — acrescenta Tiernan, como se aquilo justificasse seu ponto de vista. — Ela é perigosa.

— A forquilha mágica da Bruxa do Cardo consegue encontrar qualquer coisa. — Há uma profunda ansiedade no âmago daquela conversa. Conheço bem demais a sensação para não a reconhecer. Oak estaria com mais medo do que deixa transparecer, um príncipe em sua primeira missão, montado no lindo cavalo da irmã?

— E depois? — insiste Tiernan. — Essa jogada que você está considerando é arriscada.

Oak solta um longo suspiro e não responde, o que mais uma vez me leva a especular seus motivos. O que me leva a imaginar que parte do plano o príncipe omitiu, já que precisa que uma bruxa encontre algo para ele.

Tiernan volta a esculpir e não faz mais nenhum alerta. Eu me pergunto o quão difícil é manter Oak longe de problemas, e se Tiernan o faz por amizade ou lealdade a Elfhame. Se Oak é o raio de sol filtrado pelo dossel de árvores em uma floresta, todo ouro bruxuleante e sombra, então Tiernan parece os mesmos bosques no inverno, os galhos estéreis e frios.

Quando começo a me levantar, noto que há algo branco escondido no canto da cabana, preso dentro da trama da madeira. Um pedaço de papel amassado, sem marcas de sujeira. Enquanto eles conversam, consigo alisá-lo debaixo de um dos cobertores imundos para que eu possa ler o que está escrito.

Você não pode fugir do destino.

Reconheço a caligrafia desleixada de Bogdana. Odeio a ideia da bruxa invadindo o lugar onde me sinto mais segura, e o bilhete em si me enche de raiva. Uma provocação, para deixar evidente que ela não desistiu de me caçar. Uma provocação, como me dar uma vantagem no jogo que ela está certa de que vencerá.

Amasso a nota e a enfio na mochila, colocando-a do lado da pequena raposa prateada.

— Pegou tudo? — pergunta Oak, e eu me endireito, culpada, ajeitando a bolsa no ombro.

Uma rajada de vento faz meu vestido puído drapejar ao meu redor, a bainha mais suja do que nunca.

— Se acha que cavalgamos rápido antes... — começa a dizer o príncipe, o sorriso cheio de malícia. Com relutância, caminho até o cavalo e me resigno a montar o animal novamente.

É quando as flechas voam do escuro.

Uma delas atinge o tronco de uma árvore de bordo, logo acima de minha cabeça. Outra acerta o flanco da montaria do cavaleiro, fazendo o animal soltar um relincho horrível. Em meio ao pânico, noto a madeira áspera e irregular das hastes, o modo como são guarnecidas de penas de corvo.

— Varapaus! — grita o soldado alado.

Tiernan o encara com um olhar de fúria, como se aquilo fosse de alguma forma culpa do falcão.

— Montem!

Oak segura minha mão, me puxando para cima de Donzelinha de modo que eu fique sentada a sua frente, as costas apoiadas no peito coberto de metal. Agarro os nós da crina da égua, em seguida estamos cavalgando pela noite, o estrondo da montaria sob nós, o sibilar de flechas cortando o ar a nossas costas.

Os varapaus aparecem, bestas de galhos e gravetos — algumas em formato de enormes lobos, outras como aranhas, e uma com três cabeças rangendo os dentes, diferente de tudo o que já vi. Algumas em silhuetas vagamente humanas, armadas com arcos. Todas infestadas de musgo e gavinhas, com pedras cravadas na terra batida de seu núcleo. Mas a pior parte é que entre aqueles pedaços de mata e lodo, avisto o que parecem ser macilentos dedos mortais, tiras de pele e olhos humanos vazios.

Sou tomada pelo terror.

Lanço um olhar de pânico para a égua ferida cavalgando atrás de nós, carregando Tiernan e Hyacinthe. Seu flanco está manchado de sangue, e seus passos são claudicantes, desiguais. Embora esteja se movendo rápido, as criaturas de vime são mais rápidas.

Oak deve ter notado, porque puxa as rédeas e Donzelinha dá meia-volta, ficando de frente para nossos inimigos.

— Você pode ficar atrás de mim? — pergunta ele.

— Não! — grito. Já estou tendo dificuldade para me manter na sela, pressionando as coxas nos flancos da montaria o mais firme que posso e me agarrando em seu pescoço, os dedos emaranhados na crina.

O braço do príncipe envolve minha cintura, me pressionando contra ele.

— Então agache o máximo que puder — sugere. Com a outra mão, tira uma pequena besta de um alforje e engatilha uma flecha com os dentes.

Ele atira, errando de modo espetacular. A flecha atinge a terra entre Tiernan e o cervo dos homens de vime. Não há tempo para recarregar, e o príncipe nem tenta, apenas inspira fundo, na expectativa.

Sinto um peso no coração, desejando desesperadamente algum talento que não seja quebrar maldições. Se tivesse o poder da bruxa da tempestade, eu poderia invocar relâmpagos e transformar as criaturas em cinzas. Se tivesse melhor controle de minha própria magia, talvez eu fosse capaz de nos esconder atrás de uma ilusão.

Então a flecha que Oak atirou explode em fogo azul cintilante, e percebo que ele não errou, no fim das contas. Homens Varapaus em chamas caem das costas de suas montarias de gravetos, e uma das criaturas aracnídeas dispara, em chamas, pela floresta.

A égua de Tiernan quase havia alcançado a nossa quando saímos a galope. Sinto Oak tenso atrás de mim e me viro, mas ele balança a cabeça, então me concentro em me segurar.

Uma coisa era ouvir a descrição do poder de Lady Nore, mas ver os varapaus com seus pedaços de carne me fez perceber como seria fácil colher partes humanas nas cidades, como quem extraía pedras de pedreiras, e esculpir exércitos das florestas. Elfhame deveria se preocupar. O mundo mortal deveria temer. Isso é pior do que eu pensava.

Os cavalos irrompem da mata, e nos vemos em estradas suburbanas, depois atravessamos uma rodovia. É tarde o bastante para que haja pouco tráfego. O glamour de Tiernan cai sobre nós, não bem um disfarce, mas um truque para desorientar. Os mortais ainda observam algo de canto de olho, apenas não a nós. Um veado branco, talvez. Ou um cachorro grande. Alguma coisa esperada, e que se encaixa no mundo que podem explicar. A magia faz meus ombros coçarem

Cavalgamos pelo que parecem horas.

— Oak? — chama o cavaleiro, quando chegamos a uma encruzilhada. Seu olhar se desvia para mim. — Quando o príncipe foi atingido?

Eu me dou conta de que o fardo em minhas costas ficou mais pesado, como se Oak tivesse caído para a frente. Sua mão ainda está ao meu redor, mas seu aperto nas rédeas afrouxou. Quando me mexo na sela, vejo que seus olhos estão fechados, cílios roçando as bochechas, membros flácidos.

— Eu não sabia... — começo.

— Sua *tola* — murmura Tiernan.

Tento me virar na sela e agarrar o corpo do príncipe, para que não caia. Ele tomba para cima de mim, grande e quente em meus braços, sua armadura o tornando mais pesado do que sou capaz de suportar. Cravo minhas unhas na esperança de conseguir segurá-lo, embora seja muito fácil imaginar o corpo de Oak jogado no solo.

— Pare — diz Tiernan, refreando sua montaria. Donzelinha também diminui a velocidade, mantendo passo com a égua do cavaleiro.

— Desça — ordena ele a Hyacinthe, cutucando-o nas costas.

O soldado alado desliza de Trapilha com uma facilidade que sugere que já montou muitas vezes antes.

— Então é este a quem você segue? — pergunta mal-humorado, com um olhar na direção do príncipe.

Tiernan desmonta.

— Você sugere então que eu tente a sorte com aquelas *coisas*?

Hyacinthe hesita, mas seu olhar encontra o meu, como se especulasse se eu poderia estar do seu lado. Não estou e espero que meu olhar lhe diga.

Tiernan caminha até Donzelinha. Ele estende a mão, sustentando o peso de Oak nos braços e deitando o príncipe na terra coberta de folhas.

Desajeitada, escorrego da sela, batendo no chão com força e caindo sobre um joelho.

Um pouco de sangue mostra que uma das flechas atingiu Oak logo acima da omoplata. Mas foi detida pelas escamas da armadura dourada; apenas a ponta perfurou sua carne.

Devia estar envenenada.

— Ele está...? — Posso ver o subir e descer de seu peito. Ele não está morto, mas o veneno ainda age em seu organismo. Pode estar morrendo.

Não quero pensar naquilo. Não quero pensar que, se o príncipe não estivesse atrás de mim, eu teria sido atingida.

Tiernan verifica o pulso de Oak. Então ele se inclina e fareja, como se tentasse identificar o cheiro. Toca um pouco de sangue com o dedo e o leva à língua.

— Docemorte. Em quantidade suficiente, essa coisa pode fazer uma pessoa dormir por centenas de anos.

— Não podia ter muito na flecha — argumento, querendo que ele me garantisse que não tinha como aquilo ser o suficiente.

Tiernan me ignora, porém, e remexe em uma bolsa em seu cinto. Pega uma erva, que esmaga sob o nariz do príncipe, depois a pressiona em sua língua. Oak está desperto o bastante para afastar a cabeça quando o cavaleiro enfia os dedos em sua boca.

— Isso vai curá-lo? — pergunto.

— Espero que sim — responde Tiernan, enxugando a mão na calça. — Deveríamos encontrar um lugar para nos abrigar durante a noite. Entre os mortais, onde os varapaus de Lady Nore dificilmente nos procurariam.

Assinto rapidamente.

— Não deve ser uma caminhada muito longa. — Ele levanta o príncipe, ajeitando Oak de volta na égua. Então prosseguimos, com Tiernan liderando Donzelinha. Hyacinthe caminha atrás dele, e sou deixada para guiar a montaria do cavaleiro.

A mancha de sangue em seu flanco aumentou e seu claudicar é perceptível. Assim como, também, o pedaço de flecha ainda cravado na carne.

— Ela também foi envenenada?

Ele faz que sim.

— Mas não o suficiente para derrubar essa garota durona ainda.

Enfio a mão na mochila e pego a maçã velha que trouxe. Arranco pedaços para as duas éguas, que resfolegam suavemente em minhas mãos.

Acaricio o pelo do focinho de Trapilha. A flecha não parece estar lhe causando muita dor, então escolho acreditar que ela vai ficar bem.

— Talvez fosse melhor se ele dormisse por cem anos — comenta Tiernan, embora pareça estar falando mais para si mesmo. — É tão certo que Lady Nore nos cace quanto nós a cacemos. Adormecido é melhor que morto.

— Por que Oak *está realmente* fazendo isso? — pergunto.

O cavaleiro me lança um olhar severo.

— Fazendo o quê?

— Esta missão está *abaixo* dele. — Não conheço outra forma de explicar. Na Corte dos Dentes, Lady Nore me fez entender que *ela* podia perfurar minha pele para fazer uma coleira de malha de prata atravessá-la, podia me causar tamanha agonia que meus pensamentos não passariam de coisas animalescas, mas qualquer desrespeito feito a mim por um *plebeu* era punido com a morte. Ser da nobreza importava.

Com certeza, mesmo no seu pior, a Grande Rainha não podia dar menos valor ao príncipe do que Lady Nore dava a mim. Jude deveria ter enviado uma dúzia de cavaleiros como Tiernan em vez do próprio irmão, com apenas um único guarda para protegê-lo.

— Talvez haja uma dama que ele queira impressionar com o próprio heroísmo — argumenta o cavaleiro.

— A irmã, imagino — digo.

Ele ri da sugestão.

— Ou Lady Violet, com lábios de carmim e uma coroa de borboletas vivas no cabelo, segundo um poema escrito em homenagem a ela. Oak passou três dias em sua cama antes de um amante ciumento aparecer, empunhando uma adaga e fazendo uma cena patética. Havia uma tal Lady Sibi também, que vai afirmar de maneira dramática, a qualquer um disposto a ouvir, que Oak a enebriou de paixão e, então, quando se cansou dela, despedaçou seu coração.

"Na verdade, pensando bem, seria melhor que ele não impressionasse Sibi mais do que já o fez. Mas poderia ser qualquer uma das outras duas dúzias de beldades de Elfhame, todas muito dispostas a se impressionar com seu heroísmo."

Mordo o interior da bochecha.

— Essa é uma razão ridícula.

— Algumas pessoas são ridículas — pondera Tiernan, com um olhar para o taciturno Hyacinthe de coleira, marchando com dificuldade. — Em especial quando se trata de amor.

Não é uma opinião lisonjeira sobre Oak, mas no momento o príncipe se encontra jogado no lombo de uma égua. E também, é possível que tenha salvado a vida do cavaleiro. E a minha.

— É nisso que acredita de verdade? — pergunto.

— O quê? Que há uma garota? Disso, tenho certeza. Sempre há. Mas estou igualmente certo de que a coragem não deveria estar abaixo de um príncipe — revela Tiernan.

Existem rumores de que Cardan jamais desejou o trono, que vai abdicar em favor de Oak em algum vago momento futuro. Mas, quando penso no Grande Rei Cardan com seus cachos negros e sua boca cruel, no modo como se comporta — tola e perigosamente ao mesmo tempo —, não acredito que renunciaria ao poder. É capaz, no entanto, de enganar Oak para que este embarque em uma missão da qual não retorne. De encorajá-lo com histórias de cavaleiros e honra e atos valentes.

— Se o Grande Rei e Rainha o deixaram partir sem nenhuma proteção além de você, alguém quer vê-lo morto.

Tiernan ergue as sobrancelhas.

— Você tem uma mente desconfiada.

— Diz o amante de um traidor. — Não estava convicta da minha certeza, mas vi Tiernan olhar para Hyacinthe ao falar de amor, e me lembro do que Oak disse a ele antes, sobre confiança.

É gratificante quando vejo a alfinetada acertar o alvo.

Boquiaberto, Tiernan parece atordoado, como se nunca lhe tivesse ocorrido que só porque minha voz está áspera pelo desuso, só porque pareço mais fera do que garota, que não estivesse prestando atenção.

Hyacinthe dá uma risada seca.

— Você acredita que o Grande Rei planeja atingir Oak através de mim? — pergunta o cavaleiro.

Dou de ombros.

— Acho que mesmo que queira correr todos os riscos pelo príncipe, há apenas um de você. E acho estranho que a família real permita que um príncipe aposte a vida na busca pela glória.

O cavaleiro desvia o olhar e não responde.

Caminhamos por quase um quilômetro antes que Oak solte um gemido baixo e tente se sentar.

— *Jude* — murmura ele. — *Jude, não podemos simplesmente o deixar morrer.*

— Você está bem — diz Tiernan, colocando a mão em seu pescoço. — Nós os despistamos.

O príncipe abre os olhos dourados de raposa e olha em volta. Quando me vê, se deixa cair mais uma vez, como se estivesse aliviado por eu ainda estar ali.

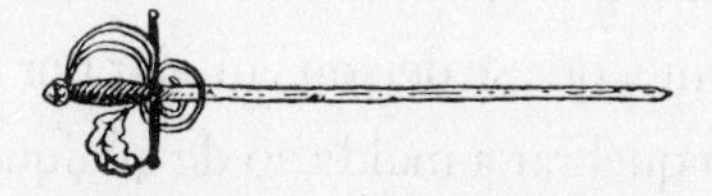

Perto do amanhecer, chegamos a uma praia assolada pelo vento.

— Espere aqui com o príncipe — diz Tiernan para mim, enquanto nos aproximamos de um cais de pedra preta. — Hyacinthe, suas ordens se mantêm. Meus inimigos são seus. Defenda-a se necessário.

O prisioneiro abre um sorriso fino.

— Não sou eu que esqueci tudo o que jurei.

Não consigo ver o rosto de Tiernan, então não posso dizer se a amargura de Hyacinthe o incomoda.

O ar está carregado de sal. Lambo o lábio superior e observo Tiernan levar a égua ferida até a areia. O casco de Trapilha toca a crista de uma onda. Ao roçar a espuma do mar, ela balança a crina e solta um relincho que faz os pelos dos meus braços se arrepiarem.

Hyacinthe se vira para mim. O quebrar das ondas torna impossível que Tiernan o ouça, mas ele abaixa o tom de voz de qualquer maneira:

— Há coisas que eu poderia lhe contar, se não estivesse com o arreio. Liberte-me e eu te ajudarei.

Não digo nada. Tenho pena dele, aprisionado como está, mas aquilo não o torna meu aliado.

— Por favor — implora ele. — Eu não quero viver assim. Quando fui capturado, Oak removeu a maldição, mas não tinha o poder de impedi-la de retornar. Primeiro meu braço, depois não sei mais o quê. É pior do que ser um falcão por completo, perder-se de novo, aos poucos.

— Que fique bem evidente. Eu *odeio* Lady Nore — explico, um rosnado na voz, porque não quero ouvi-lo. Não quero simpatizar com ele mais do que já o fiz. — E se você é leal a ela, também te odeio.

— Eu apoiei Madoc — diz Hyacinthe, em voz baixa. — E agora sou prisioneiro do filho dele. Porque eu era mais fiel, não menos. Mais leal do que meu amante, que se deixou enredar por outro e me renegou. Lady Nore prometeu quebrar a maldição de qualquer falcão que se juntasse a ela, mas nunca lhe fiz juramento algum. Pode confiar em mim, senhora. Ao contrário dos outros, não vou enganá-la.

Do outro lado da praia, a égua de Tiernan avança pela água escura, indiferente às ondas quebrando ao redor dela.

Mais leal do que meu amante, que se deixou enredar por outro.

— Trapilha está se *afogando*? — pergunto.

Hyacinthe balança a cabeça.

— O povo do mar vai levá-la de volta a Elfhame, e ela ficará bem lá.

Solto a respiração. Meu olhar vai para Oak, a bochecha apoiada no flanco de Donzelinha. A armadura reluzente ao luar. O pestanejar dos cílios. Os calos em suas mãos.

— Remover o arreio não vai parar nem apressar sua maldição — lembro a Hyacinthe.

— Não caia no feitiço do príncipe Oak — avisa ele, enquanto o cavaleiro escala as rochas até nós. — Ele não é o que parece.

Quero fazer várias perguntas, mas não há tempo. Conforme Tiernan se aproxima, olho para o mar. Trapilha desapareceu. Não consigo ver nem mesmo sua cabeça acima das ondas.

— Estamos reduzidos a um corcel — informa Tiernan.

Tampouco temos lugar para descansar. Meu olhar se desvia para o sombrio espaço sob o calçadão. Poderíamos ficar ali na areia macia e fria sem sermos incomodados. Aquele mero pensamento me deixa ciente de como me sinto exausta.

O cavaleiro aponta para a estrada.

— Tem um hotel naquela direção. Vi o letreiro da margem.

Ele pega as rédeas da égua de Oak e a conduz colina acima. Eu o sigo, à frente do soldado alado. Noto como eles estão tensos um com o outro, com que cuidado se mantêm separados, pois os ímãs devem manter uma distância segura ou se tornam um, atraídos pela própria natureza.

Seguimos em frente, estrelas acima, salmoura no ar. Eu me pergunto se o zumbido do trânsito ou o cheiro de ferro os incomoda. Estou acostumada com aquilo. Contanto que fiquemos ali, estou segura. Assim que chegarmos à Corte das Mariposas, já teremos entrado demais no Reino das Fadas e as coisas ficarão inseguras e incertas.

Só de pensar naquilo, chuto um copo de fast-food ressecado e o envio em um rodopio ao longo da sarjeta.

Alguns quarteirões e chegamos a um hotel com ervas daninhas despontando pelas frestas do estacionamento. Alguns carros detonados estão estacionados perto da construção de reboco de um andar. Uma placa suspensa prometia vagas, TV a cabo e pouco mais.

O príncipe tenta se sentar outra vez.

— Apenas fique onde está — diz Tiernan. — Vamos voltar com as chaves.

— Estou bem — assegura Oak, deslizando do cavalo e logo desabando no asfalto.

— *Bem*? — ecoa o cavaleiro, de sobrancelhas arqueadas.

— Eu não falaria se não fosse verdade — argumenta o príncipe, e consegue se levantar com dificuldade. Ele joga seu peso em um carro próximo.

— Hyacinthe — diz Tiernan. — Não o deixe cair de novo. Wren, venha comigo.

— Eu só sonharia em deixar cair tão ilustre persona — zomba Hyacinthe. — Ou eu jamais sonharia. Ou qualquer coisa.

— Voar é com o que você deveria sonhar, falcão — retruca Oak, com raiva suficiente para eu me perguntar se ele ouviu parte de nossa conversa.

Hyacinthe estremece.

— Wren — repete Tiernan, indicando o hotel.

— Sou ruim com glamour — aviso a ele.

— Então não vamos nos incomodar com um.

A área da recepção cheira a cigarros velhos, apesar do sinal de PROIBIDO FUMAR sobre a porta. Atrás da mesa há uma mulher de aparência exausta, jogando em seu celular.

Ela nos olha, e seus olhos se arregalam. A boca se abre para gritar.

— Você está vendo pessoas absolutamente normais aqui, por motivos absolutamente normais — diz Tiernan a ela e, enquanto observo, suas feições se acomodam em uma serenidade de olhos vidrados. — Queremos dois quartos, um ao lado do outro.

Eu me lembro de como meus não pais eram enfeitiçados e odeio aquilo, muito embora o cavaleiro não esteja pedindo que ela faça nada horrível. Ainda.

— Certo — diz a mulher. — Não há muitos turistas nesta época do ano; vão ter o hotel quase só para vocês.

O cavaleiro assente de modo vago enquanto a mulher enfia uma chave magnética em branco na máquina.

Ela ainda diz algo sobre precisar de um cartão de crédito para qualquer eventualidade, mas algumas palavras depois, já esqueceu de tudo. Tiernan paga com notas que não têm o aspecto estranhamente novo das folhas enfeitiçadas. Eu o olho de esguelha e coloco no bolso uma caixa de fósforos.

Do lado de fora, parada em um trecho de grama rala, está nossa égua restante, com um brilho suave, pastando um dente-de-leão. Ninguém parece inclinado a amarrar Donzelinha.

Oak está sentado no para-choque de um carro, parecendo um pouco melhor. Hyacinthe está apoiado em uma parede de gesso suja.

— Aquele dinheiro — pergunto. — Era real?

— Ah, sim — confirma o príncipe. — Minha irmã ficaria abespinhada conosco de outra forma.

— Abespinhada. — Faço eco à palavra arcaica, embora saiba o que significa. Irritada.

— *Super* abespinhada — reforça ele, com um sorriso.

Para as fadas, os mortais em geral são irrelevantes ou mero entretenimento. Mas suponho que a irmã de Oak não possa ser relegada a nenhuma daquelas categorias. Muitos do Povo das Fadas devem odiá-la por isso.

Tiernan nos leva até nossos quartos: 131 e 132. Abre a porta do primeiro e nos faz entrar. Há duas camas de solteiro, com colchas de aparência áspera. Uma televisão ocupa a parede, acima de uma mesa empenada que foi aparafusada ao chão, o carpete manchado com pequenos círculos de ferrugem ao redor dos parafusos. O aquecedor está ligado e o ar tem um leve cheiro de poeira queimada.

Parado perto da porta, Hyacinthe tem a asa bem fechada às costas. Seu olhar me segue, possivelmente para evitar encarar o cavaleiro.

Oak rasteja até a cama mais próxima, mas não fecha os olhos. Ele sorri para o teto em vez disso.

— Aprendemos algo sobre as habilidades dela.

— E você quer que eu diga que valeu a pena você ser envenenado? — pergunta o cavaleiro.

— Estou sempre sendo envenenado. Uma lástima, não era cogumelo amanita — diz o príncipe, sem qualquer lógica.

Tiernan acena com o queixo para mim.

— Aquela garota pensa que você é um tolo por sequer estar aqui.

Fecho a cara, porque não foi o que eu quis dizer.

— Ah, Lady Wren — começa Oak, um sorriso preguiçoso nos lábios. Cabelos cor de calêndula roçando sua testa, meio que escondendo os chifres. — Assim você me magoa.

Duvido ter lhe ferido os sentimentos. Mas as bochechas ainda estão cortadas das minhas unhas. Três linhas de sangue seco, rosadas nas bordas. Nada do que diz é mentira, mas todas as suas palavras são enigmas.

Tiernan se ajoelha e começa a desafivelar as laterais da armadura de Oak.

— Me ajuda aqui, sim?

Eu me agacho do outro lado do príncipe, preocupada em fazer algo errado. O olhar de Oak recai sobre mim enquanto, com dedos desajeitados, tento tirar a cota de malha onde as placas grudaram no ferimento. Ele solta uma bufada de dor discreta, e posso ver como seus lábios embranqueceram nos cantos, devido à pressão enquanto engole quaisquer outros murmúrios que sinta vontade de emitir.

Sob a cota, sua camisa de linho manchada está enrolada na superfície plana de seu estômago, no contorno dos ossos do quadril. Seu suor carrega o cheiro de grama esmagada, mas, sobretudo, Oak cheira a sangue. Ele me observa, os olhos voltados para baixo.

Sem a armadura dourada, ele quase se parece com o garoto de quem me lembro.

Tiernan se levanta, recolhendo as toalhas.

— Como Lady Nore sabia que você estava vindo atrás de mim? — pergunto, tentando me distanciar da estranha intimidade do momento, do calor e da proximidade daquele corpo.

Se ela enviou Bogdana e os varapaus, ela deve mesmo me querer, depois de me ignorar por oito anos.

Oak tenta se sentar mais ereto nos travesseiros e estremece, corando intensamente.

— É provável que ela tenha percebido que pedir para você vir comigo seria a coisa mais inteligente a se fazer — argumenta ele. — Ou ela pode ter espiões que viram a direção em que estávamos indo quando saímos de Elfhame.

Tiernan indica Hyacinthe do banheiro, onde ele está molhando um pano na água quente da torneira.

— Espiões como ele, imagino.

Franzo o cenho para o outrora falcão encoleirado.

— Não há muito trabalho para os pássaros por aí — diz Hyacinthe, levantando a mão em um gesto de defesa. — E não espionei *você*.

Tiernan traz as toalhas, segurando uma na intenção de lavar a ferida do príncipe. Antes que ele possa fazê-lo, Oak a pega e pressiona no próprio ombro, fechando os olhos por causa da dor. A água escorre pelas costas e mancha os lençóis de cor-de-rosa.

— Estamos a poucos dias da Corte das Mariposas, mas perdemos um cavalo — diz Tiernan.

— Vou negociar outro — comenta Oak de modo distraído. Não tenho certeza se entende que, no mundo mortal, cavalos não são algo que se pode simplesmente escolher em um mercado de agricultores locais.

Quando o príncipe começa a tratar o ferimento, Tiernan acena com a cabeça em minha direção.

— Venha — chama ele, me conduzindo para fora da sala. — Vamos deixá-lo sonhar com todas as coisas que fará amanhã.

— Como baixar um decreto real que te proíba de zombar de mim quando eu for envenenado — rebate Oak.

— Continue sonhando — responde Tiernan.

Olho para Hyacinthe, pois não me parece que o cavaleiro esteja enredado pelo príncipe. Quando muito, os dois parecem amigos que se conhecem há muito tempo. Mas o não mais falcão está cutucando as unhas com um punhal e ignora a todos nós.

Tiernan usa a segunda chave para entrarmos em um cômodo quase idêntico. Duas camas, uma televisão. Manchas de ferrugem onde os parafusos entraram em contato com o tapete. Uma colcha de poliéster que dá impressão de que água derramada não seria absorvida pelo tecido.

Ali, o cavaleiro enrola a corda em volta do meu tornozelo, me amarrando à cama, com folga suficiente para que eu possa deitar, até mesmo rolar. Sibilo para ele enquanto me prende, lutando contra as amarras.

— Ele pode confiar em você — diz Tiernan. — Mas não confio em ninguém da Corte dos Dentes.

Então ele sussurra algumas palavras sobre o nó, uma pitada de encantamento que tenho quase certeza de que posso desfazer, com toda a prática que acumulei ao quebrar os feitiços da glaistig.

— Durma bem — diz ele, e em seguida sai, fechando a porta com força a suas costas. Ele deixou a mochila para trás, e aposto que está planejando voltar e dormir ali, onde pode ficar de olho em mim. E onde pode evitar quaisquer que sejam seus sentimentos por Hyacinthe.

Maldosamente, eu me levanto e, tensionando a corda ao máximo, fecho o trinco.

A madrugada se estende até o amanhecer, e, por todo o hotel, o mundo mortal parece despertar. Um motor de carro ganha vida. Duas pessoas discutem perto de uma máquina de venda automática. Uma batida de porta soa do quarto ao lado do meu. Espio pela janela, imaginando escapar manhã adentro e desaparecer. Imaginando a expressão no rosto de Tiernan quando retornar e descobrir meu sumiço.

Mas eu seria tola se tentasse enfrentar a bruxa da tempestade ou Lady Nore sozinha. Seria derrubada pelo mesmo veneno que atingiu o príncipe, mas, sem armadura, a flecha se cravaria mais fundo em minha carne. E ninguém estaria lá para me oferecer um antídoto ou me colocar sobre um cavalo.

Ainda assim, não quero ser arrastada como um animal, preocupada em ser encoleirada.

Se não posso ser respeitada, se não posso ser tratada como igual, então, pelo menos, quero que Oak veja que tenho tanto direito quanto ele naquela missão, mais motivos para odiar Lady Nore e o poder de detê-la.

Mas é difícil pensar em um jeito de convencê-los quando meu tornozelo está amarrado à perna da cama, e meus pensamentos estão confusos pela exaustão. Tirando um dos cobertores da minha bolsa, eu me enfio no espaço empoeirado entre o colchão e o chão, me enrolando ali. A consciência do estrado sobre mim e o familiar cheiro de floresta no cobertor são reconfortantes.

Descanso a cabeça nos braços, tentando me acomodar. Deveria ser difícil adormecer naquele lugar desconhecido, cheio de sons estranhos. Minhas coxas estão doloridas da cavalgada, e meus pés estão latejando da caminhada. Mas, enquanto a luz do sol quente e calorosa se derrama no quarto como a gema de um ovo rachado, meus olhos se fecham. Nem chego a sonhar.

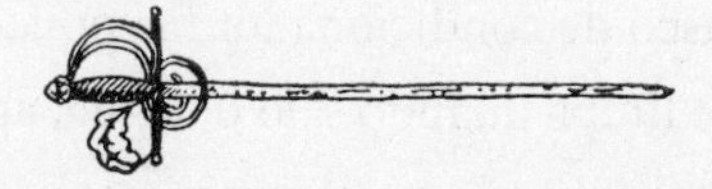

Quando acordo, o céu está escuro. Rastejo de sob a cama, sentindo fome.

Tiernan deve ter entrado e saído sem que eu percebesse, porque o trinco está aberto, a mochila dele ausente. Desfaço rápido seu maldito nó encantado, então sigo para o banheiro e encho o copo de plástico que encontro ali com água. Bebo, o encho outra vez e bebo novamente.

Quando olho para cima, vejo meu próprio reflexo e recuo de modo inconsciente. Sem glamour, minha pele exibe o pálido cinza-azulado dos botões de hortênsia, manchada de sujeira ao longo de uma das bochechas e do nariz. Meu cabelo está tão entremeado de folhas, galhos e lama que seria quase impossível saber que no fundo é de um azul ainda mais escuro. Tenho o mesmo queixo pontudo que tinha quando acreditava ser mortal. Um rosto fino, com olhos grandes e uma expressão de espanto, como se esperasse encontrar outra pessoa no reflexo do espelho.

Pelo menos, meus olhos poderiam passar por humanos. São verdes, profundos e sombrios.

Sorrio um pouco para ver o horror dos meus dentes afiados. Uma boca cheia de facas. Fazem até os membros do Povo titubearem.

Meu olhar vai para a banheira, pensando em como Oak deve me enxergar, agora que ambos crescemos. Abro a torneira e deixo a água quente correr em minha mão. À medida que a sujeira se dissolve, vejo que a pele por baixo é de um azul mais quente e mais claro.

Mas não sou uma dama da corte com lábios carmim e borboletas no cabelo. Sou magrela, como um varapau.

Coloco o tampão na banheira e a deixo encher. Então lentamente eu me abaixo na água. O calor é quase mais do que posso suportar. Ainda assim, esfrego a pele com minhas unhas pontudas. Em minutos, a água está tão suja que preciso escoá-la. Em seguida, repito o ritual. Afundo os dedos no cabelo, tentando desembaraçar os nós. É doloroso, e o conteúdo do minúsculo frasco de condicionador faz pouco para ajudar. Ainda não estou totalmente limpa quando saio da água, apesar da fina camada de sujeira deixada para trás na porcelana.

Agora que tomei banho, meu vestido parece mais sujo do que nunca, puído quase como uma gaze em alguns lugares, e descolorido por sol e lama. Não tenho outra roupa, então eu o pego e coloco embaixo da torneira da pia, esfregando delicadamente com sabão, torcendo para não rasgar. Então o penduro na haste da cortina do boxe e aponto o secador de cabelo para o tecido. Ainda está úmido quando o tiro dali.

Começo a vesti-lo quando vejo uma sombra se mover do lado de fora da janela.

Eu me jogo no chão, mas não antes de reconhecer aqueles dedos longos. Enquanto rastejo nua para baixo da cama, ouço o arranhar de unhas no vidro. Eu me preparo para quando Bogdana quebrar a janela ou chutar a porta.

Nada acontece.

Tomo fôlego uma vez. Então outra.

Minutos depois, ouço uma batida na porta. Não me mexo.

A voz insistente de Oak soa do outro lado.

— Wren, abra.

— Não — grito, rastejando de sob a cama e me vestindo com pressa. Ouço um barulho e um baque; em seguida, algo de metal desliza pelo vão entre a porta e a soleira. A porta se abre.

— Pensei que você fosse... — começo a explicar, mas não tenho certeza se ele está prestando atenção. Oak deixou de lado o que usou para arrombar a porta e está recolhendo um porta-copos de papelão com cafés e um grande saco de papel.

Quando ergue os olhos, ele congela por um segundo, uma expressão indecifrável no rosto. Então desvia o olhar, na direção de um ponto indefinido, logo acima de meu ombro.

Observo o modo como o pano úmido do vestido grudou em meu corpo, e estremeço. Meus seios estão visíveis, até meus mamilos. Seria possível que Oak pensasse que fiz aquilo para chamar sua atenção? Fico corada de vergonha, o constrangimento rastejando pescoço abaixo.

Oak passa por mim e coloca o saco na cama. Os cachos dourados estão apenas um pouco desarrumados, a camisa de linho limpa, branca e sem rugas, como se ele nunca tivesse sido envenenado, ou alvejado, ou caído de um cavalo. Com certeza, não havia lavado as roupas na pia. E sua boca está torcida numa insuportável expressão de diversão.

Eu me enrolo na colcha da cama.

— Não sabia ao certo do que você gostava. — Oak começa a tirar da bolsa de papel uma manga, três maçãs verdes, um punhado de figos secos, um pacote de biscoitos no formato de peixinhos dourados, pedaços de pizza congelados e quatro cachorros-quentes embrulhados em papel-alumínio. Ele faz tudo aquilo sem me encarar. — Parecem de carne, mas não são.

Estou com fome o bastante para aceitar um de seus estranhos cachorros-quentes veganos.

— Você não come carne? Seu pai deve odiar isso.

Ele dá de ombros, mas há algo em seu rosto que me diz que a questão foi discutida antes.

— Sobra mais para ele.

Então me distraio comendo. Devoro três dos quatro cachorros-quentes tão depressa que, quando paro, vejo que Oak está com a mão curvada de maneira protetora sobre o último. Pego um figo e tento dar mordidas menores.

Deixando o restante da comida sobre o colchão, ele segue até a porta.

— Tiernan me disse que eu deveria ser grato por sua relutância em me deixar cair de cabeça, por mais tentada que você estivesse — revela ele. — Eles vão fazer canções em homenagem a seu autocontrole.

— E por que acha que eu estava tentada? — Há um rosnado em minha voz do qual não consigo me livrar.

— Muitos ficam. Deve ser algo em meu rosto. — Ele sorri, e me lembro do amante ciumento com a adaga.

— Talvez você insista em arrastá-los para missões — sugiro.

Ele ri.

— Não foi assim que imaginei te ver de novo.

— Imagino que você pensou que *nunca* mais me veria — digo, para lembrar a mim mesma das muitas, muitas diferenças entre nossas posições na vida.

O sorriso some de sua boca.

— Parecia ser o que você queria.

Eu gostaria que não me incomodasse que ele parou de sorrir, mas incomoda.

A porta se abre. Tiernan está do outro lado, nos encarando irritado.

— Vamos embora. Temos muito terreno para cobrir.

Do lado de fora, vejo que adquirimos um novo cavalo, preto feito piche e com cheiro de água do mar. A égua fada de Oak se esquiva, resfolegando com narinas dilatadas.

A nova montaria me observa com avidez, e me dou conta do que estou encarando. A criatura é um membro do Povo solitário, um devorador de carne. Um kelpie.

CAPÍTULO

5

— Monte — ordena Tiernan com impaciência, indicando o kelpie. A criatura não tem sela, muito menos rédeas. Lanço um olhar saudoso para Donzelinha e me pergunto se o cavaleiro está me empurrando para um monstro carnívoro por pura antipatia.

Mas Oak se aproxima do kelpie de bom grado, dando tapinhas em seu flanco, distraído. Então monta e estende a mão para mim. Mais uma vez vestido na armadura dourada, o menino que havia sido meu amigo dá lugar a um homem que não conheço.

O cavaleiro me ergue até a garupa do príncipe. Conforme minhas mãos tocam a cintura de Oak, estou ciente do calor de sua pele mesmo através da armadura de escamas, do corpo pressionado em minhas coxas, e, embora o manto que me emprestou cubra meu vestido puído, não pode me proteger daquilo.

— Espero que esteja se sentindo descansado depois de todo aquele docemorte — diz Tiernan a Oak. — Porque você está acabando com o nosso cronograma.

Oak lhe lança um olhar que me faz suspeitar de que o príncipe vai enfim obrigá-lo a prestar contas pela intimidade. Mas, se assim for, não é o momento.

Eu me pergunto o quão difícil é para o kelpie não correr diretamente até um lago e afogar nós dois. Mas, como membro do Povo solitário, ele provavelmente fez votos de obediência a Elfhame, e só posso esperar que os cumpra. Mal tenho tempo para envolver a cintura do príncipe com os braços e tentar não cair. Então partimos, galopando pelo fim de tarde sem trégua.

Pelos pinheirais cobertos de seiva de Pine Barrens, cruzando rodovias repletas de faróis acesos de carros, cavalgamos. Meu cabelo esvoaça, e, quando Oak olha para trás, preciso desviar o olhar. Coroa na fronte, espada na bainha, em sua reluzente cota de malha, ele parece um cavaleiro saído da imaginação de uma criança, direto de um conto de fadas.

O dia irrompe em tons de cor-de-rosa e dourado, e o sol já está alto no céu quando paramos. Minhas coxas doem ainda mais, depois do atrito contra os flancos do kelpie, e até meus ossos parecem cansados. Meu cabelo está mais embaraçado do que nunca.

Acampamos em uma floresta, tranquila e densa. O murmúrio distante do trânsito indica que há estradas mortais ali perto, mas, sem prestar muita atenção, eu poderia confundir o ruído com o gorgolejar de um córrego. Oak desempacota nossas coisas e desenrola cobertores enquanto Tiernan acende uma fogueira. Hyacinthe observa, como se desafiasse alguém a pedir ajuda.

Dou uma escapada e volto com punhados de caquis, dois cogumelos prateleira do tamanho de capacetes, alho selvagem e ramos de lindera. Até Tiernan afirma estar impressionado com minhas descobertas, embora eu desconfie de que ele esteja irritado por Oak ter me permitido perambular pelo bosque.

O príncipe o ignora e encontra uma maneira de cozinhar os cogumelos. Eles trouxeram queijo e um bom pão preto, e, enquanto comemos, Oak nos conta histórias da Corte. Festas inacreditáveis oferecidas pelo Grande Rei. Peças pregadas pelo próprio Oak, e pelas quais foi punido. Não menciona suas amantes, mas relembra um tragicômico romance entre uma pixie, um púca e um dos conselheiros do rei, que ainda estava se desenrolando quando partiu.

Até Tiernan parecia diferente à luz das chamas. Quando serviu o chá para Hyacinthe, acrescentou mel sem ser solicitado, como se o tivesse preparado assim muitas vezes antes. E quando entregou a bebida e seus dedos se tocaram, reconheci em seu rosto a dor aguda da saudade, a relutância em pedir o que com certeza seria negado. Ele escondeu depressa, mas não rápido o suficiente.

— Vai me contar o que essa bruxa na Corte das Mariposas deveria supostamente encontrar para nós? — pergunto, quando as histórias chegam ao fim.

Quero a resposta, porém, mais que isso, quero saber se eles confiam em mim o suficiente para me dar uma.

Tiernan olha na direção de Oak, mas o príncipe está me encarando fixamente, perspicaz.

— Os limites do poder de Lady Nore, espero. A Bruxa do Cardo viveu no tempo de Mab, e havia uma maldição sobre os ossos de Mab, se bem entendi.

— Então não é um objeto? — pergunto, pensando em sua conversa na floresta.

Oak dá de ombros.

— Vai depender do que ela nos contar.

Reflito sobre a resposta enquanto me deito em alguns dos cobertores do príncipe. Seu perfume evoca as fragrâncias de Elfhame, e ajeito minha própria coberta lamacenta perto do nariz para encobrir o cheiro.

Naquela tarde, começamos outra longa e exaustiva cavalgada, com apenas uma breve pausa para comer. Quando paramos, me sinto prestes a cair do lombo do kelpie e não me importar se a criatura começar a me mordiscar.

Ali perto, um rio largo e salobro espuma, borbulhante em torno da rocha. Altas e esbeltas palmeiras-anãs formam ilhas solitárias de entulho e raízes. Em uma encosta íngreme, uma única parede de um prédio de cimento de cinco andares continua de pé. Parece um castelo recortado em cartolina, plano em vez de tridimensional.

— A entrada para a Corte das Mariposas deveria ser aqui em algum lugar — diz Tiernan.

Desmonto do kelpie e me deito no mato enquanto Oak e Tiernan debatem onde encontrar a entrada para o palácio. Inspiro a bruma de água, os aromas de barro e grama do rio apodrecida.

Quando abro os olhos, um jovem está parado no lugar do kelpie. Cabelo castanho da cor da lama no leito de um rio, e olhos do mesmo verde lodoso da água parada. Com um sobressalto, rastejo para longe e vasculho minha mochila à procura de uma faca.

— Saudações — diz ele, de modo expansivo e com uma mesura. — Você deve querer saber o nome daquele que te carregou nas costas, que tão corajosamente ajudou um jovem príncipe em seu momento de necessidade, antes do início de seu verdadeiro reinado...

— Certo — digo, o interrompendo.

— Jack dos Lagos — diz ele, com um sorriso ameaçador. — Uma feliz criatura. E a quem tenho a honra de me dirigir? — Ele me olha.

— Wren — respondo, e imediatamente desejo que não tivesse respondido. Não é meu nome verdadeiro, mas todos os nomes guardam algum poder.

— Você tem uma voz incomum — comenta ele. — Rouca. Muito atraente, mesmo.

— Danifiquei minhas cordas vocais há muito tempo — informo. — Gritando.

Oak se coloca entre nós, e fico grata pela distração.

— Que belo cavalheiro você é, Jack.

Jack se vira para o príncipe, o sorriso sinistro de volta aos lábios.

— Oak e Wren. Carvalho e carriça. Incrível! Batizados em homenagem às criaturas do bosque, mas nenhum de vocês é simples assim. — Ele olha para Tiernan e Hyacinthe. — Nem de longe tão simples quanto esses dois.

— Já chega — diz Tiernan.

O olhar de Jack permanece fixo em Oak.

— Você vai fazer travessuras pelo prazer da Rainha das Mariposas? Pois ela é uma governante sombria, seu favor é difícil de conquistar. Não que precise se preocupar em impressionar alguém, Vossa Alteza.

Tenho um mau presságio com aquelas palavras.

— Não sou contrário a travessuras — diz Oak.

— Já deu de impertinência — corta Tiernan, se inserindo na conversa. Parado com ombros para trás e braços cruzados, é a imagem do oficial do exército de Madoc que deve outrora ter sido. — Você teve o privilégio de carregar o príncipe por um tempo, é tudo. O que quer que achemos adequado lhe dar em recompensa, seja uma moeda ou um chute na cara, você vai aceitar e ser grato.

Jack dos Lagos resfolega, ofendido.

Os olhos de Hyacinthe faíscam de raiva, como se sentisse que o cavaleiro falou diretamente com ele.

— Bobagem — diz Oak a Jack. — Seus cascos foram rápidos e certeiros. Venha conosco à Corte, descanse os pés e beba alguma coisa. — Ele coloca a mão no ombro de Tiernan. — Somos nós que temos motivo para sermos gratos, não é mesmo?

O cavaleiro o ignora de modo acintoso, obviamente não demonstrando a mesma admiração pelo príncipe Oak que ele espera ver em Jack dos Lagos.

— Por aqui — diz o príncipe, nos conduzindo ao longo da margem. Eu o sigo, tentando não escorregar na lama.

— Decida por si só o quão bem eles retribuem a gratidão — diz Hyacinthe para o kelpie, tocando a tira de couro da rédea que usa. — E não lhes dê motivo para muito agradecimento.

Tiernan revira os olhos.

Cimento sólido bloqueia nosso caminho, com o rio de um lado e uma colina coberta de mancenilheiras venenosas do outro. Os escombros do antigo prédio não têm porta, apenas grandes janelas que revelam uma paisagem ainda mais assustadora e pantanosa do outro lado. E, ainda assim, posso sentir a tensão no ar, a presença crepitante da magia. Oak para, cenho franzido. Tenho certeza de que ele também pode sentir aquilo.

O príncipe pressiona a mão no cimento, como se estivesse tentando encontrar a fonte.

Jack dos Lagos chapinha na água, parecendo ansioso por arrastar alguém para as profundezas.

Hyacinthe se adianta para ficar mais perto, a mão livre cerrada, como se lhe faltasse algo. Eu me pergunto que arma empunhava em seu tempo de soldado.

— Aposto que vocês acham que todo mundo é amiguinho agora.

Abaixo o tom de voz até um grunhido, lembrando nossa conversa à beira-mar.

— Não estou sob o feitiço de ninguém.

Seu olhar vai para o príncipe, de pé no parapeito da janela, em seguida volta para mim.

— Oak parece um livro aberto, mas esse é o jogo dele. Ele guarda muitos segredos. Por exemplo, você sabia que ele recebeu uma mensagem de Lady Nore?

— Uma mensagem? — ecoo.

Ele sorri, satisfeito por ter me abalado.

Antes que eu possa pressioná-lo por mais detalhes, Oak se vira para nós com um sorriso que pede uma resposta.

— Venham ver.

Um prado de flores se estende de maneira inacreditável do outro lado da janela. Não há rio ali, nem capim ou lama. Simplesmente flores intermináveis e, entre os botões, ossos espalhados, brancos como pétalas.

Ele pula no campo, os cascos afundando sob as flores, e então estende o braço para mim.

Não caia em seu feitiço.

Lembro a mim mesma que conheci Oak quando éramos crianças, que temos os mesmos inimigos. Que ele não tem motivos para me enganar. Ainda assim, pensando nas palavras de Hyacinthe, balanço a cabeça para a oferta de ajuda de Oak e desço sozinha.

— É lindo, não é? — pergunta ele, um pequeno sorriso no rosto. Uma luz nos olhos de raposa.

É, lógico. Todo o Reino das Fadas é lindo assim, com a carnificina escondida logo abaixo.

— Tenho certeza de que a Rainha das Mariposas ficará encantada que o príncipe herdeiro pense assim.

— Você está de mau humor — comenta ele.

Como se eu não fosse toda espinhos o tempo inteiro.

Caminhamos por uma paisagem sem sol ou lua no céu, até chegar a um pedaço de terra com um poço profundo, meio escondido por um torvelinho de névoa. Ali, talhados na terra, degraus descem em espiral na escuridão.

— A Corte das Mariposas — anuncia Jack dos Lagos suavemente.

Quando olho para o campo, os ossos me incomodam: sinais de morte espalhados em meio a um tapete de flores. Queria que não tivéssemos ido ali. Sinto um medo que parece premonitório.

Percebo que Oak está com a mão na espada ao começar a descida.

Nós o seguimos, Tiernan atrás do príncipe, então eu e Jack, com Hyacinthe na retaguarda, o arreio apertado no rosto. Seguro minha faca junto à barriga, inalo o rico aroma de terra e me lembro de todas as vezes que quebrei maldições, todas as peças que preguei no Povo das Fadas.

Entramos em um longo corredor de terra batida, com raízes pálidas formando uma treliça ao longo do teto. Alguns cristais brilhantes iluminam o caminho. Fico cada vez mais desconfortável à medida que nos embrenhamos na colina. Sinto o peso da terra acima de mim, como se a passagem pudesse desmoronar, nos enterrando a todos. Mordo o lábio e sigo em frente.

Por fim, entramos em uma caverna de teto alto, as paredes resplandecentes de mica.

Parada ali, uma troll de pele verde, com piercings nas bochechas e dois conjuntos de chifres pretos saindo da cabeça. Sabres pendem das bainhas nos quadris. Ela usa armadura de couro, cuidadosamente trabalhada de modo que parece haver uma dúzia de bocas gritando no peitoral.

Ao nos ver, ela franze o cenho.

— Guardo a passagem para a Corte das Mariposas. Digam seus nomes e o propósito da visita. Então muito provavelmente vou matá-los.

A expressão no rosto de Tiernan endurece.

— Não reconhece seu próprio soberano? Este é o príncipe Oak, herdeiro de Elfhame.

O olhar da troll viaja até Oak, parecendo que poderia comê-lo em três dentadas. Por fim, ela faz uma reverência relutante e breve.

— Você nos honra.

O príncipe, por sua vez, parece genuinamente contente em conhecê-la e nem um pouco assustado, revelando grande arrogância ou tolice, ou ambos.

— A honra é nossa — diz ele, parecendo pronto para lhe beijar a mão se lhe fosse oferecida. É impensável para mim ter tamanha certeza de estar sendo bem-vindo.

Só de imaginar sinto um embrulho no estômago.

— Procuramos a Bruxa do Cardo, que vive nas terras da rainha Annet. Sabemos que, sem permissão para vê-la, os suplicantes se perdem em seu pântano por cem anos — continua Oak.

A troll inclina a cabeça, como se ainda avaliasse seu potencial de gostosura.

— Alguns nem mesmo voltam.

O príncipe assente, como se ela estivesse confirmando suas suspeitas.

— Infelizmente, não temos tempo para nenhuma dessas opções.

A contragosto, a troll sorri um pouco com aquelas palavras.

— E seus companheiros?

— Sir Tiernan — diz o cavaleiro, apontando para si mesmo. — Jack dos Lagos. Lady Wren. Nosso prisioneiro, Hyacinthe.

O olhar da troll desliza por Hyacinthe e Jack, e descansa em mim por um momento desconfortavelmente longo. Meu lábio se curva em uma resposta automática, para revelar a ponta dos dentes.

Longe de parecer desconcertada, ela assente, como se apreciasse as minhas presas afiadas e a minha desconfiança.

— A rainha Annet vai querer falar pessoalmente com vocês — diz a troll, chutando a parede atrás de si três vezes. — Ela deseja festejar com vocês em seu salão, e todas essas coisas. Chamei um criado para levá-los aos seus quartos. Lá, vão poder se refrescar e se vestir para o banquete. Vamos até trancar seu prisioneiro durante a noite.

— Não há necessidade — diz Oak.

A troll sorri.

— E, ainda assim, vamos fazê-lo.

Hyacinthe olha na direção de Tiernan, talvez à espera de que o antigo amante interceda em seu nome. Sinto como se uma armadilha se fechasse ao meu redor e, no entanto, não creio que seja a mim que pretendam pegar.

— Ficaríamos encantados em desfrutar da hospitalidade da Corte das Mariposas — diz Oak. Se tem esperança de conseguir o que deseja, é impossível para ele dizer qualquer outra coisa.

O sorriso da guarda troll se torna enorme.

— Ótimo. Podem seguir Dvort.

Noto seu olhar e me viro, assustada ao ver que um ser encantado se esgueirou atrás de nós. A pele e a barba são da mesma cor das raízes sinuosas que pendem do teto, seus olhos injetados. As orelhas parecem longas como as de um coelho, e suas roupas estão cobertas por uma camada de musgo, mais densa nos ombros. Ele não fala, apenas faz uma mesura, então se vira e caminha pela passagem.

Hyacinthe bate com seu ombro no meu.

— Antes que eles me levem, me deixe provar o que eu falei e te dar pelo menos essa informação. A mãe do príncipe era uma gancanagh. Uma *encantadora de palavras.* Lábios de mel, costumávamos chamá-los na Corte.

Balanço rapidamente a cabeça, temendo o que ele vai dizer a seguir.

— Nunca ouviu falar deles? Um encantador de palavras é capaz de despertar tamanho desejo nos mortais que estes morrem consumidos pelo sentimento. O Povo das Fadas pode não considerar a paixão letal, mas ainda a sentimos. A primeira mãe de Oak seduziu o Grande Rei Eldred *e* seu filho Dain. Dizem que o meio-irmão de Oak tomou tanto Jude quanto sua gêmea, Taryn, como amantes e roubou a antiga prometida de Cardan debaixo de seu nariz. O que você acha que o príncipe é capaz...

Hyacinthe interrompe a fala porque paramos na frente de quatro portas, todas de pedra com dobradiças de metal em espiral.

Mas não posso deixar de terminar a frase por ele, do jeito que temo que teria sido. *O que você acha que o príncipe é capaz de fazer com alguém como você?* Fico arrepiada, sentindo um desejo que eu teria preferido negar.

Era assim que ele fazia todos se sentirem? Não é de admirar que sempre houvesse uma garota. Não é de admirar que Hyacinthe acreditasse que Tiernan fora enredado por ele.

Dvort faz outra reverência, gesticulando em direção aos quartos, então empurra Hyacinthe para que continue se movendo até uma das três encruzilhadas do corredor.

— Ele fica conosco — avisa Oak.

— Você ouviu *Sua Majestade.* — Apesar do escárnio na voz quando se refere a Oak, Hyacinthe obviamente não quer ser levado. Ele tenta se mover ao redor do pajem, em direção ao príncipe. Mas, em silêncio, Dvort bloqueia seu caminho.

A mão de Oak vai até o punho da espada.

— Basta — diz Tiernan, agarrando o braço do príncipe. — Eles querem que você desrespeite a hospitalidade da Corte das Mariposas. Pare com isso. Não vai fazer mal a Hyacinthe esfriar a cabeça na prisão da rainha por uma noite. Vou acompanhá-lo e me certificar de que está confortável o suficiente.

— Unseelie é como Unseelie faz — diz Jack dos Lagos com algum deleite.

Eu os observo se afastarem, o pânico aumentando quando nosso grupo é dividido em dois. Quando sou conduzida até meu quarto, só me sinto pior.

É uma câmara sombria, as paredes esculpidas em pedra e terra. Uma cama tosca está encostada em um canto, cheia de cobertores e almofadas opulentas, com um dossel de tapeçarias. Cada cortina mostra caçadas, criaturas sangrando em florestas de folhagens coloridas, os corpos cobertos de flechas.

Há um jarro de água e um lavatório em um suporte, e alguns ganchos na parede. Dou uma volta pelo quarto, procurando por olhos mágicos, passagens secretas e perigos ocultos.

O lugar faz minha pele se arrepiar. Embora esteja quente ali, e nada seja de gelo, me lembra demais a Corte dos Dentes. Quero ficar longe.

Eu me sento na cama, contando até cem, na esperança de que aquela sensação de pânico passe.

Quando chego a oitenta e oito, Oak abre a porta.

— Providenciei para que você seja recebida pela costureira real.

Meu olhar pousa na cavidade de sua garganta, logo acima do colarinho. Tento evitar encará-lo.

Encantador de palavras.

— Não quero ir. — Só o que quero é me enrolar em um canto até que possamos partir.

Ele parece não acreditar.

— Não tem como você participar da celebração assim.

Fico vermelha ao contemplar o príncipe em toda a sua elegância.

Não é justo. Estou mais limpa do que estive em semanas. É verdade que meu vestido tem buracos, a bainha está esfarrapada, e há lugares onde o tecido parece puído o suficiente para se rasgar. Ainda assim, é *meu*.

— Se acha que vou constrangê-lo, me deixe no quarto — rosno, esperando que ele concorde.

— Se você for como está, passará a ideia de que Elfhame não a valoriza, o que é perigoso na Corte das Mariposas — argumenta ele.

Fecho a cara, nada disposta a ser razoável.

O príncipe suspira, afastando o cabelo dos olhos de raposa.

— Se permanecer neste quarto, Tiernan deve ficar para cuidar de você, e ele está morrendo de vontade de beber o doce vinho e ouvir as canções da Corte das Mariposas. Agora, vamos. Você pode voltar a usar seu vestido velho amanhã.

Humilhada, eu me levanto e o sigo.

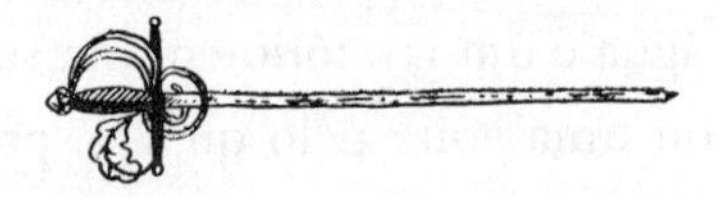

Alguém canta uma sinistra cantiga do outro lado da porta da costureira e sinto o chamado da magia, o seu peso. O que quer que esteja ali dentro tem poder.

Lanço um olhar de advertência para Oak, mas ele bate à porta mesmo assim.

A música para.

— Quem visita os aposentos de Habetrot? — soa uma voz sussurrante.

Oak ergue as sobrancelhas para mim, como se devesse ser eu a responder.

Tudo bem, se é o que ele quer.

— Suren, cuja vestimenta foi considerada inadequada por um príncipe detestável, apesar do fato de eu ter visto pessoas comparecerem *nuas* a festins.

Em vez de se sentir ofendido, Oak ri com prazer.

A porta se abre para revelar uma mulher com pele verde-sapo, lábio inferior carnudo e sobrancelhas selvagens. Vestida com uma roupa preta grande o bastante para engolir seu corpo, tem uma corcunda tão pronunciada que seus dedos quase tocam o chão.

Ela me encara e pisca os olhos pretos úmidos.

— Entre, entre — convida ela.

— Vou deixá-las sozinhas — diz Oak, com uma mesura de despedida.

Mordo o lábio para engolir um rosnado e sigo a fada por um túnel tão baixo que preciso me curvar.

Quando emergimos, é em uma câmara cheia de rolos de tecido dispostos em prateleiras altas o suficiente para serem engolidas pela escuridão. A pouca luz existente vem de velas colocadas em arandelas ao redor da sala, cobertas por globos de vidro turvo.

— Sabe o que dizem sobre mim? — sussurra Habetrot. — Que em vez de costurar roupas, eu as arranco de sonhos. Trajes como os que crio jamais foram vistos antes, ou depois. Então com o que você sonha?

Franzo o cenho para o meu vestido esfarrapado, confusa.

— Garota da floresta, é o que você era? Um dos seres encantados solitários trazidos à Corte?

Assinto, porque aquilo é verdade, de certa maneira.

— Talvez você queira algo de casca de árvore e peles? — pergunta ela, andando ao meu redor, estreitando um pouco os olhos, como se tivesse alguma visão de com o que vai me vestir.

— Se for apropriado — respondo, insegura.

Ela agarra meu braço, envolvendo-o com os dedos para medir.

— Certamente você não me insultaria com tamanha falta de extravagância.

Estou perdida. Mesmo se ela pudesse espiar meus sonhos, não encontraria nenhuma roupa do tipo que gostaria que eu imaginasse.

— Não sei o que quero. — As palavras saem como um sussurro, mais verdadeiras do que o necessário.

— Destruição e ruína — diz ela, com um estalo da língua. — Posso praticamente cheirá-las em você.

Balanço a cabeça, mas não posso deixar de pensar na satisfação que senti ao quebrar os feitiços da glaistig. Às vezes sinto como se houvesse um nó dentro de mim e, caso fosse desfeito, o que quer que saísse seria feito apenas ferocidade.

Habetrot me olha com os brilhantes olhos pretos, sem sorrir. Então começa a procurar entre seus retalhos de tecido.

No passado, a coisa que estou usando já foi um vestido leve, com mangas esvoaçantes. Um diáfano vestido branco que drapejava ao meu redor quando eu rodopiava. Eu o encontrei numa loja, tarde da noite. Tirei as roupas que me foram dadas na Corte dos Dentes, as deixei para trás e o coloquei em seu lugar.

Gostei tanto do vestido que teci uma coroa de heléboros e dancei pelas ruas noturnas. Admirei meu reflexo em poças, convencida de que, desde que eu não sorrisse, eu poderia até ser considerada bonita. Sei que há muito ele perdeu a graça, mas não consigo me imaginar em outra coisa.

Eu gostaria que Oak pudesse ter visto o vestido como era antes, mesmo que não pareça o mesmo faz um longo tempo.

Poucos minutos depois, Habetrot volta com um tecido de um delicado cinza-escuro, que parece alternar entre marrom e azul em suas mãos, quando a luz incide nas fibras. Meus dedos tocam o pano, acariciando a felpa do veludo. É tão macio quanto o manto que o príncipe colocou em meus ombros.

— Sim, sim — diz ela. — Isto vai servir. Braços abertos como um pássaro. Pronto.

Enquanto fico ali, deixando ela me envolver no tecido, meu olhar viaja até sua coleção de botões, fibras e panos. Para o fuso parado em um canto e o brilho do fio na roca, bruxuleante como luz estelar.

— Você — diz Habetrot, me cutucando na lateral. — Ombros para trás. Não se encolha como um animal.

Faço o que me pede, mas lhe mostro os dentes. Ela arreganha seus dentes em resposta; são rombudos, escurecidos ao longo das gengivas.

— Vesti rainhas e cavaleiros, gigantes e bruxas. Vou vestir você também, e te dar aquilo que estava com medo demais para pedir.

Não acho possível, mas não discuto. Em vez disso, penso no trajeto até ali. Contei as passagens e tenho quase certeza de que sei o caminho de volta para o buraco envolto em neblina no chão. Repasso tudo repetidas vezes, para fixar o percurso na memória, caso eu precise fugir. Caso todos nós precisemos fugir.

Quando tem os valores de minhas medidas e talvez meu próprio valor, ela segue até sua mesa e começa a rasgar e costurar, me restando então perambular constrangida pelo cômodo, olhando fitas, algumas das quais parecem ser feitas de cabelos trançados, outras de pele de sapo. Afano uma tesoura afiada com o cabo em forma de cisne. É mais leve que minhas facas e muito mais fácil de esconder.

Não posso negar que, embora tenha evitado o Povo das Fadas, sou fascinada por eles. Apesar de serem traiçoeiros e perigosos.

Meu olhar pousa em um botão do exato bronze dourado e brilhante do cabelo de Oak. Depois outro, roxo como os olhos de Hyacinthe.

Penso no cavaleiro nas masmorras. Hyacinthe, meio amaldiçoado, usando aquele arreio horrível, tão desesperado que pediria ajuda até mesmo a mim.

— Venha experimentar— chama Habetrot, me despertando de meus devaneios.

— Mas só se passaram alguns minutos — argumento, intrigada.

— Magia — lembra ela com um floreio, me conduzindo para trás de um biombo. — E me dê o vestido que você está usando. Quero queimá-lo.

Puxo o tecido gasto pela cabeça e o deixo cair no chão entre nós, encarando-a como se a desafiasse a arrancá-lo de mim. Eu me sinto tão vulnerável quanto um selkie despindo a própria pele.

Habetrot coloca o macio traje azul-púrpura-cinzento em minhas mãos. Eu o visto com cuidado, sentindo o suave deslizar do forro em minha pele, sentindo o peso reconfortante do tecido.

É um vestido de baile, mas diferente de tudo que já vi. Feito principalmente da fazenda que Habetrot me mostrou, mas há tiras de outros materiais entremeadas no modelo, algumas diáfanas e outras acetinadas, algumas estampadas com asas de borboleta, outras de lã feltrada. Franjas pendem de bainhas rasgadas, e alguns pedaços de tecido fino foram amassados para lhes dar uma nova textura. O redemoinho de retalhos que ela criou é ao mesmo tempo esfarrapado e lindo.

Ao olhar para ele, não tenho certeza do que pensar. É o escárnio que a faz me vestir assim, em trapos e sobras, não importa o quão habilmente arrumados?

Mas talvez seja o que ela imaginou que seria mais apropriado para mim. Talvez seja Oak a pessoa tola, que capturou um lobo e pensou que, ao colocá-lo em um vestido e ao falar com ele como se fosse uma garota, este se tornaria uma.

Pelo menos, a bainha da saia não se arrasta de modo nada prático no chão. Ainda posso correr com ele enquanto uivo para a lua.

— Saia, saia — chama ela.

Deixo o biombo, respirando fundo, temendo me ver no espelho e sentir a ferroada de mais humilhação.

A costureira me empurra em direção a uma coisa de bronze polido que parece um escudo. Meu reflexo me encara de volta.

Sou mais alta do que me lembrava. Meu cabelo está em um emaranhado selvagem, apesar de minhas tentativas de penteá-lo com os dedos e de ter o lavado no hotel. Não desembaracei todos os nós. Minha clavícula aparece no topo do decote, e sei que estou magra demais. Mas o vestido se ajusta ao peito e à cintura, a saia se abrindo na altura dos quadris. A bainha esfarrapada lhe confere uma elegância assombrosa, como se eu estivesse envolta nas sombras do crepúsculo. Sou o retrato da cortesã misteriosa, em vez de alguém que dorme na sujeira.

Habetrot deixa cair as botas ao meu lado, e percebo quanto tempo estive parada ali, admirando a mim mesma. Um tipo diferente de vergonha me faz corar.

Torço minhas mãos na saia. O vestido tem até bolsos.

— Eu sabia que ainda tinha isso — diz ela, indicando o calçado. — Se ele estiver só metade caído por você quanto você está por si mesma, imagino que ficará bem satisfeito.

— Quem? — pergunto de maneira brusca, mas ela apenas dá de ombros e pressiona um pente de osso na minha mão.

— Arrume o seu cabelo — diz ela, então dá de ombros mais uma vez. — Ou o deixe ainda mais rebelde. Você fica adorável de qualquer maneira.

— O que você vai querer por tudo isso? — pergunto, pensando em todas as barganhas de fadas que já entreouvi, e em quanto gosto do vestido que estou usando, em como as botas me seriam úteis. Compreendo a tentação sentida por cada tolo em uma floresta.

Seus olhos pretos me estudam, então ela balança a cabeça.

— Sirvo à rainha Annet, e ela me ordenou que concedesse ao príncipe da Grande Corte o que quer que ele desejasse, se estivesse dentro do escopo de meus talentos.

É óbvio que alguém deve ter contado a Oak onde ficavam os aposentos de Habetrot, e lhe assegurado de que ela poderia fazer o que ele pedisse. Então não é a Habetrot que devo, mas a Oak. E ele deve à rainha Annet, por sua vez. Sinto um peso no coração. Dívidas não são facilmente descartadas no Reino das Fadas.

E a Corte das Mariposas está demonstrando o quanto é boa anfitriã.

— O vestido é a coisa mais linda que já vi — admito, pois não posso pagá-la de outra forma sem insultá-la. Faz muito tempo que não eu recebo um presente, por mais perigoso que possa ser. — Parece saído de um sonho.

O elogio deixa as bochechas de Habetrot coradas.

— Ótimo. Talvez você volte e me diga o que o Príncipe da Luz do Sol achou da Rainha da Noite.

Constrangida, saio para o corredor, imaginando como ela poderia acreditar que um vestido — por mais bonito que fosse — poderia me transformar em objeto de desejo. Imaginando se todos no banquete iriam pensar que eu estava interessada em Oak e dar risadinhas por trás das mãos.

Sigo pelo corredor de volta ao meu quarto e abro a porta, apenas para encontrar Oak descansando em uma das cadeiras, os longos membros confortavelmente esparramados, sem a menor cerimônia. Uma coroa de flores de murta repousa logo acima de seus chifres. Além da guirlanda, Oak veste uma camisa nova de linho branco e calça escarlate bordada com gavinhas. Até seus cascos parecem ter sido polidos.

O retrato do belo príncipe das fadas, até os mínimos detalhes, amado por tudo e todos. Coelhos devem comer das suas mãos. Gaios azuis tentam alimentá-lo com larvas destinadas aos próprios filhotes.

Ele sorri, como se não estivesse surpreso em me ver em um lindo vestido. Na verdade, seu olhar passa pelo traje rapidamente, para pousar com uma estranha intensidade em meu rosto.

— Deslumbrante — elogia Oak, embora eu não veja como ele poderia ter dispensado atenção suficiente ao assunto para opinar.

Eu me sinto tímida e ressentida.

O Príncipe da Luz do Sol.

Não me dou ao trabalho de comentar sua aparência. Tenho certeza de que ele já sabe.

Oak passa uma das mãos pelos cachos dourados.

— Temos uma audiência com Annet. Com sorte, vamos conseguir convencê-la a nos conduzir até a Bruxa do Cardo logo. Enquanto isso, fomos convidados a andar por seus salões e comer de suas mesas de banquete.

Eu me sento em um banquinho, calço as botas novas e amarro os cadarços.

— Por que você acha que ela prendeu Hyacinthe?

Oak esfrega a mão no rosto.

— Acho que queria demonstrar poder. Espero que não haja mais nada por trás da situação.

Pego o pente no bolso do vestido novo, em seguida hesito. Se começar a desembaraçar meu ninho de ratos, ele vai ver o quanto meu cabelo está emaranhado e se lembrar de onde me encontrou.

Ele se levanta.

Ótimo. Ele vai embora, então poderei arrumar meu cabelo em paz.

Mas, em vez disso, ele se coloca atrás de mim e pega o pente das minhas mãos.

— Deixa comigo — diz, separando mechas de cabelo com os dedos. — Seu cabelo é da cor das prímulas.

Meus ombros ficam tensos. Não estou acostumada com pessoas me tocando.

— Você não precisa... — começo.

— Não é nada de mais — interrompe ele. — Minhas três irmãs mais velhas escovavam e trançavam o meu cabelo, não importando o quanto eu esbravejasse. Precisei aprender a arrumar o delas, em autodefesa. E minha mãe...

Seus dedos são habilidosos. Ele segura cada mecha, desfazendo lentamente os nós nas pontas e, em seguida, desembaraçando os fios perto da raiz. Sob seus cuidados, os cachos se tornam fitas de cetim. Se eu tivesse feito aquilo, teria arrancado metade do cabelo em frustração.

— Sua mãe... — repito, encorajando-o a continuar em uma voz que treme apenas um pouco.

Ele começa a trançar, prendendo o cabelo de modo que as grossas tranças lembram sua própria coroa, envolvendo minha cabeça.

— Quando estávamos no mundo mortal, longe de seus criados, ela precisava de ajuda para arrumar o cabelo. — Sua voz era suave.

Aquele detalhe, assim como a pressão levemente dolorosa em meu couro cabeludo, o roçar de seus dedos contra meu pescoço enquanto ele separa uma mecha, a suave careta de concentração em seu rosto, é arrebatador. Não estou acostumada com alguém tão perto de mim.

Quando olho para cima, seu sorriso é puro convite.

Não somos mais crianças, brincando e nos escondendo sob sua cama, mas sinto que aquele é um tipo diferente de jogo, um cujas regras desconheço.

Com um arrepio, pego o espelho da cômoda. Com aquele penteado e aquele vestido, estou bonita. O tipo de beleza que permite aos monstros atrair pessoas para florestas, para danças onde encontrarão sua perdição.

Uma batida na porta anuncia uma cavaleira, com cabelo da cor de vegetação e olhos como ônix, que se apresenta como Lupine. Ela nos diz que deve nos levar ao festim que acontece no grande salão do palácio. Quando fala, vejo que o interior de sua boca é tão preto quanto os olhos.

— A Rainha das Mariposas os aguarda.

Ela parece ser um dos espectros, os seres encantados semimortos — banshees, que se acredita serem as almas daqueles que morreram em luto; fetches, que espelham os rostos dos moribundos e anunciam sua perdição. Se a nobreza é a prova de que as fadas podem viver para sempre, e ser eternamente jovens, então os espectros são a prova de que podem viver ainda mais. Acho ambos perturbadores e fascinantes na mesma medida.

Tiernan e Jack também se arrumaram. O kelpie ajeitou o cabelo escuro e prendeu uma flor logo abaixo da gola da camisa. Tiernan usa um gibão que deve ter tirado de uma de suas bolsas, de veludo marrom e um pouco amassado, mais soldado que cortesão. O cavaleiro franziu o cenho quando viu Oak sair do quarto comigo.

— Mostre o caminho — pede Oak a Lupine, e, com uma reverência discreta, ela parte, nos deixando para segui-la.

Os túneis da Corte das Mariposas carregam os aromas de terra recém-mexida e água do mar. Sendo a Corte mais meridional da costa, não é de surpreender que passemos por cavernas marinhas, as paredes cravejadas com os afiados restos de crustáceos. Há um trovejar molhado e, por um momento, imagino o oceano inundando a passagem e nos afogando. Mas o som recua e percebo que as ondas devem estar longe o bastante para não oferecerem perigo.

Um pouco mais adiante chegamos a um bosque subterrâneo. O ar é úmido, asfixiante. Passamos por paineiras-rosa, os grossos troncos cinzentos cobertos de espinhos maiores que dois dedos meus juntos. Dos galhos, caem o que parecem ser cachos lanosos de vagens de sementes brancas. Alguns se contorcem enquanto os observo, como se algo mais do que sementes estivesse preso ali dentro, tentando nascer.

A câmara seguinte guarda um lago plácido, de profundidade desconhecida e água escura como a noite. Jack dos Lagos vai em direção à margem, molhando a mão. Tiernan o puxa com força pela parte de trás do gibão.

— Você não vai querer nadar aí, kelpie.

— Acha que o lago é encantado? — pergunta Jack, fascinado, se agachando para admirar seu reflexo.

— Acho que é por onde entra o Povo do mar — responde o cavaleiro, de modo sombrio. — Nade para muito longe e se encontrará no Reino Submarino, onde nutrem pouco amor pelo povo dos lagos.

Chuto a saia do vestido à minha frente. Enfio os dedos nos bolsos, acariciando o que guardei ali. A tesoura afiada que roubei de Habetrot, a caixa de fósforos, a estatueta de raposa, uma única jujuba de alcaçuz. Detesto pensar nas minhas coisas ficando no quarto para serem apalpadas por criados curiosos, inventariadas para a rainha.

Mais três voltas, então ouço acordes de música. Passamos por um punhado de guardas, por um que estala os lábios para mim.

— Eles o deixaram ver Hyacinthe? — pergunto a Tiernan, ajustando meu passo ao dele. Não gosto da ideia do ex-falcão confinado, quando antes já estava tão desesperado pela liberdade. E estou preocupada com os planos da rainha Annet, e ainda mais com seus caprichos.

Tiernan parece surpreso por eu ter me dirigido a ele voluntariamente.

— Ele está bem o bastante.

Estudo o cavaleiro. Sua expressão é tensa, os ombros largos empertigados. Uma fina penugem escurece sua mandíbula. O cabelo curto preto parece não ter sido penteado. Eu me pergunto quanto tempo ele permaneceu nas masmorras e o quão depressa teve de se vestir por causa do atraso.

— O que acha que a rainha Annet vai fazer com ele? — pergunto.

Tiernan franze o cenho.

— Nada de mais. O príncipe prometeu... — Ele interrompe o final da frase.

Lanço a ele um breve olhar de esguelha.

— Você usou mesmo um truque para capturar Hyacinthe?

Ele se vira para mim, bruscamente.

— Ele te contou isso?

— Por que não deveria? Você teria usado o arreio para impedi-lo de falar, se soubesse o que ele diria? — Mantenho a voz baixa, mas algo em meu tom faz Jack dos Lagos olhar em minha direção, um pequeno sorriso no canto da boca.

— Óbvio que não! — dispara Tiernan. — E não sou eu quem o comanda, de qualquer maneira.

Aquilo parece um mero detalhe, já que Oak deve ter ordenado a Hyacinthe que obedecesse ao cavaleiro. Ele deu várias ordens enquanto eu estava presente. Ainda assim, detesto o lembrete de que o príncipe é aquele que comanda o arreio. Quero gostar dele. Quero acreditar que Oak não é nada como Madoc.

Mais à frente, Lupine está contando a Oak algo sobre as estruturas cristalinas, como há salões de rubi e safira perto das masmorras. Ela aponta para uma porta em arco, além da qual posso ver degraus para baixo. O príncipe se inclina para responder algo, e a expressão da cavaleira muda, os olhos se tornando um pouco vidrados.

Encantador de palavras.

— É lá que ele está sendo mantido? — pergunto, inclinando a cabeça na direção indicada por Lupine.

Tiernan assente.

— Você acha que sou horrível, é isso? O pai de Hyacinthe era um cavaleiro jurado de Lady Liriope... mãe geradora de Oak. Quando a Lady foi envenenada, ele se matou pela vergonha de ter falhado com ela. Hyacinthe jurou vingar o pai. Quando Madoc comprovou que o príncipe Dain foi o responsável, ele afirmou que seria leal ao general que causou a sua morte. E Hyacinthe se tornou intensamente leal a ele.

— É por isso que ele escolheu ser punido em vez de se arrepender? — pergunto.

Tiernan faz um gesto ambíguo.

— Hyacinthe tinha ouvido coisas péssimas sobre o novo Grande Rei... que ele arrancava as asas de membros do Povo que não se curvavam a ele, esse tipo de coisa. E Cardan era irmão do príncipe Dain. Então, sim, sua lealdade a Madoc foi uma parte, mas não tudo. Ele não consegue deixar de lado seu desejo de vingança, mesmo que não tenha mais certeza de a quem culpar.

— É por isso que ele está usando o arreio? — indago.

Ele franze o cenho.

— Houve um incidente. Esse castigo foi melhor que os outros.

Aquela é a conversa mais longa que Tiernan já teve comigo, e, mesmo agora, suspeito de que esteja falando sobretudo consigo mesmo.

Ainda assim, se ele espera que eu acredite que colocou rédeas em Hyacinthe para o bem do próprio ex-falcão, sinto desapontá-lo. Na Corte dos Dentes, tudo de terrível que aconteceu comigo supostamente foi em meu benefício. Com certeza teriam encontrado um jeito de cortar minha garganta e dizer que era uma coisa boa.

Paramos na entrada do grande salão.

— Me permite acompanhá-la? — pergunta Oak, oferecendo o braço.

Lupine suspira.

Sem jeito, coloco a mão sobre a dele, como vejo outros fazerem. A pressão de sua pele contra minha palma parece absurdamente íntima. Noto os três anéis de ouro em seus dedos. Noto que suas unhas estão limpas. As minhas estão quebradas em alguns lugares ou roídas.

Não estou familiarizada com as Cortes das Fadas em tempos de paz, e, ainda assim, não acho que é apenas aquilo que me faz sentir a atmosfera carregada de violência. Fadas giram em danças circulares que se cruzam. Algumas estão trajadas de seda e veludo, saltando junto com aquelas em vestidos costurados com folhas ou cascas de árvore, outras em pele nua. Entre pétalas, gramíneas, sedas e tecidos bordados estão roupas humanas; camisetas, jaquetas de couro, saias de tule. Um dos ogros usa um vestido de lantejoulas prateadas por cima da calça de couro.

Gigantes se movem devagar o suficiente para que a multidão lhes abra caminho, uns poucos goblins dançam, um troll crava os dentes no que parece ser um fígado de cervo, um barrete vermelho ajusta seu chapéu encharcado de sangue, pixies voam para o emaranhado de raízes no teto abobadado, e nixies sacodem os cabelos ainda molhados enquanto saltitam. Observo um trio de duendes jogando uma partida com castanhas em um canto, talvez para decidir o que vai acontecer com uma fadinha que um deles mantém em uma gaiola, pés presos em mel.

Quando entramos, os seres encantados se viram para nós. Não me olham com horror, como faziam na Corte dos Dentes, onde muitas vezes eu era exposta diante deles enquanto tentava morder meus captores e forçava minhas correntes. Vejo curiosidade nos olhares que me seguem, não totalmente despidos de admiração... embora se deva, sem dúvida, ao vestido ou ao príncipe ao meu lado.

A doçura das flores e frutas maduras impregna o ar, me deixando atordoada quando encho os pulmões. Pequenas fadas zumbem pelo espaço, como partículas vivas de poeira.

Mesas compridas e baixas estão cheias de comida — uvas roxas repousam ao lado de maçãs douradas, bolos polvilhados com açúcar e pétalas de rosa se erguem em torres, e romãs derramam suas sementes vermelhas na toalha de mesa; uma seda pálida que arrasta as franjas no chão de terra batida. Taças de prata jazem ao lado de jarras de vinho — uma verde como a grama, outra do roxo das violetas, e uma terceira amarelo-pálido como ranúnculos.

Violinistas e gaiteiros espalhados pelo palácio tocam músicas que deveriam ter soado dissonantes, mas, pelo contrário, as notas se juntam em um alarido selvagem e delirante. Faz meu corpo se arrepiar.

Há artistas por perto, malabaristas que jogam bolas de ouro no ar, que se tornam prateadas antes de voltarem a suas mãos. Uma acrobata com chifres entra em um arco coberto de flores e arqueia as costas enquanto torce o corpo, o fazendo girar. Algumas pessoas suspiram de alegria. A nobreza mostra os sorrisos altivos, superiores.

Para mim, que passei tanto tempo sozinha, a impressão é de que estou me afogando em um dilúvio de visões, sons e cheiros.

Cerro a mão que não está tocando Oak, cravando as unhas quebradas na ponta do polegar para manter a expressão impassível. A dor funciona, desanuviando meus pensamentos.

Não grite, digo a mim mesma. *Não morda ninguém. Não chore.*

A guia indica um estrado ligeiramente elevado, onde a rainha Unseelie está sentada em um trono de mangue, as raízes espalhadas de modo que parecem os tentáculos de algum polvo enorme. A rainha Annet usa um vestido que é metade armadura de couro e metade extravagância dramática, que a faz parecer pronta para subir e lutar em um palco. Seu cabelo cai solto em uma cascata de cachos pretos, presos em uma coroa de buganvílias magenta. Sua barriga está redonda, distendida por uma gravidez. Uma de suas garras acaricia o ventre de forma protetora.

Aprendi muitas coisas na floresta. Seria capaz de enumerar os padrões de voo dos corvos, ensinar como coletar gotas de água das folhas após uma tempestade. Eu poderia revelar como quebrar os feitiços de meia dúzia de fadas que procuram prender os mortais em barganhas injustas. Mas não aprendi nada sobre política. E, no entanto, tenho uma sensação terrível de que cada movimento da rainha Annet desde que chegamos aqui foi extremamente calculado.

Com a aproximação de Oak, a rainha Annet se levanta e se curva em uma reverência.

— Por favor, não se dê ao trabalho — diz ele, tarde demais. Ele faz a própria mesura, evidentemente muito surpreso ao encontrá-la grávida. As fadas não se reproduzem com facilidade ou frequência, e havia rumores de que a rainha Annet havia passado décadas ansiando em vão por um filho.

Faço uma reverência também, abaixando a cabeça. Não tenho certeza da etiqueta exata relativa a nossos títulos, mas tenho esperança de que, se me abaixar o bastante, por tempo suficiente, será aceitável.

— Sua bondade em nos dar descanso e alimento é mais do que ousaríamos pedir — diz Oak, uma frase que só poderia ter vindo de alguém que foi treinado na linguagem da corte, já que parece educado, mas, no fundo, deixa muitas coisas não ditas.

— E como podemos deixá-lo ainda mais confortável? — pergunta a rainha Annet, enquanto se instala de volta em seu trono, com a ajuda de um criado goblin.

— Ouvi dizer que a Bruxa do Cardo habita as profundezas de um pântano de cipreste em suas terras. Sabemos que quem a procura o faz por sua própria conta e risco. Pedimos um caminho livre até ela, se puder nos conceder um.

— E com que propósito você a procura? — O olhar da rainha revela pouca tolerância para evasivas.

— Dizem que ela pode encontrar todas as coisas perdidas — responde Oak. — Talvez até enxergue o futuro. Mas queremos saber do passado.

A rainha Annet sorri de um jeito que me deixa preocupada.

— Não é minha intenção irritar a Grande Corte por sumir com seu príncipe. Eu poderia lhe dar um feitiço para escrever em seus sapatos, que o levaria direto ao pântano.

Oak abre a boca, parecendo pronto a lhe agradecer e seguir nosso caminho.

— No entanto — continua a rainha Annet —, vamos levar em conta seus companheiros de viagem. Um kelpie, seu guarda-costas e uma rainha caída. — Seu olhar pousa em mim. — Não pense que eu não a reconheço, Suren, filha do gelo.

Meu olhar encontra o dela, rápido e hostil, antes que eu possa me conter.

— E Hyacinthe — diz Oak. — Cujo retorno eu agradeceria.

— Seu prisioneiro? — A rainha Annet ergue as sobrancelhas. — Vamos mantê-lo preso por enquanto, para que você não precise bancar o carcereiro em minha casa.

— Não tem problema nenhum — comenta Oak. — Independentemente do que você pense de mim, conheço meu dever para com um inimigo capturado, em especial levando em conta que meu pai é mais do que um pouco responsável por ele ser amaldiçoado. Ele deveria ser minha responsabilidade.

A rainha Annet sorri.

— Às vezes o dever pode ser um fardo. Contanto que todos se comportem bem, eu o devolverei em breve. A caminho do norte, então, você está?

— Estou. — O príncipe parece cauteloso.

— A Grande Corte não vai ajudar seu pai, vai? — prossegue a rainha, estudando Oak.

Ele não responde, e ela assente, como se o silêncio do príncipe fosse resposta suficiente.

— Então resta a você salvar Madoc sozinho. — A rainha se debruça em seu trono. — Sua irmã sabe que você embarcou nessa missão?

Jude, não podemos simplesmente deixá-lo morrer. Foi o que Oak disse quando estava delirante e meio inconsciente.

É por isso que o príncipe parece cansado e ansioso, por isso que está colocando a si mesmo em perigo, com apenas um único cavaleiro ao seu lado. Por isso que ele e Tiernan foram evasivos com várias perguntas minhas. Porque Lady Nore fez seu pai adotivo de prisioneiro. E como Madoc era um traidor, banido de Elfhame, ninguém mais está disposto a erguer um dedo para salvá-lo.

— Que menino obediente você é — ironiza a rainha Annet, quando ele não responde.

O canto de sua boca se ergue em uma curva mordaz.

Meu coração bate acelerado. Se Oak escondeu aquilo de mim, o fez por um motivo. Talvez fosse apenas por acreditar que eu tinha motivos para não gostar de Madoc, uma vez que o pai era aliado da Corte dos Dentes. Ou talvez soubesse que entraríamos em conflito quando chegássemos à Cidadela, eu desejando derrubar Lady Nore, e ele querendo negociar.

— A Grande Corte pode não me agradecer por ajudá-lo — diz a rainha Annet. — Pode até me punir por fazer parte de seu plano. Ao que parece, você trouxe problemas para minha casa, Oak de Elfhame. Uma pobre retribuição por nossa generosidade.

E agora, depois de perceber o jogo que Oak está jogando comigo, entendo o jogo que a rainha Annet tem jogado com ele.

As regras das fadas sobre hospitalidade são extremamente específicas. Por exemplo, convocar uma negociação foi o trunfo usado por Madoc para conseguir que a Grande Corte permitisse que ele, Lorde Jarel e Lady Nore marchassem para dentro de Elfhame sem que ninguém tocasse em um só fio de seus cabelos, mesmo tendo um exército inimigo acampado à beira de uma das ilhas.

Mas, assim que ele brandiu uma espada e quebrou as regras de hospitalidade, bem, tudo passou a valer.

A Corte das Mariposas se declarou nossa anfitriã, então eles eram obrigados a cuidar de nós. A menos que fôssemos maus hóspedes. Então estariam livres para fazer o que quisessem.

Mas o que Annet poderia querer de Oak? Uma bênção para o filho não nascido? O arreio? A cabeça do herdeiro de Elfhame?

— Se minha irmã guardar rancor de alguém por isso — começa Oak. — Será de mim e apenas de mim.

A rainha Annet avalia a questão.

— Me dê sua mão — diz ela, enfim.

Ele o faz, virando a palma para cima. Ela corta a ponta do dedo com uma faca retirada de um bracelete em seu pulso, em seguida, escreve um símbolo na pele do príncipe.

— Desenhe isso em seus sapatos e você encontrará o caminho em meio ao pântano.

A facilidade com que nos deu o que queremos deixa evidente para mim que a rainha espera receber algo de nós mais tarde. Algo que não lhe daríamos agora, se ela pedisse.

— Somos todos gratos. — Oak inclina a cabeça em direção a ela. Aquilo parece uma deixa para uma nova mesura.

— Levo muito a sério minhas obrigações como anfitriã — avisa a rainha Annet, abrindo um sorriso pequeno e estranho. — Você pode partir pela manhã. Esta noite, divirta-se em meus salões. Precisará de um pouco de calor para onde vai.

Em algum lugar próximo, um novo grupo de músicos começa a tocar uma melodia sinistra.

Ao descermos da plataforma elevada, Tiernan coloca a mão no braço de Oak.

— Não gosto disso.

Abro caminho pela multidão. Meus pensamentos são um emaranhado. Eu me lembro de Hyacinthe se referindo a uma comunicação entre Lady Nore e Oak. Ela teria de fazê-lo, se quisesse que o príncipe soubesse que ela estava com o pai dele. E, independentemente de suas intenções, a despeito do que me disse, Oak quer assegurar a liberdade do pai muito mais do que deseja impedir Lady Nore. Se eu fosse sua irmã, não o mandaria para o norte, não quando seus objetivos talvez não coincidissem.

Seus objetivos quase certamente não coincidem com os meus.

— *Elfhame precisa de sua ajuda.* — Devolvo aquelas palavras com sarcasmo.

Oak não parece tão culpado quanto deveria.

— Eu deveria ter explicado, sobre Madoc.

— Eu me pergunto por que você decidiu o contrário — argumento, em um tom que indica o oposto.

Ele encontra meu olhar com toda a arrogância da realeza.

— Tudo o que *de fato* contei a você era verdade.

— Sim, você engana à moda dos nobres. Com truques e omissões. Não é como se tivesse a opção de mentir.

Com o canto dos olhos, vejo que Tiernan se afastou de nossa discussão. Vai na direção da mesa de banquete, e do vinho.

Oak suspira e, finalmente, ouço algo como embaraço se infiltrar em sua voz.

— Wren, você tem muitas razões para não confiar em mim agora, mas tenho toda a intenção de impedir Lady Nore. E acredito que, juntos, podemos. Embora eu planeje trazer de volta Madoc, ainda teremos conseguido um feito que ninguém poderá negar ser um serviço a Elfhame. Quaisquer que sejam as consequências para mim, você será uma heroína.

Não tenho certeza se alguém já me considerou assim, nem mesmo as pessoas que salvei.

— E se eu decidir o abandonar? Vai amarrar minhas mãos e me arrastar com você?

Ele me encara com olhos maliciosos sob arqueadas sobrancelhas douradas.

— Não, a menos que me arranhe de novo.

— Por que você *quer* ajudá-lo? — pergunto. Madoc estava disposto a usar Oak como um caminho para o poder, na melhor das hipóteses.

— Ele é meu pai — responde ele, como se aquilo bastasse.

— Estou indo para o norte com o único propósito de destruir minha mãe, e você nunca pareceu pensar que eu sequer hesitaria — lembro a ele.

— Madoc não é meu pai de sangue — explica ele. — É a pessoa que me criou. Ele é o meu *pai*. E sim, tudo bem, ele é complicado. Sempre cobiçou a conquista. Nem exatamente o poder, na verdade, mas a luta em si. Talvez por ser um barrete vermelho, ou talvez seja apenas sua natureza, mas é como uma compulsão.

Não tenho certeza se ajuda, pensar naquilo como uma compulsão.

— Estratégia era tópico de conversa à mesa de jantar. Era um jogo. Era tudo. Desde o instante em que conheceu minha mãe e descobriu quem me gerou, descobriu que eu poderia ser o herdeiro de Elfhame, foi impossível para ele não conspirar.

"Depois que foi exilado no mundo mortal, preso com aquele geas que o impediu de pegar em armas, ele se viu completamente perdido. Começou a trabalhar em um matadouro só pelo cheiro de sangue. Me treinou em um combate que ele mesmo não podia praticar. Madoc se envolveu em politicagem de condomínio com os vizinhos do prédio. Ele os jogou uns contra os outros em menos de um mês. A última vez que soube, uma das senhorinhas apunhalou o pescoço de um jovem com uma caneta."

Oak balança a cabeça, mas é óbvio que ama o pai, mesmo ciente de que Madoc é um monstro.

— É sua natureza. Não posso negar que ele liderou um exército até as margens de Elfhame. Que é o motivo pelo qual fadas morreram. Ele se tornou inimigo da Grande Corte. Teria *assassinado* Cardan se tivesse a chance. E, portanto, não importa o quanto minha irmã ame nosso pai, ela não pode pedir aos seus súditos jurados para ajudá-lo. Seria terrível pedir ao Povo das Fadas para arriscar suas vidas pela dele, quando ele os colocou em perigo. Mas alguém precisa fazer isso, ou Madoc vai morrer.

Agora estou prestando atenção no que ele não diz.

— Ela te *contou* que queria ajudá-lo?

— Não — admite ele, sem pressa.

— E ela quer que *você* o ajude?

Eu o peguei, e ele sabe.

— Jude não sabia o que eu estava planejando, mas se eu tivesse de adivinhar como ela está se sentindo agora... arriscaria furiosa. Mas Madoc teria nos socorrido, se fôssemos nós que estivéssemos encurralados.

Eu havia visto a Grande Rainha furiosa e, não importa o quanto o ame, não tenho certeza se Jude o perdoará por escolher o pai, e não ela. Quando punir o príncipe, embora Oak acredite no contrário, ela muito provavelmente vai castigar junto aqueles que o ajudaram.

Mas, quando ele estica a mão para a minha, eu a pego e sinto o terrível e inquieto prazer de seus dedos entrelaçados aos meus.

— Confie em mim, Wren — pede ele. — Me ajude.

Encantador de palavras.

Manipulador.

Meu olhar vai para os arranhões em sua bochecha, ainda não cicatrizados. Obra minha, pela qual ele não me repreendeu. Por mais misteriosa que seja sua natureza, por mais tolas que sejam suas razões para amar o pai, gosto que ele o faça.

— Vou com você — decido. — Por enquanto.

— Fico feliz. — O príncipe olha para o salão, para a nobreza da Corte das Mariposas, para as danças e a folia. Então abre seu sorriso encantador, do tipo que me faz sentir como se fôssemos amigos, juntos em uma conspiração. — Já que está em um estado de espírito generoso, talvez você também dance comigo.

Minha surpresa deve ser nítida.

— *Por quê?*

Ele sorri.

— Para comemorar sua permanência nesta missão. Porque estamos numa festa. Para que a rainha Annet acredite que não temos nada a esconder.

— Temos algo a esconder? — pergunto.

Seu sorriso se alarga ainda mais, e ele me puxa em direção aos foliões.

— Sempre.

Hesito, mas há uma parte de mim que quer ser convencida.

— Não sei como.

— Sou versado em todas as artes de um cortesão — diz ele. — Deixe eu te mostrar.

Permito que ele me conduza até o meio da multidão. Mas, em vez de se juntar a uma das danças do círculo, ele me conduz para um dos cantos, a fim de que possamos ter espaço para praticar. Ele me vira em seus braços e me mostra um movimento, esperando que eu o imite.

— Já pensou em como seria ser uma rainha novamente? — sussurra contra minha bochecha enquanto ensaiamos os passos.

Eu me afasto para encará-lo, irritada.

Ele ergue as mãos em sinal de rendição.

— Não era para ser uma pergunta capciosa.

— É você quem vai governar — lembro a ele.

— Não — discorda ele, observando os outros dançarinos. — Acho que não vou.

Suponho que ele venha evitando o trono durante a maior parte da vida. Eu me lembro de me esconder debaixo da cama em seu quarto, durante a Batalha da Serpente, e afasto a recordação da mente. Não quero me lembrar daquela época. Assim como não quero pensar em como, apesar dos avisos de Hyacinthe, estou pronta para comer na mão do príncipe, mansa como uma pomba.

É fácil demais. Sou faminta por gentileza. Faminta por atenção. Eu quero e quero e quero.

— Deveríamos comer alguma coisa — comento. — Temos um longo caminho pela frente.

Embora ele deva saber que é uma desculpa, ele me liberta de seus braços.

Atravessamos a multidão até uma mesa de banquete repleta de guloseimas. Oak pega uma torta recheada com frutas douradas de fadas e a corta ao meio, me dando um pedaço. Embora eu tenha sugerido a comida, só percebo como estou faminta depois da primeira mordida. Constrangida, encho um copo com a água da jarra separada para diluir o vinho, e bebo de uma golada.

Oak se serve de vinho, puro.

— Vai me contar como você veio a viver... — Ele hesita, como se tentasse encontrar as palavras. — Da maneira como vivia.

Eu me lembro do cuidado que havia tomado para que ele não soubesse. Como eu poderia explicar o jeito como o tempo parecia escorregar por entre meus dedos, o jeito como me tornei cada vez mais distante, mais incapaz de estender a mão para qualquer coisa que eu queria? Não vou permitir que ele sinta mais pena de mim do que já sente.

— Você poderia ter vindo me ver — diz ele. — Se precisasse de alguma coisa.

Eu rio com a ideia.

— *Você?*

Ele franze o cenho para mim, com seus olhos cor de âmbar.

— Por que não?

A quantidade de motivos fica engasgada em minha boca. Ele é um príncipe de Elfhame, e eu sou a filha caída em desgraça de traidores. Ele faz amizade com todos, desde a guarda troll na entrada até todos aqueles na Grande Corte que Tiernan mencionou, enquanto passei anos sozinha na floresta. Mas, acima de tudo, porque ele poderia ter pedido à irmã que me permitisse ficar nas Ilhas Mutáveis de Elfhame, e não o fez.

— Talvez eu quisesse guardar aquele favor que você ainda me deve — respondo.

Ele solta uma risada. Oak gostar de mim é tão bobo quanto o sol gostar de uma tempestade, mas aquilo não impede que eu deseje isso.

Eu, com meus dentes afiados e pele fria. É um absurdo. É grotesco.

E, no entanto, pelo modo como ele me olha, quase parece possível. Imagino que seja seu plano. Oak quer que eu me encante por ele, para que eu fique ao seu lado e faça o que me pede. Sem dúvida, confia que só serão necessários um pouco de atenção e alguns sorrisos. Ele espera que eu seja tão suscetível quanto uma das damas da Corte.

Uma parte tão grande de mim quer ceder e fingir junto com ele, que aquilo me tira do sério.

Se ele quer jogar o charme para cima de mim, o mínimo que posso fazer é lhe dar algum trabalho. Não vou me contentar com sorrisos e uma dança. Vou pagar para ver o blefe. Vou provar a mim mesma — provar a nós dois — que seu flerte não é sincero. Eu me inclino em sua direção, à espera de que ele inconscientemente se afaste. Que sinta repulsa. Mas ele apenas me observa com curiosidade.

Quando me aproximo, seus olhos se arregalam um pouco.

— Wren — sussurra ele. Não tenho certeza se é um aviso ou não. Odeio não saber.

A cada instante, espero que ele estremeça ou recue enquanto coloco uma das mãos em seu ombro, em seguida fico na ponta dos pés e o beijo.

Aquilo é ridículo. Beijá-lo é profano. E me dá a mesma horrível satisfação de quebrar uma taça de cristal.

É rápido. Apenas a pressão da minha boca seca em seus lábios. Uma breve sensação de suavidade, o calor da respiração, e então eu me afasto, o coração trovejante de medo, com a expectativa de que ele esteja enojado.

Com a certeza de que o castiguei bem e verdadeiramente por tentar flertar comigo.

A parte raivosa e selvagem de mim parece tão perto da superfície que posso quase farejar sua pelagem ensanguentada. Quero lamber os arranhões que fiz.

Ele não parece alarmado, no entanto. Está estudando meu rosto, como se tentasse decifrar um enigma.

Depois de um momento, seus olhos com cílios pálidos se fecham, e ele avança para a frente e pressiona a boca na minha mais uma vez. Ele vai mais devagar, uma das mãos segurando minha cabeça. Uma sensação de arrepio percorre minha espinha, minha pele ficando ruborizada.

Quando ele recua, não exibe o costumeiro sorriso travesso. Em vez disso, parece que alguém acabou de lhe dar um tapa. Eu me pergunto se um beijo meu é como ser arranhado na bochecha.

Ele se obrigou a passar por aquilo? Um sacrifício para me manter naquela missão? Pelo bem do pai e de seus planos?

Meu intuito era puni-lo, mas só o que consegui fazer foi punir a mim mesma.

Inspiro e solto o ar lentamente. Meu olhar se afasta do dele, e avisto Tiernan caminhando em nossa direção. Não tenho certeza do quanto viu, mas não quero ouvir nada que ele possa ter a dizer agora.

— Com sua licença — digo a Oak. — Mas já cansei de dançar. Acho que vou me retirar.

O canto de sua boca se curva.

— Você sabe onde me encontrar, se mudar de ideia.

Detesto o jeito como suas palavras fazem minha pele corar.

Eu me embrenho na multidão, com a esperança de que ele me perca de vista. Amaldiçoando a mim mesma por me comportar como uma tola. Amaldiçoando Oak por confundir meus pensamentos. Conforme meus olhos passam pelos dançarinos, sei que preciso falar com Hyacinthe.

Contanto que todos se comportem bem, eu o devolverei em breve. Foi o que a rainha Annet dissera, mas era possível que já tivéssemos falhado em nos comportar bem. Que aparecer ali contra a vontade da Grande Rainha pode ser desculpa suficiente para mantê-lo trancado.

Preso como está, porém, posso falar com ele *agora mesmo*, sem que ninguém saiba. Hyacinthe pode me dar seu aviso por completo, pode me dizer tudo o que sabe.

Pego um punhado de castanhas assadas e as como devagar, deixando as cascas caírem no chão enquanto me aproximo de uma das saídas.

Uma fada com cara de gato rasga um pedaço de carne crua em uma bandeja de prata. Um ogro de duas cabeças bebe de um cálice que parece, preso entre seus dedos, pequeno o suficiente para pertencer a uma boneca.

Lanço um olhar na direção de Oak. Ele está sendo puxado para uma dança por uma menina risonha, com cabelo dourado e chifres de corça. Imagino que, em seus braços, ele logo se esquecerá de nosso beijo. E se o pensamento faz meu estômago doer, aquilo só reforça minha ideia de conversar com Hyacinthe novamente.

Um homem mortal pula em cima de uma mesa perto de mim, o cabelo em tranças finas. Tem um rosto expressivo e uma vulnerabilidade que chama a atenção. Empurrando os óculos para cima no nariz, ele começa a tocar uma rabeca.

A canção fala de lugares perdidos, lares tão distantes que não são mais um lar. Ele canta sobre um amor tão intenso que é indistinguível do ódio, e correntes que são como enigmas antigos, não mais prendendo, porém ainda intactas.

Automaticamente, procuro por feitiços, mas não há nenhum. Ele parece estar ali por vontade própria, embora eu tenha medo de pensar o quanto pode ter se equivocado com sua plateia. Ainda assim, a rainha Annet diz ser uma boa anfitriã. Então, enquanto ele obedecer às regras barrocas do Reino das Fadas, pode despertar de volta na própria cama pela manhã, os bolsos cheios de ouro.

Lógico, ninguém lhe dirá as regras, então ele não saberá se quebrar uma.

Afastando esse pensamento, eu atravesso o restante da multidão o mais rápido que posso.

CAPÍTULO 7

Passo por guardas entediados, que lançam olhares ávidos em minha direção. Eles não me seguem, no entanto, ou porque estão proibidos de deixar seu posto, ou porque pareço pouco apetitosa para render uma bela refeição.

Assim que estão fora do meu campo de visão, começo a correr. Dobro em cada um dos três corredores no caminho até onde Lupine falou dos salões incrustados de pedras preciosas perto das masmorras tão rápido que quase tropeço.

Meus pensamentos voam tão depressa quanto os pés. Beijei duas pessoas antes de Oak. Havia o menino que gostava de fogueiras e, depois, um do povo das árvores. Nenhum daqueles beijos me pareceu tão condenado quanto o que compartilhei com o príncipe, e tinham sido condenados o bastante.

É o problema de viver por instinto. Eu não *penso*.

O nível inferior cheira a umidade e minerais. Ouço guardas à frente, então me esgueiro com cuidado até a curva do corredor e espio ao redor. A enorme porta com barras de cobre que eles guardam quase certamente se abre para as masmorras, como indicam as palavras talhadas na madeira, *Deixe o sofrimento enobrecer*. Uma das sentinelas é uma cavaleira com cabelo da cor de rosas vermelhas. Ela parece estar perdendo em um jogo de dados para um bauchan risonho e de orelhas grandes. Ambos usam armadura. Ela carrega uma espada longa no quadril, enquanto a dele é curvada e amarrada às costas.

Estou acostumada a entrar e sair de florestas sem ser observada, mas tenho pouca experiência com a lábia cheia de astúcia que pode me fazer passar pelos guardas. Mas me endireito e espero que minha língua não me traia.

Então sinto um toque no ombro. Dou meia-volta, reprimindo um grito e ficando cara a cara com Jack dos Lagos.

— Posso imaginar o que você está prestes a fazer — diz ele, parecendo maliciosamente satisfeito, como alguém que descobriu uma excelente fofoca. — Pretende libertar Hyacinthe.

— Só quero fazer algumas perguntas a ele — digo.

— Então você não quer tirá-lo das masmorras? — Seus olhos verdes brilham com sagacidade.

Eu gostaria de negar, mas não posso. Como todo ser encantado, minha língua paralisa quando começo a mentir, e, ao contrário do que acontece com Oak, nenhum artifício inteligente me vem facilmente aos lábios. No entanto, querer não significa fazer.

— Aaaaaaah — diz Jack, interpretando corretamente meu silêncio como uma confissão. — Ele é seu amante? Estamos em meio a uma *balada*?

— Uma balada de morte, talvez — resmungo.

— Sem dúvida, no final — diz ele. — Eu me pergunto quem sobreviverá para a compor.

— Você veio para ficar se gabando? — pergunto, frustrada. — Para me impedir? — Não tenho certeza de quão poderoso é um kelpie, fora da água e na forma humana.

— Para surpreendê-la — responde ele. — As surpresas não são maravilhosas?

Cerro os dentes, mas não digo nada por um longo instante. Posso não ser capaz de seduzi-lo com palavras bonitas, mas entendo de ressentimento.

— Deve ser irritante a maneira como Tiernan falou com você.

Jack pode ser travesso, mas aposto que também é mesquinho.

— Você não gostaria de ver Tiernan fazer papel de bobo na frente do príncipe? E se o prisioneiro deles sumir, o nobre cavaleiro que foi o último a vê-lo pareceria bastante tolo.

Não pretendo libertar Hyacinthe. Nem creio que possa. Ainda assim, Jack não precisa saber desse detalhe. Estou apenas jogando com o que ele pensa de mim.

Ele reflete acerca de minhas palavras, um sorriso surgindo nos lábios.

— E se eu estivesse a fim de fazer um barulho alto? Talvez os guardas abandonassem seus postos para verificar. O que você me daria para que eu tentasse?

— O que você quer? — pergunto, procurando nos bolsos. Pego a tesoura em formato de cisne que roubei de Habetrot. — Esta é bonita.

— Por favor — zomba ele. — Seria um insulto ser apunhalado por uma tesoura.

— Então não encoraje tal destino — rosno baixinho, vasculhando um pouco mais, tateando o bilhete de Bogdana e a caixa de fósforos do hotel. Não consegui guardar muita coisa nos bolsos do vestido, e não é como se eu tivesse muito em primeiro lugar. Mas então meus dedos se fecham em volta da raposa prateada com olhos de peridoto.

Eu a tiro do bolso e a seguro na palma da mão, relutante em mostrá-la a ele.

— O que é isso? — pergunta o kelpie.

Abro a mão.

— Uma de apenas três. Uma peça de jogo da nobreza.

Sinto orgulho da minha resposta, que é verdadeira e ainda omite o detalhe mais importante. Estou aprendendo a falar como eles.

— Você não roubou? — pergunta Jack, talvez pensando em quão desgrenhada eu parecia quando me conheceu.

— É minha — digo a ele. — Ninguém contestaria isso.

Ele a segura entre dois dedos.

— Muito bem. Agora será minha, suponho, já que você não tem nada melhor. E, em troca, vou dar um jeito nos guardas.

Cerro a mão para me obrigar a não pegar a pequena raposa de volta. Ele vê o gesto e sorri. Vejo que ele gosta mais da bugiganga agora, sabendo que eu não queria dá-la a ele.

— Ao meu sinal — diz ele. — Esconda-se!

— Espere — alerto, mas ele já está se movendo.

O salão é iluminado por orbes que emitem um verde doentio, emprestando às paredes de pedra um brilho musgoso. Os orbes estão dispostos a uma boa distância uns dos outros para que me permita rastejar até uma curva do corredor e me esconder nas sombras, desde que ninguém preste muita atenção.

Prendo a respiração. Escuto o ruído de cascos, então uma grande e absurda algazarra, acompanhada de gritos.

— Essa é minha espada! — exclama a cavaleira de cabelo de rosas, e, então, vejo Jack dos Lagos passar como um raio, correndo como o vento em sua forma de cavalo, rindo e segurando uma brilhante espada de prata com os dentes.

A cavaleira surge em meu campo de visão.

— Quando eu te pegar, vou virar você do avesso, como um sapo! — grita ela, saindo em disparada atrás do kelpie. O bauchan segue em seu encalço, a lâmina desembainhada.

Quando já estão longe, saio da escuridão.

Sigo depressa até a porta com placas de cobre das masmorras. As rochas ao redor da porta são cravejadas de cristais, que brilham contra a pedra cinza fosca.

Abro a tranca e entro. Todos os quartos são como câmaras de uma caverna, com enormes estalagmites e estalactites no lugar de grades. Não parece muito diferente de olhar para fileiras intermináveis de dentes horríveis.

Figuras se movem em algumas das celas, se posicionando a fim de piscar para mim das sombras ali dentro.

Uma garra se projeta para fora, agarrando meu braço. Saio do alcance, arrancando o tecido do vestido de seus dedos. Sigo em frente, trêmula.

A maioria das câmaras está vazia, mas em uma delas vejo um sereiano. O chão de sua cela está molhado, mas não o suficiente para que se sinta confortável. Suas escamas se tornaram opacas e quebradiças. Ele me observa com olhos completamente pálidos, as pupilas mal discerníveis das íris ou esclera.

Ouço um arranhar do outro lado, e vejo uma garota jogando um pedaço de pedra no ar, em seguida o pegando. Por um momento, acho que estou vendo algum tipo de glamour, mas logo depois percebo que ela é, de fato, humana.

Parece ter a minha idade, com cabelo cor de palha. Há um hematoma em sua bochecha.

— Pode me dar um pouco de água? Vai me dizer quanto tempo mais preciso ficar aqui? — Sua voz titubeia.

Sigo seu olhar até a tina de madeira no canto da sala, um balde pendurado na lateral, a superfície manchada de azinhavre. Ela empurra uma tigela de cerâmica em direção às grades e olha para mim com melancolia.

— Um homem com uma única asa no lugar do braço está aqui? — pergunto.

A humana se levanta, com avidez.

— Você não é um dos guardas.

Mergulho a concha na tina e pego um pouco de água, em seguida, a despejo em sua tigela. Do outro lado, o sereiano emite um gemido baixo. Mergulho a concha novamente e espirro água nele.

— O cara da asa? — sussurra a humana. — Ele está lá na frente. — Ela aponta para o final do corredor. — Viu? Posso ser útil. Me tire daqui e eu posso te ajudar.

É trágico que ela tenha apenas a mim para suplicar. Não vê meus dentes de predador? O quão apavorada deve estar, para que eu pareça uma possível aliada?

Volto a esguichar água no sereiano. Com um suspiro, ele afunda no chão, flexionando as guelras.

Preciso encontrar Hyacinthe, mas olhando para a garota, não consigo me impedir de pensar em Bex, minha não irmã. De imaginá-la em um lugar como aquele, sem ninguém para ajudá-la e sem saída.

— Como você veio parar aqui? — pergunto, sabendo que mais informação só vai tornar mais difícil partir.

— Meu namorado — responde ela. — Ele foi *levado*. Conheci uma criatura, que me disse que eu poderia resgatar Dario se eu me aventurasse a cavar... — Ela hesita, talvez por se lembrar de que eu *sou* um deles.

Mas assinto, e o gesto parece o bastante para fazê-la recomeçar a falar:

— Peguei uma pá e fui até a colina assombrada, onde todo mundo diz que coisas estranhas acontecem.

Enquanto ela fala, avalio as estalagmites e estalactites de sua prisão. Talvez uma das formações pudesse ser quebrada se alguém muito forte a golpeasse com algo muito pesado, mas como as masmorras devem ter sido construídas para prender até mesmo ogros, impossível eu ser capaz de fazer aquilo.

— E então eu fui capturada. E essas *coisas* disseram que me levariam até a rainha deles, e ela me puniria. Começaram a enumerar o que achavam que ela poderia fazer comigo. Todas as sugestões eram como algo saído do filme *Jogos mortais*. — Ela solta uma risada bizarra, uma que me diz que está lutando contra a histeria. — Você não tem ideia do que estou falando, certo?

Como vivi no mundo mortal, tenho alguma ideia, mas não há sentido em lhe dizer. Melhor distraí-la do que poderia acontecer.

— Espere aqui.

Ela esfrega a mão no rosto.

— Você precisa me ajudar.

Encontro a cela de Hyacinthe no final do corredor. Ele está sentado no chão, sobre um tapete de feno. Ao seu lado, há uma bandeja de laranjas e doces, assim como uma tigela de vinho disposta de modo que ele tivesse de lamber a bebida como um cão. Ele me encara surpreso, os olhos de ametista arregalados. Também estou surpresa, porque ele não está mais de arreio.

— Onde está? — Eu deixo escapar, com medo de que esteja com a rainha Annet.

— O arreio? — Ele esfrega a bochecha contra a asa. Noto algumas penas novas em sua garganta. A maldição está se espalhando aos poucos, mas está. — O príncipe temia que caísse nas mãos da Corte das Mariposas, então fez Tiernan removê-lo.

— Oak está com ele? — pergunto, imaginando se aquele foi o verdadeiro motivo pelo qual ele pediu que fosse retirado. Imaginando o que ele planejava fazer com aquilo.

Hyacinthe assente.

— Creio que sim. — Então ele suspira. — Só o que sei é que não preciso usá-lo, pelo menos até sairmos da Corte das Mariposas. Estamos de partida? É por isso que está aqui?

Balanço a cabeça.

— A rainha Annet te perguntou alguma coisa?

Ele dá dois passos na direção das grades.

— Acho que ela deseja atrasar Oak tempo suficiente para determinar se há vantagem em devolvê-lo à Grande Corte, mas isso é apenas o que ouvi os guardas falando.

— Você acha que a irmã o quer de volta?

Hyacinthe dá de ombros.

— Prendê-lo e entregá-lo poderia render alguma recompensa à rainha Annet se a Grande Rainha o deseja de volta, mas não seria bom *contrariá-la* se ela e o Grande Rei na verdade apoiarem a missão. Descobrir o que eles querem leva tempo, daí a demora.

Aceno com a cabeça, refletindo.

— Se Elfhame quer nos impedir...

Se a Grande Corte fizer do príncipe um cativo, por amor ou raiva, então quem vai parar Lady Nore? Também serei detida? E se não, quanto tempo até Bogdana me encontrar?

— Não sei — diz ele, em resposta a uma ou todas as perguntas que não vocalizo.

Abaixo a voz ainda mais.

— Me conte sobre os poderes de gancanagh do príncipe? E o que Lady Nore escreveu na mensagem dela? Você não está mais sob o poder do arreio.

— Me liberte — pede ele, olhar determinado. — Me liberte, e eu te direi tudo o que sei.

É óbvio. Por qual outro motivo tentaria despertar meu interesse pela informação que possuía? Não para meu benefício. Ele queria escapar.

Eu deveria me concentrar em minha própria sobrevivência. Não foi para isso que invadi as masmorras. Ajudar Hyacinthe só fará com que eu mesma use o arreio.

E, no entanto, não sei como posso lhe dar as costas e partir, deixando-o em uma jaula. Nem Oak nem Tiernan foram cruéis quando Hyacinthe era seu prisioneiro, e ainda assim fiquei horrorizada. A Corte das Mariposas poderia ser muito pior.

Oak nunca me perdoaria, no entanto.

A menos que ele jamais descubra que fui eu quem ajudou Hyacinthe a escapar. Ninguém me viu entrar aqui, exceto Jack dos Lagos. E dificilmente o kelpie poderia contar a alguém, já que participou de tudo.

Talvez eu pudesse manter aquilo em segredo, como Oak guardou segredos de mim.

— Prometa que não contará a ninguém, em especial a Lady Nore, nada a respeito de Oak ou de mim ou de Tiernan, que nos colocaria em perigo ou exporia nossos planos.

Tento me convencer de que aquilo pode ser bom para o príncipe, e que ele se beneficiaria se os esquemas da rainha Annet fossem, pelo menos em parte, frustrados. Afinal, se Hyacinthe desaparecesse das masmorras depois que ela insistiu em mantê-lo ali, ela não teria como se considerar uma boa anfitriã.

Se Oak descobrir, ele não vai pensar da mesma maneira. Vai achar que o beijei para desviar sua atenção do punhal que eu cravava em suas costas e que tudo o que Tiernan disse sobre mim era verdade.

Mas, se eu não fizer nada, então a rainha Annet com certeza manterá Hyacinthe prisioneiro, na esperança de deter Oak ou atraí-lo de volta a sua Corte. Não suporto a ideia de alguém sofrendo como sofri, preso e desamparado.

— Me ajude a escapar e não contarei a ninguém, em especial a Lady Nore, qualquer coisa de você, ou Oak, ou Tiernan que poderia colocá-los em perigo ou expor seus planos — jura Hyacinthe, linda e plenamente.

A seriedade do momento pesa sobre meus ombros.

— Então... como faço para te soltar? — pergunto, tentando me concentrar na tarefa à frente, e não no pavor que de repente sinto ao tomar o destino em minhas próprias mãos, o meu e o de Hyacinthe. Analiso as estalagmites, procurando uma junção. — Essas mandíbulas devem *abrir* de alguma forma, mas não consigo ver como.

Hyacinthe enfia os dedos na abertura das barras tipo dentes e gesticula em direção ao teto.

— Há algo lá em cima, escrito na pedra. Um dos guardas olhou para o alto quando falou, como se estivesse lendo. Ele arrastou os pés também, como se houvesse um lugar específico onde ficar.

— Você não o*uviu* o que ele disse? — pergunto, incrédula.

Ele balança a cabeça.

— Deve ser parte do encantamento. Vi sua boca se mexer, mas não havia som.

Olho para cima e localizo alguns rabiscos finos. Semicerro os olhos, recuo dois passos e consigo decifrá-los. Mas não é nenhuma senha para abrir as barras dentadas. É um enigma. E, ao prestar atenção, noto uma charada diferente acima de cada uma das celas.

Suponho que, se cada câmara exigir uma palavra ou frase diferente para se abrir ou fechar, seria útil ter um lembrete, ainda mais com a troca constante de guardas. Nem todos têm uma memória aguçada, e existe o risco de que, caso uma palavra seja esquecida, a cela deixe de funcionar para sempre.

— *Filha do sol* — leio. — *Ainda que nascida para a noite, o fogo a faz chorar, e se ela morrer antes da hora, corte sua cabeça e ela poderá ser renascida.*

— Um enigma — resmunga Hyacinthe.

Concordo com um gesto de cabeça, pensando no amor do Povo das Fadas por jogos. Em como Habetrot tinha chamado Oak de *Príncipe da Luz do Sol.* Nos jogos de palavras com que minha não família brincava... Scrabble, Troca-Letras.

Tento me concentrar.

— A lua? — Nada acontece. Quando baixo o olhar, noto que há um círculo gravado no chão, um pouco além de onde estou. Entro nele e repito. — Lua.

Dessa vez, as mandíbulas rangem, mas em vez de se abrir, a prisão encolhe, como se mordesse seu prisioneiro.

Hyacinthe bate nos dentes de pedra, em pânico.

— Como é que a lua é *decapitada*?

— Ela se torna uma nesga — respondo, horrorizada com o que quase fiz. — Mas volta ao tamanho original. E poderia ser vista como a filha do sol... quero dizer, luz refletida e tudo mais.

Nenhum número de explicações para o motivo de acreditar em minha resposta pode mudar o fato de que quase o fiz ser esmagado. Mesmo agora que o movimento cessou, ainda estou tensa de que a cela se feche, moendo-o em pedaços.

— Tome cuidado! — sibila ele.

— Responda você, então — rosno.

Ele fica em silêncio.

Penso mais um pouco. Talvez uma *rosa*? Tenho uma vaga lembrança de visitar a casa de uma das amigas de minha não mãe, de brincar no quintal enquanto a mulher podava suas roseiras. Algo sobre cortar a cabeça das flores para que houvesse mais botões no ano seguinte. E filha do sol... bem, as plantas gostavam de sol, certo? E não gostavam de fogo. E, bem, as pessoas consideravam as rosas como algo romântico, então talvez fossem feitas para a noite, porque as pessoas se apaixonam sobretudo à noite?

O último argumento parece precisar de muita boa vontade para se encaixar, mas não consigo pensar em nada melhor.

— Tive uma ideia — digo, a falta de confiança explícita na voz.

Ele me observa com cautela, então solta um suspiro.

— Vá em frente — encoraja.

Eu me coloco no lugar e respiro fundo.

— Uma rosa.

Os dentes se fecham mais, o teto caindo tão rápido que Hyacinthe se esparrama no chão para evitar ser atingido. Da cela do sereiano, ouço um som que pode ser uma risada, mas o soldado alado está em um silêncio sepulcral.

— Está machucado? — pergunto.

— Ainda não — responde ele, com cautela. — Mas acho que não há mais espaço para a cela se fechar sem me esmagar como uma noz.

Era diferente espreitar a glaistig e acabar com os feitiços dela, sabendo que apenas eu corria perigo. Me esgueirar por casas mortais ou até fugir de bruxas. Mas pensar que, por um erro meu, uma vida poderia se extinguir como uma...

Filha do sol. Feita para a noite. Corte sua cabeça e ela renasce.

— Vela — deixo escapar.

A caverna de pedra se move com um som de gemido, e as barras se separam como uma boca, como uma enorme flor carnívora. Nós nos entreolhamos, Hyacinthe passando do terror ao riso. Ele se levanta em um salto e me gira numa pirueta de um braço só, em seguida, dá um beijo no topo de minha cabeça.

— Sua garota encantadora e incrível! Você conseguiu.

— Ainda precisamos passar pelos guardas — lembro, desconfortável com o elogio.

— *Você* me libertou da prisão. *Eu* vou nos libertar da colina — afirma ele, com uma intensidade que acho que pode ser orgulho.

— Mas primeiro — começo — conte o que você sabe sobre Oak. Tudo, dessa vez.

Ele faz uma careta.

— No caminho.

Balanço a cabeça.

— Agora.

— O que ele deveria dizer a você? — pergunta a garota humana da própria cela, e Hyacinthe me lança um olhar exasperado.

— Aqui não — diz ele, arregalando os olhos para sugerir que o motivo deveria ser óbvio: *A garota pode nos ouvir. Assim como o sereiano.*

— Vamos libertá-los também, então não importa — revelo. Afinal, não tinha como me meter em *mais* encrencas se fosse descoberta.

Ele me encara, chocado.

— Isso seria imprudente.

— Meu nome é Gwen — chama a garota. — Por favor. Prometo que não vou contar a ninguém o que ouvi. Farei o que quiserem se me levar com vocês.

Estudo a escrita acima da porta de sua cela. Outro enigma. *Ele se empanturra, mas carece de uma boca. Bem alimentado, cresce rápido e forte. Dê-lhe um gole, porém, e você lhe dará a morte.*

Sem boca, mas come...

— Wren, você me escutou? — exige Hyacinthe.

— Eles são testemunhas — digo a ele. — Deixar testemunhas para trás também seria *imprudente.*

— Então me dê sua faca — pede ele, franzindo o cenho. — Eu cuido deles.

Gwen se aproxima das estalagmites.

— Espere — diz ela, a voz carregada de desespero. — Posso ajudar. Tem várias coisas que eu sei fazer.

Como se virar no mundo humano. Não quero ferir o orgulho de Hyacinthe explicando aquilo, mas ela talvez seja capaz de escondê-lo em lugares onde os seres encantados provavelmente não procurariam. Juntos, podem escapar com mais facilidade do que qualquer um dos dois conseguiria sozinho.

— A faca — insiste Hyacinthe, estendendo a mão como se esperasse mesmo que eu lhe desse uma e o deixasse matar os dois.

Eu me viro, franzindo o cenho.

— Você ainda não me contou nada de útil sobre o príncipe.

— Muito bem - diz ele. — Quando Lady Nore pegou Madoc, enviou uma mensagem à Grande Corte, pedindo algo em troca da liberdade do velho general. Não sei o que ela queria, só que o rei e rainha se recusaram.

Concordo com um gesto de cabeça. Oak falou comigo sobre desejar a queda de Lady Nore, embora uma troca de mensagens sugira que ele possa estar disposto a persuadi-la em vez disso. Por um instante, me pergunto se é a *mim* que ela quer. Mas, então, ele não precisaria procurar a Bruxa do Cardo. O príncipe sabe muito bem onde estou. E a Grande Corte me entregaria de imediato.

— E sobre ser um gancanagh? — pergunto.

Hyacinthe solta um suspiro frustrado, obviamente desejando estar longe dali.

— Vou lhe dizer o que sei o mais rápido possível. Ele herdou um pouco do poder de Liriope, e ela era capaz de causar fortes emoções nas pessoas que se aproximavam dela, sentimentos de lealdade, desejo e adoração. Não tenho certeza do quanto disso era consciente e do quanto era apenas uma maré ao seu redor, naufragando as pessoas encalhadas nos bancos de areia. Oak vai te usar até que você esteja esgotada. Vai te manipular até que você não saiba o que é real e o que não é.

Eu me lembro do que Tiernan dissera sobre o pai de Hyacinthe.

— Esqueça essa missão. Jamais descobrirá as verdadeiras intenções por trás dos sorrisos do príncipe — aconselha Hyacinthe. — Você é uma moeda a ser gasta, e ele é um nobre, acostumado a desperdiçar ouro.

Mais uma vez, meu olhar vai para o enigma acima da porta de Gwen, que parece mais fácil de resolver do que qualquer um dos meus outros problemas.

O que come, mas não bebe? Dirijo o olhar para a água, para o azinhavre. Em seguida, para empanturrar. Para bocas famintas.

Bocas como aquela que as barras representam, prontas para devorar Gwen se eu errar a resposta. A cela em que Hyacinthe estava me deu três tentativas, mas noto que o teto da de Gwen é mais baixo. Talvez eu tenha apenas dois palpites antes que a humana seja esmagada.

E como os guardas podem chegar a qualquer momento, é possível que eu tenha menos tempo ainda.

Estou apavorada com a ideia de dar a resposta errada e, no entanto, igualmente preocupada com a possibilidade de sermos capturados. Ambos os pensamentos são perturbadores, criando um looping de ansiedade.

Dê-lhe um gole e você lhe dará a morte.

Penso em espirrar água no sereiano. Penso no mar.

Penso na resposta para a outra porta, uma vela. Ele se empanturra, e lhe oferecer uma bebida apagaria sua chama. Ambos os enigmas poderiam ter a mesma resposta? Todas as celas poderiam ser abertas da mesma maneira?

Abro a boca para falar, mas a cautela me impede. *Bem alimentado, cresce rápido e forte.* As velas não crescem. Quase falei errado outra vez.

Não, não uma vela, mas algo parecido. Uma vela pode não crescer, mas sua chama sim.

— Fogo — sussurro, e a cela de Gwen se abre, jogando-a para fora.

Ela sai aos tropeços, olhando ao redor da câmara, como se aquilo pudesse ser um truque. Seu olhar se desvia para Hyacinthe com cautela, talvez preocupada que ele use a faca afinal.

— Vai levá-la com você — informo a ele. — No meu lugar.

Ele me olha como se eu tivesse perdido a cabeça.

— E por que eu faria isso?

— Porque eu estou pedindo, e eu o tirei da prisão — respondo, encarando-o com o que espero ser um olhar firme.

Ele não parece intimidado por mim, no entanto.

— Ajudar uma mortal tola não fazia parte da barganha.

Sinto o pânico no fundo do estômago.

— E se eu quebrar a sua maldição?

— Impossível — diz ele. — Nem mesmo Oak conseguiu removê-la de forma permanente, e ele é da Grande Corte.

Mas o príncipe não tem a mesma prática que eu em remover maldições. E talvez ele não *quisesse* que o feitiço desaparecesse por completo.

— Mas se eu pudesse... — pergunto em minha voz áspera.

A contragosto, ele assente.

Eu me viro para Gwen e mostro meus dentes, satisfeita quando ela estremece.

— Você resolve o enigma para liberar o sereiano. Não erre.

Então estico a mão para a asa de Hyacinthe.

Sinto as penas nos dedos, a suavidade e leveza dos ossos por baixo. E sinto a maldição se refazendo dentro de Hyacinthe, como se fosse uma coisa viva.

Mergulho na magia e me surpreendo com a viscosidade dos filamentos. É como arrancar uma teia de aranha. Quanto mais puxo, mais a maldição parece se prender a mim, tentando me transformar também. Sinto a atração do encantamento, seu brilho e calor, desatando algo dentro de mim.

— O que está fazendo? — pergunta Hyacinthe. Sua asa se desvencilha de meus dedos.

Abro os olhos, só então percebendo que os tinha fechado.

— Machucou?

— Não... não sei — respondeu ele. — Parecia que você estava tocando... por baixo da minha pele.

Respiro fundo e volto ao trabalho de desfazer a maldição. Mas toda vez que tento quebrá-la, os fios do feitiço deslizam entre meus dedos. E a cada tentativa sou atraída mais para dentro, até sentir como se me engasgasse com as penas. Como se estivesse me afogando. O nó dentro de mim, no centro da minha magia, está se desfazendo.

— Pare — diz Hyacinthe, sacudindo meu ombro. — Basta.

Estou no chão, com ele ajoelhado ao meu lado. Não consigo recuperar o fôlego.

Os feitiços da glaistig eram simples se comparados com aquela teia de encantamento. Cerro os dentes. Eu podia ser boa o suficiente entre os seres encantados solitários do mundo mortal, mas era pura arrogância pensar que aquilo significava que eu seria capaz de desfazer a magia da Grande Corte.

A alguns metros de distância, vejo Gwen e o sereiano me observando. Ele pisca, a membrana nictante se fechando logo depois.

— Nós deciframos o enigma juntos — diz Hyacinthe, com uma carranca para a garota. — Agora vamos.

— Mas... — começo.

— Vou levá-la — diz ele. — A garota mortal. Vou tirá-la daqui, e aquela criatura também. Levante logo.

Eu deveria fazer o que me pede. Mas suas palavras parecem vir de longe enquanto alcanço a magia novamente, e, daquela vez, quando ela tenta me atrair, eu a puxo para mim. Deixo a coisa me arrastar para baixo. Absorvo toda a maldição de um só golpe.

Tudo para. Não há ar em meus pulmões. Sinto uma dor no peito, como se meu coração não conseguisse bater. Como se algo dentro de mim se rachasse. Como se eu fosse desmoronar.

Eu me concentro na maldição; em lutar com aquele encantamento pegajoso e arrebatador, e em esmagá-lo até que seja uma coisa sólida, pesada e fria. E, então, pressiono ainda mais, até o transformar em um nada.

Quando abro os olhos, minhas unhas roídas estão cravadas na pele do braço de Hyacinthe. No *braço*, que não está mais emplumado e não é mais uma asa. Ele continua de joelhos. Estou trêmula, tão tonta que mal consigo me lembrar de onde me encontro.

— Você conseguiu. Quebrou a maldição. Minha senhora, juro lealdade a você. — Demoro um instante para assimilar suas palavras e, quando o faço, fico horrorizada. — A você e apenas a você. Eu estava errado em duvidar.

— Não — balbucio.

Não quero uma responsabilidade dessas. Vi o que o poder faz com as pessoas. E vi como aqueles que juram lealdade se ressentem daqueles juramentos e desejam a destruição de quem os controla. Jamais fui menos livre do que quando governava.

— Sou seu servo para todo o sempre — diz ele, descuidado, pressionando os lábios secos no dorso da minha mão. O cabelo castanho-escuro cai para a frente em uma cortina, roçando meu braço como seda. — Fiel ao seu comando.

Balanço a cabeça, mas o voto está feito. E estou muito cansada para ser capaz de explicar por que aquilo me preocupa. Minha mente parece à deriva demais.

Observo os três prisioneiros que libertei e, de repente, estou plenamente ciente da quantidade de problemas que criei. Não me dei conta do quanto aquela garota apavorada que eu era mudou, aquela que sempre procurava um lugar para se esconder na Corte dos Dentes. Quebrar feitiços em mortais me tornou rebelde.

E, por um instante, me sinto brutalmente feliz. Não é exatamente uma sensação agradável, estar em perigo, mas é bom estar no controle, ser a causa dos eventos em vez de ir com a maré e se afogar nela.

— Tire seus sapatos — digo à garota, a voz mais rouca que nunca.

Ela olha para os próprios tênis.

— Por quê?

Eu lhe lanço um olhar autoritário, e ela os descalça.

Eu me levanto, tentando me lembrar de meu quase plano. Hyacinthe agarra meu braço enquanto cambaleio, e meu orgulho me incita a repreendê-lo, mas estou grata demais para isso.

— Para que seus passos sejam silenciosos — explico. — Vocês três podem se esconder atrás do cocho de água. É escuro e, se vocês se agacharem, não serão vistos.

Hyacinthe hesita.

— E você?

Balanço a cabeça.

— Eu disse que não iria com vocês. Vou manter os guardas ocupados. Consegue encontrar o caminho para sair daqui?

Ele assente, brevemente. O ex-falcão é um soldado, com sorte foi treinado para situações não muito diferentes desta. Então ele franze o cenho.

— Se ficar para trás, estará em grande perigo — argumenta ele.

— Não vou com vocês — repito.

— Ele não vai te perdoar por isso.

Se Oak descobrir o que fiz, Hyacinthe talvez tenha razão. Mas ainda preciso enfrentar Lady Nore ou ela vai me caçar. Nada sobre nossa atual situação muda aquilo.

— Você me jurou obediência — lembro a ele, embora suas palavras ecoem meus medos. — Há alguns instantes. O que peço é que tire a si mesmo e a Gwen da Corte das Mariposas, vivos. E leve o sereiano para a caverna do mar. Fica no caminho.

— Me mande para o norte, para Lady Nore, então — pede Hyacinthe, quase em um sussurro. — Se você conseguir chegar até lá, pelo menos terá um aliado.

— E é por isso que não se deve fazer um drama jurando obedecer a alguém — argumento, irritada. — Quase nunca pedem pelo que você espera.

— Sei sobre fadas e barganhas — comenta Gwen, tolamente. — Você vai pedir algo de mim também, certo?

Eu a encaro. Não tinha planejado pedir nada, mas sua declaração foi imprudente. Ela não deve ter muito consigo, mas seus tênis e roupas me permitiriam entrar no mundo mortal com mais facilidade, se fosse necessário. E existem outras coisas.

— Você tem um celular?

Gwen parece surpresa.

— Achei que você pediria um ano da minha vida, ou uma lembrança querida, ou minha voz.

O que eu faria com essas coisas?

— Você prefere me dar um ano da sua vida?

— Acho que não. — Gwen enfia a mão no bolso e tira de lá seu celular, junto com um carregador que ela solta de um chaveiro. — Não tem sinal aqui.

— Quando você e Hyacinthe estiverem em segurança, me avise — instruo, pegando o celular. O objeto de metal e vidro parece leve em minha mão. Não seguro um daqueles há muito tempo.

— Eu ia ligar para o meu namorado — diz ela. — Ele atendeu uma vez, e eu consegui ouvir música ao fundo. Se ele ligar...

— Vou dizer a ele para fugir — asseguro. — Agora se escondam e, quando eles entrarem, vocês saem.

Hyacinthe me lança um olhar eloquente enquanto guia a mortal para a escuridão.

O sereiano segura minha mão.

— Senhora da terra — diz ele, voz ainda mais rouca que a minha, pele fria. — O único presente que tenho para lhe dar é conhecimento. Há uma guerra na crista das ondas. A Rainha do Reino Submarino se tornou fraca, e sua filha ainda mais fraca. Quando houver sangue na água, seria melhor para a terra ficar longe. Cirien-Cròin está chegando.

Então ele cambaleia em direção ao barril de água.

E, com seu aviso, caminho até a porta com faixas de cobre e giro a maçaneta. Ainda me sinto trôpega e ofegante, como se tivesse acabado de passar por uma longa febre. Nenhuma quebra de maldição jamais me fez sentir assim, e é assustador.

Mas o bauchan e a cavaleira de cabelo de rosas do outro lado me assustam ainda mais. Ao me ver, ela desembainha a espada, que vejo que recuperou. Espero que aquilo signifique que Jack dos Lagos a deixou cair, e não que ele foi capturado.

— Como você... — começa o bauchan.

Eu os interrompo com a voz mais firme que consigo:

— O soldado amaldiçoado, o prisioneiro do príncipe, ele não está na cela! — O que é verdade, considerando que eu o deixei sair.

— Isso não explica o que *você* está fazendo onde não deveria estar — argumenta a cavaleira de cabelo de rosas.

— Quando cheguei, não havia ninguém guardando a entrada — comento, deixando a acusação pairando no ar.

A cavaleira de cabelo de rosas passa por mim impaciente, um rubor nas bochechas. Ela caminha até o final das masmorras, onde Hyacinthe deveria estar. Eu a sigo, cuidadosamente mantendo meu olhar afastado das sombras.

— Bem? — digo, mão no quadril.

O pânico em seus olhos me diz que a rainha Annet conquistou sua reputação de cruel de maneira honesta.

— *A menina* — diz a cavaleira de cabelo de rosas vermelhas, percebendo que a humana também se foi.

— E o *espião* do Reino Submarino. — O bauchan fala uma palavra para abrir a cela do sereiano, inspecionando-a em seguida. Pelo menos, libertar todos os prisioneiros confundiu suas suposições sobre o que se passou.

— Você não viu nada? — pergunta a cavaleira de cabelo de rosas.

— O que havia para ver? — retruco. — O que *você* viu, para deixar seu posto?

O bauchan olha para a cavaleira, como para lhe dizer que se cale. Nenhum dos dois fala por um longo momento. Por fim, a cavaleira diz:

— Não conte a ninguém sobre isso. Vamos recapturar os prisioneiros. Eles não podem jamais deixar a Corte das Mariposas.

Assinto lentamente, como se absorvesse suas palavras. Levanto o queixo como vi os nobres fazerem, como Lady Nore fazia. Ninguém teria acreditado no papel que estou desempenhando se estivesse vestida nos meus trapos, com o cabelo selvagem, mas vejo que os guardas acreditam em mim agora. Talvez eu venha a gostar daquele vestido por algo além de sua beleza.

— Devo voltar para junto do príncipe — aviso. — Não contarei a ele sobre a fuga pelo máximo de tempo que puder, mas se não encontrar Hyacinthe antes de partirmos para o pântano da Bruxa do Cardo ao amanhecer, não terá mais como esconder que ele sumiu.

Com o coração retumbante, saio para o corredor. Então refaço meus passos até a festa, pressionando as mãos no peito para disfarçar seu tremor.

Vou até uma mesa e me sirvo de um longo gole de vinho verde. A bebida cheira a grama esmagada e sobe direto para a cabeça, abafando a adrenalina.

Localizo Oak, uma garrafa de vinho em uma das mãos e a jovem com cabeça de gato de antes nos braços. Ela estende a mão para lhe acariciar os cachos dourados com as garras enquanto dançam. Então há uma mudança de parceiros, e uma anciã toma o lugar da jovem-gato.

O príncipe pega sua mão enrugada e a beija. Quando ela se inclina para lhe beijar a garganta, ele apenas ri. Em seguida, Oak a conduz pelos passos de uma gavota, o sorriso inebriado jamais arrefecendo ou vacilando.

Até que o ogro dançando com a jovem com cabeça de gato abruptamente a arranca da roda. Ele a empurra de modo grosseiro através da multidão, em direção a um segundo ogro.

Oak para de dançar, abandonando a parceira enquanto atravessa a pista até eles.

Sigo mais devagar, incapaz de forçar a multidão a se abrir para mim como ele fez.

Quando me aproximo, a jovem com cabeça de gato está parada atrás de Oak, sibilando como uma cobra.

— Entregue-a — ordena um dos ogros. — Ela é uma ladrazinha, e vou acabar com a raça dela.

— Uma ladra? De corações, talvez — diz Oak, fazendo a jovem-gato sorrir. Ela usa um vestido de seda rosa pálido, com anquinhas, e brincos de cristal pendurados nas orelhas peludas. Parece rica demais para precisar roubar qualquer coisa.

— Acha que porque tem aquele sangue real em você é melhor do que nós — diz o ogro, pressionando uma unha comprida contra o ombro do príncipe. — Talvez seja. A única maneira de ter certeza é provando.

Há um gingado bêbado nos movimentos de Oak enquanto ele empurra a mão do ogro, o desprezo evidente na voz.

— A diferença de sabor seria sutil demais para o seu paladar.

A jovem com cabeça de gato pressiona um lenço na boca e se afasta com delicadeza, não ficando por perto para testemunhar as consequências da defesa galante de Oak.

— Duvido que seja muito difícil fazê-lo sangrar para descobrir — rebate um dos ogros, fazendo o outro rir e se aproximar. — Vamos testar?

Naquele momento, o príncipe recua um pouco, mas o segundo ogro está logo atrás dele.

— Isso seria um erro.

A última coisa que Oak deveria fazer é mostrar a eles que está com medo. O perfume da fraqueza é mais inebriante que o de sangue.

A menos que ele *queira* ser atingido.

Se ele for arrastado para uma briga, violaria o código de etiqueta do hóspede. Mas, se um dos ogros atacasse primeiro, então o anfitrião seria o culpado pelo deslize. A julgar pelo tamanho dos ogros, porém, um único golpe poderia ser o suficiente para acabar com o príncipe.

Não são apenas grandes, mas parecem treinados para a violência. Oak nem foi capaz de bloquear meu golpe quando arranhei seu rosto.

Devo ter feito algum movimento impulsivo e brusco, porque o olhar de Oak me encontra. Um dos ogros se vira em minha direção e ri.

— Ora, ora — diz ele. — Ela parece deliciosa. É sua? Já que defendeu uma ladra, talvez devêssemos mostrar a você qual é a sensação de ser roubado.

A voz de Oak endurece.

— Você é tolo o bastante para não saber a diferença entre comer uma pedra ou um doce até que seus dentes quebrem, mas entenda isso... ela não deve ser tocada.

— O que você falou? — pergunta o companheiro do ogro, com um grunhido.

Oak ergue as sobrancelhas.

— Palavras não são o seu forte, não é? Eu estava tentando insinuar que seu amigo aqui é um tolo, um incapaz, um estúpido, um idiota, um imbecil...

O ogro lhe dá um soco, o enorme punho acertando a bochecha de Oak com força suficiente para fazê-lo cambalear para trás. O ogro o atinge mais uma vez, e sangue espirra da boca de Oak.

Um brilho estranho surge nos olhos do príncipe.

Outro golpe desferido.

Por que ele não revida? Mesmo que Oak quisesse que os ogros atacassem primeiro, eles já o fizeram. Estaria no direito do príncipe lutar.

— A rainha Annet vai puni-lo por atacar o príncipe herdeiro! — grito, na esperança de que o ogro caia em si antes que Oak se machuque ainda mais.

Com minhas palavras, o outro ogro aperta o ombro do amigo, impedindo um terceiro golpe.

— O garoto já teve o suficiente.

— Tive? — pergunta Oak, limpando a boca com as costas da mão. Seu sorriso se alarga, revelando dentes vermelhos.

Eu me viro para ele em incredulidade.

Oak se empertiga, ignorando o hematoma se formando debaixo de um dos olhos, afastando o cabelo caído sobre o rosto. Ele parece um pouco atordoado.

— Me bate de novo — desafia o príncipe.

Os dois ogros se entreolham. O companheiro parece nervoso. O outro cerra o punho.

— Vamos. — O sorriso de Oak não parece lhe pertencer. Não é o mesmo que ele dirigiu aos dançarinos. Não aquele que reservou a mim. É repleto de ameaça, os olhos brilhantes como lâminas. — *Bate em mim.*

— Pare com isso! — grito, tão alto que várias outras pessoas se voltam para mim. — Pare!

Oak parece envergonhado, como se fosse o único com quem eu estava gritando.

— Peço desculpas — diz.

Os ogros permitem que ele cambaleie até a minha direção. Se está atordoado ou simplesmente tonto de bebida, não sei dizer.

— Está ferido — constato, sem necessidade.

— Perdi você na multidão — diz Oak. Há um hematoma escurecendo o canto de sua boca, e alguns salpicos de sangue em meio às sardas.

A mesma boca que beijei.

Concordo com um gesto de cabeça, sem reação demais para fazer outra coisa. Meu coração ainda está acelerado.

— Devemos colocar nossa aula de dança à prova? — sugere ele.

— Dança? — pergunto, a voz um pouco alta.

Seu olhar vai para as rodas de seres encantados saltitantes e animados. Eu me pergunto se ele está em choque.

Acabo de traí-lo. Eu mesma me sinto bastante chocada.

Coloco minha mão na dele como se estivesse hipnotizada. Sinto apenas o calor de seus dedos contra a pele fria. Seus olhos cor de âmbar como os de uma raposa, pupilas largas e escuras. Seus dentes mordem o lábio, como se estivesse nervoso. Ergo a mão e toco a bochecha dele. Sangue e sardas.

Ele parece um pouco trêmulo. Acho que, se eu tivesse feito o que ele fez, ainda estaria tremendo também.

— Vossa Alteza — soa uma voz.

Solto a mão do príncipe. A cavaleira de cabelo de rosas abriu caminho através da multidão; atrás dela, três soldados em armadura completa. Suas expressões sombrias.

Sinto um peso no estômago.

A cavaleira se curva.

— Vossa Alteza, sou Revindra, membro da guarda da rainha Annet. E trago notícias de que seu... de que um de seus companheiros invadiu nossas masmorras e libertou o espião de Lady Nore, bem como uma das mortais da rainha Annet e um sereiano do Reino Submarino.

Não digo nada. Não há nada a dizer.

— Que provas você tem? — pergunta Oak, com um rápido olhar em minha direção.

— A confissão de um kelpie de que ele a ajudou. Ela o pagou com isto. — Revindra abre a palma da mão para mostrar a raposa de prata com olhos de peridoto.

Ele cerra os dentes.

— Wren?

Não sei como responder pelo que fiz.

Oak pega a peça do jogo, uma expressão pensativa lhe tomando as feições.

— Pensei que nunca mais veria isso.

— Estamos aqui para levar Suren — continua Revindra. — E não reagiremos bem se tentar nos impedir.

O olhar que Oak dirige a mim é tão frio quanto o que ofereceu aos ogros.

— Ah — diz ele. — Eu não sonharia em impedi-los.

CAPÍTULO 8

Aos catorze anos, aprendi a fazer chá com agulhas de abeto maceradas com flores de monarda, fervidas no fogo.

— Você gostaria de uma xícara, sr. Raposa? — perguntei solícita a meu bicho de pelúcia, como se fôssemos muito sofisticados.

Ele não queria nada. Desde que roubei o sr. Raposa de volta das caixas de meus não pais, eu me aconchegava a ele todas as noites, e seu pelo ficou sujo de dormir sobre musgo e terra.

Pior, houve algumas ocasiões em que o deixara para trás ao me sentar debaixo das janelas da escola da Bex ou da faculdade local, recitando, para mim mesma, poemas provavelmente inúteis e fragmentos de história, ou fazendo contas com números rabiscados na terra. Uma noite, quando voltei, descobri que ele tinha sido atacado por um esquilo à procura de material para seu ninho e a maior parte do enchimento fora arrancada.

Desde então, eu tinha ficado no acampamento, lendo para ele um romance sobre uma governanta empobrecida, que retirei da biblioteca quando escolhi *Colheita no sudeste americano*. Havia muito sobre convalescença e frieiras, então achei que poderia fazê-lo se sentir melhor.

O sr. Raposa ficou parecido, de maneira perturbadora, com as peles que Bogdana pendurava para secar, depois de suas matanças.

— Vamos conseguir algumas novas tripas, sr. Raposa — prometi a ele. — Penas, quem sabe.

Quanto me deitei, avistei um pássaro na árvore acima de nós. Eu havia me tornado rápida e cruel na natureza. Poderia pegá-lo com facilidade, mas seria difícil ter certeza de que as penas estavam limpas e livres de parasitas. Talvez eu devesse considerar destrinchar um dos travesseiros de minha não família em vez disso.

Na floresta, muitas vezes me lembrava dos jogos com que Rebecca e eu costumávamos brincar ao ar livre. Como uma vez, quando fingimos ser princesas de contos de fadas. Reunimos adereços — um machado enferrujado, que com certeza jamais fora retirado da garagem, duas coroas de papel, que eu tinha feito com purpurina e jornal recortado, e uma maçã, apenas um pouco velha, mas deixada brilhante com cera.

— Primeiro, vou ser um lenhador e você vai implorar pela sua vida — decidiu Rebecca. — Serei misericordiosa, porque você é tão bonita e triste, e depois vou matar um cervo em seu lugar.

Então encenamos aquilo, e Rebecca cortou ervas daninhas com o machado.

— Agora vou ser a rainha má — sugeri. — E você pode fingir me dar...

— *Eu* sou a rainha má — insistiu Rebecca. — E o príncipe. E o lenhador.

— Mas não é justo — choraminguei. Rebecca podia ser tão mandona às vezes. — Você pode fazer tudo, e tudo o que posso fazer é chorar e dormir.

— Você pode comer a maçã — salientou Rebecca. — E usar uma coroa. Além do mais, você *disse* que queria ser a princesa. Isso é o que as princesas fazem.

Morder a maçã podre. Dormir.

Chorar.

Um farfalhar me faz erguer a cabeça.

— Suren? — Um grito corta a floresta. Ninguém devia estar me chamando. Ninguém devia nem mesmo saber meu nome.

— Fique aqui, sr. Raposa — falei, deixando-o aconchegado na minha cabana. Em seguida me esgueirei em direção à voz.

Apenas para dar de cara com Oak, o herdeiro de Elfhame, parado em uma clareira. Todas as minhas lembranças do príncipe eram de um menino alegre. Mas ele havia se tornado alto e magro, à maneira das crianças que cresceram de repente e muito depressa. Quando ele avançou, foi com uma incerteza pueril, como se não estivesse acostumado com o próprio corpo. Ele devia ter uns treze anos. E nenhum motivo para estar em meu bosque.

Eu me agachei em um canteiro de samambaias.

— O que você quer?

Ele se virou na direção da minha voz.

— Suren? — chamou de novo. — É você?

Oak vestia um colete azul com galões prateados no lugar dos botões. Por baixo, usava uma fina camisa de linho. Os cascos exibiam cloches prateados, que combinavam com as duas argolas de prata bem no arco de uma orelha pontuda. Cabelo loiro-claro entremeado com fios ouro--escuro soprava em torno de seu rosto.

Olhei para mim mesma. Meus pés estavam descalços e escuros de sujeira. Não lembrava quanto tempo fazia desde que lavara meu vestido. Uma nódoa de sangue tingia o tecido perto da cintura, de quando eu tinha arranhado o braço em um espinho. Manchas de grama na saia, perto dos joelhos. Eu me lembrei dele, me encontrando amarrada a um poste, encoleirada como um animal, nos arredores do acampamento da Corte dos Dentes. Eu não poderia suportar mais a pena dele.

— Sou eu — gritei. — Agora vá embora.

— Mas acabei de te encontrar. E eu quero conversar. — Ele soou como se falasse sério. Como se nos considerasse amigos, mesmo depois de todo aquele tempo.

— O que vai me dar se eu fizer isso, Príncipe de Elfhame?

Ele estremeceu com o título.

— O prazer da minha companhia?

— Por quê? — Embora não fosse uma pergunta amigável, eu estava sinceramente intrigada.

Ele demorou um bocado a responder.

— Porque você é a única pessoa que conheço que já foi um membro da realeza, como eu.

— Não como você — falei.

— Você fugiu — disse ele. — Eu quero fugir.

Eu me acomodei em uma posição mais confortável. Não era que eu tivesse fugido. Só não tinha outro lugar para ir, senão ali. Meus dedos puxaram um tufo de grama. Ele tinha tudo, não tinha?

— Por quê? — perguntei outra vez.

— Porque estou cansado de pessoas tentando me assassinar.

— Achei que iriam preferir você a sua irmã no trono. — Matá-lo não parecia ser nada de útil para ninguém. Se Jude quisesse outro herdeiro, poderia ter um bebê. Ela era humana; sem dúvida poderia ter muitos bebês.

Ele pressionou a ponta do casco na terra, cavoucando incessantemente a ponta de uma raiz.

— Bem, algumas pessoas querem proteger Cardan, porque acreditam que Jude pretende matá-lo, e acham que minha ausência a desencorajaria. Outros acreditam que me eliminar é um belo primeiro passo para eliminá-la.

— Isso não faz nenhum sentido — argumentei.

— Você não pode simplesmente sair para que possamos conversar? — O príncipe se virou, franzindo o cenho, procurando por mim entre as árvores e arbustos.

— Você não precisa me ver para isso — falei.

— *Certo.* — Ele se sentou entre folhas e musgo, equilibrando o rosto no joelho dobrado. — Alguém tentou me matar. De novo. Veneno. De novo. Outro alguém tentou me recrutar para uma conspiração na qual mataríamos minha irmã e Cardan, para que eu pudesse governar no lugar. Quando me neguei, *eles* tentaram me matar. Com uma faca, dessa vez.

— Uma faca envenenada?

Ele riu.

— Não, apenas uma faca comum. Mas doeu.

Inspirei fundo. Quando ele disse que houvera tentativas, imaginei que aquilo significava que tinham sido frustradas de alguma forma, não que ele simplesmente *não havia morrido*.

Ele continuou.

— Então vou fugir do Reino das Fadas. Como você.

Não era assim que eu me via, como uma fugitiva. Eu era alguém sem ter para onde ir. À espera de ficar mais velha. Ou com menos medo. Ou mais poderosa.

— O Príncipe de Elfhame não pode partir e *desaparecer*.

— Eles provavelmente ficariam mais felizes se ele fizesse isso — retrucou ele. — Sou o motivo de meu pai estar exilado. O motivo pelo qual minha mãe se casou com ele em primeiro lugar. Uma das minhas irmãs e a namorada precisaram cuidar de mim quando eu era pequeno, embora fossem pouco mais do que crianças elas mesmas. Minha outra irmã quase foi morta várias vezes para me manter em segurança. As coisas vão ser mais fáceis sem mim por perto. Eles vão ver.

— Eles *não vão* — assegurei, tentando ignorar a intensa onda de inveja que se abateu sobre mim ao saber que ele deixaria saudade.

— Me deixe ficar na sua floresta com você — disse ele.

Pensei na possibilidade. Receber o príncipe para um chá comigo e com o sr. Raposa. Eu mostraria a ele os lugares para colher as amoras mais doces. Comeríamos bardana e trevo vermelho e cogumelos guarda-sol. À noite, iríamos nos deitar de costas e sussurrar juntos. Ele me falaria de constelações, teorias de magia e tramas dos programas de televisão a que ele tinha assistido enquanto vivia no mundo mortal. Eu confessaria a ele todos os pensamentos secretos do meu coração.

Por um momento, parecia possível.

Mas, eventualmente, iriam buscá-lo, do mesmo jeito que Lady Nore e Lorde Jarel foram atrás de mim. Se Oak tivesse sorte, seriam os guardas da irmã que o arrastariam de volta a Elfhame. Se não, seria uma faca no escuro, empunhada por um de seus inimigos.

Ali não era seu lugar, dormindo na sujeira. Subsistindo à margem de tudo.

— Não. — Eu me obriguei a dizer a ele. — Vá para casa.

Eu podia ver a mágoa em seu rosto. A confusão genuína que acompanha a dor inesperada.

— Por quê? — perguntou ele, soando tão perdido que eu quis engolir de volta minhas palavras.

— Quando você me encontrou amarrada àquela estaca, pensei em ferir você — respondi, me odiando. — Você não é meu amigo.

Não quero você aqui. São estas as palavras que eu deveria ter dito, mas não conseguia, porque seriam uma mentira.

— Ah — disse ele. — Bem.

Respirei fundo.

— Pode passar a noite — desabafei, incapaz de resistir à tentação. — Amanhã, você volta para casa. Se não fizer isso, vou usar o último favor que ganhei de você naquele jogo para forçá-lo.

— E se eu for e voltar de novo? — perguntou ele, tentando disfarçar a dor.

— Não vai. — Quando ele chegasse em casa, as irmãs e a mãe estariam à espera. Teriam ficado preocupadas por não conseguirem encontrá-lo. Elas o obrigariam a prometer nunca mais fazer algo assim. — Você é honrado demais.

Ele não respondeu.

— Fique onde está por um momento — pedi a ele, e me arrastei pela grama.

Eu o tive por uma noite, enfim. E embora não acreditasse que o príncipe era *meu* amigo, aquilo não significava que eu não poderia ser uma amiga para ele. Eu lhe servi uma xícara de chá, quente e fresco. E a pousei em uma rocha ali perto, com uma folha como prato, cheia de amoras.

— Gostaria de uma xícara de chá, príncipe? — perguntei a ele. — É por aqui.

— Sim — disse ele, caminhando em direção a minha voz.

Quando me encontrou, sentou-se na pedra, apoiando o chá na perna e segurando as amoras na palma de uma das mãos.

— Você bebe comigo?

— Sim — respondi.

Ele assentiu e, daquela vez, não me pediu para sair.

— Fale das constelações? — pedi.

— Achei que você não gostasse de mim — argumentou ele.

— Posso fingir — disse. — Por uma noite.

E, então, ele descreveu as constelações acima, me contando a história de um filho da nobreza, que acreditava ter tropeçado em uma profecia que lhe prometia grande sucesso, apenas para descobrir que seu mapa astral estava de cabeça para baixo.

Contei a ele o enredo de um filme mortal a que assisti anos antes, e ele riu das partes engraçadas. Quando se deitou em uma pilha de juncos e fechou os olhos, eu me arrastei até ele e cuidadosamente o cobri com folhas, para que ficasse aquecido.

Quando acordei à tarde, ele já tinha partido.

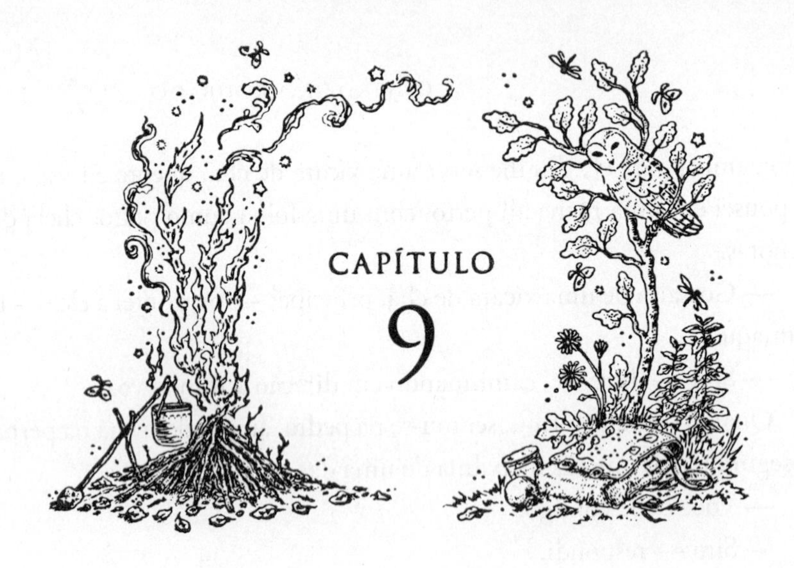

CAPÍTULO 9

Sou arrastada pelos corredores e levada não para as masmorras, como imaginei que fariam, mas para o quarto onde eu me arrumara para o festim. Minha bolsa ainda está no gancho em que a pendurei, o pente que Oak usou ainda sobre a cômoda. Revindra, a cavaleira de cabelo de rosas, me empurra para dentro com força suficiente para que eu caia de ombro no chão. Então ela me chuta no estômago, duas vezes.

Ofegante, me encolho com a dor. Procuro nas dobras do vestido, a mão se fechando na tesoura que roubei dos aposentos de Habetrot.

Eis o que aprendi na Corte dos Dentes. Parecia, no princípio, que reagir somente me traria mais dor. É a lição que queriam me ensinar, mas logo percebi que eu seria ferida de qualquer forma. Melhor ferir outra pessoa quando eu tivesse uma chance. Melhor fazê-los hesitar, saber que aquilo lhes custaria algo.

Revindra veste armadura, então, quando ataco, eu a corto onde está mais vulnerável... no rosto.

A ponta afiada rasga sua bochecha, descendo até o canto dos lábios. Seus olhos se arregalam, e ela se afasta de mim com um grito selvagem. A mão toca a boca, esfregando, e ela olha para os dedos, como se achasse impossível a sensação de umidade ser do próprio sangue. Outro cavaleiro agarra minha garganta, me prendendo no lugar enquanto um terceiro bate meu pulso no chão até eu soltar a tesoura, com um grito de dor.

Seria um insulto ser apunhalado por uma tesoura, eu me lembro das palavras de Jack dos Lagos. Espero que ele tenha razão.

Quando Revindra me chuta na nuca, nem tento abafar um gemido angustiado. Na Corte dos Dentes, eles gostavam de me ouvir gritar, chorar e uivar. Gostavam de ver hematomas, sangue, osso. Envergonhei Revindra, duas vezes. Lógico que ela está com raiva. Não há motivo para lhe conceder nada além do que deseja.

Pelo menos, até que ela me dê outra oportunidade.

— Seja qual for seu castigo, vou pedir para ser eu a aplicá-lo, vermezinha — diz ela. — E farei isso com demorada meticulosidade.

Sibilo do chão, rastejando para trás quando ela vem em minha direção mais uma vez.

— Vejo você muito em breve.

Então Revindra sai, os outros cavaleiros com ela.

Eu me arrasto até a cama e me enrolo ali, prostrada.

Não devia ter revidado, eu sei. Minha satisfação em causar dor significa apenas que sou mais parecida com Lady Nore e Lorde Jarel do que gostaria.

Em busca de distração para a agonia em meu pulso e flanco, em busca de encontrar um motivo para não pensar na expressão de Oak quando se deparou com sua velha peça de jogo, ou para avaliar a probabilidade de eu ser executada em uma das maneiras que tanto horrorizaram Gwen, enfio a mão no bolso e pego seu celular. A tela não está trincada; acende quando meus dedos deslizam sobre o vidro, mas não há nenhuma mensagem de Hyacinthe. Enquanto observo o brilho do visor, penso em meu número de casa, aquele que meus não pais me fizeram repetir várias vezes quando Bex era Rebecca, e eu sua filha.

Estamos fundo o suficiente no subsolo para que o sinal seja muito fraco. Uma única e pequena barra, ocasionalmente duas, quando inclino o aparelho em um ângulo aleatório. Digito o número. Não espero que toque.

— Olá. — A voz da minha não mãe estala com estática, como se estivesse mais distante do que nunca. Eu não deveria ter feito aquilo. Preciso tentar ser insensível quando voltarem para me machucar, e a voz da minha não mãe me faz sentir demais. Seria melhor me desconectar de tudo, flutuar livre do meu corpo, para me tornar nada, em uma infinita noite vazia.

Mas eu quero ouvi-la, caso não tenha outra chance.

— Mamãe? — chamo, tão baixinho que imagino que ela não me ouça, a conexão ruim como está.

— Quem é? — pergunta ela, a voz incisiva, como se suspeitasse de que eu estava lhe pregando uma peça.

Não respondo, me sentindo nauseada. É evidente que aquilo deve parecer um engano ou uma brincadeira. Para ela, não há outra filha. Mas fico na linha mais um momento, lágrimas ardendo nos olhos, um nó na garganta. Conto suas respirações.

Quando ela não desliga, coloco o telefone na cama, viva-voz ligado. Eu me deito ao lado do aparelho.

Sua voz treme um pouco.

— Você ainda está aí?

— Sim — sussurro.

— Wren? — pergunta ela.

Desligo, apavorada demais para descobrir o que ela poderia dizer em seguida. Prefiro me agarrar à recordação de meu nome em sua boca.

Pressiono a palma da mão na pedra fria da parede para voltar à realidade, para tentar lembrar como não sentir novamente.

Não sei quanto tempo fico ali deitada, mas o suficiente para cochilar e acordar, desorientada. O medo rasteja em minhas entranhas, com garras e terrível. Meus pensamentos precisam abrir caminho por esse nevoeiro de pânico.

E, ainda assim, eles o fazem. Estou aflita com a lembrança de beijar Oak. Sempre que me lembro do que fiz, estremeço de vergonha. O que ele deve pensar de mim, ao ter me atirado nele? E por que me beijar de volta, exceto para me manter dócil?

Então me vem à memória Hyacinthe, me pedindo para ir com ele, me avisando que eu não estaria segura.

E de novo e de novo, ouço minha não mãe dizendo meu nome.

Quando o raspar de pedra e o rangido das dobradiças ecoa, me sinto como um animal encurralado, ansioso para atacar. Enfio o celular de volta no bolso e me levanto, me preparando.

É a cavaleira de cabelo de rosas, Revindra.

— Sua presença é requerida para ser questionada.

Não digo nada, mas, quando ela estende a mão para agarrar meu braço, sibilo um aviso.

— Mexa-se — ordena ela, empurrando meu ombro. — E lembre-se de quanto prazer me dará se desobedecer.

Saio para o corredor, onde mais dois cavaleiros estão à espera. Eles me escoltam até uma sala de audiências onde a rainha Annet se senta em um trono coberto de mariposas brancas, cada uma farfalhando um pouco as asas, dando à coisa toda o efeito de um tapete em movimento. Ela está vestida de um preto mais simples do que quando a vi da última vez, mas Oak está com a mesma roupa, como se não tivesse dormido. Suas mãos estão entrelaçadas às costas. Tiernan está ao seu lado, o rosto inexpressivo.

Percebo o quanto fiquei acostumada a ver o sorriso fácil de Oak, agora que ele não mais o exibe. Um hematoma repousa sob um de seus olhos.

Eu me lembro do príncipe cambaleando para trás com o murro do ogro, sangue em seus dentes, parecendo à espera de outro golpe.

— Você roubou de mim. — Os olhos de Annet parecem brilhar com cólera mal disfarçada. Imagino que perder uma mortal e um sereiano tenha sido bem embaraçoso, para não mencionar a perda de Hyacinthe, a quem ela praticamente intimidou Oak a deixar ficar ali. A rainha deve odiar especialmente ser humilhada na frente do herdeiro da Grande

Corte, mesmo que eu tenha lhe dado uma desculpa para prendê-lo ali um pouco mais. Ainda assim, ela não pode fazer qualquer alegação legítima de que *ele* foi cúmplice do que fiz.

Pelo menos, não acho que possa.

Se Revindra está com raiva de mim, a fúria de Annet será ainda maior, e bem mais letal.

— Você nega? — continua a rainha, olhando para mim com a expressão de um falcão de caça, prestes a mergulhar na direção de um rato.

Olho para Oak, que me encara com uma intensidade febril.

— Não posso — consigo dizer. Estou trêmula. Mordo o interior da bochecha para me concentrar na dor que provoco. Aquilo parece familiar demais, esperar pela punição de um governante volúvel.

— Então — começa a rainha Unseelie. — Parece que você é uma conspiradora dos inimigos de Elfhame.

Não vou permitir que ela coloque a culpa disso em mim.

— Não.

— Então me diga: pode jurar ser leal ao príncipe em todos os sentidos?

Abro a boca para responder, mas nenhuma palavra sai. Meu olhar se volta novamente para Oak. Sinto uma armadilha se fechando.

— Ninguém poderia jurar isso.

— Ahhh — diz Annet. — Interessante.

Tem de haver uma resposta que não me incrimine ainda mais.

— O príncipe não precisa de Hyacinthe, quando tem a mim.

— Parece que *eu* tenho você — argumenta a rainha Annet, o que faz Oak olhar para ela de esguelha.

— Ele não vai imediatamente a Lady Nore, contar a ela tudo o que planejamos? — pergunta Oak, falando pela primeira vez. Eu me assusto com o som de sua voz.

Balanço a cabeça.

— Ele está jurado a mim.

A rainha Annet encara o príncipe.

— Bem debaixo do seu nariz, não apenas a sua amada o tira de você, mas o usa para construir um pequeno exército próprio.

Minhas bochechas ficam coradas. Tudo o que digo só piora o que fiz. Muito, muito pior.

— Foi errado aprisionar Hyacinthe daquele jeito.

— Quem é você para dizer aos seus superiores o que é certo ou errado? — exige a rainha Annet. — Você, criança traidora, filha de mãe traidora, deveria ser grata por não ter sido transformada em peixe, então comida, depois da sua traição à Grande Corte.

Mordo o lábio, meus dentes afiados arranhando a pele. Sinto o gosto do meu próprio sangue.

— É esse o verdadeiro motivo por trás do que fez? — pergunta Oak, olhando para mim com uma estranha ferocidade.

Faço que sim uma vez, e sua expressão se torna impassível. Eu me pergunto o quanto ele odeia que eu tenha sido chamada de sua amada.

— Jack dos Lagos alega que você deveria ter escapado com Hyacinthe — continua a rainha. — Ele estava muito ansioso para nos contar tudo. No entanto, você ainda está aqui. Alguma coisa deu errado com seu plano, ou você ficou para cometer mais traições?

Espero que o lago de Jack dos Lagos seque.

— Não é verdade — afirmo.

— Ah! — exclama Annet. — Você *não* pretendia escapar também?

— Não — respondo. — Nunca.

Ela se inclina para a frente em seu trono de mariposas.

— E por quê?

Encaro Oak.

— Porque tenho meus motivos para embarcar nessa missão.

A rainha Annet bufa.

— Traidorazinha corajosa.

— Como convenceu Jack dos Lagos a te ajudar? — pergunta Oak, a voz suave. — Ele realmente se vendeu pela peça de jogo? Eu o teria recompensado com muito mais prata se me revelasse o que você pretendia.

— Por orgulho — revelo.

— Sim. — Oak assente. — Todos os meus erros estão voltando para me assombrar.

— E a garota mortal? — pergunta a rainha Annet. — Por que interferir em seu destino? Por que o sereiano?

— Ele estava morrendo sem água. E Gwen apenas tentava salvar o amante. — Posso estar errada pelas leis do Reino das Fadas, mas, no que se refere a Gwen, pelo menos, estou certa pelo que mais seja.

— Os mortais são mentirosos — afirma a rainha Unseelie, com um murmúrio de desdém.

— Não significa que tudo o que dizem é mentira — retruco. Minha voz oscila, mas me forço a continuar: — Você tem um garoto aqui, um músico, que não retornou ao mundo mortal em dias, e, no entanto, por meio de um encantamento, acredita que muito menos tempo se passou?

— E se eu tiver? — devolve a rainha Annet, o mais perto de uma admissão que provavelmente vou conseguir. — Mentirosa ou não, você tomará o lugar dela. Você prejudicou a Corte das Mariposas, e vai pagar com a própria pele.

Tremo da cabeça aos pés, incapaz de me conter.

O olhar de Oak vai para a rainha Unseelie, a mandíbula cerrada. Ainda assim, quando ele fala, sua voz é suave.

— Receio que não possa tê-la.

— Ah, não posso? — pergunta a rainha Annet, no tom de alguém que assassinou a maioria de seus antigos amantes e está preparada para matar novamente, se provocada.

O sorriso do príncipe se alarga, aquele sorriso encantador, com o qual poderia persuadir patos a lhe trazer os próprios ovos para o café da manhã. Com o qual ele poderia fazer delicadas negociações por um prisioneiro parecerem nada mais do que um jogo.

— Por mais contrariada que possa estar com a perda de Hyacinthe, sou eu quem serei afetado por isso. Wren pode tê-lo roubado de suas masmorras, mas ele ainda era *meu* prisioneiro. Não significa que você não tenha sido prejudicada. — Ele dá de ombros, se desculpando. — Mas com certeza nós poderíamos te conseguir outro mortal ou sereiano, se não algo melhor.

Lábios de mel. Eu me lembro da maneira como o príncipe falou com o ogro no grande salão, como poderia ter usado aquele tom, mas não o fez. Parece funcionar com a rainha Unseelie. Ela parece apaziguada, a boca perdendo um pouco da rigidez irritada.

É um poder assustador, ter uma voz assim.

Ela sorri.

— Façamos então uma disputa. Se você ganhar, devolvo Wren *e* o kelpie. Se falhar, mantenho os dois, assim como *você*, até chegar a hora de Elfhame resgatá-lo.

— Que tipo de disputa? — pergunta ele, intrigado.

— Eu lhe ofereço uma escolha — responde ela. — Podemos arriscar um jogo de azar, no qual tenhamos chances iguais. Ou você pode duelar com o meu campeão e apostar na própria habilidade.

Um brilho estranho reluz naqueles olhos de raposa.

— Escolho o duelo.

— E eu lutarei em seu lugar — decide Tiernan.

A rainha Annet abre a boca para protestar, mas Oak fala primeiro:

— Não. Eu vou lutar. É o que ela deseja.

Dou meio passo em direção a ele. A rainha deve ter ouvido falar de seu pífio desempenho na noite anterior. Ele ainda exibe o hematoma como prova.

— Um duelo não é uma disputa — aviso. — Não é um jogo.

— Lógico que é — retruca Oak, e me lembro mais uma vez de que ele está acostumado a ser o príncipe amado, para quem tudo é fácil. Não acho que perceba que aquele não será o tipo de duelo refinado que travavam em Elfhame, com muito tempo para rendição e muita deferência concedida. Ninguém ali vai fingir ser superado. — Até o primeiro sangue?

— Dificilmente. — A rainha Annet ri, provando tudo o que eu temia. — Somos Unseelie. Queremos um pouco mais de diversão do que isso.

— Até a *morte*, então? — pergunta ele, como se a ideia fosse ridícula.

— Sua irmã pediria minha cabeça se você perdesse a sua — argumenta a rainha Annet. — Mas acho que podemos concordar que devem duelar até um de vocês pedir clemência. Que arma escolhe?

A mão do príncipe vai para o quadril, onde descansa sua espada de esgrima. Ele pousa a mão no punho ornamentado.

— Florete.

— Mas que coisinha fofa — diz ela, como se ele tivesse sugerido duelar com um grampo de cabelo.

— Tem certeza de que é uma luta que quer? — pergunta Oak, encarando a rainha com um olhar especulativo. — Poderíamos duelar com um tipo diferente de habilidade... uma disputa de enigmas, uma disputa de beijos? Meu pai costumava me dizer que, uma vez iniciada, uma batalha era uma coisa viva e ninguém mais era capaz de controlá-la.

Tiernan comprime os lábios em uma linha fina.

— Vamos marcar o duelo para amanhã, ao entardecer? — sugere a rainha Annet. — Isso dará tempo a ambos para reconsiderar.

Ele balança a cabeça, sufocando aquela tentativa de adiamento.

— Peço perdão, mas estamos com pressa para encontrar a Bruxa do Cardo, agora mais do que nunca. Eu gostaria de lutar e partir.

Com aquela afirmação, alguns dos cortesãos da rainha Annet sorriem por trás das mãos, embora ela não o faça.

— Tão confiante da vitória? — pergunta ela.

Ele sorri, como se estivesse participando da piada, apesar de ser à sua custa.

— Seja qual for o resultado, ainda o apressaria.

Ela o observa como se não passasse de um tolo.

— Não vai nem se dar ao trabalho de vestir sua armadura?

— Tiernan vai trazê-la aqui — explica ele, com um gesto de cabeça para o cavaleiro. — Colocá-la não vai demorar muito.

A rainha Annet se levanta e gesticula para sua cavaleira.

— Então não vamos detê-lo por mais tempo... Revindra, vá buscar Noglan e lhe diga para trazer a mais fina e menor espada que possui. Já que o príncipe está com pressa, devemos nos contentar com o que ele puder encontrar.

Tiernan se inclina para mim. Ele abaixa a voz para que somente eu possa ouvir:

— Você devia ter partido com Hyacinthe.

Baixo o olhar para os pés, para as botas que a Corte das Mariposas me deu por causa do príncipe. Se eu levasse a mão à cabeça, sei que seria capaz de sentir a trança que ele teceu em meu cabelo. Se Oak morrer, será culpa minha.

Não demora muito para que o salão se encha de espectadores. Assistir ao herdeiro de Elfhame se machucar seria um raro deleite.

Enquanto Tiernan ajuda Oak a vestir a cota de malha, a multidão se abre para um ogro que reconheço de imediato. Aquele que esmurrou Oak duas vezes na noite anterior. Ele sorri, entrando no salão com insuportável arrogância. Ele paira sobre os espectadores em seu peitoral de couro e aço, as calças pesadas enfiadas em botas. Seus braços estão nus. Os caninos inferiores pressionam seu lábio superior. *Aquele* deve ser Noglan.

Ele faz uma mesura para a sua rainha. Então me vê.

— Olá, petisco — cumprimenta ele.

Cerro os punhos.

Seu olhar vai para o príncipe.

— Acho que não te acertei forte o suficiente da última vez. Posso remediar isso.

A rainha Annet bate palmas.

— Liberem espaço para o duelo.

Os cortesãos se organizam em um amplo círculo ao redor de um trecho vazio de terra batida.

— Você não precisa fazer isso — sussurro para Oak. — Me deixe para trás. Deixe Jack.

Ele me lança um olhar de soslaio. Seu semblante é sério.

— Não posso.

Certo. Ele precisa de mim para sua missão, para salvar o pai. O bastante para se forçar a me beijar. O bastante para se machucar por mim.

Oak se coloca no canto oposto em que o ogro escolheu ficar. O ogro brinca com algumas pessoas na multidão ansiosa e sedenta por sangue; sei porque os vejo rir, mas estou longe demais para escutar o que ele diz.

Penso no pai de Oak, que vi em conselhos de guerra. Na maioria das vezes, seus olhos me ignoravam, como se não passasse de um dos cães de caça que descansam debaixo de uma mesa, à espera de que os ossos sejam jogados para eles. Mas houve uma noite em que ele me viu sentada em um canto frio, lutando com minhas coleiras. Ele se ajoelhou e me deu a taça de vinho aromático quente que vinha bebendo e, quando se levantou, tocou minha nuca com sua mão grande, cálida.

Eu gostaria de dizer ao príncipe que Madoc não vale seu amor, mas não sei se posso.

A jovem com cabeça de gato abre caminho até a frente e oferece a Oak uma prenda, um lenço de renda. Ele o aceita com uma reverência, deixando-a amarrá-lo em torno de seu braço.

A rainha Annet segura uma mariposa branca na palma da mão aberta.

— Se ele for ferido... — diz Tiernan para mim, sem se preocupar em terminar a ameaça.

— Quando a mariposa voar, o duelo terá início — anuncia a rainha.

Oak assente e desembainha a lâmina.

Fico impressionada com o contraste da brilhante cota de malha dourada, do fio do florete e dos ângulos rijos de seu corpo, com a suavidade da boca e dos olhos cor de âmbar. Ele raspa um dos cascos na terra batida, adotando uma postura de luta, se virando para mostrar a lateral do corpo ao oponente.

— Peguei um palito emprestado — diz Noglan, o ogro, segurando uma espada que parece pequena em sua mão, mas é muito maior que a que o príncipe empunha. Apesar da altura de Oak, o ogro é pelo menos trinta centímetros maior, e três vezes mais largo. Músculos se retesam em seus braços nus, como se houvesse rochas compactadas sob a pele.

Naquele instante, vejo um brilho de hesitação nos olhos do príncipe. Talvez enfim tenha percebido o perigo que corre.

A mariposa esvoaça para o alto.

A expressão de Oak se transforma, nem sorridente nem sombria. Ele parece impassível, vazio de emoção. Eu me pergunto se é assim que fica quando está com medo.

O ogro caminha pelo círculo, segurando a espada como um porrete.

— Não seja tímido, garoto — provoca ele. — Vamos ver do que você é capaz. — Então ele brande a lâmina na direção da cabeça de Oak.

O príncipe é rápido, se desviando para o lado, cravando em seguida o florete no ombro do ogro. Quando Oak o puxa, Noglan ruge. Um filete de sangue escorre pelo bíceps do ogro.

A multidão solta uma exclamação coletiva. Estou perplexa. Aquilo foi um golpe de sorte?

Mas não posso continuar a pensar assim quando Oak gira para rasgar a barriga do ogro, logo abaixo da couraça. Os movimentos do príncipe são precisos, controlados. Ele é mais rápido do que qualquer um que já vi lutar.

Vislumbro o brilho da carne rosada. Em seguida, Noglan cai no chão, dispersando outras fadas em seu rastro. Ouvem-se gritos de espectadores, assim como exclamações de espanto.

O príncipe caminha para o outro lado do círculo.

— Não se levante — adverte ele, um tremor na voz. — Podemos acabar com isso. Renda-se.

Mas Noglan se levanta, bufando de dor. Há uma mancha de sangue florescendo em suas calças, mas ele a ignora.

— Eu vou estripar...

— Não — diz o príncipe.

O ogro avança para Oak, golpeando com a espada. O príncipe vira o elegante florete de modo que deslize pela lâmina, a ponta afiada trespassando o pescoço do ogro.

A mão de Noglan vai para a garganta, sangue se acumulando entre os dedos. Vejo quando a luz se apaga de seus olhos, como uma tocha lançada ao mar. Ele cai no chão. A multidão ruge, em total incredulidade. O cheiro de morte é denso no ar.

Oak limpa a lâmina ensanguentada na luva e a embainha novamente.

A rainha Annet devia ter ouvido que Oak não se defendeu quando Noglan bateu nele. Ela chegara à mesma conclusão que eu... que ele não tinha espírito de luta. Que não havia nada sinistro oculto sob o sorriso fácil de Oak. Que ele era o príncipe mimado do Reino das Fadas como aparentava, estragado pelas irmãs, protegido pela mãe, ignorante dos esquemas do pai.

Eu tinha suposto que talvez ele nem soubesse *como* usar a espada. Oak agiu como um tolo, para que seus inimigos acreditassem que era um.

Como eu poderia ter esquecido que ele fora forjado em estratégia e traição? Era uma criança quando os assassinatos pelo trono começaram, e, no entanto, não tão jovem para não se lembrar. Como eu não tinha considerado que seu pai e sua irmã teriam sido seus tutores na lâmina? Ou que, se ele era o alvo favorito dos assassinos, poderia ter motivos para aprender a se defender?

A expressão da rainha Annet é sombria. Ela esperava que aquele jogo corresse como planejado, com Noglan humilhando o príncipe, a honra dela restaurada, e nós presos pelo tempo necessário para ela receber uma mensagem de seus contatos na Grande Corte.

Tiernan me lança um olhar feroz e balança a cabeça.

— Espero que esteja satisfeita com o que causou.

Não tenho certeza do que ele quer dizer. Oak obviamente escapou ileso.

Vendo minha expressão, a dele só se torna mais irritada.

— Oak nunca foi ensinado a lutar com qualquer outro objetivo que não a morte. Desconhece golpes elegantes. Ele não sabe se exibir. Só o que sabe fazer é oferecer morte. E uma vez que começa, não para. Nem tenho certeza se consegue.

Um arrepio me perpassa. Eu me lembro do jeito que seu semblante se tornou impassível e do terror em sua expressão quando viu Noglan esparramado no chão, como se estivesse surpreso com o que havia feito.

— Por muito tempo desejei um filho. — O olhar da rainha Annet me procura mais uma vez, depois volta para Oak. O choque parece estar se dissipando, trazendo a consciência de que deveria falar algo. — Agora que um está a caminho, espero que faça tanto por mim como você por seu senhor. Me agrada ver um Greenbriar com algum vigor.

Presumo que a última farpa seja direcionada ao Grande Rei, conhecido por deixar as lutas para a esposa.

— Agora, Lady Suren, prometi devolvê-la ao príncipe, mas não me lembro de prometer que estaria viva quando eu a entregasse. — Então a rainha Unseelie sorri sem humor. — Ouvi dizer que você gosta de enigmas, afinal resolveu tantos em minhas masmorras. Então tenhamos mais uma disputa de habilidade. Responda ou sofra o destino do enigma e deixe ao príncipe Oak apenas seu cadáver: *Diga uma mentira e vou decapitá-la. Diga a verdade e vou afogá-la. Qual é a resposta que vai salvá-la?*

— Rainha Annet, cuidado. Ela não é mais sua para brincar — ameaça Oak.

Mas seu sorriso não estremece. Ela aguarda a resposta, e não tenho escolha, senão participar de seu joguinho cruel.

Apesar de minha mente parecer vazia.

Inspiro com um calafrio. A rainha Annet postulou que havia uma solução para o enigma, mas é uma situação de ou isto, ou aquilo, um cenário mutuamente excludente. Ou afogamento ou decapitação. Ou mentira ou verdade. Dois péssimos desfechos.

Mas, se a verdade resultar em afogamento e uma mentira resultar em decapitação, então preciso encontrar uma maneira de usar um dos resultados contra ela.

Estou cansada e dolorida. Meus pensamentos parecem um emaranhado. Seria uma daquelas perguntas de galinha ou ovo, uma armadilha para selar meu destino? Se eu fosse escolher afogamento e se tratasse da *verdade*, então ela teria de fazer aquilo. O que significa que decapitação é o destino de um mentiroso. Então...

— Devo dizer: "Você vai me decapitar" — respondo. Porque se ela fizer aquilo, então sou uma portadora da verdade e ela deveria ter me afogado. Não há maneira de me executar corretamente.

Solto um suspiro de alívio... já que *há* uma resposta, independentemente do que ela quisesse fazer, agora ela deve me deixar ir.

A rainha Annet abre um sorriso tenso.

— Oak, leve sua traidora com as bênçãos da Corte das Mariposas. — Quando o príncipe dá um passo em minha direção, ela continua: — Você pode pensar que Elfhame não apreciaria as minhas tentativas de mantê-lo aqui, mas lhe garanto que a sua irmã gostará bem menos de saber que deixei você partir com Lady Suren, apenas para descobrir que ela cortou sua garganta.

Oak estremece.

Annet nota sua reação.

— Exatamente. — Então ela se afasta com um drapejar de suas longas saias pretas, a mão na barriga de grávida.

— Venha. — O príncipe me ordena. Um músculo em sua mandíbula se contrai, como se ele estivesse apertando os dentes com muita força.

Seria mais seguro se eu o odiasse. Como não consigo, talvez seja bom que agora ele me odeie.

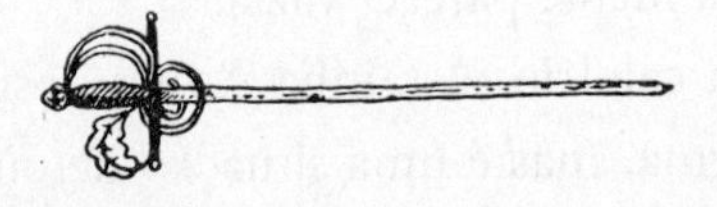

Eles soltam Jack dos Lagos do lado de fora da colina. Seu rosto está machucado. Ele se esgueira em nossa direção, sufocando qualquer comentário espirituoso. O kelpie fica de joelhos diante de Oak, me lembrando desconfortavelmente de quando Hyacinthe me jurou lealdade.

Jack não diz nada, apenas se curva tão baixo que a testa toca o casco de Oak. O príncipe ainda está vestido com sua armadura. A cota de malha dourada reluz, o fazendo parecer nobre e frio.

— Sou seu para punir — diz o kelpie.

Oak estende a mão e a coloca levemente sobre a cabeça de Jack, como se lhe oferecesse sua bênção.

— Minha dívida com você está paga, e a sua comigo — diz Oak. — Não devemos um ao outro nada daqui para a frente, exceto amizade.

Eu me admiro com sua bondade. Como ele pode falar sério, quando está tão irritado comigo?

Jack dos Lagos se levanta.

— Por sua amizade, príncipe, eu o carregaria até os confins da Terra.

Tiernan bufa.

— Já que Hyacinthe se mandou com Donzelinha, talvez você devesse aceitar a oferta.

— É tentador — diz Oak, com um meio sorriso no rosto. — Ainda assim, acho que vamos trilhar nosso próprio caminho a partir daqui.

Estudo as minhas botas, evitando contato visual com todos.

— Se mudar de ideia, é só me chamar — diz o kelpie. — Onde quer que você esteja, eu irei encontrá-lo.

Então Jack se transforma em um cavalo, todo preto, lustroso e com dentes afiados. Enquanto cavalga em direção ao fim de tarde, apesar de tudo, lamento vê-lo partir.

CAPÍTULO 10

Nuvens de mosquitos e melgas pairam no ar quente e úmido do pântano onde vive a Bruxa do Cardo. Minhas botas afundam na lama pegajosa. Das árvores, pendem sinistras e venenosas trombetas--chinesas, sua cortina de flores bloqueando o caminho. Na água turva, coisas se movem.

— Sente-se — diz Oak, quando nos deparamos com um toco de árvore. É a primeira vez que fala comigo desde que deixamos a corte da rainha Annet. De sua mochila, ele pega um pincel e um pote de tinta dourada cintilante. — Estique um dos pés.

Tiernan caminha à frente, vasculhando a área.

O príncipe marca a sola de uma das minhas botas, depois da outra, com o símbolo que nos foi dado. Seus dedos seguram minhas panturrilhas no lugar com firmeza. Um rubor traiçoeiro floresce em minhas bochechas.

— Sei que está com raiva de mim... — começo.

— Estou? — pergunta ele, me encarando como se sentisse um gosto amargo na boca. — Talvez eu esteja contente por ter me dado a oportunidade de mostrar o meu pior.

Ainda estou sentada no toco, pensando naquilo, quando Tiernan retorna e arranca uma mecha de cabelo da minha cabeça.

Sibilo, ficando de pé, dentes à mostra, mão à procura de uma faca que não carrego mais.

— Você sabe como o arreio funciona melhor do que ninguém — argumenta Tiernan, baixo, de modo que Oak, ocupado desenhando símbolos no fundo de seus cascos, parece não ouvir. Ele segura três fios azul-claros do meu cabelo na mão. — Não nos traia novamente.

Um calafrio me perpassa com aquelas palavras. O grande ferreiro Grimsen o forjou e, como todas as suas criações, o arreio guarda um segredo corrompido. Há outra maneira de usá-lo para controlar alguém — cabelo trançado e algumas palavras —, foi assim que Lady Nore e Lorde Jarel haviam pensado em enganar a Grande Rainha para que se unisse ao rei serpente.

Os fios do meu cabelo entre os dedos de Tiernan são um lembrete de que mesmo que não me coloquem o cabresto, não estou a salvo de sua influência. Eu deveria ser grata por já não estar usando aquelas rédeas.

— Se dependesse de mim — diz ele —, eu tinha te deixado para trás e tentado a sorte com Lady Nore.

— Não é tarde demais — rebato.

— Não me provoque — rosna o cavaleiro em resposta. — Se não fosse por você, Hyacinthe ainda estaria conosco.

Mesmo sabendo que ele tem motivos para estar irritado comigo, de repente também fico com raiva. Hyacinthe, com sua maldição incompleta, me lembrou demasiado de mim, de meu desejo de que alguém me libertasse, quer eu merecesse ou não.

— Ninguém acorrentado poderia te amar de verdade.

Ele me olha de cara feia.

— Espera que eu acredite que entende *alguma coisa* de amor?

A verdade da afirmação me atinge como um golpe.

Eu lhe dou as costas e caminho pela lama e vegetação apodrecida, o coaxar dos sapos alto em meus ouvidos, me lembrando de que a língua afiada do cavaleiro já custou a Oak a lealdade de Jack dos Lagos. Ele lança suas palavras como facas. De modo imprudente. Sem pensar.

Exatamente o oposto de ter mel nos lábios.

Uma cobra chama minha atenção, seu corpo rastejante tão preto quanto a serpente em que o Grande Rei se transformou. Na água, algo que talvez seja a cabeça de um crocodilo, se não mais monstruoso, rompe a superfície. A pele da criatura se tingiu de verde com a vegetação.

Imagino que os outros também a vejam, embora não diminuam o passo.

O ar está quente e abafado, e me sinto exausta depois dos eventos da noite anterior. Minhas costelas doem do contato com a bota de Revindra. Mas mordo o interior da bochecha e sigo em frente.

Caminhamos por um longo tempo, antes de chegar a uma clareira com algumas cadeiras humanas desiguais e enferrujadas. Alguns passos adiante e vemos uma velha fada encarquilhada, de cócoras ao lado de uma fogueira. Sobre o fogo há um espeto, e enfiado na haste de metal, um rato esfolado. A Bruxa do Cardo o vira devagar, fazendo a escassa gordura chiar.

O cabelo de mato trançado e roseira-brava drapeja ao seu redor, como uma capa. Grandes olhos pretos espreitam daquele emaranhado. Ela usa um vestido de tecido sem graça e casca de árvore. Quando se move, vejo que os pés estão descalços. Anéis brilham em vários de seus dedos.

— Viajantes — diz ela, com voz áspera. — Vejo que encontraram o caminho através de meu pântano. O que procuram?

Oak dá um passo à frente e faz uma mesura.

— Honrada senhora, descobridora de coisas perdidas, viemos lhe pedir que use seu poder em nosso favor. — De sua sacola, ele puxa uma garrafa de hidromel, junto com um pacote de donuts açucarados e uma jarra de óleo de pimenta, coloca tudo na terra em frente à bruxa. — Trouxemos presentes.

A Bruxa do Cardo nos observa. Não me parece particularmente impressionada. Quando seus olhos pousam em mim, a expressão se transforma em uma de franca suspeita.

Oak desvia o olhar para mim, franzindo o cenho, perplexo.

— Esta é Wren.

Ela cospe no fogo.

— Nicles. Nada. Neca. Isso é o que você é. *Nicles Nada Neca.* — Então ela indica os presentes com um aceno de mão. — O que quer de mim, se imagina comprar meu favor com tão pouco?

Oak pigarreia, sem dúvida não gostando do desenrolar do encontro até então.

— Queremos saber dos ossos de Mab e do coração de Mellith. E queremos encontrar algo.

O coração de Mellith? Penso nos alertas de Hyacinthe e na mensagem secreta de Lady Nore. É aquele o resgate que ela pediu em troca de Madoc? Nunca ouvi falar nisso antes.

Enquanto estudo o rosto do príncipe, boca delicada e olhos severos, me pergunto o quão importante é desempenhar o papel de cortesão irresponsável, me pergunto se mostrar competência seria colocar em perigo a irmã.

Eu me pergunto quantas pessoas ele matou.

— Ahhhhh — diz a Bruxa do Cardo. — Isso sim é uma história.

— Os ossos de Mab foram roubados das catacumbas sob o palácio de Elfhame — revela o príncipe. — Assim como o relicário que os contém.

Os olhos de nanquim da Bruxa do Cardo o observam.

— E você os quer de volta? É isso que propõe me pedir para encontrar?

— Sei onde estão os ossos. — Sob a calma de Oak, há uma resignação sombria, escrita no sulco da testa, na curva da boca. Ele pretende resgatar o pai, custe o que custar. — Mas não sei como Lady Nore pode usá-los na atual situação. E nem por que o coração de Mellith importa. Baphen, o Astrólogo da Corte, me contou um pouco da história. Quando pedi mais informações à Mãe Marrow, ela me enviou até você.

A Bruxa do Cardo se arrasta para uma das cadeiras, o corpo escondido pelo manto de cabelo e o emaranhado de urzes e gavinhas em meio aos fios. Eu me pergunto, se eu tivesse vivido na floresta por tempo suficiente, se meu cabelo poderia ter se transformado em uma vestimenta assim.

— Venham sentar-se junto ao fogo, e lhes contarei uma história.

Nós arrastamos mais algumas cadeiras para perto e nos sentamos. À luz das chamas, a Bruxa do Cardo parece mais antiga que nunca, e bem menos humana.

— Mab nasceu quando o mundo era jovem — começa ela. — Naqueles dias, nós do Povo das Fadas não estávamos em número tão reduzido como agora, quando existe tanto ferro. Nossos gigantes eram altos como montanhas, nossos trolls, como árvores. E bruxas como eu tinham o poder de trazer todos os tipos de coisas à vida.

"Uma vez a cada século, há uma convenção de bruxas, onde nós, bruxas e feiticeiros, os ferreiros e criadores, nos unimos para aprimorar nosso ofício. Não é para estranhos, mas Mab ousou entrar. Ela nos suplicou pelo que queria, o poder de *criar*. Não um mero glamour ou pequenos feitiços, mas a grande magia que apenas nós possuímos. A maioria a dispensou, mas houve uma que não o fez.

"Aquela bruxa deu a ela o poder de criar a partir do nada. E, em troca, Mab deveria levar a filha da bruxa e criar a menina como sua herdeira.

"No início, Mab fez o que lhe foi ordenado. Tomou para si o título de Rainha do Carvalho, uniu as cortes Seelie menores sob sua bandeira e começou a conferir senciência aos seres vivos. As árvores levantavam as raízes a seu chamado. A grama corria às voltas, confundindo seus inimigos. Fadas que nunca existiram antes cresceram de suas mãos. E ela ergueu do mar três das Ilhas Mutáveis de Elfhame."

Oak franze o cenho para a terra.

— O Grande Rei herdou alguns de seus poderes? É por isso que ele pode...

— Paciência, garoto — censura a Bruxa do Cardo. — Príncipe ou não, vou te contar tudo ou nada.

O príncipe abre um sorriso de desculpas travesso.

— Se pareço ansioso, é só porque o conto é tão envolvente e a contadora tão habilidosa.

Com a justificativa, ela sorri, exibindo um dente quebrado.

— Bajulador.

Tiernan parece se divertir. Ele está com o cotovelo apoiado no braço da cadeira e a cabeça repousa na mão. Quando não está preocupado em manter a guarda alta, parece uma pessoa completamente diferente. Alguém que não é tão velho quanto deseja que as pessoas ao seu redor acreditem, alguém vulnerável. Alguém que pode ter sentimentos mais profundos e desesperados do que deixa transparecer.

A Bruxa do Cardo limpa a garganta e retoma a história:

— Mab chamou a criança de Mellith, que significa "maldição da mãe". Não um começo auspicioso. E, no entanto, foi apenas quando a própria filha nasceu que Mab começou a pensar em maneiras de anular a barganha.

— Clovis — diz Oak. — Que governou antes de meu avô, Eldred.

A Bruxa do Cardo inclina a cabeça.

— De fato. No final, foi um truque simples. Mab se gabou repetidas vezes de ter descoberto um meio de Clovis governar até que os rumores finalmente chegaram aos ouvidos da bruxa. Enfurecida, esta jurou matar Clovis. E, assim, a bruxa se esgueirou até onde a criança dormia à noite e atacou a menina que encontrou ali, apenas para descobrir que havia assassinado a própria filha. Mab a enganara.

Estremeço. A pobre criança. Ambas as crianças, na verdade. Afinal, se a bruxa tivesse sido um pouco mais inteligente, a outra menina poderia simplesmente ter morrido com a mesma facilidade. Apenas porque um peão é mais bem tratado não significa que esteja mais seguro no tabuleiro.

A Bruxa do Cardo continua:

— Mas a bruxa foi capaz de lançar um encantamento derradeiro no coração da filha quando dava a sua última batida, pois a filha também era bruxa e a magia pulsava em seu sangue. A bruxa imbuiu o coração do poder de aniquilar, destruir, desfazer. E amaldiçoou Mab, para que aquele pedaço da filha ficasse para sempre ligado ao poder da rainha. Ela teria de manter o coração ao seu lado para a própria magia funcionar. E, se ela não o fizesse, o poder do órgão desfaria tudo o que Mab criara.

"Dizem que Mab também amaldiçoou a bruxa, embora essa parte da história seja vaga. Talvez ela o tenha feito; talvez não. Não somos fáceis de amaldiçoar."

A Bruxa do Cardo dá de ombros e cutuca o rato com uma vara.

— Quanto a Mab, vocês conhecem o final da história. Ela fez uma aliança com uma das fadas solitárias e fundou a linhagem Greenbriar. Um fiapo de seu poder passou para o neto, Eldred, lhe concedendo fecundidade quando muitos do Povo das Fadas são estéreis; e para o atual Grande Rei, Cardan, que içou uma quarta ilha das profundezas. Mas uma grande parte do poder de Mab ficou presa em seus restos mortais, confinada àquele relicário.

Oak franze o cenho.

— Então Lady Nore precisa dessa coisa. O coração.

A Bruxa do Cardo pega um pedaço de rato e o coloca na boca, mastigando.

— Imagino que sim.

— O que ela pode fazer *sem ele*? — pergunta Tiernan.

— Os ossos de Mab podem ser moídos, e o pó ser usado para preparar grandes e poderosos feitiços — responde a Bruxa do Cardo. — Mas, quando os ossos se esgotarem, será o fim de seu poder, e sem o coração de Mellith, tudo o que foi criado acabará por ser desfeito...

Ela deixa o momento se estender de forma dramática, mas Oak, repreendido uma vez, não a apressa.

— Evidente — entoa a Bruxa do Cardo — que tal processo pode levar muito tempo.

— Então Lady Nore não precisa do coração de Mellith? — pergunto.

A bruxa me encara.

— O poder desses ossos é enorme. Elfhame não deveria ter sido tão descuidado com eles. Mas seriam muito mais úteis acompanhados do coração. E ninguém tem muita certeza do que o coração pode fazer sozinho. Tem grande poder, também, poder que é o oposto do de Mab... e se pudesse ser extraído, então a sua Lady Nore poderia se autodenominar Rainha do Carvalho e Rainha do Teixo.

Um pensamento terrível. Lady Nore cobiçava o poder de aniquilação acima de tudo. E se pudesse ter *os dois*, seria mais perigosa que a própria Mab. Lady Nore iria desfazer todos que já a prejudicaram, inclusive a Grande Corte. Inclusive eu.

— Isso é mesmo possível?

— Como eu vou saber? — pergunta a Bruxa do Cardo. — Abra o vinho.

Oak pega uma faca, usando-a para arrancar o lacre, então enfia a ponta da lâmina na cortiça e gira.

— Você tem um copo?

Eu quase espero que ela tome um gole direto do gargalo, mas, em vez disso, a bruxa se levanta e se afasta. Quando volta, está carregando quatro potes sujos, um prato lascado e uma cesta com dois melões, um verde e outro marrom.

Oak serve o vinho enquanto a Bruxa do Cardo tira o rato do espeto e o coloca no prato. Ela começa a cortar o melão.

— O coração de Mellith deveria estar enterrado com os ossos de Mab, sob o castelo de Elfhame — diz o príncipe. — Mas não está lá. Pode me dizer onde está?

Quando a bruxa termina de organizar as coisas a seu gosto, empurra a travessa em nossa direção e pega sua jarra de vinho. Ela toma um longo gole, então estala os lábios.

— Você quer que eu descubra sua localização com a minha forquilha? Você quer que eu mande cascas de ovos girando rio abaixo e lhe revele seu destino? Mas... e daí?

Tiernan arranca uma perna do rato e a mastiga com delicadeza enquanto Oak se serve de uma fatia de melão. Eu como um dos donuts.

— Estou de olho em você, criatura anormal — me informa a Bruxa do Cardo.

Estreito os olhos para ela. Com certeza está com raiva porque peguei um donut.

— Então vou usar o desejo de Lady Nore para resgatar meu pai. O que mais? — pergunta Oak.

A Bruxa do Cardo sorri seu sorriso perverso. Ela come o rabo do rato, triturando os ossos.

— Certamente sabe a resposta, príncipe de Elfhame. Você toma o poder. Tem um pouco do sangue de Mab nas veias. Roube seus restos mortais e encontre o coração de Mellith, e talvez também possa ser Rei do Carvalho e Rei do Teixo.

Decididamente, sua irmã o perdoaria então. Oak não apenas voltaria como herói. Ele retornaria como um deus.

Depois de comermos, a Bruxa do Cardo se levanta e sacode os tufos de pelo queimado e grãos de açúcar de confeiteiro das saias.

— Venha! — Ela chama o príncipe. — E lhe darei a resposta que veio buscar.

Tiernan começa a se levantar também, mas ela gesticula para que o cavaleiro se sente.

— O príncipe Oak é o suplicante — argumenta ela. — Ele receberá o conhecimento, mas também deve pagar o meu preço.

— Vou pagar no lugar do príncipe — afirma Tiernan. — O que quer que seja.

Oak balança a cabeça.

— Não. Você já fez o bastante.

— Qual é o sentido de me trazer para protegê-lo se não deixa que me arrisque em seu lugar? — pergunta Tiernan, um pouco da frustração pelo duelo na Corte das Mariposas obviamente instigando seus sentimentos agora. — E não me dê uma resposta tola sobre companheirismo.

— Se eu me perder no pântano e nunca mais voltar, lhe dou permissão para ficar muito irritado comigo — diz Oak.

A mandíbula de Tiernan se contrai com a força de reprimir uma resposta.

— Então o que você vai querer? — pergunta Oak.

Ela sorri, olhos pretos brilhantes.

— Ahhhhh, tantas coisas que eu poderia pedir em troca. Um pouco de sua sorte, talvez? Ou seu sonho mais precioso? Mas li seu futuro nas cascas de ovo e meu preço é a promessa de que, quando se tornar rei, você me dará a primeira coisa que eu pedir.

Penso na história que a Bruxa do Cardo nos contou e nos perigos de barganhar com bruxas.

— Feito — concorda Oak. — Pouco me importa, já que nunca serei rei.

A Bruxa do Cardo abre um sorriso dissimulado, e os pelos de meus braços se arrepiam. Em seguida, ela faz um gesto para Oak.

Eu os vejo partir, os cascos do príncipe afundando na lama, a mão estendida para ampará-la, se a bruxa precisar. Mas não é necessário, ela atravessa o terreno com grande agilidade.

Pego outro donut e não olho na direção de Tiernan. Sei que ainda está furioso por causa de Hyacinthe e, por mais irritado que provavelmente esteja com Oak agora, não quero atiçá-lo a descontar em mim.

Ficamos sentados em silêncio. Assisto à criatura crocodilo emergir na água outra vez, e percebo que deve ter nos seguido. É maior do que imaginei antes, e me observa com um único olho verde-alga. Eu me pergunto se esperava que nos perdêssemos no pântano, e o que poderia ter acontecido se assim fosse.

Depois de longos minutos, eles retornam. A Bruxa do Cardo carrega uma forquilha retorcida na mão, balançando na lateral do corpo. A expressão de Oak parece assombrada.

— O coração de Mellith não está em um lugar onde seja provável que Lady Nore o encontre — diz Oak, quando se aproxima o suficiente para que possamos ouvi-lo. — Também não devemos perder nosso tempo procurando algo que não podemos obter. Vamos embora.

— Você não ia mesmo dá-lo a ela, não é? — pergunto.

Ele não me encara.

— Meus planos exigem manter o coração fora de seu alcance. Nada mais.

— Mas... — começa Tiernan.

Com um olhar, Oak silencia o que o cavaleiro estava prestes a dizer.

O coração de Mellith deve ter sido o que Lady Nore exigiu em troca de Madoc na correspondência que Hyacinthe me contara sobre. E se Oak cogitava entregá-lo, então eu tinha todos os motivos para agradecer por ser impossível recuperá-lo. Mas também preciso me lembrar de que, por mais que Oak queira derrotar Lady Nore, ela tem algo contra ele. Em um momento de crise, o príncipe pode escolher o lado dela em vez do meu.

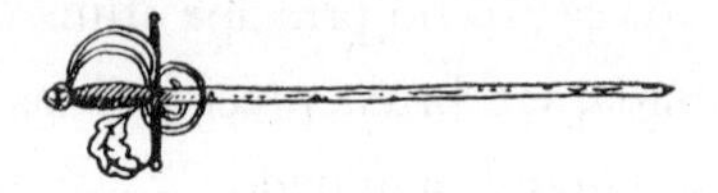

No limite do pântano, o duende com cara de coruja espera por nós, empoleirado nas raízes fibrosas de uma árvore de mangue. Ali perto, há um trecho com erva-de-santiago, as flores desabrochando em um amarelo que parece ser uma advertência.

Oak se vira para mim, uma inflexão sombria na boca.

— Você não vai continuar conosco, Wren.

Ele não pode estar falando sério. O príncipe lutou e matou um ogro para me manter com eles.

Tiernan se vira para ele, nitidamente surpreso também.

— Mas você precisa de mim — argumento, constrangida com o tom queixoso.

O príncipe balança a cabeça.

— Não o bastante para arriscar levá-la. Não pretendo duelar daqui até a costa.

— Ela é a única que pode controlar Lady Nore — diz Tiernan de má vontade. — Sem ela, esta é uma missão impossível.

— *Não precisamos dela!* — grita Oak. É a primeira vez que testemunho as suas emoções fora de controle. — E eu não a quero.

Aquelas palavras magoam, mais ainda porque ele não pode mentir.

— Por favor. — Abraço a mim mesma. — Não tentei fugir com Hyacinthe. Esta missão também é minha.

Oak solta um longo suspiro e percebo que parece ainda mais exausto que eu. O hematoma sob seu olho, causado pelos socos, escureceu, o roxo amarelando nas bordas, se espalhando pela pálpebra. Ele afasta uma mecha de cabelo do rosto.

— Espero que não tenha intenção de continuar a nos ajudar do jeito que fez na Corte das Mariposas.

— Ajudei os *prisioneiros* — digo a ele. — Mesmo que isso tenha sido um transtorno para você.

Por um longo momento, apenas nos encaramos. Sinto como se tivesse apostado uma corrida, o coração martelando no peito.

— Vamos direto para o norte daqui — avisa ele, dando meia-volta. — Há um mercado de fadas perto da cidade humana de Portland, no Maine. Já o visitei antes; não fica longe das Ilhas Mutáveis de Elfhame. Tiernan vai comprar um barco, e vamos reunir outros suprimentos a fim de tornar a travessia para as terras de Lady Nore mais fácil.

Tiernan assente.

— Um bom ponto de partida. Ainda mais se precisarmos despistar alguém na multidão.

— Ótimo — diz o príncipe. — No Mercado Não Seco, podemos decidir o destino de Wren.

— Mas... — começo.

— São quatro dias de viagem pela costa até chegar lá — explica ele. — Vamos atravessar o território da Corte dos Cupins, da Corte das Cigarras, e meia dúzia de outras cortes. Muito tempo para você me convencer do erro que estou cometendo.

Ele caminha até o canteiro de erva-de-santiago, pegando um raminho da planta e o encantando na forma de uma besta magricela com crina de folhagem. Quando cria duas, gesticula para nós montarmos.

— Podemos cobrir muito mais distância pelo céu.

— Odeio essas coisas — reclama Tiernan, jogando a perna sobre o flanco do corcel.

O duende com cara de coruja pousa no braço do príncipe, os dois sussurram entre si por um momento, antes de a criatura alçar voo outra vez. Indo para alguma missão secreta.

Monto no corcel de erva-de-santiago, na garupa de Oak, envolvendo sua cintura com os braços, sentindo vergonha de ser mandada embora, assim como raiva. Não importa o quão rápida seja a espada de Oak, ou quão leal seja Tiernan, ou quão espertos possam ser, ainda existem apenas dois deles. O príncipe vai perceber que faz mais sentido me levar junto.

À medida que ganhamos altura, eu me flagro tão tensa com os corcéis de erva-de-santiago quanto Tiernan. Eles parecem vivos agora e, embora não sejam uma ilusão, tampouco são exatamente o que aparentam. Logo vão se tornar um ramo de novo, e cair na terra, sem mais consciência do que qualquer outra erva ceifada. Coisas semivivas, como as criaturas encantadas de Lady Nore.

Tento não segurar Oak com força demais enquanto voamos. Apesar da bizarrice da criatura na qual estou montada, meu coração vibra no ar. O céu escuro, pontilhado de estrelas, espelha as luzes do mundo humano abaixo.

Planamos pela noite, algumas de minhas tranças se soltando, desfeitas. Tiernan pode desconfiar dos corcéis de erva-de-santiago, mas ele e Oak cavalgam com imensa facilidade. Ao luar, as feições do príncipe são mais de fada, as maçãs do rosto mais pronunciadas, suas orelhas mais pontudas.

Acampamos ao lado de um riacho, em uma floresta que cheira a resina de pinheiro, sobre um tapete de agulhas. Oak convence o taciturno Tiernan a contar histórias de justas. Me surpreendo ao descobrir que algumas são engraçadas e que o próprio Tiernan, quando toda a atenção está sobre ele, parece quase tímido.

Em alguns trechos, a água é funda o suficiente para tomar banho, e é o que Oak faz, tirando a armadura e se esfregando com a areia da margem enquanto Tiernan ferve algumas das agulhas de pinheiro para o chá.

Tento não olhar, mas, de esguelha, vejo pele pálida, cabelo molhado e um peito coberto de cicatrizes.

Quando chega minha vez, lavo o rosto quente e me recuso a tirar o vestido.

Por mais um dia e uma noite, nós voamos. No acampamento seguinte, comemos mais queijo e pão, e dormimos sob as estrelas de um prado. Encontro ovos de pato, e Tiernan os frita com cebolas selvagens. Oak fala um pouco sobre o mundo mortal e o primeiro ano passado lá, quando usou magia de maneira insensata e por pouco não colocou a si próprio e a irmã em grave risco.

Na terceira noite, acampamos em um prédio abandonado. O ar esfriou, então acendemos uma fogueira com papelão e algumas tábuas de madeira.

Oak se espreguiça ao lado do fogo, arqueando as costas como um gato vaidoso.

— Wren, nos conte algo sobre sua vida, por gentileza.

Tiernan balança a cabeça, como se achasse que eu não faria.

Sua expressão me convence. Tropeço nas palavras a princípio, mas conto a eles a história da glaistig e de suas vítimas. Em parte, suponho, para ser do contra. Para ver se vão me culpar por ajudar os mortais, privando um ser encantando do que lhe era devido. Mas eles ouvem, e até riem das vezes que eu levava a melhor sobre ela. Quando termino de falar, me sinto estranhamente mais leve.

Do outro lado da fogueira, o príncipe me observa, chamas tremeluzindo nos olhos indecifráveis.

Me perdoe, penso. *Me deixe ir com você.*

Na tarde seguinte, Tiernan veste a cota de malha dourada de Oak e parte sozinho, para deixar uma pista falsa. Combinamos um ponto de encontro não muito longe do Mercado Não Seco e percebo que terei apenas mais uma noite para convencê-los a me deixar ficar.

Enquanto voamos, tento reunir meus argumentos. Cogito sussurrá-los no ouvido de Oak, pois ele não teria como me ignorar, mas o vento levaria minhas palavras. Uma leve garoa umedece nossa roupa e arrepia a pele.

Quando o sol começa a se pôr, noto uma escuridão que não é noite assomando no horizonte. Nuvens se formam à distância, se desdobrando para o alto e para os lados, pintando o céu de um cinza-esverdeado doentio. No interior, posso ver o coriscar de relâmpagos. Parecem alcançar a estratosfera, o topo em formato de bigorna.

E abaixo das nuvens, redemoinhos de vento, formando tornados.

Dou um grito, que é varrido para longe. Oak conduz o corcel de erva-de-santiago para baixo à medida que o ar ao nosso redor se torna espesso. Mergulhamos na cerração de nuvens, a névoa úmida e pesada penetrando em meus pulmões. O corcel estremece abaixo de nós. E então, sem aviso, o corcel de erva-de-santiago embica bruscamente, então cai.

Despencamos pelo céu, a velocidade da descida fazendo meu grito não sair. A única coisa que posso fazer é me agarrar à massa sólida do corpo de Oak e apertar meus braços ao seu redor o máximo possível. Meus ouvidos retumbam com o som de um trovão.

Entramos em uma cortina de chuva. Ela nos derruba, molhando nossos dedos e cabelos, tornando difícil nos segurar com tudo tão escorregadio. Covarde que sou, fecho os olhos e pressiono o rosto nas costas do príncipe.

— Wren — grita ele, um aviso. Ergo o olhar pouco antes de atingirmos o solo.

Sou jogada na lama, perdendo o fôlego com o baque. O corcel de erva-de-santiago se desfaz em um ramo seco de planta sob minhas palmas feridas.

Tudo dói, mas é um tipo de dor abafada que não parece piorar quando me mexo. Não parece haver nada quebrado.

Eu me levanto, trêmula, e estendo a mão para ajudar Oak a fazer o mesmo. Ele a segura e se coloca de pé. O cabelo dourado parece escuro com a chuva, os cílios espetados. As roupas estão encharcadas. Seu joelho arranhado sangra devagar.

Ele toca minha bochecha de leve com os dedos.

— Você... pensei...

Sustento seu olhar, intrigada com aquela expressão.

— Está machucada? — pergunta ele.

Balanço a cabeça.

O príncipe se afasta de mim abruptamente.

— Precisamos chegar ao ponto de encontro — anuncia ele. — Não pode estar longe.

— Precisamos encontrar abrigo. — Preciso gritar para ser ouvida. Acima de nós, um relâmpago risca o céu, caindo na floresta às nossas costas. O trovão ecoa, e vejo um tênue fio de fumaça se erguendo do local atingido, antes que a chuva apague o fogo. — Podemos encontrar Tiernan quando a tempestade passar.

— Pelo menos vamos naquela direção — diz Oak, pegando a mochila e a jogando sobre o ombro. Com a cabeça baixa contra a tempestade, ele se embrenha na floresta, usando as árvores como cobertura. Ele não olha para trás a fim de ver se eu o sigo.

Continuamos assim por um tempo, antes de eu avistar uma área promissora para nos abrigar.

— Lá. — Aponto para um trecho com várias pedras grandes, não muito longe de onde o solo mergulha em uma ravina. Há duas árvores, a cerca de dois metros uma da outra, os galhos quase se tocando. — Podemos fazer uma cobertura.

Ele solta um suspiro exausto e assente.

— Imagino que você seja expert nisso. Diga o que preciso fazer.

— Precisamos de dois gravetos bem grandes — explico, medindo com as mãos. — Basicamente, da sua altura. Eles têm de se estender para além dos galhos.

Encontro um a alguns metros de distância, que parece parcialmente podre, mas eu o pego mesmo assim. Oak usa um pouco de magia para curvar outro de modo que possa ser útil. Começo a rasgar a saia do vestido em tiras, tentando não pensar no quanto gostava do traje.

— Amarre com isso — instruo, trabalhando na outra ponta.

Uma vez que estão no lugar, uso galhos menores como reforço, empilhando-os para fazer um telhado, depois os cubro com musgo e folhas.

Está longe de ser à prova de água, mas já é alguma coisa. Quando enfim nos esgueiramos para dentro do abrigo improvisado, Oak está tremendo. Do lado de fora, o uivo do vento e o estrondo de trovões. Arrasto uma tora grossa para dentro, e começo a tirar a casca para chegar à madeira mais seca.

Ao ver minha lentidão, Oak enfia a mão na bota e pega uma faca, depois a entrega para mim.

— Não me faça me arrepender de te dar isto.

— Ela queria atrasar você — digo baixinho, ciente de que ele não deve querer ouvir minhas justificativas.

— A rainha Annet? — pergunta ele. — Eu sei.

— E você acha que ela quase conseguiu por minha causa? — pergunto. O miolo do tronco está mais seco, e empilho pedaços da madeira em uma pirâmide sobre as pedras, na tentativa de evitar o pior da chuva.

Ele afasta o cabelo molhado dos olhos, que são daquela estranha cor de raposa. Como ouro temperado com cobre.

— Acho que você poderia ter me dito o que pretendia fazer.

Eu o encaro com um olhar de total incredulidade.

— Hyacinthe te contou algo sobre mim, não foi? — pergunta Oak.

Estremeço, apesar de não ser afetada pelo frio.

— Ele disse que você tinha uma espécie de magia capaz de *obrigar* as pessoas a gostarem de você.

Oak solta um murmúrio de exasperação.

— É nisso que acredita?

— Que você herdou uma extraordinária habilidade de deixar as pessoas à vontade, de convencê-las a satisfazer seus desejos? Eu não deveria acreditar?

Ele ergue as sobrancelhas. Por um momento, fica em silêncio. Ao nosso redor a chuva cai. O trovão parece ter se afastado.

— Minha primeira mãe, Liriope, morreu antes de eu nascer. Depois que ela foi envenenada, por ordem do príncipe Dain, Oriana abriu a barriga dela para me salvar. As pessoas dizem que Liriope era uma gancanagh, que com suas palavras encantadas despertou o interesse do Grande Rei e de seu filho, mas o poder não lhe serviu de muita coisa. Seu charme lhe custou a vida.

Diante de meu silêncio, ele responde à pergunta que não fiz.

— Cogumelo amanita. A pessoa permanece consciente o tempo todo enquanto o corpo desacelera, então para. Nasci com o veneno nas veias, se é que se pode chamar de nascimento ser arrancado de sua mãe morta.

— E Liriope e o príncipe Dain...

— Os dois me geraram — concorda ele. Eu sabia que o príncipe fazia parte da linhagem Greenbriar, mas desconhecia os detalhes. Com aquele legado horrível, suponho que possa entender por que Madoc pareça um pai admirável, por que ele adoraria a mãe que o resgatou e criou. — Qualquer poder que eu tenha herdado de Liriope, não o uso.

— Tem certeza? — pergunto. — Talvez você não possa evitar. Talvez o faça de maneira inconsciente.

Ele abre um sorriso lento, como se eu tivesse acabado de confessar algo.

— Imagino que prefira acreditar que te encantei para me beijar?

Eu me afasto, o rosto corado de vergonha.

— Eu poderia ter feito isso para te distrair.

— Desde que saiba que foi *você* que fez — argumenta ele.

Franzo o cenho para a lama, me perguntando o quão longe ele teria ido se eu não tivesse me afastado. Ele teria me levado para a cama, detestando ter que fazer isso? Será que eu sequer teria notado?

— Você também...

O som de passos me interrompe. Parado diante de nosso abrigo, Tiernan pisca para nós da chuva.

— Você está vivo.

O cavaleiro cambaleia até o abrigo, caindo no chão.

Seu manto está chamuscado.

— O que aconteceu? — pergunta Oak, examinando o braço do cavaleiro. Posso ver que a pele está vermelha, porém nada mais grave.

— Relâmpago, muito perto de onde eu estava esperando. — Tiernan estremece. — Esta tempestade não é natural.

— Não — concorda Oak.

Penso nas palavras finais de Bogdana. *Vou voltar por você, criança. E, quando o fizer, é melhor não fugir.*

— Se chegarmos ao mercado amanhã e conseguirmos um barco, podemos pedir a ajuda do Reino Submarino para atravessar o Mar de Labrador rapidamente e sem incidentes — diz Tiernan.

— O sereiano me disse... — começo, então paro, porque os dois estão olhando para mim.

— Continue — encoraja Oak.

Tento me lembrar das palavras exatas do prisioneiro, mas não consigo.

— Que há problemas no mar, com a rainha e sua filha. E me avisou sobre alguém, um nome que não conheço.

Oak franze o cenho, olhando para Tiernan.

— Talvez devêssemos tentar a sorte e não procurar a ajuda do Reino Submarino.

— Não tenho certeza se confio no informante de Wren — diz Tiernan. — De qualquer modo, assim que atracarmos, devemos poder seguir viagem a pé. A Cidadela deve ficar a uns cinquenta quilômetros da costa.

— Lady Nore vai colocar varapaus para patrulhar todos os lugares, exceto a Floresta de Pedra — argumenta Oak.

O cavaleiro balança a cabeça.

— Atravessar aquela floresta é um *péssimo plano*. É amaldiçoada, e o rei dos trolls, um louco.

— É por isso que ninguém vai nos procurar lá — justifica Oak, como se tudo não passasse de uma partida em andamento, na qual acabara de fazer uma excelente jogada.

O cavaleiro gesticula, exasperado.

— Ótimo. Vamos passar pela Floresta de Pedra. E, quando estivermos todos à beira da morte, vou esperar ansioso pelo seu pedido de desculpas.

Oak se levanta.

— Como ainda não causei a nossa morte, vou buscar mantimentos. Difícil que eu consiga me sentir ainda mais gelado ou mais molhado, e vi os subúrbios de uma cidade mortal enquanto estávamos no ar.

— Talvez os ventos do temporal desanuviem sua mente — diz o cavaleiro, apertando o manto molhado ainda mais em torno de si, e não dando o menor sinal de sequer considerar se voluntariar para acompanhar o príncipe.

Oak faz uma reverência elaborada, então se vira para mim.

— É improvável que ele te faça qualquer promessa, como Hyacinthe, mas se você acender o fogo, é bem capaz.

— Injusto — rosna Tiernan.

Oak ri conforme marcha pela floresta molhada.

Abro um espaço no chão para fazer uma fogueira, empilhando os pedaços secos de madeira que retirei do centro do tronco. Procuro no bolso até encontrar a caixa de fósforos que peguei no hotel. Risco um deles, na esperança de que não esteja molhado demais para funcionar. Quando se acende, coloco a mão sobre ele e tento atear fogo aos pequenos pedaços secos de madeira.

Tiernan olha tudo isso com a testa sutilmente franzida.

— Vocês são amigos — comento, olhando na direção que o príncipe tomou. — Você e ele.

O cavaleiro observa enquanto o fogo crepita, a fumaça em espirais.

— Suponho que sim.

— Mas você é guarda do príncipe também, não é? — Não tenho certeza se vai se ofender com a pergunta, ou por me dirigir a ele em geral, mas estou curiosa e cansada de não saber nada.

Tiernan estende a mão para testar o calor das chamas.

— Houve três antes de mim. Dois foram mortos o protegendo. O terceiro se virou contra ele por um suborno. Foi assim que Oak ganhou a cicatriz na garganta. Aos catorze, ele decidiu que não queria mais guarda-costas. Mas a irmã me recrutou de qualquer forma.

"Primeiro, ele me arrastou para festas insanas, como se o constrangimento fosse me fazer desistir. Então acho que ele tentou minha dispensa por tédio, não indo a lugar algum por semanas a fio. Mas eu fiquei. Estava orgulhoso de ter sido escolhido para o cargo. E pensei que o príncipe não passava de um garoto mimado."

— É o que ele queria que você pensasse — digo, tendo recentemente caído na mesma artimanha.

Ele assente em confirmação.

— Mas eu não sabia disso na época. Tinha acabado de fazer vinte anos, e era mais tolo do que gosto de lembrar. Mas pouco importa, porque, um ano depois, as coisas saíram do controle. Um mortal tentou esfaquear Oak. Agarrei o cara, mas ele era uma distração. Para minha vergonha, o truque funcionou. Meia dúzia de barretes vermelhos e goblins inundaram a entrada do beco, todos armados até os dentes. Disse ao príncipe para fugir.

"Ele ficou e lutou como eu nunca visto alguém lutar antes. Rápido. Eficiente. Brutal. Ainda acabou apunhalado duas vezes no estômago e uma na coxa, antes que a luta terminasse. Eu falhara com ele, e sabia.

"Oak poderia ter se livrado fácil de mim depois da emboscada. Só precisava contar a verdade sobre o que aconteceu naquela noite. Mas ele não o fez. Conseguiu um unguento cicatrizante no Mercado Mandrake para que ninguém descobrisse. Não sei quando passou a me considerar um amigo, mas ele se tornou um para mim depois disso."

Observo o fogo, lembrando a visita que Oak me fez na floresta, um ano antes de conhecer Tiernan. Eu me pergunto se foi depois que o seu próprio guarda se virou contra ele e tentou cortar sua garganta. Se eu tivesse saído do meu esconderijo, talvez tivesse notado a cicatriz recente.

Tiernan balança a cabeça.

— Lógico, isso foi antes de eu me dar conta do *porquê* ele não tinha pedido um novo guarda. Oak havia encontrado um novo passatempo; decidido se tornar uma isca para os ambiciosos, qualquer um que quisesse tentar a sorte com a família real. Fez tudo o que pôde para garantir que fosse ele o alvo dessas tentativas.

Eu me lembro da visita de Oak a minha floresta. *Alguém tentou me matar. De novo. Veneno. De novo.* Ele se mostrara mal com as tentativas de assassinato. Por que ele se colocaria à disposição para mais atentados?

— Eles sabem?

Tiernan não se dá ao trabalho de perguntar a quem me refiro.

— É certo que não. Gostaria que a família real descobrisse, no entanto. É exaustivo ver alguém tentando ser o navio contra o qual as rochas se quebrarão.

Eu me recordo da recusa de Oak em deixar Tiernan defendê-lo na Corte das Mariposas, a insistência de que fosse o único a assumir a dívida com a Bruxa do Cardo. Quando os conheci, pensei que Tiernan talvez se cansasse de precisar proteger Oak; agora vejo o quanto o cavaleiro precisa lutar por uma oportunidade.

— Hyacinthe acampou com a Corte dos Dentes durante a guerra — revela Tiernan, e olho para ele, avaliando suas intenções com a mudança de assunto. — Ele me contou um pouco sobre o ambiente. Não é um bom lugar para ser uma criança.

Franzo o cenho para minhas mãos, mas não posso simplesmente ignorar aquelas palavras.

— Não é um bom lugar para ser nada.

— O que acha que estavam planejando para você?

Encolho as pernas e dou de ombros.

— Casar com o príncipe e depois matá-lo, não é verdade? — Não soa como uma acusação, ele parece apenas interessado.

— Não acho que eles tinham a intenção de que qualquer um de nós vivesse por muito tempo.

A isso, ele não responde.

Olho para o fogo, vendo o crepitar das chamas.

Fico sentada ali por um tempo, alimentando a fogueira com pedaços de lenha, observando enquanto ardem, brasas explodindo no céu como vaga-lumes.

Então me levanto, me sentindo inquieta. Como vivi tanto tempo na floresta, deveria estar reunindo mantimentos. Talvez não haja muito a ser feito para compensar o fato de eu ter libertado os prisioneiros, mas, pelo menos, posso construir nosso abrigo.

— Vou pegar mais madeira — aviso. — E ver se consigo encontrar alguma coisa que valha a pena coletar.

— Lembre-se de que tenho três fios de seu cabelo — diz o cavaleiro, mas não há ameaça real em sua voz.

Reviro os olhos.

Tiernan me olha de modo estranho enquanto me afasto, ajeitando o manto úmido ao redor de si.

À medida que a noite me envolve, cheiro o ar, sorvendo a floresta desconhecida. Não vou muito longe antes de tropeçar em um canteiro de azedinhas e salsaparrilha. Recolho alguns galhos e os enfio nos bolsos do vestido novo. Bolsos! Agora que os tenho, não posso acreditar que vivi tanto tempo sem eles.

Distraidamente, pego o celular da humana do bolso. A tela está toda preta e não acende por nada. A bateria acabou, e não há como eu recarregá-la, a menos que fiquemos em outra morada mortal.

Guardo o telefone. Talvez seja melhor assim, não poder usar o aparelho. Aquilo me permite imaginar que Hyacinthe e Gwen estão seguros, que minha não mãe ficou feliz em ter notícias minhas. Quem sabe até tenha ligado de volta.

Ao me embrenhar ainda mais na floresta, descubro uma nespereira e colho as frutas aos punhados, comendo enquanto vou enchendo a bolsa. Sigo em frente, na esperança de encontrar cogumelos cantarelos.

Escuto um farfalhar. Ergo o olhar, esperando ver Tiernan.

Mas é Bogdana, parada entre as árvores, os longos dedos enrolados nos galhos próximos. A bruxa da tempestade me encara com os brilhantes olhos pretos e sorri com os afiados tocos de dentes.

Há um zumbido em meus ouvidos e, por um momento, escuto apenas o trovejar do meu próprio sangue.

Pego um galho no chão da floresta e o levanto como um bastão.

Naquele momento, ela fala.

— Chega de tolices, criança. Vim conversar.

Eu me pergunto como ela me encontrou. Havia um espião na corte da rainha Annet? Foi a própria Bruxa do Cardo, por cortesia para com outro poder antigo?

— O que você quer? — rosno, me sentindo como uma fera novamente, apesar da elegância com a qual me vestiram. — Veio me matar para a senhora minha mãe? Diga, então, como devo morrer?

A bruxa arqueia as sobrancelhas.

— Ora, ora, olhe quem está toda adulta e lançando acusações por aí.

Eu me forço a respirar. O galho pesa em minha mão, molhado.

— Vim buscar você — responde Bogdana. — Há pouco lucro em lutar comigo, criança. É hora de separar os aliados dos inimigos.

Dou um passo para trás, tentando colocar alguma distância entre nós.

— E *você* é minha aliada?

— Eu poderia ser — argumenta a bruxa da tempestade. — Com certeza, você iria preferir isso a fazer de mim uma inimiga.

Dou outro passo, e ela tenta me agarrar, unhas cortando o ar.

Bato com o galho em seu ombro, o mais forte que posso. Então corro. Por entre a noite, por entre as árvores, as botas deslizando na lama, arbustos espinhosos rasgando a pele e galhos se prendendo às roupas.

Escorrego, pisando errado em uma poça. Caio de quatro. Então estou novamente de pé, correndo.

O peso sólido da bruxa atinge minhas costas.

Caímos juntas, rolando no tapete de folhas molhadas e agulhas de pinheiro, pedras se enterrando em meus ferimentos. As unhas de Bogdana cravadas em minha pele.

A bruxa da tempestade agarra meu queixo com os dedos longos, pressionando minha nuca contra o solo da floresta.

— Deveria te deixar enojada... viajar com o príncipe de Elfhame. — Seu rosto está muito perto do meu, a respiração quente. — Oak, a quem você poderia ter obrigado a se ajoelhar diante de si. Ter de receber ordens dele é uma afronta. E, no entanto, se ele de fato te enoja, fez um bom trabalho em esconder.

Luto, me debatendo. Tentando me afastar. Aquelas unhas arranham minha garganta, deixando um rastro de fogo na carne.

— Mas talvez ele não te enoje — continua Bogdana, me encarando como se visse algo mais em meus olhos do que o próprio reflexo. — Dizem que ele pode convencer as flores a abrirem as pétalas à noite, como se seu rosto fosse o sol. Ele vai roubar seu coração.

— Duvido que ele tenha o menor interesse em algo assim — digo, me afastando de seus dedos.

Dessa vez ela me solta, pegando uma das minhas tranças. Ela me força a levantar, usando meu cabelo como coleira.

Enfio a mão nos bolsos e encontro a faca que Oak me emprestou para descascar a madeira e a desembainho.

Os olhos da bruxa brilham com raiva a me ver com uma arma apontada para ela.

— O príncipe é seu *inimigo.*

— Não acredito em você — grito, cortando a trança pela qual ela está me segurando. Então disparo pela floresta de novo.

E, de novo, ela me persegue.

— Pare! — Ela me chama, mas nem mesmo reduzo a velocidade. Atravessamos os arbustos. Perdi o rumo, mas acho que estou indo na direção do abrigo. Espero estar a caminho da cidade mortal.

— Pare! — grita ela, novamente. — Me escute e, quando eu terminar, pode escolher ficar ou partir.

Duas vezes antes, ela quase me pegou. Diminuo meu passo e viro, a faca ainda em punho.

— E nenhum mal acontecerá a mim ou a meus companheiros por sua mão?

Ela abre um sorriso malicioso.

— Não hoje.

Assinto, mas ainda me certifico de deixar bastante espaço entre nós.

— Você faria bem em ouvir, criança — diz ela. — Antes que seja tarde demais.

— Estou ouvindo — digo.

O sorriso da bruxa se alarga.

— Aposto que seu príncipe nunca lhe contou a barganha que Lady Nore ofereceu a ele. Que ela devolveria Madoc em troca da única coisa que o príncipe está levando para o norte. Uma garota tola. *Você.*

Balanço a cabeça. Não pode ser verdade.

Não, Lady Nore deve ter pedido pelo coração de Mellith. Por isso Oak foi até a Bruxa do Cardo para encontrá-lo. Que utilidade eu, que posso comandá-la, teria para ela? Mas, então, eu me lembro das palavras de Oak na casa humana abandonada: *Você é a maior vulnerabilidade dela. Independentemente de quaisquer outros planos, ela tem bons motivos para querer te eliminar.*

Se Lady Nore me quer, ela me quer morta.

E eu não havia me perguntado se era a mim que ela exigiu, quando estava nas masmorras com Hyacinthe? Suspeitado, e depois descartado a ideia. Eu não quisera acreditar.

Mas quanto mais penso naquilo, mais percebo que Oak jamais *disse* que Lady Nore havia pedido pelo coração de Mellith. Apenas que ele tinha esperanças de usar aquele desejo contra ela. Que ele planejava enganá-la.

Se fosse a *mim* que Lady Nore queria, entendo por que ele teria escondido tanto de seu plano. Por que estava disposto a arriscar o próprio pescoço para me manter longe da rainha Annet. Talvez até por que ele fora procurar o coração de Mellith, se imaginava ser algo que poderia dar a Lady Nore no meu lugar.

Ele deve ter hesitado entre o desejo de salvar o pai e a consciência de que me entregar a Lady Nore era monstruoso.

No Mercado Não Seco, podemos decidir o destino de Wren. Foi o que Oak dissera. E eu sei a que decisão ele vai chegar.

— Não se esqueça de seu lugar. — Ela me cutuca na lateral do corpo. — Você não serve ao príncipe. Você é uma rainha.

— Não mais — lembro à bruxa.

— Sempre — diz ela.

Mas meus pensamentos estão em Oak, no poder que tenho sobre Lady Nore, e em como minha morte talvez valha a vida de Madoc.

— Não entendo... por que ela enviou aquelas criaturas contra nós, se Oak estava fazendo o que pediu?

Bogdana sorri.

— A mensagem foi enviada para a Grande Rainha, não para Oak. Quando o príncipe enfim partiu em missão, Lady Nore estava frustrada com a espera. Você precisa acordar para o perigo que corre.

— Você quer dizer aquele oferecido por outra pessoa que não você? — pergunto.

— Vou te contar uma história — diz Bogdana, ignorando minhas palavras. — Gostaria de poder dizer mais, mas certas restrições me impedem.

Olho para ela, mas acho difícil me concentrar no que a bruxa está dizendo, quando suas acusações contra Oak pairam no ar de modo sinistro.

— É uma espécie de conto de fadas — começa a bruxa da tempestade. — Era uma vez uma rainha que desejava desesperadamente um filho. Terceira noiva de um rei que já havia assassinado duas companheiras, quando estas não conseguiram conceber, ela sabia qual seria seu destino se não pudesse lhe dar um herdeiro. O propósito do rei para uma criança era diferente do da maioria dos monarcas dos contos de fadas; ele planejava que sua semente fosse um meio de trair a Grande Corte; mas seu desejo era tão intenso quanto qualquer um nascido da vontade de ter uma família. E, então, a rainha consultou alquimistas, adivinhos e bruxas. Sendo ela mesma capaz de magia, teceu feitiços e se uniu a ele em noites propícias, em uma cama salpicada de ervas. E, no entanto, nenhuma criança brotou no útero na rainha.

Ninguém jamais havia falado comigo de meu nascimento, nem do perigo que Lorde Jarel tinha representado para Lady Nore. Eu não soubera de nada daquilo, e minha pele se arrepia com a premonição de que, independentemente do que dirá em seguida, não vou gostar.

Bogdana aponta um dedo com garra para mim. No céu a suas costas, vejo um relâmpago.

— Com o tempo, eles procuraram uma sábia bruxa anciã. E ela lhes disse que poderia lhes dar a criança que desejavam, mas que teriam de fazer exatamente o que ela dissesse. Eles prometeram a ela qualquer recompensa, e a bruxa apenas sorriu, pois sua memória era longa.

— O que você... — começo, mas ela levanta o dedo em advertência, e fecho a boca, sufocando a pergunta.

— A velha e sábia bruxa lhes disse para juntar neve e moldá-la na figura de uma filha. Eles obedeceram. A menina que criaram era delicada na forma, com olhos de pedra, lábios de pétalas de rosa congeladas e as orelhas pontudas de seu povo. Quando terminaram de esculpi-la, sorriram um para o outro, cativados por sua beleza. A bruxa sorriu também, por outros motivos.

Aquilo parece uma brincadeira de mau gosto. Não sou feita de neve. Não sou algum ser esculpido à vontade de Lorde Jarel e Lady Nore. Jamais os cativei com minha beleza.

E, no entanto, Bogdana está me contando esta história por um motivo. *Espectro.* É isso o que sou? Uma alma que recebeu um corpo, um dos membros mortos-vivos do Povo que choram do lado de fora das casas ou prometem destruição em espelhos.

— *Agora devemos dar vida a ela,* lhes disse a bruxa. *Para isso, ela precisa de uma gota de sangue, pois ela será sua filha. Em seguida, ela precisa de minha magia.*

"A primeira coisa foi fácil de fornecer. O rei e a rainha espetaram os dedos e deixaram seu sangue manchar a neve. A segunda também foi fácil para eles, porque eu a providenciei voluntariamente. Quando minha respiração soprou sobre a garota, a centelha de vida se acendeu dentro dela, e eles puderam ver seus cílios pestanejar, suas tranças estremecer. A criança começou a se mexer. Seus pequenos membros eram esbeltos e de um azul quase tão pálido quanto o reflexo do céu na neve da qual ela fora feita. Seu cabelo, de um azul mais profundo, como as flores que cresciam nas proximidades. Seus olhos, da cor do líquen que se agarrava às rochas. Seus lábios, do vermelho daquele sangue recém-derramado.

Você será nossa filha, lhe disseram o rei e a rainha. *E você vai nos dar Elfhame.* Mas quando a menina abriu a boca e falou pela primeira vez, eles tiveram medo da coisa que haviam criado."

Balanço a cabeça.

— Isso não pode ser verdade. Não pode ser assim que nasci.

Não quero ser uma *criatura*, moldada pelas mãos de Lorde Jarel e Lady Nore, e constituída com seu sangue. Semelhante a uma boneca, de neve e gravetos. Uma colcha de retalhos, mais estranha até que os espectros.

— Por que me contar agora? — pergunto a ela, tentando manter a voz calma. — Por que me contar afinal?

— Porque preciso de você — responde Bogdana. — Lady Nore não é a única que pode tomar o poder. Há também eu. Eu mesma, a quem você deve sua vida muito mais que deve a ela. Esqueça os outros. Venha comigo, e podemos conquistar tudo sozinhas.

Eu me lembro da Bruxa do Cardo e da história que contou sobre Mab e o coração de Mellith. Poderia *Bogdana* ter sido a bruxa que matou a própria filha? Talvez seja apenas porque ouvi a história dias antes, mas Lady Nore deve ter sido informada sobre os ossos por *alguém* que se lembrava do que havia acontecido, que conhecia seu verdadeiro valor.

E se Bogdana era aquela bruxa, então sua crença de que devo minha vida a ela me coloca em maior perigo do que nunca. Ela assassinou a própria filha, e, mesmo que tenha sido um acidente, posso apenas imaginar o que estaria disposta a fazer com algo como eu.

Minha habilidade de comandar Lady Nore é mais maldição do que bênção. Qualquer um que queira os ossos de Mab vai me considerar o meio mais fácil de obtê-los.

— Você falou em restrições — digo. — Quais são elas?

A bruxa da tempestade me lança um olhar feroz.

— Por exemplo, não posso causar dano àquele garoto Greenbriar, nem a qualquer um de sua linhagem.

Estremeço. Aquilo explicava por que ela fugiu ao vê-lo. Por que disparou seus raios apenas em Tiernan. E seria o tipo de maldição que Mab poderia ter lançado sobre a bruxa que havia pretendido matar sua filha.

Preciso manter meus pensamentos desenfreados sob controle.

— É a história da minha origem que você foi me contar naquela noite, no gramado de minha não família?

Ela abre um sorriso enviesado, assustador.

— Fui te avisar da chegada do príncipe Oak, para que você pudesse evitá-lo.

— Nada sobre os varapaus de Lady Nore? — indago.

Bogdana faz um murmúrio de desdém.

— Com esses achei que você poderia lidar sozinha. Talvez a despertassem para seu potencial.

O mais provável é que os varapaus tivessem atirado em mim com flechas, ou que as aranhas de gravetos tivessem me estraçalhado.

— Você me contou sua história. Eu escutei. Agora vou embora. Esse foi nosso acordo.

— Tem certeza? — Seu olhar é incisivo, e ela faz a pergunta com tanto peso na voz que estou certa de que haverá consequências para a minha resposta.

Assinto, com a sensação de que é mais seguro do que falar. Então começo a me virar.

— Sabe, a garota me viu.

Hesito.

— Que garota?

Seu sorriso é malicioso.

— A mortal em cuja casa você se esgueira.

— Bex? — Eu tinha tanta certeza de que ela estava na cama, dormindo. Ela deve ter ficado aterrorizada ao ver um monstro no jardim.

— Quando o príncipe começou a agitar aquele palito que chama de espada, voltei para a casa. Achei que havia visto um rosto na janela. Mas ela estava no gramado.

Mal consigo respirar.

— Ela não gritou. É uma garota corajosa. — A bruxa da tempestade parece gostar do suspense. — Disse que estava procurando por você.

— Por mim?

— Eu disse a ela que, da última vez que a vi, você estava na companhia de um príncipe, e que ele a tinha feito prisioneira. Ela queria ajudar, evidente. Mas mortais gostam de criar confusão com tudo, não concorda?

— O que você fez? — Minha voz soa quase ofegante.

— Dei um conselho a ela, nada mais — responde Bogdana, entrando na sombra das árvores. — E agora estou lhe dando um. Afaste-se do garoto Greenbriar, antes que seja tarde demais. E, quando nos encontrarmos de novo, é melhor que faça o que peço. Ou posso apagar aquela faísca que coloquei dentro de você. E apagar sua pequena não família também, enquanto você assiste.

Estou tremendo dos pés à cabeça.

— Não se atreva a tocar...

Naquele momento, Tiernan sai dos arbustos.

— Traidora! — grita comigo. — Peguei você.

CAPÍTULO 11

Tiernan me encara do outro lado da clareira, a espada desembainhada. Dou um passo para trás, sem saber se devo fugir noite adentro. Bogdana desapareceu na floresta, deixando para trás apenas o distante silvo da chuva.

Balanço a cabeça, com veemência, erguendo as mãos em defesa.

— Está enganado. Bogdana me surpreendeu. Fugi outra vez, mas ela disse que queria conversar...

Ele espia a floresta, como se esperasse encontrar a bruxa da tempestade ainda ali, à espreita.

— Parece óbvio que você estava conspirando com ela.

Minha mente está a mil, pensando em como Tiernan ficou perplexo quando Oak sugeriu que nos separássemos. Pensando em quão inteligente foi me fazer acreditar que eu estava naquela missão por vontade própria.

Eu me lembro de Tiernan me amarrando no hotel. Mal falando comigo. Agora posso imaginar o motivo. Ele sempre me viu como um sacrifício, algo para não encarar, algo ao qual não se devia apegar. Balanço a cabeça. Como posso me defender, quando falar a verdade iria expor a traição de ambos?

— Ela me alertou sobre continuar para o norte — revelo. — E disse que eu deveria ajudá-la em vez de Oak. Mas jamais concordei com isso.

Ele franze o cenho, talvez se dando conta de todas as coisas que seria incapaz de negar. Juntos, voltamos ao acampamento. Recolho mais madeira no caminho.

E por mais horrível que seja a ideia de Oak me entregar, tudo em mim sente repulsa diante da história de minha criação. Não sou mais que os gravetos que carrego e um pouco de magia? Sou como um corcel de erva-de-santiago, algo com apenas a ilusão de vida?

Eu me sinto nauseada e com medo.

Quando chegamos ao acampamento, Tiernan começa a mover a fogueira para fora do abrigo, para não incendiar tudo quando os gravetos secarem. Para manter as mãos ocupadas, teço galhos e os amarro com mais tiras do vestido para criar um tapete para nosso abrigo. Tudo ainda está molhado e gotas caem das árvores a cada rajada de vento, fazendo o fogo fumegar e crepitar. Tento não pensar em nada, a não ser no que estou fazendo.

Eventualmente, o calor seca as coisas o bastante para Tiernan se deitar em meu tapete úmido, tirar as botas encharcadas e enlameadas e aquecer os pés molhados junto ao fogo.

— O que ela te ofereceu por sua ajuda?

Estendo a mão para as chamas. Como fui moldada de neve, me pergunto se vou derreter. Aproximo os dedos perto o suficiente para queimar, mas tudo o que acontece quando os afasto é que as pontas ficam avermelhadas e ardem.

— Pare com isso — diz Tiernan.

Olho para ele.

— A oferta de Bogdana era não me matar, nem a minha família.

— Deve ter sido tentador — comenta ele.

— Eu esperaria mais cortesia de alguém que deseja me usar por causa de meu poder do que a que me foi dispensada — argumento, sabendo que o objetivo que ele tem para mim é bem diferente.

Acho que Tiernan ouve o não dito em minha voz. Mas não é possível que seja capaz de adivinhar o que tenho a esconder. Ele não tem como saber o que sou, nem por que a bruxa da tempestade acredita que estou em dívida com ela. E se ele imaginar que ela me contou que devo ser o resgate de Madoc, vai tentar se convencer do contrário. Se ele não gostava de me encarar sabendo que eu era um sacrifício, quão pior seria olhar para mim se eu soubesse também?

Não tenho qualquer ilusão de que Bogdana seria uma aliada confiável. Posso tranquilamente imaginar Bex confrontando a bruxa da tempestade, parada no gramado ao luar. Ela deve ter se sentido atordoada de terror, do mesmo modo que eu quando vi um ser encantado pela primeira vez.

E, ainda assim, Bex não teria ficado assustada o bastante. Eu me lembro do celular em meu bolso, agora desejando poder sair às escondidas e carregá-lo, ligar para ela, avisá-la.

Eu me levanto e toco o manto de Tiernan. Ele me lança um olhar penetrante.

— Você devia pendurá-lo para secar — aviso.

Ele desata o fecho e me deixa pegá-lo. Caminho um pouco até pendurá-lo em um galho, os dedos deslizando pelo tecido, procurando os fios de meu cabelo que ele pegou. Tão delicados, tão fáceis de esconder. Fáceis de perder também, espero, mas não os encontro.

O assovio de Oak nos alerta para seu retorno. Seu cabelo está seco, e ele está vestindo roupas limpas — jeans um pouco curtos demais no tornozelo, assim como um suéter de tricô cor de creme. Em um dos ombros, exibe as alças de uma mochila de trilha. Empoleirado no outro está o duende com cara de coruja.

A criatura me olha com desagrado evidente e emite um sibilante e baixo ruído animal, voando em seguida para um galho alto.

Oak joga a mochila ao lado do fogo.

— A cidade seria adorável durante o dia, acho, embora falte algo à noite. Havia um restaurante vegetariano chamado Igreja do Seitan e uma banca de produtos agrícolas que vendia pêssegos por alqueire. Ambos fechados. Uma rodoviária próxima, onde vários entretenimentos podiam ser obtidos através de trocas. Infelizmente, nada de que eu estivesse à procura.

Olho para a lua, visível desde que a tempestade passou. Começamos a viagem nos corcéis de erva-de-santiago ao entardecer, então já deve ter passado bastante da meia-noite.

Oak desempacota o que conseguiu, pegando e desdobrando duas lonas. Sobre elas, coloca uma variedade de mantimentos e uma pilha de roupas mortais. Nada tem etiquetas, e uma das lonas exibe um pequeno rasgo. Ele trouxe um frango assado pela metade em um recipiente de plástico. Pêssegos, apesar do que disse sobre a banca estar fechada. Pão, nozes e figos embalados em um saco plástico amassado de uma loja de ferragens. Um galão de água fresca também, que ele oferece primeiro a Tiernan. O cavaleiro bebe um agradecido gole do que deveria ter sido um galão de leite, de acordo com o adesivo na lateral.

— Onde você conseguiu tudo isso? — pergunto, porque obviamente não foi das prateleiras de qualquer loja. Minha voz sai mais incisiva do que eu pretendia.

Oak abre um sorriso malicioso.

— Conheci uma família na fazenda, e todos foram extraordinariamente generosos com um estranho pego por uma tempestade, em uma noite ventosa. Me deixaram tomar um banho. Até secar o cabelo.

— Seu diabo vaidoso — bufa Tiernan.

— Esse sou eu — diz Oak. Ele desliza a alça da própria bolsa sobre a cabeça e a pousa não muito longe do fogo. Mas tampouco da mochila de onde tirou as coisas que trouxe. A bolsa é onde ele deve guardar o arreio. — Convenci a família a me deixar pegar algumas coisas de sua garagem e da geladeira. Nada de que vão sentir falta.

Um arrepio me atravessa com a ideia de Oak usando glamour na família, ou os encantando para amá-lo. Imagino mãe, pai e filho na cozinha de casa, presos em um sonho. Uma criança chorando em uma cadeira alta enquanto presenteavam o príncipe com comida e roupas, o choro do bebê parecendo vir cada vez mais de longe.

— Você os machucou? — pergunto.

Ele olha para mim, surpreso.

— Lógico que não.

Entretanto, ele pode ter uma ideia muito limitada do que *machucá-los* significa. Balanço a cabeça para espantar meus próprios devaneios. Não tenho motivo para pensar que o príncipe fez alguma coisa com eles, só porque planeja fazer algo comigo.

Oak estende a mão para a pilha e empurra um suéter preto, leggings e meias novas para mim.

— Com sorte, vão servir direitinho para viajar.

Oak deve ver a minha cara de desconfiada.

— Quando voltarmos do norte — promete ele, com a mão no coração em um gesto exagerado que me deixa ciente de que considera aquilo uma promessa boba em vez de uma solene. — Eles vão acordar e encontrar seus sapatos cheios de belos e enormes rubis. Podem usá-los para comprar novas leggings e outro frango assado.

— Como vão vender os *rubis*? — pergunto a ele. — Por que não deixar alguma coisa mais prática para eles?

Ele revira os olhos.

— Como um príncipe do Reino das Fadas, me recuso terminantemente a deixar dinheiro. É deselegante.

Tiernan balança a cabeça para nós dois, depois cutuca a comida, selecionando um punhado de nozes.

— Vales-presente são piores — comenta Oak, quando não respondo. — Eu envergonharia toda a linhagem Greenbriar se deixasse um vale-presente.

Ao ouvir aquilo, não posso deixar de sorrir um pouco, apesar do coração apertado.

— Você é ridículo.

Horas atrás, eu o teria considerado generoso, por brincar comigo depois do que aconteceu na Corte das Mariposas. Mas aquilo foi antes de descobrir que ele iria me trocar pelo pai, como se eu mesma fosse um daqueles vales-presente.

Escolho uma asa de frango, arranco a pele, então a carne, depois mastigo os ossos do pássaro. Um pedaço pontudo corta o interior de minha boca, mas continuo comendo. Se minha boca estiver cheia, não preciso falar.

Quando termino, pego as roupas que Oak trouxe para mim e me escondo atrás de uma árvore para me trocar. Meu lindo vestido novo está manchado de lama, sem contar os rasgos ao longo da bainha. Já a caminho de se tornar pior do que meu último. Minha pele fica pegajosa ao tirá-lo.

Faz muitos anos desde que vesti roupas mortais como aquelas. Quando criança, eu costumava usar leggings e camisetas, e tênis brilhantes com cadarços coloridos. Minha versão mais jovem teria amado o cabelo naturalmente colorido.

Enquanto visto o suéter, ouço Tiernan aos sussurros com Oak. Ele deve estar contando a ele sobre ter flagrado Bogdana comigo.

Ao retornar ao abrigo com o peso da suspeita sobre os ombros, com os esquemas de Lady Nore, Bogdana e Oak a me envolver, percebo que não posso esperar que o destino me alcance.

Devo deixá-los agora, antes que descubram o que sei. Antes que chegue o momento de Oak admitir para si mesmo que planeja me dar a Lady Nore. Antes que ele perceba que tudo será mais fácil se eu usar o cabresto. Antes que eu perca o juízo, à espera do golpe inevitável, na esperança de encontrar um modo de evitá-lo quando acontecer.

Melhor seguir para o norte por conta própria e matar minha mãe, aquela que me moldou da neve e encheu meu coração de ódio. Apenas então estarei a salvo de Lady Nore e de todos aqueles que usariam meu poder sobre ela, sem importar o motivo. Sou uma criatura solitária, destinada a ser assim, e é melhor desse jeito. Esquecer minha natureza foi o que me colocou em apuros.

Quando compreendo o caminho que devo seguir, me sinto mais leve do que venho me sentindo desde o encontro com Bogdana na floresta. Posso apreciar a doce viscosidade do néctar de pêssego, o sutil sabor plástico da água.

Tiernan solta um suspiro.

— Suponha que *atravessemos* a Floresta de Pedra — diz ele. — Apesar dos poços profundos que levam a masmorras, das árvores que se movem para fazer o viajante perder o rumo, das aranhas de gelo que envolvem as presas em teia congelada, do rei louco e da maldição. E depois? Não temos Hyacinthe para nos infiltrar na Cidadela da Agulha de Gelo.

— Dizem que a Cidadela é muito bonita — comenta Oak. — É mesmo bonita, Wren?

Quando a luz se infiltrava pelo gelo do castelo, criava arcos-íris que dançavam ao longo dos salões gelados. Quase se podia ver através das paredes, como se todo o lugar não passasse de uma enorme janela turva. A primeira vez que pisei na Cidadela, achei que fosse como viver dentro de um diamante reluzente.

— Não é — digo. — É um lugar feio.

Tiernan parece surpreso. Tenho certeza de que está, pois, se ele roubou Hyacinthe de Lady Nore, sabe exatamente como é a Cidadela.

Mas, quando penso no lugar, o que me vem à mente é grotesco. Fazer as pessoas traírem umas às outras era o esporte favorito de Lady Nore, e um no qual era muito habilidosa. Ela ludibriava seus postulantes e prisioneiros até que sacrificassem aquilo com que mais se importavam. Até que quebrassem os próprios instrumentos. Os próprios dedos. Os pescoços daqueles que mais amavam.

Tudo morria na Cidadela de Gelo, mas a esperança morria primeiro.

Ria, criança, ordenou Lady Nore, não muito antes de nossa viagem para Elfhame. Não me lembro do que ela queria que eu risse, embora tenha certeza de que foi de algo terrível.

Mas, àquela altura, eu havia me retraído tanto para dentro de mim mesma que não acho que ela sequer tinha certeza se eu a escutara. Ela me deu um tapa e eu a mordi, rasgando a pele de sua mão. Aquele foi o primeiro momento em que imaginei ter vislumbrado um lampejo de medo em seu rosto.

Aquele é o lugar a que preciso voltar, aquele lugar frio, onde nada pode me alcançar. Onde posso fazer qualquer coisa.

— Por enquanto — começa Oak —, vamos nos preocupar em chegar ao Mercado Não Seco. Não acho que podemos arriscar usar corcéis de erva-de-santiago novamente, mesmo se pudéssemos encontrar outro canteiro. Vamos precisar ir a pé.

— Vou na frente — decide o cavaleiro. — E começar as negociações por um barco. Vocês pegam uma rota diferente para confundir os rastros.

Em algum lugar nas roupas de Tiernan — ou em sua mochila — estão os fios do meu cabelo. Mas, mesmo que eu os encontre, como posso ter certeza de que não pegaram mais? Como posso ter certeza de que não há nenhum preso na capa de Oak que está em meus ombros? Como posso ter certeza de que Oak não roubou outro quando penteou meu cabelo?

Meu olhar vai para a bolsa do príncipe. Eu não precisaria me importar com fios de cabelo, se não houvesse nada que pudesse ser feito com eles.

Se roubasse o arreio e fugisse, quando encontrasse Lady Nore poderia ser eu a obrigá-la a usá-lo.

Oak está sentado perto da fogueira, cantando uma música para si mesmo da qual só consigo pegar alguns versos soltos. Algo sobre um pêndulo e um tecido que está começando a esgarçar. A luz do fogo emoldura seu cabelo, escurecendo o dourado, as sombras tornando suas feições afiadas e severas.

Ele tem o tipo de beleza que deixa as pessoas com vontade de quebrar coisas.

Naquela noite, quando tiverem dormido, vou roubar o arreio. Oak não havia comentado sobre uma rodoviária, que parecia estar aberta, independentemente da hora? Vou até lá, então começarei minha jornada como um mortal faria. Tenho o celular de Gwen. Posso usá-lo para avisar minha não família sobre o que está por vir.

Enquanto estou arquitetando meu plano, Oak conta a Tiernan sobre uma sereia conhecida sua, com cabelos prateados como o brilho das ondas. O príncipe acredita que, se conseguisse contatá-la, talvez ela pudesse lhe falar mais do que se passa no Reino Submarino.

Eventualmente, eu me enrolo no cobertor, observando Tiernan forrar a cobertura com as lonas roubadas por Oak. Então ele sobe em uma árvore e se acomoda nos galhos como em um berço.

— A primeira vigília é minha. — Ele se voluntaria, sem muita animação.

— Titch pode nos proteger por algumas horas — argumenta Oak, indicando o duende com cara de coruja na árvore. A criatura assente, a cabeça girando de modo estranho. — Todos nós precisamos descansar.

Tento conter meu pânico crescente. Com certeza, Titch será mais fácil de enganar do que Tiernan. Mas eu não contava com *ninguém* de guarda. Um descuido que me faz pensar de que outras coisas óbvias esqueci. Que outro erro tolo está à espreita?

Oak se enrola na capa úmida. Ele me encara como se quisesse dizer alguma coisa, mas, quando me recuso a encontrar seu olhar, ele se deita para dormir. Fico contente. Não sou tão habilidosa em esconder meus sentimentos quanto gostaria.

A princípio, conto as estrelas, começando no leste, depois seguindo para oeste. Não é fácil, porque não sei dizer quais já contei, e fico voltando atrás e recomeçando. Mas ajuda a passar o tempo.

Enfim fecho os olhos, contando de novo, agora até mil.

Quando chego a 999, eu me sento. Os outros parecem estar dormindo, o gentil murmúrio da respiração regular e profunda. Acima de mim, os olhos dourados de Titch piscam, encarando a escuridão.

Rastejo até a bolsa de Oak, jogada ao lado de sua espada. O fogo se reduziu a brasas. A luz das estrelas brilha sobre suas feições, suavizadas pelo sono.

Ajoelhada, deslizo meu dedo para dentro da mochila, passando por um livro de bolso, barras de granola, velas, um pergaminho e várias outras facas, até sentir a correia lisa. Meus dedos tremem ao toque do couro. O encantamento no arreio parece crepitar.

Puxo o arreio o mais suave e lentamente que posso.

Ali perto, uma raposa uiva. Sapos coaxam uns para os outros das samambaias.

Arrisco um olhar para o duende com cara de coruja, mas ele ainda está atento ao perigo fora do acampamento. Não há motivo, digo a mim mesma, para acreditar que estou fazendo qualquer coisa além de procurar uma guloseima. Não sou nenhuma ameaça.

Não tenho uma bolsa como a de Oak para esconder o arreio, mas tenho um cachecol, então enrolo a rédea no tecido, depois amarro tudo na cintura, como um cinto. Meu coração está batendo tão rápido que parece saltitar igual a pedras em um lago.

Eu me levanto e dou um passo, tão certa de que estou prestes a ser pega que a antecipação me deixa tonta.

Mais dois passos e a linha de árvores fica à vista.

É quando ouço a voz de Oak atrás de mim, arrastada por causa do sono.

— Wren?

Eu me viro, tentando não entrar em pânico, não rosnar e correr. Não posso deixar que o príncipe perceba como estou com medo de que ele tenha me flagrado.

— Você está acordada — diz ele, se sentando.

— Minha mente não para — explico, mantendo a voz baixa. Aquela parte é bastante verdade.

Ele me chama para perto. Com relutância, eu me aproximo e sento ao seu lado. Ele se inclina para a frente, atiçando o fogo com um graveto.

Não posso evitar observá-lo, o rosto relaxado do sono, e me lembrar de como foi nosso beijo. Quando me lembro da curva da boca de Oak, tenho de me obrigar a pensar na aparência de seus lábios distendidos em um sorriso de escárnio.

Não quero você. Eu me lembro de suas palavras. E, se há qualquer parte do príncipe que me deseja, é porque sou, como disse Hyacinthe, *uma moeda a ser gasta.*

Respiro fundo.

— Você não vai mesmo me mandar embora, vai?

— Eu deveria — responde ele. — Esse é um plano terrivelmente imprudente.

Eu me pergunto se Oak acredita que a ideia de me separar dele é o que me manteve acordada.

— Isso eu sabia desde o início.

— Eu nunca deveria tê-la envolvido nisso — diz ele, com amargura na voz. Talvez tenha baixado um pouco a guarda, cansado como está. Não é possível que goste do que planeja fazer. Não é tão monstruoso assim.

— Posso impedir Lady Nore — lembro.

Ele abre um sorriso, uma estranha luz em seus olhos.

— Se fôssemos capazes de deixar a desconfiança de lado, poderíamos ser uma dupla formidável.

— Talvez — concordo. — Se confiássemos um no outro.

Sua mão toca minhas costas de leve, me fazendo estremecer.

— Você sabe o que admiro em você?

Não faço ideia do que ele dirá a seguir.

— Você jamais parou de ter raiva — diz ele. — Pode ser corajoso odiar. Às vezes é como ter esperança.

Eu não tinha me sentido corajosa na Corte dos Dentes. Ou esperançosa. Havia sentido apenas um profundo desespero, como se me afogasse eternamente em algum vasto oceano, engolindo água do mar enquanto afundava e, então, quando parecia que ia me deixar ser tragada pelas ondas, algo me fazia chutar mais uma vez. Talvez aquela coisa fosse ódio. Odiar requer continuidade, mesmo quando não se pode mais acreditar em um futuro melhor. Mas fico chocada que Oak, dentre todas as pessoas, entenda isso.

— Você será um Grande Rei interessante — digo a ele.

Ele parece alarmado.

— Definitivamente *não* vou. O Povo adora Cardan, e morre de medo da minha irmã, duas coisas excelentes. Espero que os dois governem Elfhame por mil anos, e depois passem a coroa para um de uma dúzia de descendentes. Não há necessidade de me envolver.

— Sinceramente, você *não* quer ser Grande Rei? — pergunto, intrigada. Era só o que importava para Lorde Jarel e Lady Nore, todo o foco de sua ambição, a razão da minha criação. Parecia quase um insulto, ele desdenhar da ideia, como se fosse o equivalente a comer uma maçã com um verme dentro.

Mesmo que eu concordasse com ele.

— Cardan foi esperto em não querer o título antes de eu enfiar aquela coroa em sua cabeça — revela Oak, a boca se curvando com a memória, então se tornando uma linha fina outra vez. — O desejo de governar Elfhame arruinou tantas vidas. Ser herdeiro já é ruim o suficiente.

— Como assim? — Eu o estudo à luz do fogo; os cachos dourados, amassados pelo sono e caídos sobre suas bochechas, a curiosa intensidade de sua expressão me faziam quase acreditar que ele disse aquilo porque queria ser meu amigo, e não porque sabia que a aparente vulnerabilidade provavelmente me faria baixar a guarda.

Ele se espreguiça um pouco, como um gato.

— Algumas pessoas prefeririam me ver no trono, seja porque acreditam que eu seria mais manipulável, ou porque fariam qualquer coisa para não serem governados por uma mortal. Elas não escondem que, se eu desse o menor sinal, derramariam veneno em meus ouvidos e pela goela de minha família. Enquanto isso, minha irmã Jude... suspeito que ela ainda não engravidou para deixar explícito que serei eu o próximo na linha de sucessão. Ela diz que não, mas é uma mentirosa boa demais para eu ter certeza.

Imagino a Grande Rainha como ela estava naquela batalha final, sangue salpicado no rosto. Cortando a cabeça da serpente que outrora havia sido seu amado, mesmo que aquilo pudesse ter condenado seus aliados ao fracasso, tudo para salvar uma terra que a desprezava.

Aquilo sim era ódio, que de alguma forma também parecia esperança.

Ele ri, me surpreendendo.

— Estou melancólico esta noite, não estou? Deixa eu te mostrar um truque.

Eu o encaro com desconfiança. Mas ele apenas tira uma moeda do bolso, em seguida, a gira na ponta do dedo.

Me divirto mesmo sem querer.

Ele joga a moeda para cima e a pega com a outra mão, então abre ambas as palmas. A moeda se foi.

— Você sabe onde está? — pergunta ele.

— Enviada magicamente para o Reino das Fadas? — chuto, mas estou sorrindo.

Com um sorriso, Oak leva a mão para trás de minha orelha, e posso sentir o metal, aquecido por sua pele, contra a lateral do meu pescoço.

Sou tola por me deixar encantar, mas estou encantada mesmo assim.

— Barata me ensinou isso — diz ele, guardando a moeda. — Ainda estou praticando.

— Eu me lembro dele — admito. — De sua Corte das Sombras.

Oak assente.

— E, antes disso, da Corte dos Dentes. Não foi apenas mantido lá sozinho, tampouco.

Bomba. Eu também me lembro dela. Lady Nore a chamava de Liliver. Considerando o quanto a Corte dos Dentes era corrupta, não tenho como deixar de admirar a lealdade entre as duas.

— Eles devem ter sofrido muito.

Oak me lança um olhar enigmático.

— Assim como você.

— Deveríamos tentar dormir. — Eu me obrigo a dizer. Se continuar em sua companhia por mais tempo, vou *perguntar* se ele pretende me entregar a Lady Nore. E, então, meus planos serão descobertos e eu, muito provavelmente, cabresteada.

Ele balança a cabeça, talvez mais para si mesmo.

— Certo. Você tem razão.

Assinto. *Sim. Volte a dormir, Oak. Por favor. Vá dormir antes que eu mude de ideia sobre partir.*

Embora ele queira me ferir, vou sentir sua falta. Vou sentir falta da maneira como vive sua vida, como se nada pudesse ser tão terrível que ele não seja capaz de rir da situação.

Talvez eu até sinta falta do mau humor de Tiernan.

Volto para os meus cobertores e espero, contando até mil outra vez. Quando tenho certeza de que o príncipe adormeceu, me levanto e caminho com firmeza até a linha das árvores. Não olho para trás a fim de verificar se os olhos de coruja do duende estão sobre mim. Preciso agir como se não estivesse fazendo nada digno de nota, nada errado.

Assim que estou longe do acampamento e o duende não dá nenhum alarme, deixo de lado a cautela e disparo pela floresta, depois pela cidade, até chegar à rodoviária.

Demoro três minutos inteiros até que meu glamour pareça quase bom o bastante para me permitir passar por humana. Toco rosto e dentes para me certificar.

Então, respirando fundo, entro na estação bem iluminada. Cheira a gasolina e desinfetante. Alguns humanos estão sentados em bancos de metal; um com um saco de lixo que parece cheio de roupas; um jovem casal, com uma única mala no meio dos dois, sussurrando entre si; um idoso adormecido com uma bengala e que pode já ter perdido o seu ônibus.

De acordo com a tabela de horários, o próximo ônibus a sair segue para o norte e oeste, em direção a Michigan. É complicado comprar uma passagem com dinheiro enfeitiçado, porque as máquinas sabem que você as está alimentando com folhas, ao contrário das pessoas. Em vez disso, pego um recibo do lixo e lanço um glamour no papel. É apenas uma aproximação grosseira de um bilhete, e terei de enfeitiçar o motorista para me deixar entrar, mas o truque será mais convincente com algo em minha mão. Minha magia é fraca e preciso de toda a ajuda possível.

Quando ergo o olhar, vejo um homem com calças sujas e barba desgrenhada me encarando. Meu coração acelera. Ele estava apenas surpreso de ter me visto vasculhando o lixo, ou tive a infelicidade de dar de cara com um dos raros humanos com a Visão? Ou ele é outra coisa, algo mais?

Sorrio para ele, e ele se retrai, como se pudesse ver meus dentes afiados. Depois disso, ele para de me olhar.

Ligo o celular de Gwen na tomada e espero.

Observo uma garota chutar uma máquina de venda automática. Um menino fuma um cigarro, andando de um lado para o outro, falando sozinho. Um homem idoso pega uma moeda do chão.

Ao meu lado, ouço um zumbido repentino. Olho para baixo e noto que a tela do telefone voltou à vida. Perdi dez chamadas enquanto o celular estava sem bateria, nenhuma de números que eu conheça.

Há três mensagens de Gwen. O primeiro diz: É foda mandar uma mensagem para o meu próprio celular, ainda mais porque parece que tudo o que aconteceu não tem como ser real, mas consegui chegar na casa dos meus pais. Aquele elfo gatinho foi meio babaca, mas me contou sobre o ex dele e o príncipe, e parece que você está em apuros. Me avisa se está OK.

Abaixo do texto, uma foto de Gwen com o violinista da Corte das Mariposas. Eles estão abraçados, sorridentes, no banco da frente de um carro. A mensagem seguinte diz: MEU MOZÃO TÁ AQUI. Ele diz que acordou na encosta de uma colina. A última coisa de que se lembra é de alguém que parecia um demônio colocando sal em sua língua. Não sei o que você fez, mas OBRIGADA OBRIGADA OBRIGADA.

E então: Você tá bem? Por favor, fala comigo pra que (a) eu saiba que você tá de boa e (b) que você não é um sonho.

Sorrio para o telefone. A maioria das pessoas para as quais quebrei maldições tinha tanto medo de mim como da glaistig. Era estranho pensar que Gwen *gostava* de mim. Tudo bem, eu havia feito algo legal para ela, mas ela ainda me mandou uma mensagem como se pudéssemos ser amigas.

Eu respondo: Difícil recarregar um telefone no Reino das Fadas. Consegui chegar a uma rodoviária e estou sozinha. Nada de príncipes. Nada de cavaleiros. Que bom que você está bem, e seu namorado também.

Então o sorriso desaparece do meu rosto. Porque preciso ligar para casa. Preciso avisar Bex.

Eu digito a sequência de números de cor.

A voz de um homem atende. Meu não pai.

— Quem fala?

Vigio o relógio e a porta, quase esperando que Oak vá aparecer e me arrastar de volta ao acampamento sob a mira de sua espada. Lembro a mim mesma que tenho o arreio, e que mesmo que estivesse a minha procura, ele não teria nenhuma razão para vir até aqui.

— Posso falar com Bex, por favor? — pergunto, mantendo a voz firme.

Por um longo momento, meu não pai fica em silêncio, e acho que vai desligar. Então o ouço chamar minha não irmã.

Roo as unhas e acompanho os segundos correrem no relógio, observando também as outras pessoas vagando pela estação.

Ela atende o telefone.

— Sim?

— Você precisa me escutar — digo a ela, mantendo a voz baixa para que o restante da rodoviária não escute. — Você está encrencada.

Bex respira fundo.

— *Mãe!* — grita ela, então soa abafada, como se tivesse colocado a mão sobre o bocal. — Ela ligou de volta. Não, é *ela*.

Entro em pânico, preocupada que ela acabe desligando.

— Apenas me ouça. Antes que aquele monstro vá atrás de você.

Ouça *este* monstro, não *aquele*.

— Mamãe quer falar.

Eu me sinto um pouco tonta com a ideia.

— Você. Só você. Por enquanto, pelo menos. Por favor.

Sua voz fica distante, como se ela estivesse falando com outra pessoa.

— Espere. Sim, direi a ela.

— Por que você saiu de casa naquela noite? — pergunto.

Há uma pausa, passos, então ouço uma porta se fechar.

— Ok, estou longe deles.

Repito a pergunta, a ansiedade estreitando meu foco para o chiclete no chão, o cheiro de escapamento, a seiva de pinho em meus dedos, o som de seus suspiros.

— Eu queria me certificar de que você estava bem — responde Bex, enfim.

— Você se lembra de mim? — pergunto, com voz embargada.

— Você viveu conosco por *sete anos* — argumenta ela, a voz recriminadora. — Depois que voltou para sua família biológica, tivemos esperança de *algum* contato. Mamãe costumava chorar naquele aniversário fictício que ela inventou para você.

— *Ela me mandou ir embora.* — Rosno as palavras. Sei que não foi culpa de mamãe, que ela, papai e Bex estavam encantados. Mas como eu poderia voltar para eles, fazê-los encarar minha monstruosidade, permitir que me rejeitassem de novo? — *Papai me chutou.*

Olho para o relógio. Está quase na hora de o ônibus chegar.

Bex parece zangada.

— Isso não é verdade.

Preciso encerrar a chamada. Puxo o cabo do carregador da parede e o tiro da base do telefone, o enrolando. Em breve, seguirei meu caminho para o norte. Em breve, estarei gelada, por dentro e por fora.

— Você encontrou a bruxa da tempestade — digo. — Sabe que qualquer história que tenha ouvido não é a completa. E sabe que fui adotada, não mais uma criança sem pais. Não podia simplesmente decidir voltar para meus pais biológicos, nem eles poderiam aparecer e me levar embora. Pense com cuidado, e a história desmorona. Porque não passou de uma memória enfeitiçada para explicar algo inexplicável.

Há um silêncio do outro lado da linha, mas ouço as pessoas ao fundo. Acho que a porta não está mais fechada.

— Pensei que você fosse um fantasma, na primeira vez que te vi — confessa ela, em um tom suave.

Fui uma idiota, acreditando que ninguém me via entrar e sair de casa. Faça qualquer coisa por muito tempo, e alguma hora será apanhado.

— Quando?

— Uns seis meses atrás. Eu estava lendo até tarde e vi algo se mover do lado de fora. Quando olhei, foi como ver seu espírito, de volta dos mortos. Mas, então, pensei que você estivesse envolvida em algum tipo de problema. E comecei a te esperar.

— E o leite — digo. — Você deixou leite na varanda.

— Você não é humana, é? — Ela sussurra as palavras, como se estivesse envergonhada de pronunciá-las em voz alta.

Eu me lembro da surpresa da minha não mãe ao ouvir minha voz.

— Você contou...

— Não! — interrompe ela. — Como eu poderia? Nem tinha certeza *do que* vi. E eles não estão contentes comigo no momento.

Olho o relógio. O ônibus já deveria ter chegado. Por um segundo agoniante, acredito que o perdi, que o tempo voou enquanto eu conversava com Bex. Mas uma rápida olhada ao redor me mostra que nenhum dos passageiros que o aguardava saiu de seu assento.

O ônibus está atrasado, digo a mim mesma. *Está chegando. Apenas atrasado.* Mas meu coração continua a martelar, e me retraio, como se a ansiedade fosse parar de me corroer as entranhas se eu ficasse bem quieta.

E se o ônibus não é o único motivo para eu me sentir assim, também não é pouca coisa.

— Escute — começo, o olhar se desviando para a estrada, atenta aos faróis. — Não sei quanto tempo tenho, mas, se Bogdana sabe onde você está, não é seguro. Encha seus bolsos com sal. Bagas de sorveira vão protegê-la de ser enfeitiçada. Eles odeiam ferro forjado. E não podem mentir. — Eu me corrijo. — *Nós*. Nós não podemos mentir.

— O que são...

Ouço o farfalhar de roupas e a voz da minha não mãe cortando Bex.

— Wren, sei que você quer conversar com sua *irmã*. — Ela enfatiza a palavra como se eu fosse negar. — Mas preciso dizer algo rápido. Se estiver com algum tipo de problema, nós podemos ajudá-la. Só nos diga o que está acontecendo. Bex fez parecer que você está vivendo nas ruas.

Quase rio com isso.

— Estou sobrevivendo.

— Não é o bastante. — Ela solta um longo e trêmulo suspiro. — Mas, mesmo se fosse, eu gostaria de vê-la. Sempre me perguntei como você estava. O que estava fazendo. Se tinha o suficiente para comer. Se sentia frio.

Meus olhos ardem, mas não consigo me imaginar ali, na sala da minha não família, envergando meu verdadeiro rosto. Eu iria horrorizá-los. Talvez não gritassem e me afastassem no início, como fizeram quando estavam enfeitiçados, mas a situação logo iria se deteriorar. Eu não poderia ser a criança que eles tinham amado.

Não depois de tudo o que aconteceu comigo. Não depois de saber que sou feita de gravetos e neve.

Minha atenção é desviada por faróis. Já estou a caminho quando ouço o guincho dos freios.

— Nunca precisei me sentir aquecida — admito a minha não mãe, a voz dura, cheia da raiva que me corrói as entranhas há anos.

— Wren — diz ela, magoada.

Sinto como se estivesse prestes a chorar, e nem sei por quê.

— Diga a Bex para se lembrar do sal, da sorveira e do ferro — falo, e desligo o telefone, correndo até o ônibus.

Apenas uma pessoa salta, então embarco, mostrando o falso bilhete para o motorista e concentrando nele minha magia. *Acredite em mim*, imploro, com toda a força que possuo. *Acredite que tenho um bilhete.*

Ele assente com um gesto distraído, e vou apressada até a parte de trás do ônibus, ainda segurando o celular. Mais algumas pessoas embarcam, inclusive o homem que me observava de modo tão estranho. Minha cabeça está confusa demais para que eu preste atenção a qualquer um deles.

Quando Lady Nore estiver morta, ou quem sabe usando o arreio, talvez eu fale com Bex e minha não mãe e meu não pai novamente. Talvez, se eu tivesse certeza de que poderia mantê-los a salvo de Bogdana. Se eu tivesse certeza de que poderia mantê-los a salvo de mim.

Com a bochecha apoiada contra o vidro, deslizo a mão pelas dobras do cachecol, apenas para sentir a reconfortante presença da tira de couro do arreio, para saber que tenho um plano. Enfio os dedos no tecido, então procuro ao redor do corpo, tateando o estômago, o pânico surgindo em ondas.

O arreio não está ali.

Do lado de fora da janela, parado na sarjeta da rodoviária, Titch pisca para mim com seus olhos dourados.

O ônibus começa a avançar. Tento dizer a mim mesma que ainda posso escapar. Que talvez o veículo rode mais depressa do que a criatura consiga voar. Que Oak e Tiernan não serão capazes de me seguir.

É quando ouço um pneu estourar. O ônibus para com um solavanco e me dou conta de que não tenho para onde ir.

CAPÍTULO 12

Enquanto retorno pela floresta, estou furiosa com o mundo inteiro, mas sobretudo comigo mesma.

Muito embora soubesse que Oak havia manipulado toda a Corte das Mariposas e levado um soco na cara duas vezes para convencê-los de que era um cortesão vaidoso e inútil, dera um show e bebido uma tina de vinho para esconder sua habilidade com a espada. Muito embora Oak me dissesse que Barata tinha lhe ensinado o truque com a moeda, ainda assim não levei em conta que o goblin também poderia ter ensinado a Oak a habilidade muito mais prática de *roubar*.

O príncipe teve o cuidado de falar comigo como se tudo estivesse bem, mesmo enquanto afanava o arreio da minha cintura. Enquanto o retirava com tamanha destreza que não senti sequer um único toque. E eu, distraída pela conversa, me permiti acreditar que o havia ludibriado no exato momento em que ele estava me ludibriando.

Oak era tão ardiloso quanto o restante de sua família. Mais, talvez.

Ele nunca baixou a guarda comigo, nem uma vez.

Tarde demais, percebo o que é aterrorizante naquele charme. Ele parece inteiramente aberto quando é totalmente indecifrável. Cada sorriso é pintado, uma máscara.

Talvez eu esteja contente por você ter me dado a oportunidade de mostrar o meu pior.

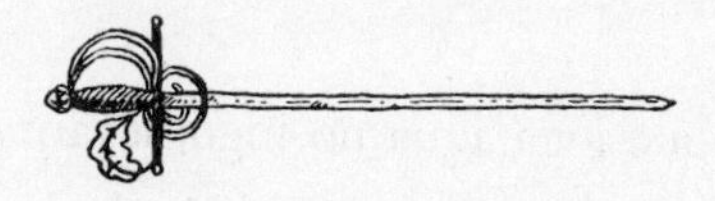

O acampamento está tão quieto quanto o havia deixado. Tiernan continua aninhado na árvore, roncando suavemente. Titch me segue com olhos brilhantes. Encaro Oak, parte de mim à espera de que ele se vire e me confronte, parte de mim temendo o conflito.

Ao passar por ele, noto que sua respiração parece regular, embora eu aposte que ele tem o sono leve, como os gatos. Se eu chegasse perto, aposto que ele se levantaria de um pulo, pronto para lutar.

Isto é, se ele sequer está dormindo.

Rastejo até meus próprios cobertores e me jogo sobre eles. O desespero me arrasta para sonhos nos quais estou de volta à neve, andando em círculos.

Quando acordo, é com o cheiro de pãezinhos na manteiga e café trazido da cidade. Oak e Tiernan estão comendo e conversando baixinho. Ouço Tiernan rir, e me pergunto o quanto do que falam tem a ver com minha tentativa de fuga, se eles julgam meu fracasso hilário.

Oak veste roupas mortais por cima da brilhante cota de malha dourada, os elos visíveis na gola e nos punhos. Tiernan usa sua armadura sem nada a cobrindo.

Quando o príncipe olha para mim, sua expressão não muda. Talvez seja porque, para ele, *nada* mudou. Oak jamais havia me considerado nada além de uma adversária em potencial ou um potencial sacrifício.

Mordo a língua até sangrar.

Ele sorri, e enfim vislumbro o lampejo de raiva em seus olhos. É gratificante perceber que o príncipe, que esconde tanto, não consegue esconder aquilo. Ele se aproxima e se senta ao meu lado.

— Você sabia que eu era um trapaceiro.

Então, antes que eu possa reagir, ele leva um dedo aos lábios, olhando de esguelha para Tiernan. Levo um instante para entender que ele *não* contou ao cavaleiro que tentei roubar o arreio. O que não entendo é o porquê.

Tiernan se levanta e joga água no fogo, levantando uma nuvem de vapor. O fim de tarde se abre luminoso, o céu de um azul quase agressivo depois da tempestade.

Enfio um pãozinho na boca e embrulho os restos de meu vestido, transferindo a faca que Oak me emprestou para a bota.

Tiernan murmura alguma coisa e, então, se dirige para a floresta.

— Para onde ele vai? — pergunto.

— Para o Mercado Não Seco, antes de nós, para negociar o barco. Tiernan acredita que, se os goblins descobrirem quem sou, vão pedir coisas absurdas. Vamos pegar outro caminho e ver se somos seguidos. — Ele hesita. — Você não se importa, não é?

Eu me levanto e espano a sujeira das pernas. Quando alguém frustra sua tentativa de roubo, deixa evidente que você não passa de uma *prisioneira* e então lhe faz uma pergunta dessas, ela não é de fato uma pergunta.

Caminhamos por um tempo em silêncio.

— Você se lembra do que eu disse sobre sermos uma dupla formidável, se fôssemos capazes de deixar a desconfiança de lado? — pergunta ele.

Assinto, com relutância.

— Vejo que não fomos capazes — lembra ele. — E agora, Wren?

Eu me sinto impotente, como se ele estivesse me conduzindo por um tabuleiro de xadrez até o xeque-mate.

— Por que está me perguntando isso?

Ele solta um suspiro frustrado.

— Certo, vou ser direto. Se você queria ir embora, por que não partir em qualquer outra noite?

Mais uma armadilha.

— Por que eu deveria responder, quando é você que está guardando tantos segredos?

— Todo mundo tem segredos — rebate ele, embora haja um tom de desespero em sua voz.

— Segredos sobre mim — digo.

— Você me traiu. Você me roubou. Você se encontrou com a bruxa da tempestade, e então, horas depois, pega um poderoso artefato mágico e foge. Não mereço respostas?

— Eu queria o arreio — admito. — Para que você nunca pudesse me obrigar a usá-lo.

Ele levanta um redemoinho de folhas com um chute.

— Que motivo já dei para que me acuse assim?

Eu desvio o olhar, mal-humorada.

Ele não diz nada, simplesmente espera que eu responda. O silêncio se alonga, e fico surpresa por ser eu a primeira a ceder e quebrá-lo:

— Tiernan me disse que usaria as rédeas em mim se eu te traísse de novo.

Eu o encaro com irritação.

Oak parece surpreso e fica quieto por um longo instante.

— Ele não entende por que você libertou Hyacinthe e os outros — diz ele, por fim. — Não consegue acreditar que fez isso porque queria ajudá-los. O Povo das Fadas não faz esse tipo de coisa de onde viemos.

Chuto uma pedra, com força.

— Se você quer ir, vá — diz o príncipe, com um elaborado trejeito de mão em direção às árvores ao nosso redor.

Olho para a floresta, mas não sou tão tola a ponto de interpretar sua oferta ao pé da letra.

— Então por que não deixou que eu apenas fosse embora ontem à noite?

Oak me lança um olhar ligeiramente culpado.

— Porque não gosto de fazer o papel de tolo enganado. Gosto de jogos, mas detesto perder.

Pisco para ele, surpresa.

— O quê?

Ele dá de ombros, impaciente.

— Não é minha melhor qualidade — explica ele. — E, além disso, me pareceu válido *perguntar* a você se estava trabalhando com Bogdana.

— Não estou — admito, e, quando ele me encara demoradamente, digo, com toda a franqueza: — Não estou trabalhando para e nem com Lady Nore. Não sou aliada de Bogdana. Quero ir para o norte e impedir que Lady Nore crie mais monstros. Até desejo ver seu pai libertado.

— Então por que ir embora? — Aquele é o problema com Oak. Ele conquista sua confiança, a faz se sentir tola por duvidar, e então a pessoa acaba em uma estação de ônibus, descobrindo como foi meticulosamente manipulada.

— Em vez de ser enviada para Elfhame, decidi que iria para o norte sem você, enfrentar sozinha minha mãe. — Eu me pergunto se posso me safar com apenas aquela revelação.

Quando ele me encara, os olhos de raposa estão brilhantes.

— Isso é ainda mais idiota do que nosso plano atual.

Sinto um embrulho no estômago.

— Não entendo — diz ele, esfregando a mão no rosto. — Sinto que deveria estar irritado com você, mas admiro o que fez, lá na Corte das Mariposas. Mesmo que tenha sido um *transtorno* para mim, como você disse.

Faço uma careta ao ouvir minhas próprias palavras, mas, então, me dou conta da importância do que ele está dizendo.

— *Você*... admirou *aquilo*?

— Mais do que gostaria de admitir. — Quando ele me encara, vejo em seu semblante a mesma intensidade de que me lembro de quando estava ao lado da rainha Annet. — Você se importava com a mortal e o sereiano, e até mesmo com Hyacinthe. Tanto que desafiou a todos nós e, pelo que posso ver, não recebeu nada em troca.

Não sei como responder a isso.

— Foi difícil para você, manter Hyacinthe prisioneiro?

— Ele tentou matar o Grande Rei.

— O quê?

Lembro de Tiernan dizer que houvera um incidente.

Oak parece achar divertido o tom de espanto na minha voz.

— Certa vez, meu pai disse que os conflitos parecem ser entre crenças ou desejos. Porém, com mais frequência, os conflitos são entre governantes. Aqueles que seguem governantes podem ser perfeitamente agradáveis, e é assim que duas pessoas perfeitamente agradáveis acabam com um punhal na garganta um do outro. Hyacinthe e eu poderíamos ter sido amigos, mas fomos colocados em lados opostos de um campo de batalha.

Penso naquilo por um longo momento, imaginando se é assim que ele me enxerga também. Eu me pergunto como seria para ele descobrir que sou costurada com magia, um manequim animado por uma bruxa. Quem sabe ele se sentiria menos culpado então?

Eu poderia acreditar em sua palavra e tentar ir embora. Mas ele não fez nenhuma promessa de não ir atrás de mim. Nem falou que não me obrigaria a usar o arreio.

Eu poderia escapulir no Mercado Não Seco e encontrar um lugar para me esconder. Mas não tenho motivos para acreditar que os seres encantados de lá me ajudariam contra seu príncipe. Mais provável que me entregassem por algumas moedas.

Ou eu poderia tentar arrancar a verdade de Oak.

— Você gosta de jogos — digo a ele. — Que tal jogarmos um?

— Qual é a aposta?

— Se eu ganhar — começo —, você responde minha pergunta. Sem evasivas.

Nada em seu olhar para mim sugere que não considera aquilo uma aposta arriscada. Ainda assim, ele assente.

— E qual é o jogo?

— Você tem a peça. Igual quando éramos crianças, vamos ver quem arremessa melhor.

Ele faz que sim novamente, tirando a raposa do bolso. Os olhos de peridoto faíscam.

— E se eu ganhar?

— O que você quer? — pergunto.

Ele me estuda, e eu o estudo em troca. Nenhum sorriso agora pode disfarçar a força por baixo.

— Você se compromete a dançar comigo, para que nosso ensaio na Corte das Mariposas não seja em vão.

— Isso é uma bobagem — argumento, minhas bochechas corando.

— E, ainda assim, é meu preço — diz ele.

Assinto rapidamente, insegura.

— Muito bem. Você joga primeiro.

Paramos de caminhar. Ele se agacha e limpa os galhos e as folhas caídas de um trecho de grama. É como ser criança, brincando mais uma vez. Acaba de me ocorrer que tantas coisas horríveis na minha vida aconteceram antes daquela primeira vez que jogamos, e tantas coisas horríveis na vida de Oak aconteceram depois.

A raposa rola no chão, caindo de lado. Nenhum ponto.

Ele olha para mim e levanta as sobrancelhas.

Pego a peça e arremesso, prendendo o fôlego. Também cai de lado.

O príncipe estica o braço na direção da raposa e acho que vai jogá-la de novo, mas ele a coloca de costas, com as pernas para cima.

— Você venceu.

Balanço a cabeça, incrédula.

— Você venceu — repete ele, com mais firmeza. — Pergunte.

Muito bem. Se ele vai me dar a vitória, eu seria uma tola se não a aceitasse.

— Lady Nore me pediu em troca de Madoc, não foi? — Eu me preparo para a resposta, ou para o que quer que ele faça em vez de me responder. — É esse o verdadeiro motivo para me levar até o norte.

A surpresa do príncipe é evidente.

— Foi o que Bogdana disse a você?

Assinto.

Ele suspira.

— Não me admira que tenha fugido.

— É *verdade*? — pergunto.

Ele franze o cenho.

— O que ela disse, exatamente? Para que eu possa responder sem evasivas.

— Que Lady Nore se ofereceu para entregar Madoc em troca *da única coisa que o príncipe está levando para o norte. Uma garota tola.*

— Bem, está correto que Lady Nore se ofereceu para trocar meu pai pelo que a bruxa da tempestade *acredita* que estou levando para o norte — argumenta Oak. — O coração de Mellith. Foi o que ela pediu, e se consegui convencer Bogdana de que o tenho, ótimo. Talvez Lady Nore acredite nisso também. Mas o que a bruxa da tempestade disse a você... ela quis enganá-la com a maneira como juntou as palavras.

Reflito sobre as intrigas ditas por Bogdana e sobre o que deixou de dizer. Não simplesmente, *Lady Nore se ofereceu para trocar Madoc por você.* Se ela tivesse sido capaz de dizer essas palavras, ela o teria feito.

— Então você *não* tem o coração de Mellith, *nem* vai me oferecer... ou o coração... para Lady Nore? — Preciso que ele diga as palavras.

Ele sorri.

— Não tenho intenção de entregá-la a ninguém. Lady Nore não pediu por você em troca. Quanto ao coração de Mellith, vou te mostrar o que planejo quando chegarmos ao mercado. É um belo truque, acho.

Encaro seus olhos de raposa e sinto um alívio tão intenso que fico tonta.

Olho para o céu acima, para o azul intenso que sucede uma tempestade, e me permito acreditar que não corro perigo. Não no momento. Não pelas mãos de Oak.

Recolho a peça do jogo e, quando ele parece não notar nem a exigir de volta, eu a coloco no bolso. Em seguida, retomamos a caminhada.

Não demora muito para que uma profusão de cores apareça por entre as árvores. Deve ser o Mercado Não Seco. No vento, ouço o trecho de uma música.

— E se — começa ele, travessura no olhar —, no interesse de poupar tempo, a gente fingir que jogou mais duas vezes e que eu ganhei uma, e então você me deve uma dança. Mas você ganhou pela segunda vez, então se tiver alguma outra coisa para me perguntar, fique à vontade.

Aquelas são palavras provocantes e, de repente, estou com um estado de espírito provocador.

— Certo. Conte sobre suas garotas, então.

Ele arqueia as sobrancelhas.

— *Garotas?*

— Tiernan diz que havia duas damas em especial que você queria impressionar. Violet, acho. E Sibi. Mas ele também afirma que você se apaixona um bocado.

A surpresa lhe arranca uma risada, embora ele não negue nada.

— Há certas expectativas em relação a um príncipe na Corte.

— Não pode estar falando sério — digo. — Você se sente *obrigado* a se apaixonar?

— Já te falei... sou um cortesão, versado em todas as artes da corte. — Mas ele sorri ao dizer aquilo, reconhecendo o absurdo da afirmação.

Eu me pego balançando a cabeça e sorrindo de volta. Ele está sendo ridículo, mas não tenho certeza de *quão* ridículo.

— Tenho esse péssimo hábito — revela ele. — De me apaixonar. Com grande regularidade e com consequências espetaculares. Veja, jamais acaba bem.

Eu me pergunto se a conversa o faz pensar em nosso beijo, se bem que... fui eu quem o beijou. Ele apenas correspondeu.

— Tão charmoso assim, como é possível? — pergunto.

Ele ri novamente.

— É o que minha irmã Taryn sempre diz. Ela fala que a lembro de seu falecido marido. O que faz algum sentido, já que ele era meu meio-irmão. Mas também é alarmante, porque foi ela que o assassinou.

Assim como quando falava sobre Madoc, é estranho como Oak pode soar tão afetuoso quando me conta uma coisa horrível que um membro de sua família fez.

— Por quem você se apaixonou? — pergunto.

— Bem, havia você — responde o príncipe. — Quando éramos crianças.

— Eu? — pergunto, incrédula.

— Você não sabia? — Ele parece se divertir diante de meu espanto. — Ah, sim. Embora fosse um ano mais velha que eu, e o romance, impossível, eu me apaixonei perdidamente. Quando você foi embora da Corte, recusei qualquer comida, exceto chá e torradas, por um mês.

Não posso deixar de fazer um murmúrio de incredulidade sobre o total absurdo daquela afirmação.

Ele coloca a mão sobre o meu coração.

— Ah, e agora você ri. É minha maldição adorar mulheres cruéis.

Não é possível que Oak espere que eu acredite que seus sentimentos eram genuínos.

— Pare com seus joguinhos.

— Certo — diz ele. — Vamos para a próxima? O nome dela era Lara, uma mortal da escola que frequentei quando morava com minha irmã mais velha e a namorada. Às vezes Lara e eu subíamos no galho de um dos bordos e compartilhávamos sanduíches. Mas ela tinha uma amiga infame, que me implicou em uma fofoca; o que resultou em Lara me esfaqueando com um lápis e no fim de nosso relacionamento.

— Você gosta *mesmo* de mulheres cruéis — comento.

— Depois veio Violet, uma pixie. Escrevi poesias terríveis sobre como eu a adorava. Infelizmente, *ela* adorava duelos e se envolvia em problemas para que eu tivesse de lutar por sua honra. E ainda mais infelizmente, nem minha irmã nem meu pai se preocuparam em me ensinar a arte de duelar apenas para dar um show.

Eu me recordo da expressão impassível em seu rosto antes da luta com o ogro, e das palavras raivosas de Tiernan.

— O que resultou na morte acidental de uma pessoa de que ela gostava mais do que eu.

— Ah! — exclamo. — São *três* desventuras em série.

— Em seguida Sibi, que queria fugir da corte comigo, mas, assim que partimos, odiou e chorou sem parar até que a levei para casa. E Loana, uma sereia, que achou minha falta de cauda insuportável, mas tentou me afogar de qualquer maneira, porque achou igualmente insuportável que um dia eu viesse a amar outra.

A maneira como ele conta aquelas histórias me faz lembrar de como ele me contou muitas coisas dolorosas antes. Algumas pessoas riem diante da morte. Ele ri diante do desespero.

— Quantos anos você tinha?

— Quinze, com a sereia — responde ele. — E quase três anos depois, certamente estou mais sábio.

— Certamente — ecoo, me perguntando se era o caso, me perguntando se eu queria que assim fosse.

A entrada do Mercado Não Seco é delimitada por duas árvores inclinadas uma em direção à outra, seus galhos emaranhados. Enquanto nos abaixamos, o que anteriormente eram trechos de música e borrões de cor perdem o disfarce e tudo entra em cena. Lojas e barracas enchem a clareira. O ar é rico em perfumes, hidromel e frutas grelhadas. Passamos por uma área de tendas com alaúdes e harpas, o vendedor tenta chamar nossa atenção com o som de um de seus instrumentos, contando a terrível história de como foi feito.

Enquanto caminhamos, vejo que o mercado se estende até uma área rochosa perto da costa, onde um cais se projeta sobre as ondas. Um único navio balança no final do píer. Eu me pergunto se é o que Tiernan está tentando comprar dos goblins.

Então me distraio com o martelar dos ferreiros e a estrofe de uma leve sugestão de canção. Há uma forja não muito longe de onde estamos, com uma vitrine de espadas. E ao lado, um mastro e alguns dançarinos evoluindo ao redor, enrolando fitas na base. Uma barraca vende mantos em todas as cores do céu, desde o primeiro rubor da aurora até uma noite salpicada de estrelas. Uma padaria oferece pães trançados, suas crostas brilhantes decoradas com ervas e flores.

— Não tem ouro? — pergunta um lojista com chifres na cabeça. — Pague com uma mecha de cabelo, um ano de sua vida, um sonho que deseja nunca mais ter.

— Aproximem-se! — chama outro. — Temos as melhores capas em cem léguas. Verdes como veneno. Rubras como sangue. Sombrias como o coração do Rei de Elfhame.

Oak para a fim de comprar queijo embrulhado em papel-manteiga, meia dúzia de maçãs e dois pães. Ele também providencia roupas mais quentes, assim como gorros e luvas. Corda, novos alforjes e um arpéu, cujos dentes se dobram como os tentáculos de uma lula deslizando pela água.

Passamos por um flecheiro, vendendo aljavas de flechas com penas diferentes presas na extremidade. De corvos e pardais, mesmo aquelas de uma carriça. Passamos por uma vitrine de vestidos e jaquetas em verde-besouro, açafrão e vermelho-romã. Uma barraquinha com ervas secas penduradas de cabeça para baixo, ao lado de sementeiros. Em seguida, por um livreiro, prateleiras de antigos tomos e de livros recém--encadernados abertos em páginas em branco, à espera de serem escritas. Uma barraca depois, um alquimista exibe uma prateleira de venenos, inclusive tinta envenenada. Ao lado, uma fileira de crânios com formatos bizarros.

Oak faz uma pausa para comprar alguns explosivos.

— Para uma eventualidade — me tranquiliza ele.

— Querida dama — diz um homem fada, de uma loja que vende joias, vindo em nossa direção. Ele tem olhos de cobra e uma língua bifurcada que salta para fora quando fala. — Este grampo de cabelo parece ter sido feito para você.

É lindo, trabalhado em ouro e prata no formato de pássaro, uma única conta verde na boca. Se estivesse em um mostruário, meus olhos teriam passado por ele como apenas mais uma entre uma dúzia de coisas inalcançáveis. Mas como ele o apresenta em suas mãos, não posso deixar de imaginar possuí-lo.

— Não tenho dinheiro nem muita coisa para negociar — digo a ele com pesar, balançando a cabeça.

O olhar do lojista vai para Oak. Acho que ele acredita que o príncipe é meu amante.

Oak desempenha o papel, estendendo a mão para a peça.

— Quanto custa? E você aceita prata, ou precisa ser o último desejo de meu coração?

— Prata está excelente. — O lojista sorri enquanto Oak pesca algumas moedas na bolsa.

Parte de mim quer protestar, mas eu o deixo comprar o grampo, e então o deixo usá-lo para prender meu cabelo. Seus dedos no meu pescoço estão quentes. Apenas quando ele se afasta é que estremeço.

Ele me lança um olhar firme.

— Espero que não esteja prestes a me dizer que odiou o grampo e que estava apenas sendo educada.

— Não odeio — digo, com suavidade. — E não sou educada.

Ele ri daquilo.

— Uma qualidade cativante.

Admiro o grampo em cada superfície espelhada pela qual passamos. Atravessamos um amplo gramado onde acontece um espetáculo de marionetes. Membros do Povo estão reunidos em torno de uma caixa com cortina, observando um intrincado recorte de papel de um corvo, que parece voar acima de um moinho. Avisto algumas crianças e hesito, imaginando se seriam changelings.

O fantoche de corvo desce até uma árvore de papel machê pintada. O titereiro oculto mexe em uma vareta e o bico do corvo se move.

O pássaro crocita:

Cu-á, cu-á.

Minha mãe, ela me matou,
Meu pai, ele me comeu,
Minha irmã juntou meus ossos,
E enterrou-os debaixo da macieira.
Vejam! Nasci como um jovem corvo.
Cu-á, cu-á, que belo pássaro eu sou.

Paro a fim de assistir à peça. Acontece que o moleiro ama tanto a canção que dá ao corvo uma pedra de moer para ouvi-la novamente. E, quando o pássaro voa para casa, derruba a pedra na cabeça da madrasta do homem e a mata.

A multidão ainda está aplaudindo quando percebo que Oak foi até a oficina do ferreiro. Chego a tempo de ver o ferreiro de sobrancelhas grossas voltando da parte de trás da ferraria com o que parece ser uma caixa de metal e vidro, projetada para exibir seu conteúdo. Tem pés dourados e está vazia.

— O que é isso? — pergunto, enquanto ele a guarda com cuidado na bolsa.

— Um relicário — responde ele. — Enfeitiçado para manter o que está dentro preservado para sempre. Bastante parecido com o que continha os ossos de Mab. Enviei Titch na frente para encomendá-lo.

— E isso é para...

Ele gesticula para nos afastarmos da loja. Juntos, caminhamos em direção ao cais.

— Um coração de cervo — diz ele. — Porque é o que vou entregar a Lady Nore. Em um relicário sofisticado, ela não notará a diferença por algum tempo, com sorte o suficiente para que possamos alcançar nosso objetivo e te aproximar dela.

— Um coração de cervo? — repito.

— É o que estou levando para o norte. Um truque. Um passe de mágica, como com a moeda.

Sorrio para ele, acreditando, para variar, que estamos do mesmo lado.

Quando chegamos à beira da água, encontramos Tiernan ainda pechinchando com três goblins. Um tem cabelo dourado e queixo pontudo, o segundo, cabelo preto e sobrancelhas grossas, e o terceiro, orelhas imensas e nenhum cabelo na cabeça. O careca segura um odre de vinho e me encara com a seriedade de quem está muito bêbado. Está dividindo a bebida com um gigante ruivo sentado no cais, balançando os enormes pés no mar.

O goblin de cabelo preto segura uma faca com cabo de prata e testa seu peso.

— O que mais você tem?

Há uma pequena pilha de tesouros em uma pedra próxima; uma pérola gorda, pelo menos dezesseis peças de ouro e uma pedra que parece ser uma esmeralda.

— Você superestima o valor do que está vendendo — diz Tiernan.

O goblin bêbado ri, ruidosamente.

Na água, um barco esculpido em forma de cormorão. Na proa, a longa curva de seu pescoço o faz parecer imenso, e as asas se abrem nas laterais, protegendo aqueles embarcados no casco. É muito bem-feito, e, se eu apertar os olhos, posso ver que também é mágico.

— Ahhhh — diz o goblin de cabelo dourado para Oak conforme nos aproximamos. — Você precisa explicar a seu amigo aqui por que ele não pode comprar uma de nossas melhores embarcações com um punhado de bugigangas.

Tiernan está obviamente frustrado.

— Chegamos a um preço, mas estou com um pouco a menos, só isso. Agora que você chegou, podemos completar a diferença e partir.

Seja qual for sua razão para acreditar que seria melhor negociador do que Oak, o cavaleiro está enganado. Não é de sua natureza enfeitar a verdade, ou distorcê-la.

O goblin de cabelo dourado nos encara com expectativa.

— Gostaríamos do restante do pagamento agora, por favor.

Oak enfia a mão na bolsa e tira várias moedas de ouro, bem como um punhado de prata.

— Isso é suficiente?

— Vamos ficar com seus anéis — decide o goblin de cabelo dourado, apontando para os três ao redor dos dedos de Oak.

Não sei se os anéis têm algum significado, mas suponho que não, já que Oak suspira e começa a tirá-los. Mas além disso, ele acrescenta o próprio diadema. Com certeza, uma coroa é pagamento suficiente.

O goblin de cabelo dourado balança a cabeça.

Vejo a mudança no sorriso do príncipe. Lábios de mel.

— Talvez seu barco seja bonito demais para nossas necessidades. Precisamos de navegabilidade e pouco mais que isso.

Dois dos goblins trocam olhares.

— Nossa embarcação tem tantas condições de navegar quanto pode ser encontrado por aí — argumenta o de cabelo preto.

— E, no entanto, seria lamentável ver um navio tão bonito como este enfrentando os elementos da natureza. — A expressão de Oak fica pensativa. — Talvez você tenha algo menos elegante que poderia nos vender.

Com isso, o goblin de cabelo preto funga, ofendido.

— Não fazemos coisas feias.

— Não, não — diz Oak, agindo como se estivesse desapontado. — Lógico que não.

Entro no jogo dele.

— Talvez devêssemos procurar um barco em outro lugar — sugiro.

Tiernan parece querer nos estrangular. Não consigo decidir se ele não está seguro do plano de Oak ou apenas cético de que funcionará.

O goblin de cabelo dourado observa Oak.

— Vocês realmente não têm nada mais para negociar? Me recuso a acreditar, viajantes bonitos assim. O que é isso no cabelo dela?

Oak franze o cenho enquanto tiro o enfeite das minhas tranças. Com pesar, eu o coloco na pilha, com o restante de nossos tesouros.

Digo a mim mesma que não importa. Teria sido inútil de qualquer maneira, para onde estamos indo.

O goblin de sobrancelhas grossas bufa, pegando o grampo e o virando.

— Muito bem. Se esta coleção de bugigangas é só o que podem nos oferecer, suponho que teremos pena de vocês e faremos negócio. Seus anéis, a faca, a pérola, as moedas, a esmeralda que não é de forma alguma do tamanho de um ovo de pato e o grampo de cabelo. Por estes, vamos lhes vender o barco.

Com um sorriso, Oak avança para apertar a mão do goblin e selar a barganha.

Tiernan pula para dentro da embarcação, gesticulando para que eu lhe jogue minha bolsa. Ele parece aliviado que as negociações enfim terminaram e que podemos seguir em frente.

O gigante bêbado se levanta devagar, encarando o príncipe com um olhar acusador.

— Olhe para o que ele está vestindo por baixo das roupas. Armadura de ouro — resmunga. — Nós também ficaremos com isso. Diga a ele!

— Já concordamos com um preço — adverte Tiernan.

A mão de Oak vai para o punho de sua espada, e eu vislumbro algo selvagem em seus olhos.

— Não quero lutar — avisa ele, e tenho certeza de que parte dele fala sério.

— Você tentou nos enganar — grita o gigante.

Freneticamente, eu me ajoelho e começo a desatar a corda que amarra o barco ao cais. O nó está molhado e bem apertado, e, para piorar, com alguma magia.

— Rangi — diz um dos goblins ao gigante. — Fizemos um acordo.

O gigante está muito bêbado, bêbado demais para se preocupar com mais negociações. Ele tenta agarrar o príncipe, que salta para trás, para fora de alcance. Tiernan grita um aviso, embora eu não tenha certeza de para qual deles. A expressão do príncipe se tornou fria e impassível.

Finalmente, desato o nó e o barco começa a se soltar das amarras.

Agarro o ombro de Oak, e ele olha para mim sem qualquer expressão nos olhos. Por um momento, acho que não me reconhece.

— Você sabe nadar? — pergunto.

Ele acena com a cabeça uma vez, como se estivesse saindo de um sonho. Um momento depois, ele avança.

Não para esfaquear o gigante, como eu imaginava. Ou a mim. Ele pega meu grampo de cabelo. Então, se virando, corre para a água.

— Ladrões! — grita um goblin, enquanto saltamos juntos da lateral do píer.

Caio na água com um ganido a cerca de meio metro do barco. Mergulho, afundando até meus pés tocarem a lama, e bato as pernas em direção à superfície.

Quando rompo as ondas, vejo o príncipe segurando a asa esculpida do cormorão. Ele estende a mão.

Nado em sua direção, cuspindo água lamacenta.

Atrás de nós, os goblins gritam. Tiernan os ignora enquanto me puxa para o convés. Então estica a mão para Oak.

Enfurecido, o gigante pula atrás de nós e começa a cruzar as ondas.

O príncipe vai aos tropeços até o mastro e desenrola uma vela de pano. Assim que esta sobe — apesar de não ventar muito naquela tarde —, desfralda e, depois, estufa. Qualquer que seja a magia que nos impulsiona para o mar, não parece ser impedida pelos goblins. Em instantes, estamos bem fora do alcance do gigante.

Lambo o sal do lábio superior. Tiernan pega o leme, nos afastando da orla. Com um assovio, Titch sai voando do mercado, circulando uma vez antes de pousar no mastro.

Não demora muito para nos encontrarmos longe da vista do cais.

Oak caminha até a proa, se enrolando em uma capa. Encarando o mar.

Eu me lembro da viagem às ilhas de Elfhame, em um barco muito maior. Fui mantida no deque inferior durante a maior parte da travessia, mas me recordo de ter sido levada ao convés uma ou duas vezes para respirar o ar salgado do mar e ouvir o canto das gaivotas.

Se você se casar com o garoto, me disse Lady Nore, *não pode lhe arrancar o coração de imediato. Sei quão sanguinária você é, mas terá de ser paciente.* E ela riu um pouco.

Assenti, tentando aparentar ser mesmo sanguinária, e que eu poderia ser paciente. Na expectativa de qualquer coisa que me permitisse sentar mais um pouco ao sol.

Eu não estava ansiosa para matar um garoto que jamais havia visto, mas tampouco tinha dado muita importância ao assunto. Se era o que Lady Nore queria, e se aquilo me pouparia dor, eu o faria.

É difícil acreditar com que rapidez me tornei alguém irreconhecível para mim mesma.

Eu me pergunto como Oak se vê quando está prestes a lutar. Então me pergunto como ele se vê depois.

— Wren — chama Tiernan, me despertando daqueles pensamentos. — O que você pode me dizer do lugar para onde estamos indo?

Mergulho ainda mais nas lembranças daquela época dolorosa.

— A Cidadela tem três torres e três entradas, se você contar a aérea. — Eu as desenho com o dedo molhado na madeira do casco.

Tiernan franze o cenho.

— O quê? — pergunto. — Conheço o lugar tão bem quanto Hyacinthe.

— Só estava pensando na entrada aérea — responde Tiernan, com cautela. — Acho que nunca ouvi isso antes.

Assinto.

— Quero dizer, não é bem uma *porta*. Há uma abertura em arco em uma das torres, e as criaturas aladas entram por ali.

— Como pássaros — argumenta ele. — Hyacinthe poderia ter mencionado que foi o que usou.

— Havia guardas em todos os portões, menos naquele — explico. — Em sua maioria, do povo oculto naquela época. Talvez varapaus agora.

Tiernan faz que sim de forma encorajadora, e continuo:

— A fundação e o primeiro nível da Cidadela são pura rocha preta. As outras paredes são feitas de gelo, translúcido em alguns lugares... muitas vezes quase transparente... e fosco em outros. É difícil ter certeza de que haverá algum lugar para se esconder onde sua sombra não vai te entregar — digo, conhecendo aquele detalhe muito bem. — As masmorras ficam na parte de rocha preta.

Tiernan tira um pedaço de grafite do bolso.

— Aqui, veja o que consegue desenhar com isso.

No convés de madeira, faço um esboço do portão da guarnição e do pátio central da Cidadela.

Conheço aquela fortaleza, sei onde Lady Nore dorme, conheço a sala do trono e o salão de banquetes. Hyacinthe poderia ter sido mais adequado para explicar as defesas atuais, mas sei o número de passos para o topo de cada pináculo. Conheço todos os cantos em que uma criança pode se esconder, todos os lugares de onde ela poderia ser arrastada.

— Se eu conseguisse entrar em seus aposentos, poderia comandá-la — argumento. — Lady Nore não terá muitos guardas com ela.

O que Lady Nore terá, porém, é ferocidade, ambição e nenhuma hesitação em derramar sangue em abundância. Ela e Lorde Jarel odiavam fraqueza, como se fosse uma doença contagiosa.

Imagino o arreio afundando na pele de Lady Nore. Minha satisfação com seu horror. O exato momento antes de ela perceber que a armadilha está feita, quando ainda veste sua arrogância como armadura, e a maneira como seu semblante vai mudar enquanto o pânico se instala.

Talvez eu seja mais parecida com eles do que gostaria de acreditar, se considero aquele quadro agradável.

Com este pensamento perturbador, me levanto e vou até a proa do barco, onde Oak está sentado, envolto em um manto encharcado.

Mechas molhadas de cabelo caem nas bochechas do príncipe e grudam em sua garganta e nas pequenas pontas de seus chifres. Seus lábios parecem tão azuis quanto os meus.

— Você deveria vestir roupas secas — diz ele.

— Siga seu próprio conselho, príncipe.

Ele olha para si mesmo, como se estivesse surpreso por se ver meio congelado. Então me encara.

— Tenho algo para você.

Estendo a mão, à espera de que devolva meu grampo, mas é o arreio que ele coloca em minha palma.

— Por quê? — pergunto, fitando-o.

— Um de nós tem de guardá-lo. Que seja você — responde ele. — Apenas nos acompanhe até a Cidadela, e tente acreditar, aconteça o que acontecer, o que quer que eu diga ou faça ou tenha feito, meu objetivo é a sobrevivência de todos nós. A vitória de todos nós.

Quero confiar em Oak. Quero muito confiar nele.

Minha mão se fecha sobre as tiras de couro.

— Lógico que vou à Cidadela.

Seu olhar encontra o meu.

— Ótimo.

Eu me permito relaxar naquele momento, naquela amizade.

— E agora, que tal meu grampo de cabelo?

Ele ri e o entrega. Passo o polegar sobre o pássaro de prata, então uso o grampo para prender o cabelo *dele*, em vez do meu. Quando meus dedos lhe roçam o pescoço, deslizando por aqueles cachos de seda, Oak estremece com algo que não creio ser frio. De súbito, estou muito consciente do físico do príncipe; as pernas longas e a curva da sua boca, a base da sua garganta e a ponta afiada das orelhas, que brincos já enfeitaram. Muito consciente dos fios de cabelo escapando do grampo, caindo sobre um chifre castanho-claro, para descansar em sua bochecha.

Quando seu olhar encontra o meu, o desejo, tão agudo quanto qualquer lâmina, satura a atmosfera entre nós. O momento desacelera. Quero morder seu lábio. Sentir o calor de sua pele. Deslizar minhas mãos sob sua armadura e traçar o mapa de suas cicatrizes.

O duende com cara de coruja decola do mastro, nos assustando. Eu me levanto depressa demais, e com um sobressalto tomo consciência de onde estou. Preciso me agarrar às asas de madeira do cormorão para não cair no mar.

Tiernan está, talvez, a seis metros de distância, o olhar no horizonte, mas minhas bochechas coram, como se ele pudesse ler meus pensamentos.

— Wren? — Oak me encara de modo estranho.

Sigo até a cabine, me abaixando sob a retranca ao passar pela vela. Mas, mesmo com a distância entre nós, o desejo de tocá-lo persiste.

Fico grata por Oak não me seguir, e sim descer até o porão a fim de colocar roupas secas. Mais tarde, quando volta para a popa, sem uma palavra ele toma o leme de Tiernan.

O barco encantado, soprado por ventos invisíveis, voa pelo mar. Avistamos escunas e navios-tanque mortais, barcaças de passeio e esquifes de pesca. Em direção ao norte, deslizamos pela orla da Costa Leste, passando pelo Maine de um lado, e pelas ilhas de Elfhame do outro. Em seguida, navegamos mais ao norte, através do Golfo de São Lourenço até o Mar de Labrador.

Tudo deveria continuar como antes, só que não é assim. Sempre que minha mão roça a de Oak enquanto ele me passa um pedaço de pão ou um odre de água, não consigo deixar de notar. Quando dormimos em turnos, um de nós designado para navegar pelas estrelas, fico observando seu rosto, como se, através de seus sonhos, pudesse aprender seus segredos.

Há algo de muito errado comigo.

No terceiro dia, enquanto comemos, eu me viro para jogar um caroço de maçã no mar e percebo os tubarões circulando o barco. Suas barbatanas cortam suavemente as ondas. Tão perto da superfície da água, mesmo as longas silhuetas pálidas são visíveis.

Deixo escapar uma exclamação.

Oak levanta a mão para proteger os olhos do sol no momento em que uma sereia emerge da superfície. Seu cabelo é tão prateado quanto o brilho das ondas.

— Loana — diz ele, com um sorriso que parece ser apenas um pouco forçado. Eu me lembro daquele nome. Ela é uma das garotas por quem ele se apaixonou, a que queria afogá-lo.

Olho para Tiernan, que segura o punho de sua espada, embora ainda esteja embainhada. Não acredito que uma lâmina vá ser particularmente útil naquela situação.

— Você me chamou e eu vim, príncipe Oak. E tem sorte por eu atendê-lo, pois o Reino Submarino está rodeado de inimigos conforme a rainha Orlagh se enfraquece, cada um deles à procura de vantagem. Em breve, talvez eu seja sua única aliada sob as ondas.

— O tratado com a terra ainda está de pé — lembra Oak.

— Por enquanto, belo príncipe. — Seu cabelo flutua em torno do corpo em uma auréola prateada. Os olhos são do azul brilhante de vidro marinho lascado. A cauda emerge preguiçosamente às suas costas, batendo na água antes de deslizar sob a superfície mais uma vez. — Dizem que Nicasia pretende fazer um torneio e se casar com o desafiante vencedor.

— Ah! — exclama Oak, com cautela. — Que divertido!

— Ou talvez ela invoque o tratado. — Um tubarão nada até a sereia, que lhe acaricia o flanco. Observo fascinada. A mandíbula da besta parece capaz de serrar o barco ao meio. — E, assim que reunir todos os competidores em um só lugar, deixe que a terra os destrua.

— Infelizmente — começa Oak —, a terra está tentando remediar os próprios problemas. Por isso requisitei sua ajuda. Gostaríamos de viajar incógnitos pelos mares, para que possamos desembarcar sem sermos detectados.

— Vocês poderiam viajar com mais rapidez por baixo da água. — Seu tom é pura tentação.

— Mesmo assim — diz ele.

Ela faz um beicinho.

— Muito bem, se é tudo o que você vai exigir de mim. Farei o que me pede pelo preço de um beijo.

— Oak... — começa Tiernan, um alerta na voz.

Dou um passo para mais perto do príncipe, que está se ajoelhando no casco.

— Sem problema — concede Oak, mas há algo em seu rosto que contraria aquelas palavras. — E muito fácil.

Avisto uma corda presa ao mastro. Enquanto o príncipe fala, empurro a ponta na direção de Oak com o pé.

Ele não olha para baixo quando a corda toca sua coxa. Ele a enrola em um dos braços de modo furtivo enquanto se inclina em direção a Loana.

Ela estende os dedos com membranas, segurando a parte de trás da cabeça do príncipe, pressionando os lábios nos dele; devem ser mais frios que o mar, mais frios que os meus. Os olhos dele quase se fecham, cílios semicerrados. A língua da sereia invade a boca de Oak. Os braços se estreitam ao redor dele.

Odeio assistir àquilo, mas não posso desviar o olhar.

Então ela o puxa para si com brusquidão, golpeando com a cauda. A corda se estica, a única coisa que o impede de ser puxado para o mar.

Oak rasteja para trás no barco, respirando com dificuldade. A camisa está molhada de borrifos do mar. Seus lábios corados do beijo.

— Venha comigo para o fundo das ondas — chama ela. — Se afogar comigo em deleite.

Ele ri, um pouco trêmulo.

— Uma oferta sedutora, mas preciso concluir a minha missão.

— Então vou me apressar em ajudá-lo a fazer isso — responde ela, mergulhando para longe. Os tubarões a seguem, desaparecendo nas profundezas. Consigo vislumbrar o tremeluzir de uma névoa bem no limite da visão.

— Espero que isso tenha valido a pena quase ser arrastado para o fundo do mar — censura Tiernan, balançando a cabeça.

— Estamos escondidos de Bogdana e Lady Nore — diz Oak, mas não encara nenhum de nós.

Ao anoitecer, navegamos por entre pedaços de gelo flutuantes, atracando em uma praia varrida pelo vento, logo abaixo do Estreito de Hudson. Oak reboca a embarcação para o alto das rochas pretas. Tiernan prende uma corda para mantê-la ali quando a maré subir. Eles não me pedem para ajudar, e não me ofereço como voluntária.

No céu, uma lua minguante brilha sobre meu regresso à casa.

Eu me lembro das palavras do show de marionetes, quando o corvo cantou por sua pedra de moer. *Cu-á, cu-á, que belo pássaro eu sou.*

CAPÍTULO 13

O vento fustiga as montanhas, varrendo o vale com um sinistro som de silvo. O sol do fim da tarde reflete no cabelo dourado de Oak, quase tão brilhante quanto a neve.

Capas grossas pendem pesadamente de nossas costas. Titch se aninha no capuz sobre o pescoço do príncipe, com uma espiadela ocasional para me fazer uma careta.

A neve quase nunca fica imóvel. Rodopia e ofusca. Agarra-se a tudo, brilhante e reluzente e, quando uma rajada sopra, ela se transforma em uma névoa branca.

E fere. Primeiro como agulhas, depois como navalhas. Pequenas partículas de gelo queimam as bochechas e, mesmo quando se acomodam, escondem armadilhas. Dou um passo muito pesado e despenco, uma das pernas afundando e a coxa da outra se dobrando em um ângulo doloroso no platô de gelo.

Oak se inclina para me dar a mão, então me puxa para cima.

— Minha senhora — diz ele, como se me acomodasse em uma carruagem. Sinto a pressão de seus dedos através de nossas luvas.

— Estou bem — digo.

— Lógico que está — concorda ele.

Volto a andar, ignorando um claudicar discreto.

A Floresta de Pedra surge à frente, talvez a trinta quilômetros de distância, se estendendo de tal maneira em ambas as direções que é difícil ver como poderíamos contorná-la. Pinheiros altos, com toda a casca cinza-prateada, brotam da planície coberta de neve, erguendo-se como uma vasta muralha.

À medida que avançamos, chegamos a uma estaca no chão, na qual uma cabeça de troll foi empalada. A haste de madeira se inclina para um lado, aparentemente pela força do vento, toda a parte de cima escurecida por fluido seco. Os olhos do troll estão abertos, fitando o nada com as íris turvas e embaçadas, os cílios brancos pela geada.

Escritas na estaca, as palavras: *Meu sangue foi derramado para a glória dos Reis de Pedra, que governam abaixo do mundo, mas meu corpo pertence à Rainha da Neve.*

Examino a cabeça, a carne áspera do pescoço e a farpa de osso visível logo abaixo. Então olho adiante, para a extensão coberta de neve, pontilhada com formas curiosamente semelhantes. Agora que sei que não se trata de galhos caídos ou árvores esguias, vejo que há pelo menos meia dúzia, com um agrupamento de três em um ponto e as outras espalhadas.

Enquanto imagino o que aquilo significa, a coisa abre a boca e fala.

— Em nome de nossa rainha — crocita em um sussurro horrível. — Bem-vindos.

Recuo, surpresa, escorregando e caindo sentada. Enquanto me levanto com pressa, Tiernan saca sua espada e corta a cabeça ao meio. Metade do crânio cai na neve, espalhando pedaços congelados de sangue grandes o suficiente para parecerem rubis.

Mas os lábios da coisa ainda se movem, nos dando as boas-vindas repetidas vezes.

Oak ergue as sobrancelhas.

— Acho que devemos presumir que nossa presença não é mais segredo.

Tiernan olha para a meia dúzia de silhuetas idênticas. Assente uma vez, limpa a espada nas calças e a embainha novamente.

— Não estamos longe da caverna. Haverá peles esperando por nós e lenha para uma fogueira. Podemos planejar de lá.

— Quando você providenciou tudo isso? — pergunto.

— Quando vim buscar Hyacinthe — responde Tiernan. — Embora não fôssemos os primeiros a usá-la. Já havia alguns suprimentos antigos, da época em que a Corte dos Dentes e os falcões de Madoc acamparam nas proximidades.

À medida que avançamos, considero a resposta de Tiernan.

Eu ainda não havia realmente pensado no *momento* da captura de Hyacinthe. Estava ciente de que ele tinha chegado a Elfhame com tempo de sobra para tentar assassinar Cardan e ser colocado no arreio. Aquilo tinha de ter precedido o sequestro de Madoc.

Mas a presença de Hyacinthe em Elfhame quando o general foi levado parece estranha, coincidência demais. Ele tinha ajudado Lady Nore? Ele sabia que aquilo iria acontecer, e não disse nada? Tiernan tem mais motivos para se sentir traído do que eu imaginava?

A terceira cabeça pela qual passamos é da nobreza. Seus olhos parecem gotas pretas, a pele pálida pela perda de sangue. A mesma mensagem sobre os Reis de Pedra que estampava a estaca do troll está escrita naquela.

Oak estende a mão para tocar a bochecha congelada do ser encantado, fechando os olhos.

— Você o conhecia? — pergunto.

Ele hesita.

— Ele era um general. Lihorn. Um dos falcões amaldiçoados. Costumava frequentar a casa de meu pai quando eu era pequeno, para beber e conversar sobre estratégia.

Felizmente, aquela cabeça não fala.

Oak estremece sob a capa. A situação de Tiernan não é melhor. A lã grossa de seus mantos lhes oferece alguma proteção contra as temperaturas congelantes, mas não o bastante.

O sol tinge o gelo de escarlate e dourado quando começamos a subir a encosta de uma montanha. É uma subida escarpada. Escalamos as rochas, tentando não escorregar. Tenho dificuldade em prosseguir, o suficiente para ficar em silêncio, concentrada. Oak sobe atrás de mim, seus cascos escorregadios no gelo. O treinamento de Tiernan mantém seus passos suaves, mas a respiração ofegante revela seu esforço. O ar fica mais frio quanto mais o céu escurece. A respiração de Oak condensa no ar enquanto Tiernan estremece. O frio queima através do tecido das luvas e lhes endurece os dedos, tornando-os desajeitados. Não sou afetada, exceto talvez por me sentir um pouco mais viva, um pouco mais desperta.

Rajadas de vento açoitam nosso rosto como afiadas agulhas de gelo. Seguimos adiante, mal conseguindo ver o caminho entre as árvores raquíticas, afloramentos rochosos e pingentes de gelo.

O pensamento me assalta, sem convite. Estou olhando para o material de que fui criada. Neve e gravetos. Gravetos e neve. Não uma garota de verdade. Uma boneca de papel, para brincar, depois rasgar e jogar fora.

Fui criada com o propósito de trair a Grande Corte. Nunca para sobreviver além disso. Se for eu a causa da queda de Lady Nore, sentirei ainda mais prazer por ela jamais o ter previsto.

A entrada da caverna é larga e baixa, o teto, uma camada irregular de gelo. Abaixo a cabeça quando entro. O duende com cara de coruja sai do capuz do príncipe, voando na escuridão.

Oak tira um toco de vela da bolsa. Então espalha quatro ao redor do espaço e as acende. As chamas crepitantes enviam sombras em todas as direções.

Vários suprimentos aleatórios estão empilhados nos fundos: peles de urso desgrenhadas, caixas, um pequeno baú e pilhas de madeira, ali há tempo bastante para acumular uma fina camada de gelo.

— Coisas interessantes — diz Oak, caminhando até o baú e batendo de leve na lateral com o casco. — Você abriu alguma coisa da última vez que esteve aqui?

Tiernan balança a cabeça.

— Eu estava com um pouco de pressa.

Ele teria estado em companhia de Hyacinthe... ainda um pássaro, antes de Oak remover a maldição. Ele havia sido capturado então, enjaulado? Havia pousado no ombro de Tiernan, certo de que estava sendo salvo? Ou tinha partido voluntariamente, ciente de que ajudaria Lady Nore a sequestrar Madoc? Franzo a testa ao pensar no assunto, já que me lembro do ex-falcão me dizendo o quão leal havia sido.

Oak está estudando a fechadura do baú.

— Certa vez, Bomba me contou uma história sobre aranhas venenosas mantidas dentro de um baú. Quando o ladrão o abriu, foi todo picado. Morreu de uma maneira péssima. Acho que ela estava tentando me dissuadir de roubar doces.

Tiernan chuta a pilha de lenha com uma bota coberta de neve. Os troncos caem de modo desordenado.

— Vou fazer uma fogueira.

Levanto uma pele e a viro do avesso, passando a mão no forro para verificar a presença de mofo ou insetos. Não há nada. Nenhuma descoloração, também, como aquelas causadas por veneno. O único odor que contém é o leve cheiro da fumaça usada para curtir o couro.

Alguns uniformes de um exército há muito extinto formam um monte de lã cinza. Eu os sacudo e avalio enquanto Oak tenta abrir o baú enferrujado.

— É *provável* que não tenha aranhas — diz ele, quando olho em sua direção.

O interior guarda uma peça de queijo e pãezinhos antigos, assim como um odre de vinho turvo. Ele parece desapontado.

Mais uma vez, me flagro estudando seu rosto. A curva da boca sorridente e a linha da mandíbula. O que ele quer que eu veja e o que ele quer esconder. Depois de um momento, eu me afasto, seguindo até a frente da caverna, onde Tiernan martela uma velha pederneira contra a lateral da espada, na esperança de obter uma faísca.

Me pergunto o quanto o incomoda estar de volta ali, sozinho.

— Quanto tempo você ficou com Hyacinthe? — pergunto, pegando minha caixa de fósforos, já duas vezes encharcada, e a entregando a ele, embora possa ser inútil.

Tiernan suspira:

— Nós nos conhecemos no verão anterior à abdicação do rei Eldred, numa festa tarde da noite... não uma da Corte, mais do povo. Ainda estava à espera de ser sagrado cavaleiro.

Franzo o cenho, não entendendo o que ele quer dizer.

— Você não é um cavaleiro?

Tiernan sorri, tão jovial quanto jamais o vi.

— Eu? Não, eu fui treinado para isso, mas nunca tive a oportunidade.

Encaro Oak, mais confusa do que nunca. Não conheço muito sobre o processo, mas tenho quase certeza de que envolvia algum membro de uma família real batendo no seu ombro com uma espada. Sem dúvida, só aquela missão já era motivo para tanto.

— Entrei para a Corte das Sombras — revela ele, respondendo à pergunta que não fiz.

— Você é um espião? — Acho que posso estar boquiaberta.

— Quem mais minha irmã escolheria como guarda? — intervém Oak do fundo da caverna. — Ela tem uma grande predileção por espiões que queriam ser cavaleiros, já que ela também era uma.

— Eu não era na época, no entanto. Era jovem e esperançoso e um pouco bêbado. — Ele sorri com a lembrança. — Parado em meio às sombras, Hyacinthe me perguntou se eu sabia alguma coisa sobre profecias. Acho que ele estava *muito* bêbado.

"Nós nos perdemos juntos em um labirinto, e conversamos sobre os grandes feitos que pretendíamos realizar, como os cavaleiros de outrora. Achei sua busca por vingança incrivelmente romântica."

Sua boca se torce, como se fosse doloroso para ele se lembrar daquela versão de si mesmo, ou de um Hyacinthe que ainda não havia escolhido a vingança em vez de a ele.

Em sua mão, o fogo se acende.

— E olha você aqui, realizando grandes feitos — digo.

Ele abre um meio sorriso.

— Às vezes a vida nos dá o terrível presente de termos nossos próprios desejos realizados.

Oak descascou a cera do queijo no baú. Ele senta ao nosso lado, mastigando um pedaço e fazendo caretas.

— É *envelhecido* — comenta o príncipe, como se isso pudesse ser motivo o suficiente para recomendá-lo, apesar do gosto.

Vasculho sua bolsa em busca de uma barra de granola e a como em vez do queijo.

— Conte a ela o restante — encoraja Oak.

Ao ver a careta de Tiernan, o príncipe sorri.

— Sim, ouvi a história antes. *Muitas vezes*. Mas Wren, não.

— O que Oak quer que eu lhe diga, suponho, é que Hyacinthe e eu passamos quase dois anos juntos, antes de ele partir com o exército de Madoc. Fizemos as promessas típicas dos amantes. — Há uma rigidez em seu discurso. Tiernan parece ser o tipo de pessoa que, quanto mais profundamente sente algo, mais difícil julga falar sobre o assunto, embora pareça ter contado bastante a Oak. — Mas quando Hyacinthe quis que eu também cometesse traição, não fui capaz.

"Sua sede de vingança já devia estar saciada, pensei. O príncipe Dain estava morto. O Grande Rei parecia ser um pouco mimado, mas não pior do que Eldred. Ele discordou. Tivemos uma grande briga, Sin disse que eu era um covarde, e não o vi por mais um ano."

Sin? Pecado? Eu me esforço para não sorrir com o apelido que ele conseguira esconder até agora.

— Sim, quando ele voltou para te matar — diz Oak, se virando para mim em seguida. — Hyacinthe estivera viajando com a Corte dos Dentes, como o restante do exército de Madoc. E teria lutado na Batalha da Serpente. *Contra* Tiernan.

— Nós não nos vimos — diz Tiernan. — Muito menos lutamos. Não até depois.

Penso em mim, debaixo da cama de Oak. Eu me pergunto se é no que ele está pensando também.

Tiernan continua:

— Nas masmorras. Eu fazia parte da Corte das Sombras na época, e eles me deixaram visitá-lo. Nós conversamos, e pensei... Bem, eu não sabia o que aconteceria, ou se haveria algum tipo de perdão, mas prometi que, se ele fosse condenado à morte, eu o salvaria. Mesmo que significasse trair Elfhame.

"Mas, no final, só o que ele tinha de fazer era se arrepender. E nem isso ele quis."

Tiernan apoia a cabeça nas mãos.

— Ele foi orgulhoso — diz Oak. — E estava com raiva.

— Eu que deveria ter sido menos orgulhoso? — argumenta Tiernan.

Oak se vira para mim.

— Então aqui é onde o falcão Hyacinthe vai até Tiernan, que poderia tê-lo alimentado e, em um ano, o recebido de volta, mas...

Ele o recusou.

— Eu me arrependi — admite Tiernan. — Então, quando soube que Hyacinthe havia ido para a Cidadela, vim até aqui e o resgatei. Eu o levei para Elfhame. Convenci Oak a quebrar sua maldição. Depois, ele me agradeceu tentando matar o Grande Rei.

— Nenhuma boa ação fica impune, não é o que dizem? — Oak quebra outro pedaço do queijo horrível e tenta espetá-lo em algo para derreter sobre o fogo.

— Ele se preocupava com você — digo a Tiernan. — Hyacinthe, quero dizer.

Ele me olha desconfiado.

— De que forma?

— Ele acredita que você foi enfeitiçado por Oak.

Tiernan funga, irritado.

Oak ri, mas parece mais forçado do que achando graça genuína. Depois de um momento, ele fala novamente:

— Sabe, até esta viagem, achei que eu gostasse do frio. A pessoa pode se vestir com extravagância sem correr o risco de ficar suando; brocados, enfeites de ouro, chapéus. Mas estou reavaliando a ideia.

Noto que Tiernan se sente grato por Oak ter mudado de assunto. As palavras tolas de Oak, seu sorriso, todos me desafiam a entrar na brincadeira.

Reviro os olhos.

Ele sorri.

— *Você* tem uma elegância discreta, então não precisa se preocupar com o clima.

Quando chega a hora de dormir, Tiernan e Oak se envolvem em peles de urso. Oak ajeita uma sobre meus ombros também. Não digo nada para indicar que não preciso daquilo, que eu nunca sinto frio demais. Quando nos deitamos perto do fogo, ele me observa. A luz dança em seus olhos.

— Vem cá — chama ele, acenando com a mão.

Sinto que não conheço bem a Suren que se mexe, que se acomoda até enfim descansar a cabeça no ombro de Oak. A Suren que sente a respiração dele em seu cabelo e a pressão de seus dedos abertos na curva das costas. Deixo nossos pés se entrelaçarem, meus dedos roçando a pele logo acima dos cascos. Minhas mãos estão descansando em seu abdômen definido, e não posso evitar sentir os músculos e as cicatrizes. Quando movo os dedos, sua respiração soa ofegante.

Ficamos ambos imóveis. Tiernan, adormecido perto do fogo, se agita.

À luz das chamas, os olhos cor de âmbar do príncipe parecem ouro fundido.

Estou ciente da minha pele como jamais estive, ciente do menor movimento dos membros, da subida e descida do peito. Posso ouvir a batida de seu coração contra o rosto. Sinto como se eu gritasse *me beije* com cada movimento inquieto do corpo. Mas o dele não responde, e sou covarde demais para fazer outra coisa além de ficar ali, ansiando, até meus olhos enfim se fecharem.

Quando acordo à tarde, dou de cara com Tiernan arrastando o corpo de um cervo para dentro da caverna. Ele o destrincha com rapidez, e nós comemos carne de veado tostada como café da manhã.

Oak lava o coração de todo o sangue e o coloca no relicário enquanto ainda está quente. Uma vez seguro, o príncipe mexe na fechadura, a trancando com cuidado, e ajusta o trinco para prendê-la bem.

Em seguida, retomamos a jornada, o príncipe e Tiernan com as peles de urso sobre as capas para aquecê-los mais. A Floresta de Pedra se estende adiante, a luz refletida nas árvores, no ponto em que o gelo encapsulou os galhos.

— Não podemos entrar aí — aviso. — Os trolls devem ser aliados de Lady Nore.

— Considerando o que vimos ontem, devo admitir que você estava certa em sugerir que contornássemos esse trecho de floresta — diz Oak, olhando para as árvores com o cenho franzido.

Tiernan abre um meio sorriso.

— Parabenizo você pela sábia decisão.

Desviamos para o leste, margeando o limite da floresta. Mesmo àquela distância, parece incrível. Das árvores de gelo brotam frutas azuis do tamanho de pêssegos, envoltas em uma crosta congelada. Algumas caíram e se abriram, como maçãs do amor. Seu aroma é de mel, especiarias e seiva. Quando o ar sopra pelos galhos, as folhas das árvores emitem um som sinistro, não muito diferente dos sinos de vento.

Quanto mais andamos, mais percebemos que não podemos fugir da Floresta de Pedra. Às vezes parece que a própria floresta se move. Por duas vezes, ergo o olhar e me encontro cercada de árvores. O empuxo da magia me lembra da correnteza do mar: uma faixa de água escura e calma, que parece inofensiva, mas, uma vez que a pessoa é pega, é arrastada para longe da terra.

Caminhamos ao longo do dia, lutando para ficar além da fronteira da floresta. Não paramos para comer, mas, temendo sermos cercados pela mata, seguimos em frente enquanto mastigamos algum petisco das nossas mochilas. Ao anoitecer, nossa marcha é interrompida por algo se movendo em nossa direção através da neve.

Varapaus, enormes e terríveis, aranhas imensas, feitas de arbustos e gravetos. Coisas monstruosas com bocas escancaradas, os corpos de casca de árvore queimada e escurecida, os dentes de pedra e gelo. Restos de corpos mortais visíveis em meio às criaturas, como se alguém desmontasse pessoas tal como bonecas e as colasse de volta em formas pavorosas.

— Para a floresta — diz Tiernan, a voz resignada. Seu olhar encontra o meu, depois vai para Oak. — Agora.

— Mas... — começa o príncipe.

— Não estamos com montarias — lembra Tiernan. — Não temos chance a pé, a menos que possamos chegar a algum lugar que nos dê abrigo. Vamos torcer para que seu plano maluco dê certo afinal.

E, então, paramos de lutar contra a floresta e mergulhamos entre as árvores.

Passamos correndo por uma enorme rocha preta, depois sob uma árvore que faz um som tilintante quando os pingentes de gelo ameaçam cair. Quando olho por cima do ombro, fico horrorizada ao ver os varapaus avançando em nossa direção.

— Aqui — diz Oak, ao lado de uma árvore caída meio coberta de neve. — Vamos nos esconder. Wren, entre o mais fundo que puder. Se eles não nos virem, talvez possamos enganá-los para que passem por nós.

Tiernan se ajoelha, pousando a espada na neve ao seu lado e gesticulando para que eu o imite. Eu me agacho no buraco sob a árvore, erguendo o olhar para o céu reluzente e a brilhante foice da lua.

E o falcão, planando diante dela.

— Eles estão vigiando pelo ar — aviso.

Intrigado, Oak segue meu olhar, então entende.

— *Tiernan* — sussurra o príncipe, a voz áspera.

Tiernan se levanta de um pulo e dispara na direção das criaturas, no exato momento em que o pássaro guincha.

— Tire-a daqui — grita ele para o príncipe.

Um instante depois, uma chuva de flechas de gelo voa das árvores.

A haste de uma delas crava na terra ao lado de meus pés, me bloqueando. Paro tão de repente que caio na neve.

Oak me ajuda a levantar. Ele está xingando, uma torrente contínua de palavras e frases sujas, algumas em línguas mortais, outras não.

As criaturas monstruosas estão ganhando terreno. Com a proximidade, consigo ver com mais nitidez as raízes se contorcendo através de seus corpos, os pedaços de pele e os olhos que não piscam, os grandes dentes de pedra semelhantes a presas.

— Continue — diz ele, então se vira, desembainhando sua lâmina. — Estamos quase na Cidadela. Se alguém pode impedir Lady Nore, é você.

— Não posso... — começo.

Seu olhar encontra o meu.

— Vá!

Eu corro, mas não me afasto muito antes de pegar a faca emprestada e me esconder atrás de uma árvore. Se não tenho a habilidade de Oak, pelo menos tenho a ferocidade do meu lado. Vou esfaquear tudo o que puder, e, se algo chegar perto o suficiente, vou estraçalhar com os próprios dentes qualquer coisa que se assemelhar a uma garganta.

Meu plano é logo interrompido. Quando saio do esconderijo, uma flecha desliza por minha perna, rasgando a pele. Uma criatura retorcida se arrasta em minha direção, engatilhando outra flecha no arco. Apontando para a minha cabeça.

Apenas para ter a arma partida ao meio quando Oak ataca pelo flanco, a espada cortando o arco e se cravando em seu estômago. A boca do varapau se abre uma vez, mas nenhum som sai quando Oak gira e o degola. A criatura se desintegra em uma chuva de terra, bagas e sangue que se espalha pela neve.

O rosto de Oak parece impassível, mas o frenesi da batalha retornou aos seus olhos. Penso em seu pai, o barrete vermelho, a quem ele planeja resgatar, e na maneira como o príncipe deve ter sido treinado. Eu me pergunto se ele já banhou um barrete em sangue.

Mais varapaus se aproximam, com garras e presas e carne roubada, suas reluzentes flechas de gelo e lâminas manchadas.

Oak pode ser um grande espadachim, mas parece impossível que qualquer pessoa seja capaz de deter todos eles. No entanto, o príncipe parece disposto a tentar.

Seu olhar dispara para mim.

— Esconda-se — murmura ele.

Eu me esgueiro para trás da rocha preta e inspiro fundo. A Floresta de Pedra é tão cheia de magia que até respirar é vertiginoso. Um eco de encantamento pulsa pelos galhos, e pelas árvores, plantas e rochas. Eu havia ouvido as histórias, mas era outra coisa estar ali dentro, senti-la ao meu redor. *A floresta inteira é amaldiçoada.*

Antes que possa impedir, sou atraída pelo feitiço. Posso sentir pedra por todos os lados, e pressão, e pensamentos que fluem como mel.

Deixe-me ser carne novamente. Eu. Eu. Duas vozes retumbam, alto o suficiente para me fazer tapar os ouvidos, embora eu ouça as palavras apenas na mente. Sua força bruta é como tocar um fio desencapado. No passado, aquela rocha foi um rei troll, transformado em pedra pelo sol, e seu gêmeo está em algum lugar no coração da mata. A maldição dos irmãos cresceu, expandindo-se para abranger toda a Floresta de Pedra. Posso cheirá-la no pinheiro e na fruta azul rachada, tão potente que não consigo entender como não havia percebido antes.

A antecipação sussurra por entre as árvores, como uma respiração ofegante. Me incitando.

Alcanço a raiz do encantamento, amarrado com firmeza a tudo ao meu redor. Teve início com a maldição original de todos os trolls, a serem transformados em pedra à luz do sol. Conforme a magia enfraquecia, os trolls em Elfhame reverteram à carne ao anoitecer; mas aquela maldição é de uma época em que a magia era mais forte, quando pedra era para sempre.

A maldição se espalhou, se alimentando da magia dos reis trolls. Nutrida pela raiva de ambos por estarem presos, agora sua maldição aprisionava seu povo e os descendentes de seu povo.

Posso sentir a magia tentando me prender, me puxar para o seu coração do mesmo modo que a floresta tentou nos cercar. Tenho a impressão de estar sendo enterrada viva. De estar cavando a terra, rasgando as raízes peludas que tentam abraçar meus membros como cobras. Mas, mesmo quando me liberto, a maldição sobre a Floresta de Pedra permanece tão firme quanto o ferro.

Mas agora que tenho sua atenção, talvez possa dar à magia outro alvo.

Há invasores, sussurro em minha mente, imaginando os varapaus com toda a nitidez de que sou capaz. *Eles vão tirar seu povo de você.*

Sinto os fios de magia se afastando de mim com um suspiro. E depois a própria terra racha, com força suficiente para me jogar longe. Abro os olhos e vejo uma fissura se abrindo ao longo do chão, mais larga que a boca de um gigante.

Alguns minutos depois, Oak irrompe entre duas árvores aos tropeços, a vegetação coberta de gelo estalando sob seus passos. Um vento sopra através dos galhos a sua esquerda, espalhando pedaços de gelo como navalhas sobre a neve. O príncipe está sangrando de um corte no ombro, e tanto a pele de urso quanto sua capa se foram.

Eu me levanto com dificuldade. Minhas mãos estão arranhadas e o joelho, machucado. O ferimento de flecha em minha perna lateja.

— O que aconteceu? — pergunto.

Um grito ecoa da floresta.

— Este lugar — responde ele, se desviando da fenda no chão. — Algumas criaturas foram engolidas pela terra quando ela se abriu. Decepei algumas. Mas ainda há mais. Precisamos seguir em frente.

Ele agarra minha mão.

Eu agarro a dele e, juntos, disparamos por entre as árvores.

— Você viu Tiernan?

— Ainda não. — Admiro como ele não se permite pensar em qualquer outra possibilidade.

O príncipe para de repente. Na clareira adiante, uma enorme aranha-varapau, feita de gravetos e terra está vindo em nossa direção.

— Vamos — chamo, mas ele solta a minha mão. — O que você está fazendo?

— Há apenas uma delas — diz ele, segurando seu florete no ar.

A aranha é enorme, com metade da altura de uma das árvores. Ela assoma sobre nós. Uma é mais do que suficiente.

— Oak!

Enquanto ele avança contra a criatura, não consigo deixar de pensar no que Tiernan disse, sobre como Oak queria ser o navio contra o qual as rochas se quebravam.

A aranha arremete, estalando os dentes que parecem feitos de fêmures quebrados. Ela se lança sobre o príncipe, que rola por baixo da criatura, golpeando para cima com a espada. Uma chuva de terra cai sobre ele. A coisa o ataca com uma perna coroada por espinhos.

Meu coração bate tão forte que chega a doer.

Oak *escala* a criatura. Entra no trançado de galhos e ossos, como se fosse o brinquedo de um parquinho.

A aranha vira de costas, os espinhos em suas pernas rasgando o próprio peito, rasgando as próprias entranhas para atingir o príncipe. Oak golpeia com a espada, dilacerando a criatura. Pedaços se desprendem.

A criatura se debate e morde o ar enquanto se despedaça. Finalmente, o que resta da coisa fica imóvel.

Oak sai da carcaça, os braços cheios de arranhões. Ele sorri em minha direção, mas, antes que eu possa dizer qualquer coisa, escuto um barulho atrás de mim. Dou meia-volta enquanto três trolls altos saem do meio das árvores.

Eles têm pele verde-clara, olhos dourados e flechas com pontas de bronze apontando diretamente para o meu peito.

— Você trouxe aqueles monstros da Cidadela até aqui — diz um.

— Eles nos seguiram — falo entrecortada.

Eles usam armaduras de tecido pesado, bordadas com um padrão de redemoinhos, como o mapa para um labirinto de cercas vivas ou uma impressão digital.

— Nos acompanhem e conheçam nossa oradora — diz o mais alto. — Ela vai decidir o que fazer com vocês.

— É gentil convidar um par de estranhos até sua aldeia — diz Oak, caminhando até nós, de alguma forma deturpando a intenção dos trolls sem, de fato, mentir. — Mas perdemos um amigo em sua floresta e não gostaríamos de ir a qualquer lugar sem ele.

O troll mais alto parece prestes a fazer do pedido uma ordem. Então, da escuridão, uma faca reflete o luar quando é encostada na base do pescoço do troll mais baixo.

— Vamos apontar essas armas para outro lugar — diz Tiernan.

Os olhos do troll mais alto se estreitam e ele abaixa o arco. Assim como o outro. O terceiro, da faca na garganta, não se move.

— Parece que você encontrou seu amigo — comenta o troll.

Oak abre um sorriso lento e solícito.

— E, portanto, não me resta nenhum motivo para não aceitar sua hospitalidade.

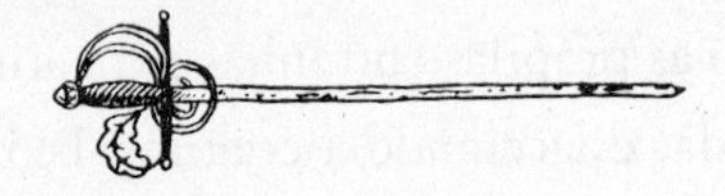

O acampamento dos trolls fica em uma grande clareira, onde construções de pedra e argila foram erguidas em torno de uma enorme fogueira. Faíscas voam das chamas, depois caem como uma chuva escura, borrando tudo o que tocam.

As casas são construídas de forma inteligente e artística. O barro tipo estuque exibe formas esculpidas; redemoinhos, árvores e rostos, tudo na mesma cor de lama pálida, decoram as habitações. No alto das paredes, foram incrustados círculos de vidro sobretudo verde e âmbar, criando o efeito de vitrais. Eu me aproximo e vejo que são partes de garrafas, e percebo alguns em brilhantes tons de azul e carmesim.

Tudo é muito grande. Por mais alto que seja Oak, os trolls são pelo menos uma cabeça mais altos. A maioria tem mais de 2,50 metros, corpos verdes ou cinza da pedra em que se transformam.

Somos recebidos por uma mulher-troll, alta e forte, que se apresenta como Gorga, a oradora da aldeia. Ela tem um machado amarrado às costas e o cabelo em tranças com presilhas prateadas nas pontas. Ela veste uma saia de couro, com fendas nas laterais para facilitar o movimento.

— Vocês estão feridos — constata ela, observando nossa aparência desgrenhada. — E com frio. Passem o dia conosco, e vamos lhes fornecer suprimentos e os conduzir em segurança até seu destino no próximo anoitecer.

Aquilo parece uma oferta boa demais para ser verdade.

Oak a encara com grande sinceridade.

— Sua generosidade parece ilimitada. Mas se fosse possível gostaria de pedir a você que nos conte mais sobre este lugar. E sobre você mesma.

— Talvez — diz ela, parecendo satisfeita. — Compartilhe uma xícara de chá forte comigo. Eu lhe darei um pedaço de bom pão preto e mel.

Olho para Tiernan. Ele abre um meio sorriso e, com um meneio de cabeça, compartilha seu divertimento de ver Oak bancando o cortesão.

— Vamos comer alguma coisa quente e sentar perto do fogo — diz ele, pousando a mão em meu ombro. — O príncipe não precisa de nós.

Caminhamos juntos, eu mancando um pouco. Alguns trolls jovens nos trazem taças de pedra, pesadas em minhas mãos. Estão cheias de um líquido quente que parece chá, mas tem gosto de casca de árvore cozida. Eu me sento em uma pedra perto do fogo. O calor é tanto que as pedras estão quentes.

Estou na minha segunda taça quando Oak se junta a nós, segurando um sanduíche de mel, que desmonta para oferecer uma fatia a nós dois.

— O rei troll, Hurclaw, está longe fazendo a corte, de acordo com Gorga. Ela pareceu bastante arisca sobre com quem, ao certo, ele pretendia se casar. Ela também foi bastante arisca sobre o que aconteceria se tentássemos partir.

— Então somos prisioneiros? — sussurro.

Ele suspira.

— Estamos alimentando a ilusão de que não somos.

Dou uma mordida no adocicado pão preto. Então abocanho mais dois pedaços, quase engolindo tudo.

— Por quanto tempo? — pergunta Tiernan.

O sorriso de Oak é contido.

— O menor tempo possível. Vamos ficar alertas. Enquanto isso, Wren, talvez eu possa dar uma olhada na sua perna.

— Não precisa — digo, mas ele me ignora, enrolando a bainha da minha calça. Há sangue, mas, na verdade, não está tão ruim. O que não o impede de pedir bandagens e água quente.

Desde que deixei o mundo mortal, ninguém cuidou dos meus ferimentos, além de mim. A gentileza de seu toque me faz sentir demais, e preciso virar o rosto para que ele não perceba.

Um velho troll chega, carregando um balde de madeira cheio de água, espirrando sobre a borda quando se move. Ele usa um tapa-olho e os cabelos brancos estão divididos em duas longas tranças nas laterais da cabeça. Nas orelhas, uma meia dúzia de aros de ouro cintila.

— Deixe-me pegar isso — diz Oak, se levantando.

O troll bufa.

— Você? Você é pequeno o bastante para tomar banho aqui dentro, como um bebê.

— Mesmo assim — insiste o príncipe.

O velho troll dá de ombros e coloca o balde no chão, indicando que Oak tente erguê-lo. Ele o levanta, surpreendendo o troll.

— Coloque no fogo para aquecer. — Ele orienta o príncipe. — É para a sua dama.

Oak prende o balde no gancho do tripé de metal sobre as chamas. O velho senta para esperar a água ferver, e tira um rolo de bandagens da bolsa e o entrega.

Oak se ajoelha a meus pés. Ele mergulhou uma das bandagens no líquido aquecido e o usa para secar o sangue e limpar o corte. Seus dedos estão quentes enquanto ele faz o curativo, e tento me concentrar em qualquer coisa, menos na sensação daquelas mãos em minha pele.

— Fiquei preocupado de que você pudesse ter sido envenenada, na floresta.

Uma criança-troll vem se sentar ao lado de Oak, me salvando de ter de responder. Ele timidamente faz uma pergunta, depois outra; uma segunda criança se aproxima, com mais perguntas. Oak ri enquanto os pequenos trolls comparam a ponta das próprias orelhas com as dele, tocam os chifres que lhe crescem da testa e a queratina polida de seus cascos.

— Vovô — diz um deles em uma voz alta e infantil, que desmente seu tamanho. — Você vai contar uma história ao príncipe?

Eu tinha quase certeza de que sabiam quem era Oak, mas a confirmação não ajuda em nada a acalmar meus nervos.

— Você quer uma história para passar o tempo, principezinho? — pergunta o velho troll a Oak.

— Eu adoro uma história — admite Oak.

— Talvez a história dos reis presos na pedra — sugiro. — E a maldição.

O homem-troll olha para mim, estreitando os olhos, depois volta a atenção ao príncipe.

— É isso mesmo que você quer?

Ele assente. As risadinhas das crianças cessam, e me preocupo se quebrei algum tabu ao perguntar.

Ele começa sem hesitação, no entanto:

— Existem duas versões da história. Na primeira, os reis são tolos. Essa é a história apresentada nas canções que cantávamos e nas peças que encenávamos quando eu era jovem, e propenso ao riso. Quando deixar a floresta por mais de alguns dias parecia sem importância.

"Acreditava-se que eram irmãos, esses reis trolls. Por muitos anos, compartilharam poder e riquezas de maneira pacífica. Adornados com o ouro extraído das profundezas da terra, tinham tudo o que queriam. Ou seja, até encontrarem um menino mortal, um pastor de cabras, de movimentos ágeis e com um rosto que só podia ter sido esculpido em mármore. Tão gracioso que ambos os reis trolls o desejavam acima de todos os outros.

"O belo pastor de cabras não era muito inteligente, mas tinha uma mãe sábia, e ela lhe disse que, se escolhesse um dos irmãos, o outro certamente o preferiria morto a ver o irmão conseguir o que queria para si. Se o pastor queria viver, precisava se assegurar de nunca fazer uma escolha.

"Logo, o pastor de cabras e sua mãe bolaram um plano astuto. Ele ofereceu seu amor ao rei troll que conseguisse arremessar a maior pedra. Primeiro um e depois o outro atiraram pedras cada vez maiores, até que estavam exaustos, e ninguém sabia dizer quem havia vencido.

"Então o pastor lhes disse que quem conseguisse derrotar o outro em um duelo de luta livre teria seu coração. E, assim, os irmãos lutaram durante toda a noite, e, quando o sol nasceu, ambos tinham se transformado em pedra, e o pastor ficou livre para dar seu amor a quem bem entendesse."

Imagino a peça cômica que a história poderia inspirar, e o quanto aquilo deve irritar os reis amaldiçoados se têm conhecimento do roteiro.

— Qual é a versão séria?

O velho troll pigarreia, com um orgulho no semblante que deixa evidente que, por mais que ele tenha rido da primeira história em sua juventude, aquele é o conto que prefere.

— É semelhante em muitos aspectos. Ainda diz respeito a dois reis trolls, mas, nesse caso, nunca foram irmãos. Sempre foram inimigos, enredados em uma guerra que durou várias décadas. Depois de muito massacre de ambos os lados, decidiram apostar o futuro do conflito em uma disputa entre os dois. E, assim, eles se encontraram no campo de batalha e se lançaram um contra o outro. Avançaram e recuaram, tão equilibrados que assim que um recebia um bom golpe, o outro sofria o seguinte. À medida que a manhã se aproximava, houve clamor de ambos os lados para abandonar a competição. Mas cada troll sabia que, se desistisse, a derrota seria sua recompensa. Logo, continuaram até o fim e se transformaram em pedra, presos no abraço da batalha.

"Ainda há mais uma variação. Diz-se que, antes de decretarem guerra um contra o outro, os dois tinham sido amantes, cuja paixão se transformou em ódio, até que seu desejo de suplantar e possuir o outro se tornou devastador."

Ele sorri para mim com dentes tortos.

Olho para Tiernan. Ele está observando o fogo, como se não pudesse evitar se lembrar de seu próprio amante, agora seu inimigo.

— Você é um bom contador de histórias — elogia Oak.

— Sou *o* contador de histórias — afirma o velho troll, como se o elogio do príncipe fosse por demais insuficiente. Com isso, ele se levanta e vai embora, levando a maioria das crianças com ele.

— Esta floresta é amaldiçoada — sussurro para Oak.

Ele franze o cenho para mim, provavelmente imaginado que estou fazendo as mesmas referências vagas que as outras pessoas fazem quando falam da Floresta de Pedra.

Tiernan se levanta e se afasta. A história parece tê-lo incomodado.

Disparo a falar, as palavras tropeçando umas nas outras na pressa de dizê-las.

— É o que o troll quis dizer com *deixar a floresta por mais de alguns dias parecia sem importância*. Porque há alguma coisa que os mantém aqui.

— Então onde está Hurclaw? — pergunta ele.

Balanço a cabeça.

— Só sei que, se ele não está na floresta, então deve ter encontrado uma maneira de evitar as consequências, pelo menos por um tempo. Mas acho que é por isso que ele quer acordar os antigos reis. Não porque é louco. Porque é a única maneira de acabar com a maldição.

Tiernan volta com pão e uma sopa de cevada e cebola. Observo alguns trolls esfolando renas abatidas e sinto o cheiro de carne de caça cozida. A música começa, uma melodia animada.

Há uma algazarra no ar que não estava ali antes, a embriaguez inerente à folia. Os trolls que olham em nossa direção sorriem com malícia.

— Eles nos ofereceram catres para passar a noite, dentro da casa da oradora — diz Oak, com cautela.

— Gentil da parte deles — comento.

— Uma maneira simpática de ver a situação — argumenta ele.

Tiernan está comendo um pouco da carne de rena, chupando o osso.

— Escapulimos daqui assim que amanhecer — diz ele, a voz baixa. — É quando não podem nos seguir, senão se transformam em pedra.

Somos interrompidos por uma bela troll que se aproxima do príncipe, rindo de como ele é mais baixo do que ela e se oferecendo para lhe trançar o cabelo. Embora não esteja muito longo, ele permite, com um sorriso para mim.

Eu me lembro de suas mãos em meu cabelo, desembaraçando os nós e o trançando, e sinto um arrepio descer pelo pescoço.

Pouco antes do amanhecer, a oradora aparece, sorrindo para nós.

— Oradora Gorga — cumprimenta Oak, se levantando. Ele tem três pequenas tranças na parte de trás do cabelo, uma delas se desfazendo.

— Me permita conduzi-los até a minha casa, onde poderão descansar — diz ela. — Ao próximo anoitecer, nós os levaremos em segurança pela neve até seu destino.

— Generosidade sua — agradece Oak.

Tiernan olha ao redor enquanto atravessamos a aldeia, atentos a oportunidades.

Quando chegamos em sua casa, ela abre a porta, indicando que entremos. Um fogão de barro lança calor para o teto, dando ao lugar uma temperatura aconchegante. Há uma pilha de toras perto do fogo, e ela acrescenta mais algumas, reavivando as brasas do fogão.

Então ela nos indica uma cama coberta de peles de muitos tipos diferentes, costuradas juntas. Vou precisar pular para subir ali.

— Podem dormir na minha cama esta noite.

— É *muita* generosidade — repete Oak.

— Não é nada. — Ela pega uma garrafa tampada e derrama o conteúdo em quatro copinhos. — Agora vamos tomar uma bebida juntos, antes de se recolherem.

Ela levanta seu copo e bebe.

Pego o meu. O cheiro de ervas, quase açucarado, atinge meus sentidos. O sedimento se desloca no fundo. Penso nos meus temores naquela primeira noite, quando Oak me ofereceu chá. E penso em como seria fácil colocar o veneno no fundo de certos copos, em vez de em uma garrafa, para fazer parecer que estávamos todos bebendo a mesma coisa.

Olho para o príncipe, querendo avisá-lo, mas incapaz de encontrar um modo de fazê-lo sem que a oradora Gorga perceba. Oak bebe o conteúdo de um só gole, depois pega o meu copo, arrancando-o de meus dedos, e o esvazia também.

— Não! — grito, mas é tarde demais.

— Delicioso — anuncia ele, pegando o de Tiernan. — Como leite materno.

Até a oradora Gorga parece alarmada. Se ela tivesse medido as doses com cuidado, então o príncipe acabou de beber três vezes o que ela havia calculado.

— Perdoe minha ganância — se desculpa Oak.

— *Meu senhor* — adverte Tiernan, horrorizado.

— Talvez você queira outra rodada? — sugere a oradora Gorga, hesitante, segurando a garrafa meio cheia.

— Posso muito bem aceitar, e os outros ainda nem provaram — diz o príncipe.

Ela serve mais bebida nos copos. Quando estudo o fundo, há sedimento, mas significativamente menos. O veneno, fosse o que fosse, já estava nas taças. Preparado antes mesmo de termos entrado na sala.

Pego a minha e coloco contra os dentes, mas não bebo. Finjo engolir duas vezes. Do outro lado da mesa, Oak conseguiu a atenção de Gorga com alguma pergunta sobre as frutas envoltas em gelo, então sou capaz de colocar a mão debaixo da mesa e derramar sorrateiramente o conteúdo em meu manto.

Não olho para baixo, portanto não tenho certeza se consegui escapar sem que Gorga perceba. Nem me atrevo a encarar Tiernan para ver se tentou algo semelhante.

— Por que não deixo a garrafa? — pergunta a oradora Gorga, pousando o frasco. — Me avisem se houver mais alguma coisa que desejem.

— O que mais poderíamos querer? — pergunta Oak.

Com um sorriso pequeno e tenso, ela se levanta e sai.

Por um momento, ficamos sentados exatamente onde estamos. Em seguida, o príncipe se levanta, cambaleante, e cai de joelhos. Ele começa a rir.

— Vomite — diz Tiernan, batendo nas costas de Oak.

O príncipe consegue vomitar duas vezes em uma bacia de pedra antes de cair ao lado.

— Não se preocupe — diz ele, os olhos cor de âmbar muito brilhantes. Apesar do frio, começou a suar na testa. — É meu veneno.

— O que você fez? — pergunto a ele, minha voz áspera. Quando ele apenas sorri de modo aéreo, eu me viro para Tiernan. — Por que ele faria algo assim?

O cavaleiro parece igualmente horrorizado.

— Porque ele é mais louco do que o rei troll.

Abro e fecho gavetas, esperando encontrar um antídoto. Não há nada que pareça sequer vagamente promissor.

— O que foi isso? O que ele quer dizer, *seu veneno*?

Tiernan vai até uma das taças, cheira e balança a cabeça.

— Não sei.

— Nasci com cogumelo amanita nas veias — explica o príncipe, as palavras saindo lentamente, como se estivesse tendo problemas com a língua. — É preciso uma grande quantidade de veneno para me afetar por muito tempo.

Eu me lembro do que ele disse na noite em que foi envenenado com docemorte.

Uma lástima, não era cogumelo amanita.

— Como você sabia o que era? — exijo, ajoelhando ao seu lado, pensando em como recentemente outro veneno havia corrido em seu sangue.

— Eu estava desesperado — diz ele, com esforço. — Estava com tanto medo que um de vocês... que *você*... — Suas palavras morrem, e seus olhos parecem focar o nada. A boca se move um pouco, mas não o suficiente para emitir qualquer som.

Assisto à subida e à descida do peito do príncipe. A respiração parece muito lenta, lenta demais. Pressiono meus dedos em sua testa úmida, o desespero fazendo o tempo parecer acelerado e arrastado, tudo de uma só vez.

Até mesmo pensar exige abrir caminho através de uma névoa de pavor. *Ele sabe o que está fazendo*, digo a mim mesma. *Ele não é um tolo. Ele não está morrendo. Ele não está morto.*

Tiernan observa as sombras mudando o vidro acima de nós. Uma luz rosada e suave atravessa o vidro de garrafa, me mostrando a angústia em seu rosto.

O alvorecer.

Ele tenta a porta. Não há cadeado visível, mas não abre. Barrada. E não há, lógico, nenhuma janela através da qual a luz do sol possa atingir Gorga e transformá-la em pedra. Tiernan joga todo o seu peso contra a porta, mas ela mesmo assim não cede.

— Esta é a casa da oradora, em geral não uma prisão, então o que quer que esteja nos mantendo aqui dentro deve ter sido colocado com esse propósito — argumento, me levantando e analisando as possibilidades de modo automático enquanto falo. Eu me recordo do peso da porta, da espessura da madeira. — Abre para fora. Gorga deve tê-la bloqueado com alguma coisa.

— Isso importa? — fala Tiernan, irritado.

Franzo o cenho.

— Acho que não, já que precisamos apenas tirar as dobradiças.

Ele me encara por um momento, então solta uma risada desesperada, estarrecida.

— Não vou conseguir superar a ideia ter sido sua.

Há muitas coisas que desconheço, mas sei um bocado sobre prisões.

Tiernan desmonta as dobradiças com uma faca, agilizando o trabalho, enquanto enrolo Oak em um cobertor de lã bem grande. Cedendo à tentação, afasto seu cabelo bronze para trás, para longe do olho sobre o qual caiu. Ao sentir meu toque, ele estremece.

Viu, digo a mim mesma. *Não morto.*

— Não seremos capazes de levá-lo muito longe — aviso, embora aquilo pareça óbvio.

Tiernan já arrancou a porta e nos deparamos com uma enorme pedra bloqueando o caminho. No entanto, é mais redonda do que quadrada, existem frestas ao longo das laterais.

— Você é pequena. Se esprema e encontre algo para colocar o príncipe... uma carroça, um trenó, qualquer coisa. Vou tentar movê-lo — avisa Tiernan.

— Serei rápida — prometo, e me enfio no espaço entre o pedregulho e a parede externa da casa. Subindo um pouco e me movendo lentamente, consigo sair sem problemas.

É estranho encontrar tudo tão quieto enquanto a luz dourada se espalha pela vila dos trolls. Como Gorga é a oradora, suponho que tenha mais que a maioria, então deduzo que devo começar minha busca por seu lar. Eu me esgueiro até os fundos da casa. Um pequeno anexo de pedra e barro se ergue perto do limite da clareira. Quando abro a porta, vejo um trenó e corda.

Um trenó. Exatamente o que precisamos para Oak.

Ele vai ficar bem, vai acordar a tempo de encontrar o pai, de levar uma bronca de Tiernan, e para eu...

Os pensamentos do que farei depois que ele acordar desvanecem com o cheiro de podridão no ar. O frio o ameniza, mas sem dúvida vem de algo próximo. Passo pelo trenó, entrando ainda mais no anexo. O que quer que esteja em decomposição parece ocupar um baú nos fundos.

Está destrancado e abre facilmente quando forço a tampa.

No interior, há roupas, armaduras e outros suprimentos. Espadas. Flechas. Tudo manchado de sangue, escurecido pelo tempo. Coisas usadas pelas vítimas que passaram por aquela floresta antes de nós. Meu coração troveja quando imagino minhas próprias roupas entre elas, junto com o brilho dourado da cota de malha de Oak. Então, cerrando os dentes, enfio a mão ali dentro e vasculho até encontrar uma túnica que se parece com o tipo usada pelos soldados de Madoc. Possivelmente, pertencia a Lihorn, cuja cabeça encontramos em uma estaca na planície nevada. Consigo encontrar trajes que me lembram o que vestia o povo oculto que costumava servir Lady Nore, alguns salpicados de sangue.

Meu coração bate acelerado com a evidência do que aconteceu a outros viajantes. Amontoo algumas peças no trenó e o reboco de volta para a casa. Tiernan está parado na neve, Oak apoiado no amigo, como se tivesse desmaiado depois de uma bebedeira de vinho.

— Precisamos *ir* — sussurro.

Usando as roupas como enchimento, nós amarramos o príncipe ao trenó. Tiernan arrasta o trenó atrás de nós enquanto saímos do acampamento troll, da maneira mais silenciosa possível.

À medida que nos aproximamos da linha de árvores, sinto a maldição tentar me guiar para o caminho errado, fazer meus passos se voltarem ao coração da floresta. Mas agora que estou ciente daquilo, a magia sente mais dificuldade em controlar meus pés. Passo à frente de Tiernan para que ele possa me seguir. Cada passo parece uma luta através do nevoeiro até chegarmos à beira do bosque.

Olho para trás e vejo Tiernan hesitar, confuso.

— Nós estamos...

Atrás dele, no trenó, o corpo de Oak se contorce contra as cordas.

— É este o caminho. — Alcanço a mão enluvada de Tiernan e me forço a pegá-la, a arrastá-lo comigo, embora minhas pernas pareçam pesadas. Dou outro passo. E outro. Quando atingimos a neve, minha respiração se torna mais fácil. Solto a mão de Tiernan e me agacho, inspirando o ar.

No trenó, Oak está tranquilo de novo.

— O que foi isso? — pergunta ele, trêmulo. O olhar foca a floresta, depois a mim, como se não conseguisse se lembrar dos últimos minutos.

— A maldição — respondo. — Quanto mais longe estivermos da floresta, melhor. Vamos.

Começamos a avançar mais uma vez. Caminhamos a manhã toda, o sol refletido na neve.

Uma hora depois, Oak começa a murmurar para si mesmo. Paramos e verificamos seu estado, mas ele parece desorientado.

— *Minha irmã pensa que ela é a única que pode tomar veneno, mas eu sou veneno* — sussurra ele, olhos semicerrados, falando sozinho. — *Veneno no meu sangue. Eu enveneno tudo o que toco.*

Aquilo é uma coisa tão estranha de escutar. Todos o adoram. E, ainda assim, me lembro de sua fuga aos treze anos, convicto de que várias coisas foram culpa sua.

Franzo o cenho à medida que avançamos, pedaços de gelo se agarram a meu cabelo e sobre minha língua.

— Você é dura na queda, sabe disso? — Tiernan me diz, a respiração condensando no ar. — E pensa rápido.

Talvez aquela seja sua maneira de me agradecer por guiá-lo para fora da floresta.

— Não apenas um animal raivoso, indigno de ser seu companheiro em uma missão? — retruco, ainda ressentida por ele amarrar meu tornozelo na cama do hotel.

Ele não se defende.

— E nada horrível, mesmo. Caso você tenha imaginado o que me passou pela cabeça, o que tenho quase certeza de que não fez.

— Por que está me dizendo tudo isso? — pergunto, a voz baixa. Volto o olhar para Oak, mas ele está fitando o céu, rindo um pouco para si mesmo. — Não é possível que se importe com a minha aparência.

— Ele falou de você — revela Tiernan.

Eu me sinto como um animal, enfim, um que foi fisgado em sua toca. Tanto temo quanto desejo que ele continue falando.

— O que ele disse?

— Que você não gostava dele. — Tiernan me lança um olhar avaliador. — Pensei que talvez tivessem brigado quando eram mais jovens. Mas acho que você *gosta* do príncipe. Só não quer que ele saiba.

A verdade daquela afirmação machuca. Ranjo os dentes afiados.

— O príncipe é um bajulador. E um sedutor. E um manipulador de situações. — Tiernan me informa, sem nenhuma necessidade. — O que torna mais difícil que ele seja levado a sério quando tem algo sincero a dizer. Mas ninguém jamais me acusaria de ser um bajulador, e ele...

Tiernan reprime o resto da frase porque, lá, ao longe, se erguendo da neve, está a Cidadela da Agulha de Gelo.

Uma das torres caiu. O castelo de gelo fosco, semelhante a um enorme pedaço de quartzo, já ostentou pináculos e arestas, mas muitos se estilhaçaram e trincaram. Os pingentes de gelo irregulares, antes belos ornamentos, cresceram como estruturas elefantinas, que agora cobrem algumas das janelas e cascateiam pelas laterais. Perco o fôlego. Vi aquele lugar tantas vezes em meus terrores noturnos que, mesmo meio demolido, não posso evitar a sensação de que estou em outro pesadelo.

CAPÍTULO 14

Raios de sol refletem na neve, derretendo uma camada de gelo que congela e se refaz todos os dias. Ao dar um passo, sinto a lâmina se quebrar, craquelando sob meus pés.

Dessa vez, não caio. Mas, na radiante luminosidade reflexiva, é difícil se esconder.

Durante nossa marcha em direção à Cidadela, Oak se desamarrou e rastejou para fora do trenó, afirmando que estava bem o bastante, e então provou que sua definição de "bem o bastante" não era o mesmo que "bem", já que desde então segue cambaleante, como se estivesse bêbado.

Titch nos encontrou outra vez, mergulhando para pousar no ombro de Tiernan. O cavaleiro enviou o duende como batedor.

— Vamos parar por aqui — decide Tiernan, e Oak desaba agradecido na neve. — Wren sugeriu que trocássemos de roupa.

— Aprecio seu comprometimento com nossa aparência — diz o príncipe.

Àquela altura, estou acostumada com Oak e não acredito, nem por um segundo, que ele não compreenda o plano. Pego os uniformes que roubei de Gorga. Para mim mesma, devido à pele azulada, pego o vestido de um dos criados do castelo. O povo oculto, como Lady Nore, tem pele e cauda cinzentas. Minha pele não é do tom exato, e não ostento uma cauda, mas a ausência é escondida pelas saias longas.

Enrolo o arreio em uma tira de pano em volta da cintura, depois a amarro sob o vestido como uma cinta. Minha faca vai para o bolso.

Eu me troco com rapidez. Oak faz o mesmo, trêmulo enquanto veste ásperas calças de lã sobre as suas, de linho macio. São compridas o suficiente para que os cascos passem razoavelmente por botas, quando meio encobertas pela neve. Tiernan estremece quase sem parar enquanto veste o novo uniforme.

— Ainda é provável que você seja identificado se alguém o vir de perto — aviso Oak.

Ele é o príncipe, afinal, com cascos não muito diferentes do falecido príncipe Dain.

— É por isso que eu deveria entrar, não você diz Tiernan, pelo que parece a milionésima vez.

— Bobagem; se me pegarem, não vão colocar minha cabeça em uma estaca de imediato — retruca Oak.

Ele talvez tenha razão. Ainda assim.

— Sim, mas é *mais provável* que peguem você — argumento.

— Você deveria estar do meu lado comenta ele, parecendo magoado. — Fui envenenado.

— Outro bom motivo para eu ir no seu lugar — diz Tiernan.

— Pragmático — diz Oak, como se fosse um palavrão.

Chegamos o mais perto que ousamos e, então, cavamos um abrigo na neve para esperar até o anoitecer. Oak e Tiernan aninham mãos e pés junto ao corpo, mas os lábios do príncipe ainda exibem uma cor azulada.

Tiro o manto que estou usando e o passo para ele.

Oak balança a cabeça.

— Fique com ele. Você vai congelar.

Eu insisto.

— Nunca sinto frio.

Ele me lança um olhar estranho, talvez se lembrando de quando deitei com ele junto ao fogo, mas deve estar com muito frio para discutir.

Enquanto os dois repassam o plano mais uma vez, começo a acreditar que nosso objetivo é possível. Entramos, roubamos os restos mortais de Mab e saímos com o general. Se algo der errado, suponho que usaremos o coração de cervo no relicário, mas como o blefe de Oak parece um tiro no escuro, espero que não precisemos confiar naquilo. Em vez disso, me concentro em pensar que ainda tenho poder de comando sobre Lady Nore.

E, no entanto, à medida que nos aproximamos da Cidadela, não posso deixar de me lembrar de ficar perdida na neve, chorando enquanto as lágrimas congelavam em minhas bochechas. Apenas o fato de estar ali me faz sentir como aquela criança monstro novamente, sem amor e indigna de ser amada.

Quando a noite cai, Tiernan rasteja para fora de nosso esconderijo improvisado.

— Se você vai entrar, então pelo menos me deixe ir até lá e me certificar de que tudo está como esperamos.

— Você não precisa... — começa Oak, mas Tiernan o interrompe com um olhar.

— Wren deveria ficar para trás com o coração — diz Tiernan. — Se não planejam confrontar Lady Nore, então não importa se Wren pode comandá-la, e Wren não tem utilidade para você em uma luta.

— Eu poderia ser útil em evitar uma — lembro a ele.

Oak não parece convencido pelo argumento de Tiernan.

— Se ela estiver disposta a ir, então ela vai.

Tiernan levanta as mãos e dispara pela neve, obviamente irritado com nós dois.

— Acho de verdade que posso precisar de você dentro da Cidadela — diz Oak. — Embora desejasse não ser o caso.

Estou feliz que o príncipe me queira lá, embora eu não seja nenhuma cavaleira ou espiã.

— Talvez nós três pudéssemos entrar — arrisco.

— Tiernan precisa ficar aqui, para o caso de sermos capturados — explica Oak. — Ele vai guardar o coração e barganhar nosso retorno.

Um momento depois, Tiernan enfia a cabeça dentro do abrigo, o duende com cara de coruja no ombro.

— Vocês dois podem subir pela lateral da entrada de passarinhos. Titch tem observado os turnos de patrulha, e as sentinelas são relapsas. Fica difícil prever quando vão aparecer, mas há uma janela de oportunidade quando o fazem.

Oak assente e se levanta.

— Muito bem, então — diz ele. — A hora é agora.

— Mais uma coisa — acrescenta Tiernan. — Há trolls nas muralhas, com aqueles varapaus e alguns soldados falcões.

— Mas achei que os trolls estivessem presos... — começo, mas hesito, porque há tantas possibilidades. Eles podem ser trolls que não são originários da Floresta de Pedra e, portanto, não estão sujeitos à maldição. Mas, quando penso nos montes de roupas e nas cabeças nas estacas, me pergunto se o que testemunhamos foram os restos de sacrifícios destinados a apaziguar os antigos reis trolls com o objetivo de abrir o caminho para fora da floresta.

Meu sangue foi derramado para a glória dos Reis de Pedra, que governam abaixo do mundo, mas meu corpo pertence à Rainha da Neve.

Com aquele pensamento perturbador, saio com Tiernan e Oak do nosso túnel de neve em direção ao ar gélido.

Permanecemos o mais próximo possível do chão. No escuro, é mais fácil nos aproximarmos da Cidadela sem chamar muita atenção. Pelo menos, até vermos uma grande e horrível criatura aracnídea de gelo e pedra, carne e graveto, se arrastando pela noite.

Ouvimos um grito lancinante e vejo que a aranha está com uma mulher do povo oculto entre as pinças. Estão longe demais para que possamos ajudá-la. Um pouco mais tarde, seus gritos cessam e a aranha-varapau começa a se alimentar.

— Se essa coisa pode comer — diz Oak —, então está realmente *viva*. Não parece uma das criações ornamentais de Grimsen, com asas esvoaçantes que se movem como um relógio. Não como aquela cabeça em uma estaca, repetindo a mesma mensagem sem parar. Tem fome, sede e desejos.

Como eu.

Ah, eu não quero estar ali. Odeio aquele lugar. Odeio tudo nele e tudo o que pode me ensinar sobre mim.

Enormes braseiros queimam em ambos os lados do portão da Cidadela. Esperamos na neve até que haja movimento nas ameias.

Tiernan gira uma faca na mão.

— Vou criar uma distração na guarnição enquanto você e o príncipe escalam aquela muralha.

É minha última chance de evitar retornar ao lugar de meus pesadelos. Tudo o que preciso fazer é dizer a Oak que mudei de ideia. Tiernan ficaria nas nuvens.

Penso nas palavras de Bogdana na floresta. *O príncipe é seu inimigo.*

Penso na sensação do hálito de Oak em meu pescoço, da aparência dos seus olhos de raposa com as pupilas pretas e arregaladas. Penso no quão desesperado ele deve estar, para vir até aqui pelo pai, para beber veneno, para arriscar sua vida em um plano incerto.

Penso no arreio enrolado em minha cintura, o que tentei roubar. Aquele que ele me deu para guardar.

Preciso confiar no príncipe. Sem mim, não podemos comandar Lady Nore.

— Devemos seguir direto para as masmorras — instrui Oak. — Resgatar Madoc. Continuar daí.

— Melhor não — digo a ele. — Não sabemos o quão ferido seu pai vai estar, e podemos nos deslocar mais rápido sem ele. Se conseguirmos o relicário, então poderemos libertá-lo e movê-lo diretamente para o trenó.

Oak hesita. Posso ver o conflito entre conquistar o objetivo que o levou até ali ou conseguir tudo.

— Tudo bem — concorda ele, por fim.

— Se não voltarem ao amanhecer — diz Tiernan —, então sabem onde estarei com o relicário. — Com essas palavras, ele desaparece na neve.

— Como exatamente ele vai criar uma distração? — pergunto, tentando andar de cabeça baixa, como se fosse uma criada subordinada à Cidadela, voltando de uma tarefa maçante, talvez colher amoras. Tentando me comportar como se Oak fosse um soldado me escoltando para dentro.

— Melhor não perguntar — responde o príncipe, com um sorriso discreto.

De perto, o exterior da Cidadela não é um único pedaço de gelo fosco, mas sim composto de blocos, que foram derretidos até se tornar uma superfície lisa. Oak enfia a mão em sua mochila, e reconheço o gancho e a corda do Mercado Não Seco.

Ele estuda as torres, procurando a correta.

— Ali — sussurro, apontando para cima.

A entrada, três andares acima de nós, não é visível quando se está parado bem abaixo, como estamos. Parece um arco, o espelho daquelas que a cercam.

— Está pronta? — pergunta ele.

Não estou. Quando penso em Lady Nore, é como se minha mente ficasse cheia de rabiscos, manchados e repetidos, riscando todos os meus outros pensamentos. Respondo com um aceno de cabeça, porque não confio na minha voz quando não tenho capacidade de dizer nada além da verdade.

Oak joga o gancho. Construído para o gelo, sua borda afiada se agarra com firmeza.

— Se eu cair, você deve prometer não rir. Ainda posso estar um pouco envenenado.

Penso em Tiernan e em como ele ficaria exasperado se ouvisse aquelas palavras. Eu me pergunto exatamente quanto *um pouco* significa.

— Talvez eu devesse ser a primeira a subir.

— Bobagem — diz ele. — Se não estiver atrás de mim, então quem vai amortecer minha queda? — Em seguida ele pega a corda, pressiona os pés contra a lateral da Cidadela e começa a escalar a parede.

Reviro os olhos, me agarro e sigo muito mais devagar.

Paramos no beiral da torre, e ele enrola a corda e remove o gancho enquanto olho para dentro da câmara pela abertura. Ouço acordes de música ao longe. O som deve vir do grande salão, onde ficam os tronos, e onde instrumentos encordoados com as tripas secas de mortais ou incrustados com pedaços de seus ossos são tocados para o deleite da Corte dos Dentes. Aquilo soa mais como um músico solitário, no entanto, em vez da trupe usual.

Quando olho para baixo, um criado passa apressado, segurando uma bandeja cheia de taças vazias que tilintam. Por sorte, ninguém olha para cima.

Pressiono a mão no coração, grata por não estarmos descendo naquele momento.

— Dessa vez, você vai primeiro — decide Oak, cravando o gancho em gelo novo. — Vou te dar cobertura.

Acho que o príncipe quer dizer que, se alguém me vir, não importa se criado ou guarda, ele vai matá-lo.

— A sua família te ensinou muitas coisas — comento. Ilusionismo, escalada, esgrima.

— Não morrer — diz ele. — É o que eles tentaram me ensinar, de qualquer modo. Como não morrer.

Levando em conta quantas vezes ele se joga diretamente no caminho do perigo, acho que podem não ter ensinado muito bem.

— Quantas vezes alguém tentou assassiná-lo?

Ele dá de ombros, a atenção na cena abaixo.

— Difícil saber, mas acho que houve umas doze tentativas desde que minha irmã chegou ao poder.

Ou seja, mais de duas vezes por ano, somente desde que o conheci. E aquela cicatriz no pescoço sugere que alguém chegou muito, muito perto.

Eu me lembro daquele Oak na floresta aos treze anos, querendo fugir. Com raiva e com medo. Eu me lembro do príncipe deitado no trenó, naquela manhã.

Eu enveneno tudo o que toco.

Toda vez que sinto como se o conhecesse, parece que há outro Oak logo afundo.

Desço pela corda, soltando quando estou perto o suficiente do chão para não me machucar. Meus pés fazem um eco suave ao tocar o piso, e fico abalada com a familiaridade nauseante do lugar. Mal passei dois anos ali e, ainda assim, até mesmo o cheiro do ar me deixa enjoada.

Um gigantesco lustre de ossos pende no centro da sala, cera pinga das velas, quente o suficiente para derreter entalhes no chão.

Enquanto o exterior da Cidadela é formado por gigantescas placas de gelo cristalino e reluzente, algumas das paredes internas são decoradas com detalhes congelados dentro do gelo, resultando em algo semelhante a papel de parede. Pedras suspensas, como se em meio a uma queda eterna. Ossos, limpos, ocasionalmente usados para formar esculturas. Rosas, de pétalas conservadas para sempre na plenitude da floração. As paredes daquela sala exibem duas mulheres fadas congeladas no interior, preservadas para que nunca se decomponham em musgo e pedra, como o resto do Povo das Fadas. Duas mulheres, vestidas com elegância, coroas em suas cabeças.

O Salão das Rainhas.

Jamais soube que Lady Nore poderia ter se juntado a elas, se não fosse por mim. Um novo horror, além de todos os outros.

Não posso evitar me sentir como uma criança novamente, o tempo parecendo dilatar-se ao meu redor. Cada hora, cada dia parecia interminável, telescópico. Os espaços estavam distorcidos na minha memória, os corredores mais curtos, os tetos menos altos.

Meus pulsos ainda exibem nódulos de pele no local em que Lorde Jarel os perfurou para passar as finas correntes de prata que me prendiam. Se eu tocar as bochechas, ainda posso sentir, logo abaixo do osso, as marcas das cicatrizes.

Não me dou conta do tempo que fiquei perdida em lembranças até que Oak aterrissa ao meu lado, o barulho de seus cascos mais alto do que os meus pés macios. Ele contempla a sala, e a mim.

— Conhece o caminho a partir daqui? — pergunta ele.

Concordo com um aceno rápido e volto a andar.

Um dos perigos da Cidadela é a variação na translucidez do gelo, de modo que há lugares onde o movimento é visível entre os cômodos, ou mesmo através de pisos e tetos. Poderíamos ficar semiexpostos a qualquer momento. Portanto, não devemos nos agachar ou tentar nos esconder. Devemos nos mover de tal maneira que nossas tênues silhuetas não nos traiam.

Eu nos guio por um corredor, e depois por outro. Passamos por uma fina janela que dá para o pátio interno, e espio através do gelo. Oak me puxa de volta para a sombra e, depois de um momento, me dou conta do motivo.

Lady Nore está lá fora, parada diante de esculturas de gravetos e neve. Uma fileira de dez, algumas na forma de homens, outras de feras, algumas se assemelham a criaturas que não são nem uma coisa nem outra. Suas bocas exibem dentes de gelo afiados e irregulares. Cada uma daquelas coisas tem pedras no lugar dos olhos; algumas os trazem encaixados em cavidades de carne. Vejo outras coisas horríveis: um pé, dedos, tufos de cabelo.

De uma bolsa, Lady Nore tira uma pequena faca em formato de meia-lua. Ela corta a própria palma. Então pega uma pitada de cascalho de osso de um saquinho na cintura e mistura na mão aberta e ensanguentada. Ela caminha até cada uma das esculturas de neve e aperta aqueles pedaços de osso, brilhantes e úmidos, em suas bocas, uma por uma.

E uma por uma, as criaturas despertam.

São como eu. O que quer que sejam, são *como eu*.

E, no entanto, aquelas criaturas feitas de gravetos parecem pouco mais do que marionetes vivas. Ficam em suas fileiras ordenadas, e, quando ela as manda entrar, obedecem, como se nunca tivessem tido outro pensamento. Mas não entendo por que, se a magia dos ossos de Mab está animando aquelas coisas, não são conscientes do mesmo jeito que eu.

Embora eu tenha sido feita de neve e galhos e sangue, há alguma diferença que me permite me comportar como uma filha desobediente, enquanto aquelas criaturas parecem não fazer nenhum tipo de escolha própria.

Mas então me lembro da aranha caçando a criada e não sei mais o que pensar.

O som de passos é o único aviso antes de dois guardas entrarem no corredor.

Oak coloca as mãos em meus ombros, pressionando minhas costas para a parede.

— *Finja comigo* — sussurra ele. E, então, me beija.

Um soldado beijando uma das criadas. Um ex-falcão entediado querendo se divertir. Oak esconde nossos rostos, nos dando um motivo para sermos ignorados. Entendo o jogo.

Aquilo não é uma afirmação de desejo. E, no entanto, me sinto enraizada no lugar pelo calor chocante de sua boca, pela suavidade de seus lábios, pelo modo como uma de suas mãos vai para a parede de gelo como apoio, enquanto a outra procura minha cintura, em seguida o punho de minha faca conforme os guardas se aproximam.

Ele não me quer. Isso não significa que ele me quer. Repito aquilo sem parar conforme o deixo separar meus lábios com a língua. Corro as mãos por suas costas sob a camisa, deixando minhas unhas trilharem sua pele.

Sou versado em todas as artes de um cortesão. Dança e duelo, beijo e trapaça.

Ainda assim, fico satisfeita quando ele estremece, quando a mão com que ele se apoiava se ergue para se entrelaçar em meu cabelo, para segurar minha cabeça. Minha boca desliza de seu queixo até a garganta, em seguida de encontro ao ombro, onde pressiono as pontas dos dentes. Seu corpo enrijece, os dedos me apertam com mais força, me puxando para mais perto. Quando o mordo, ele geme.

— Você aí — diz um dos soldados, um troll. — Volte para o seu posto. Se a senhora souber disso...

Quando Oak recua, seus lábios estão vermelhos. Os olhos parecem pretos sob os cílios dourados. Vejo as marcas de meus dentes em seu ombro. Ele se vira e enfia uma faca no estômago do troll, que cai silenciosamente enquanto Oak se vira para cortar a garganta do outro.

Sangue quente respinga no gelo. Ao tocar a superfície gelada, vapor sobe e uma constelação de pequenas erupções aparece.

— Há algum quarto perto? — pergunta o príncipe, com uma voz apenas um pouco trêmula. — Para os corpos.

Por um momento, eu o encaro sem reação. Estou me recuperando do beijo, da rapidez da violência. Ainda não estou acostumada com a habilidade de Oak de matar sem hesitação e depois parecer constrangido, como se tivesse feito algo um pouco de mau gosto. Derramado uma safra de vinho caro, talvez. Usado uma calça que não combinava com a camisa.

Embora não possa me sentir outra coisa que não grata porque ele os matou rápida e silenciosamente.

Eu o conduzo pelo corredor, até uma pequena câmara que guarda produtos para limpar e polir, e suprir as necessidades da nobreza daquela parte do castelo.

Do lado de dentro, em um dos cantos pende uma carcaça congelada de alce, da qual foram cortadas lascas de carne. Na parede oposta, prateleiras de madeira, cheias de lençóis, taças, copos e bandejas, além de ervas secas penduradas em molhos. Dois barris de vinho estão no chão, um aberto, uma concha apoiada na borda.

Oak arrasta os dois guardas para dentro. Pego uma de suas capas e uma toalha de mesa das prateleiras para refazer nossos passos e limpar o sangue.

Enquanto arrumo tudo, verifico se há trechos translúcidos de gelo através dos quais qualquer um poderia ter testemunhado o que aconteceu. Se fosse o caso, teria parecido um violento teatro de sombras e, portanto, não inteiramente incomum na Cidadela. Ainda assim, se alguém estivesse procurando por nós, poderia ser um problema.

Não encontro nada que nos denuncie, então guardo o tecido sujo de volta na sala. Oak empurrou os corpos para um canto e os cobriu com um pano.

— Tem algum sangue em mim? — pergunta ele, sacudindo a frente da camisa de lã.

Um leve respingo e, embora tenha atingido suas roupas, o padrão é quase invisível no tecido escuro. Encontro um pouco no cabelo e o limpo. Esfrego sua bochecha e logo acima do canto da boca.

Ele abre um sorriso culpado, como se esperasse que eu o censurasse pelo beijo ou pelos assassinatos. Não consigo adivinhar qual.

— Estamos quase na escada — digo a ele.

No patamar, avistamos mais dois guardas na extremidade oposta de um longo corredor. Estão longe demais para distinguir nossos rostos, e torço que longe o bastante para notar qualquer inautenticidade em nossos trajes. Mantenho o olhar fixo à frente. Oak assente para um deles, e o guarda devolve o gesto.

— Cara de pau — murmuro baixinho, e o príncipe sorri.

Minhas mãos tremem.

Passamos pela biblioteca e pela sala de guerra, depois subimos outro lance de escadas. Os degraus espiralam abruptamente por dois andares até chegarmos ao quarto de Lady Nore, no topo da torre mais à esquerda.

A porta é alta e pontiaguda no ápice. É feita de algum metal preto, coberto de gelo. A maçaneta é um casco de veado.

Estendo meus dedos e a giro. A porta se abre.

O quarto de Lady Nore é novo em folha, banhado em vermelho. Demoro um segundo para perceber de onde vem a cor. Vísceras. Os corpos esfolados das vítimas de Lady Nore em exibição por toda a parte, congelados dentro das paredes, de modo que a luz filtrada pelo gelo dá ao quarto o tom estranho e avermelhado.

Oak também percebe, os olhos arregalados enquanto observa o pavoroso espaço.

— Bem, um relicário cheio de ossos não vai destoar em meio a toda essa arte grotesca.

Eu lhe lanço um olhar agradecido. Sim. Verdade. Só precisamos encontrar os restos mortais de Mab. Então podemos escapar com o pai do príncipe. E talvez eu não me sinta mais presa pela Cidadela, não mais congelada no passado, como se fosse um dos corpos na parede.

Uma grande cama localiza-se no meio do quarto, a cabeceira e o pé de ônix talhado em formas afiadas, semelhantes a lanças. Sobre as almofadas, repousa uma colcha de arminho. Um braseiro queima em um canto da sala, aquecendo o ar.

Da parede oposta, pende um espelho com moldura preta em forma de serpentes entrelaçadas. Abaixo, há uma penteadeira, com joias e grampos de cabelo espalhados pelo tampo. Encontro um tinteiro e um pente de ouro nas gavetas.

Eu imaginava que tudo ali estivesse organizado à perfeição, como nas lembranças de infância, mas, quando miro o enorme guarda-roupa, construído em madeira de ébano e incrustado com dentes de muitas feras e seres, vejo que vários dos vestidos estão no chão. São trajes grandiosos, fabulosos em escarlate e prata cintilante, com gotas que parecem lágrimas congeladas. Há vestidos inteiros de penas de cisne negro. No entanto, quanto mais de perto eu olho, mais noto as manchas, os rasgos. Parecem tão velhos quanto as torres quebradas do castelo.

A bagunça me faz acreditar que Lady Nore se arrumou com pressa e sem a ajuda de criados. Há um desespero ali que não combina com a ideia da sua ascensão a um vasto poder.

Oak coloca a mão em meu braço, me sobressaltando.

— Você está bem? — pergunta ele.

— Quando me trouxeram do mundo mortal para a Corte dos Dentes, Lorde Jarel e Lady Nore tentaram ser legais comigo. Eles me deram coisas boas para comer, me vestiram com belos vestidos e me disseram que eu era sua princesa, e seria uma linda e amada rainha — conto a ele, as palavras escapando de meus lábios antes que eu pudesse voltar atrás. Eu me dedico a vasculhar o fundo do armário para não precisar encará-lo enquanto falo. — Eu chorava com frequência, sem parar. Por uma semana, chorei e chorei, até não aguentarem mais.

Oak fica quieto. Embora ele me conhecesse quando criança, nunca me conheceu como *aquela* criança, aquela que ainda acreditava que o mundo poderia ser um lugar gentil.

Contudo, ele tinha irmãs que foram roubadas. Talvez elas também tenham chorado.

— Lorde Jarel e Lady Nore disseram a seus criados que me encantassem para dormir, e os criados obedeceram. Mas nunca durava. Eu continuava a chorar.

Ele assente, só um pouco, como se mais movimento pudesse quebrar o feitiço de minha confissão.

— Lorde Jarel veio até mim com um belo prato de vidro no qual havia gelo aromatizado — prossigo. — Quando dei uma mordida, o sabor era indescritivelmente delicioso. Era como se eu estivesse comendo sonhos.

"*Você terá isso todos os dias se parar de chorar*, disse ele. Mas eu não conseguia parar. Então ele veio até mim com um colar de diamantes, frio e lindo como gelo. Quando o coloquei, meus olhos brilharam, meu cabelo reluziu e minha pele cintilou como se tivessem a salpicado de glitter. Eu estava incrivelmente linda. Mas, quando ele me mandou parar de chorar, não consegui.

"Então Lorde Jarel ficou com raiva e disse que, se eu não parasse, transformaria minhas lágrimas em vidro, e que elas cortariam minhas bochechas. E foi o que fez.

"Mas eu chorei até ser difícil diferenciar as lágrimas do sangue. E, depois, comecei a aprender sozinha como quebrar suas maldições. Os dois não gostaram nada disso.

"Então, eles disseram que eu seria capaz de ver os humanos de novo... era como eles os chamavam, *os humanos*... em um ano, para uma visita, mas apenas se eu fosse boazinha.

"Eu *tentei*. Engoli as lágrimas. E, na parede ao lado da minha cama, marquei o número de dias no gelo.

"Uma noite, quando voltei para o quarto, percebi que as marcas não estavam do jeito que eu me lembrava. Eu tinha certeza de que haviam se passado cinco meses, mas elas faziam parecer que haviam se passado apenas pouco mais de três.

"E foi aí que percebi que jamais voltaria para casa, mas então as lágrimas já não vinham, não importando o quanto as desejasse. E nunca mais chorei."

Os olhos de Oak brilham com horror.

— Eu nunca deveria ter pedido a você para voltar aqui.

— Só não me deixe para trás — digo, me sentindo extremamente vulnerável. — É o que peço, pelo jogo que venci há tantos anos.

— Prometo a você — assegura ele. — Se estiver ao meu alcance, partimos juntos.

Assinto.

— Vamos encontrar o relicário e acabar com ela — anuncio. — Depois, nunca mais vou voltar.

Contudo quando abrimos gavetas e vasculhamos os pertences de Lady Nore, não encontramos ossos, nem magia.

— Não acho que esteja aqui — diz Oak, erguendo o olhar de uma caixa que está esmiuçando.

— Talvez ela o guarde na sala do trono — arrisco. Muito embora tenhamos de usar os degraus outra vez e passar pelos guardas, vai ser bom sair daquele quarto terrível.

— Meu pai deve saber onde está guardado — argumenta ele. — Sei que você não acha...

— Podemos tentar as masmorras — sugiro, com relutância.

Quando me viro para dar uma última olhada no quarto, percebo algo estranho em relação à cama. A base é de gelo, e tenho certeza de que há alguma coisa congelada *no interior*. Não vermelho, mas marfim e marrom.

— Oak? — chamo.

Ele se vira, olhando na minha direção.

— Achou algo?

— Não tenho certeza. — Atravesso o quarto. Ao afastar as cobertas, vejo três vítimas congeladas ali. Não desmembradas, como as das paredes. Não consigo nem dizer como morreram.

Enquanto as examino, uma, inacreditavelmente, abre os olhos.

Eu estremeço e, conforme o faço, sua boca se abre e emite um som que é meio gemido e meio canção. Ao seu lado, os outros despertam e começam a fazer o mesmo barulho, até que aumenta em um coro fantasmagórico.

Soando um alarme.

Oak agarra meu ombro e me empurra porta afora.

— Uma armadilha — diz ele. — Fuja!

Desço as escadas o mais rápido que posso, meio escorregando, a mão na parede para me equilibrar. O tropel dos cascos de Oak ecoa bem atrás de mim.

Conseguimos chegar ao segundo patamar antes que surjam dez guardas; ex-falcões, povo oculto, nisser e trolls. Eles se posicionam em uma formação ao nosso redor, armas em punho. As costas de Oak pressionam as minhas, e ouço o assovio da lâmina de seu florete se libertando da bainha.

CAPÍTULO 15

Oak mata dois trolls e um nisse antes que um terceiro troll encoste a faca no meu pescoço.

— Pare — alerta o troll, pressionando a lâmina com força suficiente para ferir. — Ou a garota morre.

Por um segundo os olhos do príncipe parecem tão vazios que não sei se ele consegue ouvir as palavras. Mas então ele hesita, abaixando a espada. Sua aparência revela a luta que travou para voltar a si.

Mesmo assim, nenhum dos soldados se aproxima. O sangue ainda escorre daquela lâmina fina como agulha. Eles teriam de passar por cima dos corpos de seus camaradas.

— Largue a espada — ordena um dos outros soldados.

— Prometa que ela não será machucada — rebate Oak, com a respiração ofegante. — Assim como eu. Também seria bom não ser ferido.

— Se não largar essa lâmina, corto a garganta da garota e depois a sua — ameaça o troll. — O que acha dessa promessa? — Ele está tão perto de mim que consigo sentir o cheiro do couro da armadura, o óleo da faca e o fedor de sangue seco. Consigo sentir o calor do seu hálito. O braço em meu pescoço é firme como pedra.

Tento afastar o pânico e pensar. Ainda tenho minha própria faca na mão, mas o troll agarrou meu pulso, me imobilizando.

Porém, eu poderia morder seu braço. Meus dentes afiados poderiam rasgar até mesmo a carne de um troll. A dor repentina o faria ou cortar minha garganta, ou afrouxar seu aperto. Mas mesmo se eu tivesse sorte, mesmo se pudesse usar a distração para escapar de suas mãos e correr até Oak, o que aconteceria? Jamais escaparíamos da Cidadela. Talvez sequer conseguiríamos sair do salão.

A espada do príncipe pende em seus dedos, mas ele não a solta.

— Fui convidado a vir aqui e instruído a trazer o coração vivo de Mellith para sua senhora. Acho que ela ficaria muito desapontada se descobrisse que você lhe roubou o prêmio. Morto, eu dificilmente poderia oferecê-lo a ela.

Um arrepio me atravessa ao pensar em Lady Nore conseguindo o que deseja, embora saiba que é um jogo, um golpe, uma distração. Na verdade, Oak não tem o coração de Mellith. O perigo é ela desmascarar sua farsa.

Mas não importa, desde que me leve até ela. Só preciso ter a chance de falar.

Oak continua:

— Vocês quase nos pegaram. Precisam fazer apenas uma pequena concessão, e os acompanharei, dócil como um cordeiro.

— Abaixe sua lâmina, príncipe — repete um dos ex-falcões. — E nenhum mal afligirá vocês por nossas mãos enquanto os escoltamos até a sala do trono. Você pode implorar pela misericórdia de Lady Nore e explicar por que, se foi convidado para a Cidadela, o encontramos fugindo dos aposentos reais.

Oak deixa a espada cair. A lâmina bate no chão com um clangor.

Um guarda arranca a faca da minha mão ao mesmo tempo que outro pega um novelo de corda e o posiciona entre meus lábios, amarrando-o na nuca. Enquanto me empurram pelo caminho, tento mastigar o tecido, mas embora meus dentes sejam afiados, estou amarrada com tanta força que continuo com a corda na boca quando chegamos à sala do trono.

Não amarraram o príncipe, mas ele caminha cercado de lâminas. Não sei se em sinal de respeito ou se para evitarem se aproximar demais. Só sei que preciso encontrar uma maneira de *falar*. Apenas algumas palavras e posso pegá-la.

O troll me empurra diante de Lady Nore e caio de joelhos.

Ela se levanta do assento que ocupa à longa mesa repleta de iguarias. Nós interrompemos seu banquete.

O cabelo branco de Lady Nore estava preso em um intrincado arranjo de tranças, embora algumas tenham se soltado. O vestido é um opulento traje de penas pretas e tecido prateado com um efeito degradê, que atinge um tom preto na bainha. Ex-falcões se aglomeram ao seu redor, outrora soldados leais ao Grande General de Elfhame, agora sob seu comando.

Quando olho para ela, sou tomada pelos mesmos ódio e medo que me paralisaram durante a infância. E, no entanto, há um delírio recente em seus olhos amarelos. Lady Nore já não é a mesma de quando a vi pela última vez. E, de modo perturbador, vejo a mim mesma nela. Ressentida, aprisionada e cheia de desejos frustrados. As piores partes de mim e o pior do meu potencial.

As duas mãos acinzentadas que usa como colar também são novidade. Horrorizada, vejo os dedos se moverem como se estivessem vivos, acariciando a base de seu pescoço. Ainda mais horrorizada, suspeito de que tenham sido as mãos de Lorde Jarel.

Atrás dela, sobre um pilar de gelo, está o relicário rachado que deve conter os ossos e outros restos de Mab. Gavinhas crescem estranhamente da caixa, como raízes, uma delas com um botão, como se estivesse florescendo.

Ao lado esquerdo de Lady Nore há um troll com uma coroa de ouro maciço e um manto de veludo azul bordado com escamas prateadas. Seu traje é de couro, ricamente trabalhado com um padrão que me lembra aqueles que vimos na Floresta de Pedra. Hurclaw, que de algum modo escapou da maldição da Floresta de Pedra. Que trouxe seu povo para ajudar a proteger a Cidadela. Mas por que arriscar a sorte com Lady Nore? Se o que Oak ouviu de Gorga for verdade, Hurclaw está ali para *cortejá-la*. Sendo assim, talvez o poder da senhora torne aquele dote sedutor.

Hurclaw e seus trolls formam a maioria dos convidados, junto com Bogdana e duas damas do povo oculto. A bruxa veste os habituais trajes pretos esfarrapados, o cabelo selvagem como sempre. Quando me vê, um brilho estranho ilumina seus olhos.

Na mesa diante deles repousam pratos de prata e taças de gelo cheias de vinho escuro do fruto noturno dos duergar. Rabanetes pretos, embebidos em vinagre e cortados em lascas finas para mostrar o miolo pálido. Bandejas de neve regadas com mel para que o líquido dourado viscoso congele e possa ser erguido e comido como biscoito. Carne gelatinosa, semelhante de maneira perturbadora às paredes da Cidadela e às coisas congeladas no interior.

Um único músico dedilha as cordas de uma harpa.

Apesar do banquete e dos guardas e varapaus enfileirados ao longo de uma parede, a sala parece vazia em comparação ao que já foi, quando Lorde Jarel estava vivo. Deveria haver mesas enchendo o salão, com convidados para brindar. Criados. Artistas. Uma corte moldada inteiramente aos caprichos de Lady Nore. Teriam todos fugido?

Ela olha para além de mim, para Oak.

— Herdeiro de Elfhame, vamos pular a parte desagradável. Você me trouxe o coração de Mellith?

Seus guardas ainda estão tensos com a possibilidade de violência.

— Dificilmente eu viria aqui de mãos vazias com a vida do meu pai em jogo — responde Oak. Seu olhar desliza das mãos decepadas no pescoço da senhora para o rei troll.

Tento roer a corda na minha boca, o desespero aumentando. A qualquer momento ela fará uma pergunta que Oak não poderá responder. Preciso falar. Se conseguir, então ainda poderei nos tirar dessa situação.

Mas com os soldados de Hurclaw ao redor, há um novo perigo. Se ele desconfiar que posso controlá-la, vai ordenar que me alvejem.

— Então você *de fato* o tem? — insiste Lady Nore. — A menos que tenha falhado em sua missão, pequeno príncipe.

Meu coração dispara. Meus dentes afiados continuam roendo a corda, mas não vou parti-la a tempo de impedir Oak de ter que responder. O plano parecia arriscado, mas agora parece arruinado.

— Permita-me responder com todas as letras para que não se preocupe em ser enganada — argumenta Oak. — *Eu trouxe o coração de Mellith.*

Paro de mastigar, atordoada demais. O príncipe não pode dizer aquilo. Sua boca não deveria ser capaz de formar as palavras. Ele é do Povo das Fadas. Não pode mentir, assim como o restante de nós.

E, no entanto, vi a carcaça do cervo aberta, observei o príncipe comprar um relicário dos ferreiros. Sei que não é nenhum antigo coração que ele trouxe para a Cidadela.

Tente acreditar, aconteça o que acontecer, o que quer que eu diga ou faça ou tenha feito, meu objetivo é a sobrevivência de todos nós. Foi o que o príncipe me disse no barco. Era isso que queria dizer? Estava disposto a abrir mão do coração de Mellith para todos sairmos vivos dali?

Se *sim*, e o coração do cervo tinha o propósito de *me* enganar, então Oak está prestes a entregar um poder imenso e terrível a Lady Nore. Do tipo que poderia ameaçar Elfhame. Com o qual ela poderia destroçar o mundo mortal que tanto despreza.

E não tenho como detê-lo.

— Onde está, então? — pergunta Lady Nore, um rosnado na voz.

Oak não hesita.

— Pode estar em meu poder, mas não sou tão tolo a ponto de trazê-lo comigo.

Lady Nore faz uma careta para o príncipe.

— Escondido? Com que propósito, se você deve entregá-lo a mim para resgatar seu pai?

Ele balança a cabeça.

— Gostaria de ver meu pai sair com Wren antes que eu lhe dê qualquer coisa.

Lady Nore o avalia, franzindo o cenho. Seu olhar se volta para mim. Então ela ri.

— Eu deveria reclamar, mas posso ser magnânima em minha vitória. Que tal se eu jogar Madoc das masmorras para a neve agora mesmo? Espero que ele se saia bem no frio, mas temo que seus trajes sejam muito finos. E infelizmente algumas das minhas criaturas caçam nas terras ao redor da Cidadela.

— Seria lamentável para todos nós — comenta Oak. Por mais firme que consiga manter a voz, ele parece jovem parado diante de Lady Nore e Hurclaw. Temo que aquele seja um jogo que ele não possa ganhar. — Mas tenho uma alternativa. Amanhã à noite, meu representante nos encontrará a três léguas daqui, perto da formação rochosa. Você levará Madoc, Wren e eu. Lá poderemos fazer a troca.

— Desde que entenda que não fará parte do acordo, criança Greenbriar. Você deve permanecer aqui, na Cidadela, pelo tempo que eu desejar.

— E o que está planejando fazer exatamente? Me usar como refém para obter alguma concessão da minha irmã?

— E não do Grande Rei? — pergunta Lady Nore. Ela contorna a mesa, em nossa direção.

Oak franze o cenho, visivelmente confuso.

— Como preferir. Qualquer um dos dois.

— Dizem que aquela sua irmã prendeu o rei em alguma barganha. — As palavras de Lady Nore são suaves, mas percebo nas entrelinhas que nada deve tê-la irritado mais do que ser enganada por uma mortal. Se algo além da morte de Lorde Jarel a deixa furiosa, é aquilo. — Por que então se casar com ela? Por que então fazer o que ela quer?

— Ela vai *querer* usar seu crânio como chapéu — adverte Oak. Uma mudança incômoda se espalha entre os ex-falcões. Talvez se recordem da própria escolha de denunciá-la, da própria punição. — E Cardan vai gargalhar quando ela o fizer.

Lady Nore franze os lábios.

— Eu preciso de três coisas: os ossos de Mab, o coração de Mellith e sangue Greenbriar. E aqui estou eu com dois, e o terceiro tão perto que posso senti-lo. Não me desaponte, príncipe de Elfhame, pois se o fizer, seu pai morrerá, e ainda assim conseguirei o que quero.

Oak arqueia as sobrancelhas. Independentemente de como se sinta, sua capacidade de aparentar indiferença é imensamente satisfatória.

Lady Nore prossegue, parecendo emocionada por ter alguém a quem fazer seu discurso.

— Se não fosse pela fraqueza do seu pai, nós poderíamos ter vencido a guerra contra Elfhame. Mas tenho um aliado mais fiel agora e um imenso poder. Estou pronta para a vingança.

— Rei Hurclaw — diz Oak, dirigindo-se ao rei dos trolls. — Espero que Lady Nore não tenha lhe prometido mais do que pode conceder.

Um pequeno sorriso curva um dos cantos de sua boca.

— Eu também — rebate o rei troll, com a voz grave.

Contrariada, Lady Nore se levanta e caminha até mim. Oak cerra os dentes, as mãos se fechando em punhos nas laterais do corpo.

— Acho que o príncipe imaginou que *você* poderia me impedir. — Um sorriso cruel lhe curva os lábios quando ela toca a corda desgastada, pressionada entre meus dentes como um freio. — Mal sabe ele a criatura chorona que você é.

Solto um sibilo do fundo da garganta.

Para minha surpresa, ela começa a afrouxar o tecido que eu vinha mastigando. Abro a boca no momento em que cai, desesperada para falar. Estou prestes a deixar escapar o estupidamente inespecífico *ordeno que você se renda* quando, antes que eu consiga pronunciar as palavras, ela enfia uma pétala em minha boca. Sinto uma torção e um formigamento na língua. Seja o que for, parece se mover por conta própria, e cerro a mandíbula. A coisa serpenteia uma vez mais, então se acomoda.

Ela solta a corda, sorrindo com malícia.

Estremeço, mas finalmente posso falar. Tento dizer as palavras, mas minha língua se move contra minha vontade.

— Eu renuncio... — começo a dizer antes de fechar a boca, prendendo a língua entre os dentes de modo doloroso.

O sorriso sinistro de Lady Nore se alarga.

— Sim, minha querida?

De alguma maneira, ela teceu um feitiço de controle na pétala, sem dúvida colhida da gavinha do relicário, onde cresceu inexplicavelmente a partir dos ossos secos. Se eu tentar falar, vou abrir mão do domínio sobre ela.

Mordo a língua, que se contorce em minha boca como um animal, com mais força para acalmá-la.

— Bogdana me contou como você vivia — continua ela. — Em sua pequena e miserável cabana, às margens do mundo mortal, catando restos como se fosse um rato.

Não posso responder, por isso não o faço.

Há um lampejo de inquietação nos olhos de Lady Nore. Ela olha para Bogdana, mas a bruxa da tempestade me observa de seu lugar à mesa, a expressão indecifrável.

— Sua coisinha chata, abra a boca. Posso te ofertar o que você mais deseja — dispara Lady Nore.

E o que seria? Eu perguntaria se fosse seguro soltar a língua. Em vez disso, a mantenho presa entre os dentes.

— Não posso torná-la humana — prossegue. — Mas posso chegar bem perto.

Estaria mentindo se dissesse que parte de mim não deseja que aquilo seja verdade. Penso no telefonema, em como seria mais fácil escorregar para aquela velha vida se não significasse me esconder ou mentir, se não precisasse me preocupar com os gritos da minha não família a me ver.

Lady Nore ainda está sorrindo enquanto caminha até mim e coloca um dedo sob meu queixo.

— Posso lhe lançar um glamour tão forte que nem mesmo o Rei de Elfhame seria capaz de ver através do feitiço. Tenho os meios para isso agora, o poder. Posso fazê-la esquecer os últimos nove anos. Você vai voltar para o mundo mortal como um recipiente vazio, livre para preencherem você com humanidade. Eles vão concluir que você foi sequestrada e que seja lá o que tenha lhe sido feito foi algo tão terrível que bloqueou toda a sua memória do ocorrido. Eles não vão pressioná-la. E mesmo que o façam, que diferença faz? Você vai acreditar em cada palavra que disser a eles.

Afasto-me de sua mão.

Meu maior desejo, o desejo mais profundo do meu coração. Me enfurece o quão bem ela me conhece e como controla cada último grão do conforto que tanto desejo.

Seus olhos amarelos avaliam meu rosto tentando determinar se ainda lhe pertenço.

— Está pensando no príncipe? Ah, não pense que não sei onde você estava quando seu próprio povo morreu na Batalha da Serpente. Escondida debaixo da cama daquele menino.

Meu olhar nada revela. Eu era uma criança e escapei. Eu me recuso a sentir outra coisa além de gratidão. *Ele me queria lá*, eu diria se pudesse falar. *Éramos amigos. Somos amigos.*

Mas não consigo parar de pensar no coração de Mellith, no que ele me contou no barco.

...o que quer que eu diga ou faça ou tenha feito...

— Acha que ele vai protegê-la agora? Você é *inútil*. O herdeiro de Elfhame não tem motivo para gastar mais tempo com uma menina inexperiente e selvagem. Mas olha: você não precisaria se lembrar dele. Você nem precisaria se lembrar de si mesma.

— Não sou tão prático quanto imagina — retruca Oak. — Gosto de muitas coisas inúteis. Eu mesmo já fui chamado de inútil vez ou outra.

Lady Nore não desvia os olhos de mim, mesmo quando solto uma suave e inesperada risada, que quase me faz afrouxar os dentes na língua. As mãos de Lorde Jarel lhe apertam os ombros, quase como se em resposta ao humor da mulher.

— A bondade do príncipe vai evaporar quando você mais precisar. Agora, criança, aceita a barganha e me deixa em paz? Ou vai me forçar a tratá-la com severidade?

Cogito desistir. Já chega de espiar pelas janelas, lamentando a perda de uma vida que nunca mais poderia ser minha. Basta de desejos impossíveis. Nada de futuro incerto. Nada de terror. Que ela fique com o coração de Mellith e os ossos de Mab. Que Elfhame apodreça, e o príncipe de Elfhame apodreça junto. Que ela arrase quaisquer partes do mundo mortal que bem entender. Que diferença faria se eu não conseguisse me lembrar de nada?

Eu me lembro das palavras da Bruxa do Cardo. *Nicles Nada Neca. Isso é o que você é.* Isso é o que eu seria. Estaria relegando à insignificância tudo o que fui, tudo o que aprendi e fiz. Estaria aceitando que não tenho valor.

Cuspo na cara de Lady Nore. A saliva brilha com meu sangue contra sua pele cinzenta.

Ela franze os lábios e ergue a mão, mas não me bate. Fica ali, tremendo de raiva.

— Você morde a própria língua para me irritar? Bem, vou te ensinar uma lição. Guarda, arranque a língua dela.

Um guarda do povo oculto avança, segurando meus braços. Chuto e arranho, lutando como nunca antes.

— *Não!* — Oak tenta reagir, mas dois ex-falcões o seguram. — Se a machucar, não pode esperar que eu entregue...

Lady Nore se vira para ele, o dedo em riste.

— Diga-me *neste momento* onde o coração de Mellith está e não arranco a língua da garota.

Mais três guardas ajudam a me dominar. Eu me debato em seu aperto.

Oak avança até a troll mais próxima e lhe arranca a espada, sacando-a da bainha. O príncipe continua cercado, mas agora está armado. Alguns guardas do povo oculto e nisser retesam os arcos.

Hurclaw acena com a mão.

— Mostre ao garoto que não vai adiantar — comanda ele.

— Adiantem-se, minhas criações — incita Lady Nore, e os soldados de gravetos e lama e carne cruzam o grande salão. Os guardas recuam, permitindo que as criaturas tomem seu lugar.

— Peguem-no — ordena Lady Nore.

Os soldados-varapau avançam contra Oak sem hesitar. Ele atinge um, partindo a criatura ao meio, e depois gira para esfaquear outro. Sua espada afunda com força nos ramos do tronco. A coisa continua atacando, então se vira para o lado, tentando arrancar a espada da mão de Oak com a força do próprio movimento, mesmo que aquilo o destrua.

Oak liberta a lâmina, mas outras três criaturas se jogam sobre a espada para que uma quarta consiga agarrá-lo pelo pescoço. Dessa vez, os guardas amarram suas mãos atrás das costas com um cordão de prata. Quando seus olhos encontram os meus, a expressão do príncipe parece angustiada. Ele não pode me ajudar.

Luto enquanto eles me pressionam contra o chão. Mordo quando tentam me forçar a abrir a boca. Mas nada adianta. Dois soldados seguram meus punhos e um terceiro prende um instrumento farpado na ponta da minha língua. Ele a estica bem. Então um quarto começa a cortá-la com uma adaga curva.

A dor aguda, lancinante, me faz querer gritar, mas não consigo com a língua presa no lugar. Minha boca resseca por ser mantida aberta e fica cheia de sangue. Inundada de sangue. Tenho ânsia de vômito e uma sensação de afogamento. Engasgo quando me soltam, o grito preso na garganta.

Um rio escarlate flui por meu queixo. Quando me movo, gotas vermelhas respingam. A dor me engole inteira e mal consigo me concentrar, mas sei que estou perdendo muito sangue. Ele se derrama por entre meus lábios, desliza pelo pescoço, mancha a gola do meu vestido. Aquilo vai me matar. Vou morrer ali, no chão de gelo da Cidadela.

Devagar Lady Nore rodeia meu corpo encolhido. Pega outro pequeno pedaço de osso da bolsa e o pressiona contra meus lábios, em seguida além dos dentes. Posso sentir a ferida cicatrizando.

— Talvez não acredite, mas é melhor assim. Como sua mãe e sua vassala jurada, devo confiar em minha própria sabedoria na ausência de ordens diretas.

A perda de sangue e o choque me deixaram zonza. Eu me sinto desnorteada. Luto para me levantar e penso muito seriamente em me sentar outra vez. Penso muito seriamente se vou desmaiar.

Como ela não pode mentir, Lady Nore deve mesmo acreditar, de alguma forma distorcida, que o que ela quer é o que eu *deveria* querer.

Ainda assim não preciso de uma língua para ela ler a raiva em meus olhos.

Seus lábios se curvam nos cantos, e noto que Lady Nore pouco mudou. Ela não me quer morta, porque uma vez morta, não posso mais sofrer.

— O príncipe nem sabe o que você é — comenta, com um olhar em direção a Oak. — Mal chega a ser do Povo das Fadas. Nada além de um manequim, pouco mais do que um substituto deixado para trás quando uma changeling é levada, uma coisa destinada a murchar e morrer.

A contragosto, meu olhar segue até Oak, para ver se ele entende. Mas não consigo enxergar nada além de pena em seu semblante.

Talvez eu fosse apenas gravetos e neve e magia de bruxa, mas pelo menos não nasci de Lady Nore.

Não sou filha de ninguém.

A ideia me faz sorrir, e exibo os dentes vermelhos.

— Minha senhora — intervém o rei Hurclaw. — Quanto mais cedo o príncipe Oak vir o pai liberado, mais cedo teremos o que queremos.

Lady Nore o encara com olhos semicerrados. Eu me pergunto se o rei dos trolls percebe quão cruel ela pode ser e quão cruel será com ele, se não for cuidadoso.

Mas por enquanto ela acena obedientemente para os guardas.

— Um de vocês, tranque a garota nas masmorras, essa criança malvada, para que possa refletir sobre suas escolhas. O príncipe Oak e eu temos muito o que discutir. Talvez ele se junte a nós à mesa.

Um dos ex-falcões se posiciona às minhas costas.

— Mexa-se.

Cambaleando, começo a andar em direção às portas. O latejar da minha língua é horrível, mas o sangramento diminuiu. Ainda estou engolindo saliva com gosto de moedas, mas já não sinto como se estivesse me afogando em sangue.

— Eu diria que você se perdeu pelo caminho, mas você se perdeu muito antes disso — comenta a bruxa da tempestade quando passo por ela. — Acorde, pequeno pássaro.

Abro a boca para lembrá-la de que o que perdi foi minha *língua* e talvez minha esperança.

Ela faz uma careta e, por um momento, uma nova onda de medo e tontura me invade. É preciso ser muito ruim para fazer Bogdana estremecer.

— *Mexa-se* — repete o guarda, com um empurrão entre minhas omoplatas.

É só quando entramos no corredor que olho para trás, direto para os olhos roxos de Hyacinthe.

CAPÍTULO 16

Por um momento, apenas nos encaramos.

— Eu avisei que seria sábio me enviar até aqui, e já que não me deu nenhum comando contrário, eu vim — explica Hyacinthe, baixinho para que somente eu possa ouvir.

Não consigo falar. Cambaleando um pouco, eu me apoio na parede. É difícil pensar em meio à dor, e não tenho certeza se ele está do meu lado ou não.

— Fique feliz por eu ter feito isso — continua, balançando a lança em minha direção, a ponta a centímetros do meu pescoço. — Estamos sendo observados. Mexa-se.

Viro as costas para ele e começo a andar. Hyacinthe ameaça me empurrar para que eu caminhe mais rápido, mas não preciso fingir os tropeços.

Tento me virar várias vezes para encará-lo e ler a intenção em seus olhos, mas a cada tentativa ele me empurra, então sou obrigada a prosseguir.

— Tiernan está com você? — pergunta ele quando chegamos ao portão das masmorras.

Leal, assim Hyacinthe se julgava. Leal ao pai de Oak. Espero que seja leal a mim. Talvez a Tiernan também, de certa forma. Hyacinthe não confiava no charme da lábia de mel de Oak. Talvez queira salvar Tiernan do príncipe.

Assinto.

Juntos, prosseguimos pelas passagens geladas até as masmorras. Escavadas na terra congelada, cheiram a ferro e pedra úmida.

— É ele quem está com o coração de Mellith?

Uma pergunta perigosa. Dada a antipatia de Hyacinthe por Oak, não tenho certeza se ele gostaria de ver Lady Nore conseguir o que quer ou não. Sequer tenho certeza *do que* de fato está em poder de Tiernan. Também acho difícil me concentrar com a dor na boca.

Como não consigo descobrir uma maneira de expressar nada daquilo, dou de ombros e gesticulo em direção aos lábios.

Ele franze o cenho, frustrado.

A maior parte das celas está vazia. Quando eu morava na Cidadela, as masmorras fervilhavam com aqueles que haviam desagradado Lorde Jarel e Lady Nore — bardos que escolhiam baladas ofensivas, cortesãos presunçosos, criados que cometeram erros grandes e pequenos. Mas agora, com a falta de pessoal no castelo, há apenas mais um prisioneiro.

Madoc está sentado em um banco de madeira, encostado na parede de pedra e afastado das barras, que fedem a ferro. Sua perna está enfaixada em dois lugares, mal e parcamente, como se ele mesmo o tivesse feito. Há um pano em um de seus olhos e um pouco de sangue escorre pelo tecido. A pele verde parece pálida demais à luz bruxuleante da lamparina, e ele está tremendo. Com certeza sente um frio desconfortável há semanas.

Hyacinthe abre a cela ao lado da do general e me conduz para dentro. Entro, tomando cuidado para não encostar nas barras de ferro.

— Vou tirar você daqui — sussurra, quando passo por ele. — Quando tudo estiver preparado, você receberá uma chave. Me encontre na alcova em frente ao grande salão. Tenho um cavalo.

Encaro-o de maneira inquisitiva.

Ele suspira.

— Sim, aquela criatura. Donzelinha. Apesar do belo nome, ela é rápida e destemida.

E então fecha a porta. Fico grata por não ter se dado ao trabalho de me revistar nem descoberto o arreio amarrado em volta da minha cintura, abaixo do uniforme de criada. Não tenho certeza do que ele faria com aquilo.

Sigo até o banco, uma tontura repentina me faz imaginar se vou cair antes de me sentar. Embora não continue sangrando, perdi muito sangue.

O olhar de Hyacinthe pisca em direção a Madoc, e o ex-falcão parece aflito.

— O senhor está bem?

— Bem o bastante — responde o barrete vermelho. — O que aconteceu? Ela parece ter arrancado um grande naco de alguém.

Fico surpresa ao descobrir que aquilo me faz rir. O som sai estrangulado.

— A língua dela — explica Hyacinthe, e Madoc assente como se já tivesse visto aquele tipo de coisa antes.

Apesar de saber que Hyacinthe havia integrado o exército de Madoc, não imaginei que se conhecem. É estranho ouvi-los conversando como camaradas, principalmente quando um deles é o carcereiro e o outro, o prisioneiro.

No momento que Hyacinthe se vai, o barrete vermelho olha em minha direção.

— Pequena rainha — diz Madoc, com um sorriso enviesado. Embora não compartilhe sangue com Oak, a malícia em sua expressão é bem familiar. — Toda crescida e pronta para devorar sua criadora. Não posso dizer que a culpo.

Tenho quase certeza de que lhe falta um olho. Eu me lembro do velho general nas intermináveis reuniões e festas, quando me sentava na terra ou era puxada por uma coleira. Eu me lembro do seu jeito calmo e do vinho quente que me deu, assim como do brilho de seus dentes sempre que havia sangue. Como naquele instante, quando cuspo no chão em vez de engolir o que está dentro da minha boca.

Hyacinthe diz mais alguma coisa para Madoc, eu apoio a cabeça nos braços, me acomodando no banco. Outra vertigem me invade, e fecho os olhos, na expectativa de que a náusea passe, de que consiga me sentar. Mas em vez disso, mergulho na escuridão.

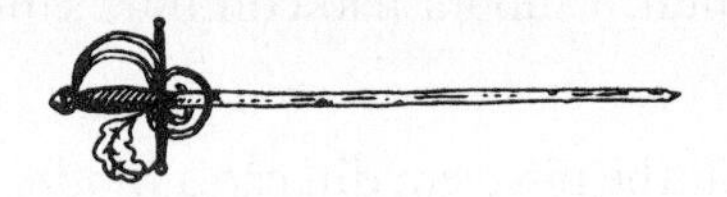

Quando volto à consciência, é ao som da voz de Oak.

— Ela está respirando normalmente.

No momento em que consigo me concentrar, porém, é Madoc quem está falando, a voz um bramido profundo.

— Seria melhor para você se a garota não acordasse. O que vai acontecer quando ela descobrir como você a enganou? Quando perceber o papel dela em seu plano?

Tento não me mexer, tento não deixar uma contração muscular ou um espasmo qualquer denunciar que estou desperta e ouvindo.

A voz de Oak soa carregada de resignação.

— Ela terá de decidir o quanto me odeia.

— Mate-a enquanto pode — aconselha o velho general, baixinho. Ele parece arrependido, mas também resignado.

— Essa é sua resposta para tudo — rebate Oak.

— E a sua é se jogar na boca do leão e torcer para que ele não goste do sabor.

Oak não diz nada por um longo instante. Eu me lembro de como ele sorria de forma tranquilizadora quando levou uma flechada, de como tomou veneno, de como ele aparentemente atrai assassinos em Elfhame por ser um excelente alvo. Madoc não está errado sobre a tendência de Oak se colocar em perigo. Na verdade, não tenho certeza se Madoc percebe a precisão de seu discernimento.

— Perdi a esperança em você — diz o barrete vermelho, por fim. — Você não tem instinto para tomar o poder, mesmo quando este lhe oferece o próprio pescoço numa bandeja.

— Chega! — dispara Oak, como se não fosse a primeira vez que haviam tido aquela conversa. — Tudo... *tudo isso...* é culpa sua. Por que não teve a paciência de apenas ficar no exílio? De se resignar a seu destino?

— Não é da minha natureza — responde Madoc com suavidade, como se Oak já devesse saber. — E não imaginei que seria você a vir.

O príncipe solta um suspiro trêmulo. Ouço um farfalhar.

— Deixe-me ver essas bandagens.

— Pare de se preocupar — retruca Madoc. — Se eu me incomodasse com dores estaria na carreira errada.

Faz-se um longo silêncio, e me pergunto se devo fingir bocejar ou qualquer outra coisa para indicar que estou acordando.

— Nunca vou matá-la — confessa Oak baixinho, tão baixo que mal o ouço.

— Então é melhor torcer para que ela não mate você — alerta o general.

Fico imóvel por um tempo. Eventualmente ouço os passos arrastados de um criado e o tilintar dos pratos, e uso o barulho como uma desculpa para soltar um gemido desconfortável e me virar.

Os cascos de Oak estalam no chão, e então ele se ajoelha na minha frente, todo cabelo dourado e olhos de raposa e preocupação.

— Wren — murmura, enfiando as mãos entre as barras, embora o ferro queime seus pulsos. Ele me faz um cafuné.

O que vai acontecer quando ela descobrir como você a enganou? Quando perceber o papel dela em seu plano?

Se não tivesse ouvido o que disse ao pai, jamais teria acreditado que ele guardava um segredo tão terrível a ponto de pensar que eu o odiaria por isso.

A criada coloca as tigelas no chão em frente às celas. É pura crueldade, pois elas são grandes demais para passar por entre as barras, o que significa que é preciso encostar o pulso no ferro a cada colherada. Nosso jantar parece ser uma sopa pungente e oleosa, que contém cevada e talvez carne de aves marinhas.

Eu me ajeito até conseguir me sentar.

— Vamos sair dessa — assegura Oak. — Posso tentar arrombar a fechadura se você me emprestar seu grampo de cabelo.

Assinto para mostrar que entendo e solto o grampo do cabelo.

Sua expressão fica séria.

— Wren...

— Pare de paparicar *a garota* agora. Ela sequer pode reclamar. — O barrete vermelho lança um sorriso em minha direção, como se me convidasse a rir de seu filho.

A quem recomendou me matar.

O príncipe puxa a mão de volta por entre as barras e me dá as costas. Ele não parece notar a queimadura em seu braço enquanto se levanta.

O que ele poderia ter feito de tão horrível? Tudo em que consigo pensar é que realmente tem o coração de Mellith e que realmente planeja entregá-lo a Lady Nore.

— Hurclaw é um problema — afirma Madoc, enquanto observa Oak dobrar a ponta afiada do meu grampo e o enfiar na fechadura. — Se não fosse pelo povo do rei troll, acredito que poderia ter escapado deste lugar, talvez até tomado a Cidadela. Mas Lady Nore prometeu que em breve será capaz de quebrar a maldição da Floresta de Pedra.

— Tomar a Cidadela? Quanta arrogância — desdenha Oak, torcendo o grampo e franzindo o cenho.

Madoc solta um grunhido, então se vira para mim.

— Tenho certeza de que a Wren aqui não se importaria de tomar para si o castelo e as terras de Lady Nore.

Balanço a cabeça com o absurdo da afirmação.

Ele arqueia as sobrancelhas.

— Não? Ainda sentada à mesa aguardando permissão para comer?

Aquela é uma maneira desconfortavelmente precisa de descrever como tenho vivido.

— Também já fui assim — admite ele, os incisivos inferiores afiados visíveis quando fala. Sei que a conversa é um esforço para avaliar um adversário e me manter desestabilizada. No entanto, a ideia de Madoc esperando a permissão de qualquer um é ridícula. Ele é o antigo Grande General de Elfhame e um barrete vermelho viciado em derramamento de sangue. Provavelmente comeu pessoas. Não, ele definitivamente comeu pessoas.

Balanço a cabeça de novo. Oak olha para nós e franze o cenho, como se uma conversa entre mim e seu pai o deixasse nervoso.

Madoc sorri.

— Não? Mal posso acreditar, na verdade. Mas passei a maior parte da vida em campanhas, travando guerras em nome de Eldred. Eu amava meu trabalho? Com certeza, mas também obedecia. Aproveitei as recompensas que me foram dadas e fiquei grato por elas. E o que ganhei em troca? Minha esposa se apaixonando por outra pessoa, alguém que estava presente quando eu não pude estar.

Sua ex-mulher, a quem ele assassinou. A mãe de suas três filhas. De alguma forma, eu sempre havia presumido que ela o havia deixado por medo, não por se sentir solitária.

Madoc olha para Oak novamente antes de voltar sua atenção para mim.

— Jurei que usaria a estratégia que aprendi em benefício próprio. Encontraria um modo de conseguir tudo o que sempre quis, para mim e para minha família. Que pensamento libertador não acreditar que eu precisava merecer algo para obtê-lo.

Ele tem razão. Aquele seria um pensamento surpreendentemente libertador.

— Pare de esperar — aconselha Madoc. — Crave seus lindos dentes em algo.

Eu lhe lanço um olhar incisivo, tentando decidir se ele está brincando comigo. Então me inclino e escrevo na terra e na crosta do meu próprio sangue seco: *Monstros têm dentes como os meus.*

Ele sorri como se eu enfim estivesse entendendo seu ponto de vista.

— Isso é verdade.

Oak se afasta da fechadura, frustrado.

— Pai, o que exatamente você acha que está fazendo?

— Estávamos apenas *conversando*, ela e eu — responde Madoc.

— Não dê ouvidos a ele. — Oak balança a cabeça com um olhar exasperado na direção do pai. — Ele é *cheio* de maus conselhos dos velhos.

— Só porque sou ruim — começa Madoc, com um grunhido —, não significa que o conselho também seja.

Oak revira os olhos. Reparo em um novo hematoma no canto da boca e um ferimento na testa que deixou uma crosta de sangue seco no cabelo. Eu me lembro do príncipe lutando na sala do trono, me lembro da dor quando minha língua foi cortada. Lembro que ele assistiu.

Vou até a tigela de sopa, embora não suporte colocar nada na boca. Ainda assim, se eu conseguir trazê-la para a cela, mesmo que derrame metade da comida, posso passar o restante para Oak e Madoc.

Quando começo a incliná-la, porém, vejo algo metálico na sopa. Pouso a tigela outra vez, enfiando os dedos no líquido oleoso, tateando o fundo. Toco a forma sólida de uma chave e me lembro das palavras de Hyacinthe sobre me tirar da Cidadela.

Pego a chave e me forço a não olhar para Oak ou Madoc. Em seguida, guardo-a no vestido e me retiro para o banco dos fundos da cela. Oak não tem sorte com a fechadura. Nenhum dos dois parece inclinado a comer.

Eu os ouço falar um pouco mais sobre Hurclaw, em como ele argumentou com Lady Nore a respeito de alguns sacrifícios que Madoc não entendia muito bem, e o que aconteceria com os corpos. Oak me olha várias vezes, como se quisesse falar comigo, mas não o faz.

Eventualmente, Madoc sugere que descansemos, pois o dia seguinte será "um teste para nossa capacidade de adaptação aos planos em evolução", o que acho intrigante. Sei que Tiernan vai chegar ao local combinado para o encontro com o que quer que esteja naquele relicário.

O velho general se deita no banco enquanto Oak se espreguiça no chão frio.

Espero até que ambos estejam dormindo. Eu me lembro de como ele me enganou na floresta e espero bastante tempo. Mas o príncipe está exausto e, quando encaixo a chave na fechadura, ele não acorda.

Empurro a porta pesada e ela se abre com facilidade, o ferro queima minha mão. Saio e coloco a chave em um canto da cela para que eles a encontrem se eu não voltar.

No corredor, tiro as botas largas e sigo em frente, os pés descalços silenciosos na pedra fria. O guarda no portão das masmorras está dormindo, caído sobre uma cadeira. Deve estar acostumado a ter apenas Madoc sob custódia.

No topo dos degraus, raios de sol matinal transformam o castelo em um prisma, e toda vez que as sombras mudam, temo ser descoberta. Mas ninguém aparece. Ninguém me impede. E percebo que aquele era meu destino desde o início. Não seria Oak quem deteria Lady Nore. Deveria ter sido eu sempre.

Não encontro Hyacinthe. Sigo para a sala do trono. Conforme atravesso na ponta dos pés o corredor que leva até as portas duplas do grande salão, vejo que estão fechadas e bloqueadas, com dois soldados-varapau de guarda. Não consigo pensar em nenhuma maneira de passar por eles. Eles não dormem nem parecem conscientes o bastante para ser enganados.

Mas ninguém conhece a Cidadela como eu.

Existe outro caminho para o grande salão, um pequeno túnel a partir das cozinhas onde os criados guardam o que descartam — xícaras vazias, travessas e todo tipo de tralha. Os cozinheiros e outros criados recolhem tudo mais tarde para limpar. É grande o suficiente para uma criança se esconder, e me escondi ali muitas vezes.

Sigo em direção às cozinhas. Quando vejo guardas em marcha, me agacho nas sombras e me mantenho fora de vista. Embora tenha sido há muito tempo, estou acostumada a passar despercebida, principalmente ali.

Quando me movo, uma estranha lembrança se destaca. Estou caminhando por aqueles corredores quando criança. Estou caminhando pela casa dos meus não pais à noite, como se fosse um fantasma. É o que tenho sido há anos. Uma não irmã. Uma não filha. Uma não pessoa. Uma garota com um buraco como vida.

Que apropriado é ter minha língua cortada quando o silêncio tem sido meu refúgio e minha prisão.

Desço sorrateiramente até as cozinhas no primeiro andar da Cidadela. Seu calor é o que aquece as masmorras o bastante para sustentar a vida. Seria de se imaginar que todo aquele fogo ali, em perpétua combustão, tivesse derretido todo o castelo, mas não. A base do castelo é de pedra, e o que as chamas eventualmente derretem congela de novo em uma camada ainda mais dura de gelo.

Vejo um menino nisse dormindo nas cinzas diante do fogo, enfiado em um cobertor de peles costuradas. Passo por ele e pelos barris de vinho. Passo por cestas de amoras e pilhas de peixe seco. Passo por frascos de coisas salgadas e em conserva e por tigelas de massa cobertas com toalhas molhadas, o fermento ainda levedando.

Eu me espremo para dentro do túnel e começo a engatinhar. Apesar de eu estar maior do que da última vez que o usei, ainda caibo. Passo por cálices de vinho tombados, borras secas no interior e por ossos que devem ter caído de algum prato. Saio do lado oposto, dentro da sala do trono vazia.

Mas quando me levanto, percebo que falhei novamente, porque o relicário se foi.

Caminho até o lugar onde a caixa estava, o coração disparado, o pânico me roubando o fôlego. Foi tolice ir até a sala do trono de Lady Nore sozinha. Foi tolice ir à Cidadela, ponto.

Há uma folha murcha no chão e, ao lado, algo que pode ser uma pedra. Eu a ergo entre os dedos sentindo sua ponta afiada. É o que eu imaginava: um pedaço de osso.

A Bruxa do Cardo disse que, com os ossos de Mab, grandes feitiços poderiam ser feitos e que ela guardava a força da criação dentro de si. E embora eu jamais tenha sido adepta à magia, se Lady Nore podia usar o poder de Mab para criar seres vivos a partir de madeira e pedras, se ela podia usá-lo para controlar minha língua e fazê-la pronunciar as palavras que queria ouvir, então certamente havia magia suficiente naquela lasca para restaurar minha língua.

Primeiro, coloco a folha murcha na boca. Em seguida, coloco o osso na raiz cortada onde minha língua costumava ficar, fecho os olhos e me concentro. De imediato, sinto como se meu peito estivesse sendo espremido, como se minhas costelas estivessem se partindo.

Algo está errado. Alguma coisa está errada comigo.

Caio de joelhos, as palmas das mãos pressionadas no gelo do chão. Algo parece se retorcer no meu peito e então se dividir, como uma fissura se abrindo em uma geleira. O nó firme da minha magia, a parte de mim que sempre pareceu prestes a se desfazer se eu forçasse demais, se desfaz por completo.

Ofego, porque *dói*.

Dói tanto que minha boca se abre em um grito que não consigo emitir. Dói tanto que desmaio.

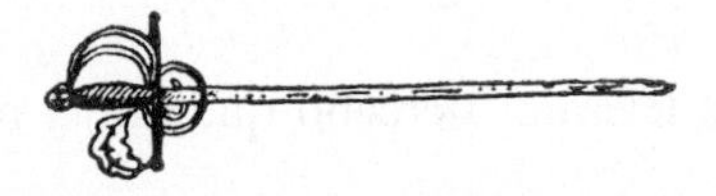

Pela segunda vez em menos de um dia acordo no chão frio. Fiquei ali tempo o bastante para a geada cair sobre meu corpo, brilhante ao longo dos meus braços, endurecendo meu vestido.

Eu me apoio sobre mãos e joelhos. Restos de soldados-varapau estão espalhados ao meu redor entre bagas e galhos e pedaços de neve que outrora talvez fizessem parte de seus troncos. O que teria acontecido ali? Minhas lembranças parecem emaranhadas como os caules que crescem dos ossos de Mab.

Ajoelhada e tremendo por algo além do frio, coloco a mão no gelo abaixo de mim, notando padrões de teias de aranha como se fosse o vidro estilhaçado de um para-brisa, rachado, mas ainda não quebrado. Cambaleando, rastejo pela sala do trono até o túnel.

Ali, fecho os olhos mais uma vez. Quando os abro, não tenho certeza se se passaram alguns instantes ou horas. Eu me sinto pesada, lenta.

Com espanto, percebo *minha língua na boca*. Parece estranho tê-la ali. Grossa e pesada. Não consigo decidir se está inchada ou se estou apenas estranhamente consciente da minha própria língua.

— Estou com medo — sussurro para mim mesma. Porque é verdade. E porque preciso saber se minha língua pertence a mim e se vai pronunciar as palavras que quero dizer. — Estou tão cansada. Estou tão cansada de ter medo.

Eu me lembro de Madoc e de seus conselhos. Cravar os dentes em alguma coisa. Tomar aquele castelo e todas as terras de Lady Nore para mim. Parar de esperar por permissão. Parar de me importar com o que os outros pensam, sentem ou querem.

Indolente, me imagino no controle da Cidadela de Gelo. Lady Nore não apenas derrotada, mas *liquidada*. Elfhame feliz com meu serviço, tão feliz que estariam dispostos a me nomear rainha dessas terras. E se eu tivesse o controle dos restos mortais de Mab, se pudesse dominar o poder de Lady Nore? Quem sabe com um dote assim eu finalmente seria alguém que talvez fosse considerada pelas irmãs uma noiva adequada para Oak.

A fantasia de comprar a aprovação de suas irmãs deveria me deixar ressentida, mas, em vez disso, me enche de satisfação. Que até Vivienne, a mais velha, que estremeceu com a ideia de eu ser prometida a seu precioso irmão, pudesse desejar minha presença à mesa da família. Pudesse ver meu sorriso afiado e sorrir em resposta.

E Oak...

Ele pensaria...

Eu me contenho antes de conceber uma fantasia melosa.

Uma em que, mais uma vez, peço permissão. Além do mais, não controlo a Cidadela, muito menos Lady Nore.

Ainda não.

Saio pelas portas da sala do trono e subo os sinuosos degraus de gelo em direção aos andares superiores. Ouço vozes quando me viro.

Uma patrulha de dois ex-falcões e um troll me vê. Nos encaramos por um longo tempo.

— Como conseguiu escapar das masmorras? — pergunta um deles, esquecendo que não posso falar.

Eu corro, mas eles me agarram. A perseguição acabou rápido. Não que estivesse realmente tentando fugir.

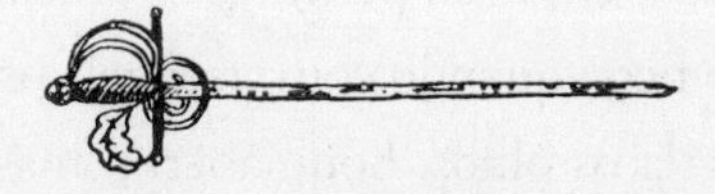

Lady Nore está em seu quarto quando sou levada até ela. Três falcões — pássaros de verdade, a maldição ainda não quebrada — estão empoleirados no espelho de serpente sobre a penteadeira e no espaldar da cadeira.

Meu olhar vai para os bicos recurvados e os olhos pretos. Tudo o que Lady Nore pode fazer por eles é alimentá-los e esperar. Mas tendo quebrado o feitiço de Hyacinthe, me pergunto se eu poderia quebrar o deles. Se conseguisse, os falcões se tornariam leais a mim como são a ela?

Imagino como seria nunca precisar ficar sozinha.

— Menina sorrateira — diz Lady Nore, com indulgência. Ela estende a mão e enrola meu cabelo no dedo. — É assim que me lembro de você, esgueirando-se por meu castelo como uma ladra.

Pobre Wren, espero que minha expressão reflita. *Tão triste. E com a boca ferida.*

Lady Nore vê apenas a filha tola esculpida da neve. Uma decepção sem fim.

Agora que recuperei minha língua, graças à estranha magia dos ossos de Mab, eu poderia abrir a boca e transformá-la na minha marionete para dançar quando eu puxasse as cordas.

No entanto, em vez disso, inclino a cabeça, sabendo que ela vai apreciar o gesto. Ganhando tempo. Assim que começar, terei de fazer tudo com extrema precisão.

— E calada — prossegue, rindo da própria piada. — Eu me lembro disso também.

O que eu me lembro é da intensidade do meu medo, a maré de pânico me dominando. Espero conseguir imitar aquela expressão e não lhe mostrar o que realmente sinto — uma raiva tão espessa, pegajosa e doce quanto mel.

Estou cansada de ter medo.

— Não diga nada até que eu permita — ordeno. Minha voz soa estranha, rouca, como ficou quando conversei pela primeira vez com Oak.

Lady Nore arregala os olhos, boquiaberta, mas não pode me desobedecer, não depois do juramento que fez diante da Grande Rainha mortal.

— A menos que eu diga o contrário, você não dará ordem a ninguém sem minha permissão expressa — continuo. — Quando lhe fizer uma pergunta, sua resposta será completa, sem esconder nada que eu possa achar interessante ou útil e suprimirá qualquer evasiva com a qual você possa disfarçar essas partes interessantes e úteis.

Seus olhos faíscam de raiva, mas ela não pode dizer nada. Sinto um sobressalto cruel de prazer diante de sua impotência.

— Você não vai me bater, nem tentar me causar dano. Também não machucará a mais ninguém, inclusive a si mesma.

Eu me pergunto se ela já foi forçada a engolir as próprias palavras antes.

Lady Nore parece se engasgar com elas.

— Agora você pode falar — concluo.

— Suponho que todas as crianças cresçam. Mesmo aquelas feitas de neve e gelo — responde, como se meu controle sobre ela não inspirasse grandes preocupações. Mas posso ver o pânico que tenta esconder.

Meu coração dispara e meu peito ainda dói. Minha língua ainda parece estranha, mas o restante de mim também. Ela não é a única em pânico.

— Chame os dois guardas do lado de fora. Ordene que tragam Oak até aqui. — Minha voz treme um pouco. Soo insegura, o que poderia ser fatal. — Não diga mais nada, e não transpareça aflição.

Sua expressão fica estranha, alheia.

— Muito bem. Guardas!

As duas sentinelas que guardam a porta são ex-falcões. Não reconheço nenhum deles.

— Vão às masmorras e me tragam o príncipe.

Eles fazem uma mesura e partem.

Vivi à margem do mundo por tanto tempo que se tornou difícil navegar por seus meandros, mas também me tornou uma excelente observadora.

Encaro Lady Nore por um momento, refletindo sobre meu próximo passo.

— Pode falar, se quiser — digo a ela. — Mas não levante a voz e, se alguém entrar no quarto, cale-se.

Posso vê-la considerando não dizer nada por despeito, mas ela cede.

— Então, o que pretende fazer comigo agora? — Em volta de seu pescoço, os dedos de Lorde Jarel tamborilam.

— Ainda não decidi — respondo.

Ela ri, embora soe forçado.

— Imagino que não. Você não é realmente boa com planos, é? Está mais para uma criatura de instinto. Tola. Descuidada. Um pouco astuta, talvez, como os animais às vezes nos surpreendem com a própria inteligência.

— Por que você me odeia tanto? — indago, a pergunta deslizando da minha boca antes que eu possa engoli-la de volta.

— Você deveria ser como nós — confessa Lady Nore, a postura rígida. As palavras vêm facilmente, como se as estivesse ruminando por muito tempo. — E, em vez disso, você é como *eles*. Olhar para você é ver algo tão falho que deveria ser sacrificado. Melhor ser morta, criança, do que viver como você. Melhor te afogar como o filhote mais fraco da ninhada.

Sinto o gosto das lágrimas no fundo da garganta. Não porque quero que ela me ame, mas porque suas palavras ecoam os piores pensamentos do meu coração.

Quero quebrar os espelhos e obrigá-la a enfiar os cacos na pele. Quero fazer algo tão horrível que Lady Nore se arrependa de desejar que eu fosse como ela de alguma forma.

— Se sou tão baixa — rebato, minha voz como um rosnado —, então o que você é para ser ainda mais baixa e minha vassala?

Quando a porta se abre, eu me viro. Devo parecer furiosa.

Posso ver a confusão no semblante de Oak. Ele parece amarrotado e devia estar dormindo quando o pegaram. É escoltado para dentro da sala, pulsos atados, por um dos ex-falcões.

— Wren? — chama.

Naquele momento, percebo que cometi um grave erro. Parado ali, o guarda espera pelas ordens, mas Lady Nore não pode lhe dar nenhuma.

Se eu lhe disser o que falar agora, meu poder sobre ela ficará evidente, sem mencionar a recuperação da minha língua, e o soldado alertará os outros. Mas se eu não fizer nada, e Lady Nore não lhe der ordens, não vai demorar muito para que o guarda perceba que há algo de errado.

O momento se estende enquanto tento encontrar uma saída.

— Você pode ir. — Oak o dispensa. — Vou ficar bem aqui.

O ex-falcão faz uma pequena reverência e sai da sala, fechando a porta atrás de si. Lady Nore engasga, furiosa e chocada em igual medida.

Minha própria surpresa é igualmente grande.

O príncipe me olha com culpa.

— Posso imaginar o que está pensando — começa ele, movendo o pulso para soltar a corrente de prata. — Mas eu não fazia ideia de qual era o plano do meu pai. Sequer sabia que ele tinha um plano. E ao que parece, não era lá grandes coisas para vencermos.

Eu me lembro das palavras de Oak nas masmorras. *Tudo... tudo isso... é culpa sua. Por que não teve a paciência de apenas ficar no exílio? De se resignar a seu destino?*

Então Madoc havia descoberto que seria sequestrado — talvez através de Tiernan, que teria conseguido a informação de Hyacinthe, ou talvez até mesmo através de Hyacinthe diretamente — e permitira que acontecesse. Tudo para que pudesse recrutar os próprios soldados de volta para o seu lado, tomar a Cidadela de Lady Nore e impressionar Elfhame o bastante para que o deixassem voltar.

Os falcões já haviam sido leais a ele, portanto fazia algum sentido — mesmo que de um modo arrogante — Madoc apostar que o tempo passado no coração da Cidadela lhe daria tempo para reconquistá-los.

Hurclaw é um problema. Se não fosse pelo povo do rei troll, acredito que poderia ter escapado deste lugar, talvez até tomado a Cidadela.

Madoc não havia considerado os trolls de Hurclaw, o que deixava os ex-falcões em menor número. Sem mencionar o povo oculto e os nisser.

E os monstros de graveto e pedra.

— E agora? — pergunto.

Os olhos de Oak se arregalam de satisfação ao som da minha voz.

— Como você consegue *falar*?

— Usei um fragmento dos ossos de Mab — respondo, e se a memória me provoca um ligeiro tremor, ele não faz ideia do motivo.

— Então está me dizendo que enquanto meu pai e eu dormíamos, você encontrou o relicário, sozinha, e depois subjugou Lady Nore sem ajuda? — Ele ri. — Você podia ter me acordado. Eu certamente poderia ter feito alguma coisa. Aplaudido nos momentos certos? Segurado sua bolsa?

Ele me arranca um pequeno sorriso com os elogios.

— Então — continua — que ordem devo dar aos guardas agora que você está no comando?

Sentada com o corpo rígido, Lady Nore ouve tudo. Talvez se dê conta de que não preciso ter mais do que pouca astúcia animal. Só o que preciso é um aliado com um pouco de ambição, alguém que seja um pouco gentil. Ou talvez perceba pela primeira vez que não me conhece nem de longe tão bem quanto pensava.

— Tiernan ainda planeja nos encontrar, certo? — deduzo.

Oak assente.

— Pode ser uma maneira de reunir os súditos de Hurclaw em um só lugar e cercá-los. Teríamos o elemento surpresa e os varapaus do nosso lado.

Assinto.

— Também há Bogdana a considerar.

Reprimo os sentimentos despertados pelo que ouvi Madoc e o príncipe conversarem e discuto sobre possíveis planos. Nós os repassamos repetidas vezes. Ordeno a Lady Nore que mande os guardas buscarem as coisas de Oak para ele. Que envie uma mensagem para Hyacinthe. Que faça os criados me trazerem o gelo doce que Lorde Jarel costumava me servir e que mande vinho e tortas de carne para Madoc.

Então mando chamar as criadas de Lady Nore para que me ajudem a me arrumar.

Pouco depois, a porta se abre para duas mulheres do povo oculto, Doe e Fernwaif. Suas caudas farfalham. Eu me lembro das duas do tempo que passei na Cidadela, irmãs que haviam ido trabalhar para Lady Nore em recompensa por algum feito dos pais.

Elas eram gentis à própria maneira. Não me espetavam com alfinetes só para me ver sangrar como algumas das outras faziam. Fico surpresa a aparência abatida que ostentam. Suas roupas estão puídas nas bainhas e mangas. Penso nas aranhas de gravetos e arbustos caçando nas colinas de neve e me pergunto quão pior deve ser viver na Cidadela agora do que na minha época.

Escolho um vestido do armário de Lady Nore e me sento em um pequeno banco enquanto Doe o veste sobre minha cabeça. Fernwaif arruma meu cabelo com pentes de osso e ônix. Doe então esfrega meus lábios com suco de bagas para pintá-los de vermelho e faz o mesmo com minhas bochechas. Tudo acontece em um borrão.

Mate-a enquanto pode.

Oak e eu vínhamos jogando há muito tempo. Essa partida eu preciso vencer.

Lá fora, encontramos mais guardas e Madoc, vindo das masmorras. Procuro por Hyacinthe, mas ele não está ali. Torço para que tenha recebido meu recado. Um ex-falcão entrega uma muleta improvisada com um ramo. Madoc a coloca debaixo do braço, agradecido.

Vejo Lady Nore montada em uma rena, o relicário nos braços, o vento soprando seus cabelos da cor de neve suja. Vejo o brilho da ganância em seus olhos amarelos e o modo como as mãos cinzentas e sombrias de Lorde Jarel lhe apertam o pescoço.

Vivendo ali quando criança, eu estava sempre com medo. Não vou me entregar a ele agora.

Partimos em meio às rajadas de vento. Oak se aproxima de mim.

— Depois que isso acabar — começa —, preciso te contar algumas coisas. Tenho explicações a dar.

— Como o quê? — pergunto, mantendo a voz baixa.

Ele desvia o olhar em direção à fronteira da floresta de pinheiros.

— Eu te deixei acreditar... Bem, em algo que não é verdade.

Recordo a sensação do hálito de Oak em meu pescoço, o aspecto de seus olhos de raposa com as pupilas pretas e arregaladas, a sensação de morder seu ombro com força quase suficiente para romper a pele.

— Conte então.

Ele balança a cabeça, parecendo aflito, mas tantas de suas expressões são máscaras que já não sei dizer o que é real.

— Se o fizesse, de nada serviria, exceto para limpar minha consciência e colocar você em perigo.

— Me conte mesmo assim — insisto.

Mas Oak apenas balança a cabeça novamente.

— Então me deixe dizer uma coisa a *você* — começo. — Sei por que você sorri e brinca e lisonjeia mesmo quando não precisa. A princípio, pensei que fosse para fazer as pessoas gostarem de você, depois pensei que fosse para deixá-las desconcertadas. Mas é mais do que isso. Você se preocupa que tenham medo de você.

A cautela invade seu semblante.

— E por que teriam?

— Porque você está *aterrorizado* consigo mesmo — respondo. — Quando começa a matar, não quer parar. Você gosta. Sua irmã pode ter herdado o dom do seu pai para estratégia, mas você é o único que compartilha da sua sede de sangue.

Um músculo se contrai em sua mandíbula.

— E você tem medo de mim?

— Não por isso.

A intensidade do seu olhar é devastadora.

Não importa. É bom invadir sua armadura, mas isso não muda nada.

Minha maior fraqueza sempre foi meu desejo por amor. É um abismo profundo dentro de mim, e quanto mais busco o amor, mais facilmente sou enganada. Sou um hematoma ambulante, uma ferida aberta. Se Oak é mascarado, eu sou um rosto completamente esfolado. Inúmeras vezes disse a mim mesma que preciso me proteger contra meus próprios anseios, mas nunca funcionou. Preciso tentar algo novo.

Enquanto caminhamos pela neve, tomo o cuidado de andar com suavidade para conseguir me manter sobre a crosta de gelo. Mas ele ainda craquela em teias de aranha a cada passo. Meu vestido farfalha ao meu redor, soprado pelo vento frio. Percebo que ainda estou descalça.

Outra garota talvez tivesse congelado, mas o frio jamais me incomodou.

CAPÍTULO 17

À nossa frente, Lady Nore monta uma rena lanosa. Ela usa um vestido escarlate com um manto de um vermelho mais profundo sobre os ombros, longo o suficiente para cobrir o lombo da montaria. O relicário repousa em seu colo.

O rei troll monta um alce cujos chifres se erguem da cabeça em uma enorme coroa ramada de espinhos. A rédea é toda verde e dourada. Ele próprio enverga uma armadura de cobre, trabalhada outra vez naquele estranho padrão, como se cada peça contivesse um labirinto.

Penso em como Tiernan deve ter passado os últimos dois dias. A princípio esperando que voltássemos, depois entrando em pânico à medida que a noite avançava. Ao amanhecer ele já deveria estar ciente de que precisava levar o coração e seguir com o esquema de Oak. Talvez tenha ruminado os planos sentado no frio, zangado com o príncipe e preocupado com ele. O cavaleiro não tinha como nos contatar. E não tínhamos como lhe contar que Madoc havia recrutado tantos dos ex-falcões para sua causa.

Lady Nore desmonta sua rena, a longa capa escarlate se arrastando pela neve como uma maré buliçosa de sangue.

— Peguem a bruxa da tempestade — ordena ela, como planejamos. Como lhe foi mandado.

Soldados-varapau agarram Bogdana. A velha fada crava as unhas em um deles. Relâmpagos brilham ao longe, mas ela não tem tempo para invocá-los: suas mãos estão presas por mais varapaus. A bruxa da tempestade despedaça um homem de gravetos, mas há muitos e todos armados de ferro. Logo ela é pressionada contra a neve, algemas de metal lhe queimando os pulsos.

— Qual é o motivo dessa traição? — Bogdana grita com Lady Nore.

Lady Nore olha para mim, mas não responde.

A bruxa da tempestade crocita.

— Não fiz o que me pediu? Não lhe conjurei uma filha do nada? Não a ajudei a tornar-se grande?

— E que filha você conjurou — desdenha Lady Nore.

Os olhos de Bogdana me procuram, um novo brilho em suas profundezas. Acho que vê algo, mas ainda não tenho certeza do que exatamente.

— E agora, príncipe — continua Lady Nore, retornando ao plano. — Onde está o coração de Mellith?

Oak não está armado, embora o ex-falcão ao seu lado carregue a espada do príncipe, facilmente ao alcance de sua mão. E apesar de seus pulsos parecerem amarrados, as cordas estão tão frouxas que ele pode se libertar quando desejar. O príncipe olha para a lua.

— Meu companheiro deve aparecer a qualquer momento.

Olho para os seres encantados reunidos ao redor. Parte de mim quer dar o sinal agora, assumir o comando dos varapaus de Lady Nore e forçar os trolls a uma rendição. Mas é melhor que Tiernan esteja à vista para ter certeza de que o cavaleiro não chegará no momento errado e entrará na briga sem discernir amigo de inimigo.

Eu me remexo, nervosa, observando Lady Nore. Reparo nas mãos de Lorde Jarel em volta de seu pescoço, um lembrete de que, se ela podia encontrar conforto em algo assim, talvez suas outras ações sejam impossíveis de prever. Meu olhar vai para o rei Hurclaw, alto e de aparência feroz. Pelos inúmeros rumores sobre seu delírio, entendo seus motivos muito melhor do que os dela. Ainda assim, os trinta trolls atrás do soberano são formidáveis.

— Talvez esteja acostumado com os súditos a sua disposição, herdeiro de Elfhame — afirma Hurclaw. — Mas nós costumamos ficar impacientes.

— Estou aguardando assim como você — lembra Oak.

Vinte minutos se passam até que Tiernan apareça, caminhando pela neve, com Titch empoleirado no ombro. Com Lady Nore me fuzilando com o olhar e Hurclaw resmungando, parece ter se passado muito mais tempo. Madoc se apoia na bengala sem reclamar, embora me preocupe com a possibilidade de ele desmaiar. No que parece ser meia légua de distância, Titch salta no ar, batendo as largas asas.

O duende com cara de coruja circula uma vez, depois pousa no braço de Oak e sussurra em seu ouvido.

— E então? — exige Hurclaw.

Oak se vira para Lady Nore, como se ela estivesse, de fato, no comando.

— Tiernan diz que Madoc deve começar a caminhar em sua direção com um soldado, como demonstração de boa-fé. Ele vai encontrá-los.

— E o coração? — pergunta a nobre, e eu me irrito. Minhas ordens precisaram ser mais vagas para ela atuar diante de Hurclaw, mas Lady Nore é astuta e vai buscar uma brecha. Eu lhe disse para se comportar como de costume, mas sem falar ou fazer qualquer coisa que traísse meu controle sobre ela. Naquele jogo de enigmas e retaliações, temo não ter sido cuidadosa o bastante.

— Ele o carrega em um relicário — revela Oak. — Vai passar a caixa para o seu soldado. Depois Suren e eu devemos ir até ele.

Lady Nore assente.

— Então se apresse. Que comece a troca.

Antes ela havia dito que queria manter Oak. Agora parece que planeja libertá-lo. Aquilo vai soar estranho para Hurclaw? Ele ao menos vai notar? Eu o olho de esguelha, mas não há como saber em que está pensando.

O duende alça voo, disparando sobre a neve em direção a Tiernan.

— Disse a ele que você concordou com o plano — informa Oak.

Duvido muito de que tenha sido isso o que disse a Titch.

— Com esse coração você pode fazer os reis trolls reviverem? — pergunta Hurclaw, estreitando os olhos para Tiernan e a caixa em suas mãos. — Pode acabar com a maldição sobre meu povo?

— Assim me disse Bogdana, certa vez, muito tempo atrás — responde Lady Nore, lançando um olhar em direção à bruxa da tempestade, a quem os soldados puseram de pé. — Embora às vezes eu me pergunte se ela teria os próprios motivos para desejá-lo. Mas me lembrei de sua história sobre os ossos e o coração, me lembrei de que estavam sepultados sob o Castelo de Elfhame. E quando ele não foi encontrado ali, percebi que apenas um membro da família real teria permissão para revistar minuciosamente os túneis e encontrá-lo. Ou para saber se foi deliberadamente movido. Então sequestrei Madoc e lhes dei uma razão para procurar.

Ela acena para um ex-falcão, que começa a ajudar Madoc a cruzar a neve. Vejo o general se inclinar e lhe dizer alguma coisa. Seu ritmo diminui. Esperamos enquanto o vento assovia ao nosso redor e a hora avança. Tiernan para quando alcança Madoc e entrega o relicário com o coração do cervo para o soldado.

O soldado começa a caminhar de volta até nós. Madoc e Tiernan permanecem, como se esperassem que Oak e eu realmente fôssemos nos juntar a eles em instantes.

Bogdana observa, a zombaria erguendo um dos cantos de sua boca, apesar das algemas que usa.

— Que prazer teria sido — comenta Lady Nore em um tom de malícia mal contido — empunhar todo aquele poder e saber que foi o filho de Madoc que o deu a mim.

O rei troll a encara, e percebo meu erro. Eu a instruí a não dizer nada que *traísse* o poder que exerço sobre ela, mas falhei em considerar que ela poderia fazer insinuações astutas.

— O que isso significa? — pergunta Hurclaw.

— Você deveria perguntar a minha filha — responde ela com o tipo de doçura que se destina a cobrir o sabor da podridão.

O olhar do rei cai sobre mim.

— Achei que ela não tivesse língua.

Lady Nore apenas sorri, e ele acena para alguém de seu povo.

O soldado troll retesa um arco. Ele dispara antes que eu possa fazer mais do que levantar a mão em um gesto de defesa.

A flecha atravessa a base do meu polegar e me atinge no flanco, perfurando a carne. O impacto me desequilibra. Caio na neve, sobre as mãos e os joelhos. Ofegando, sinto a agonia de tentar respirar. Acho que um do meus pulmões foi atingido. A lateral do meu corpo se tinge de escarlate. Vermelho floresce na neve.

Oak começa a correr em minha direção quando os arqueiros trolls lhe apontam seus arcos, e Hurclaw ordena que pare. O príncipe obedece. Vejo que está com sua espada, as amarras que lhe prendiam as mãos se foram.

Os ex-falcões se espalham, e noto Hyacinthe entre eles, movendo-se em minha direção.

Deu tudo errado.

— Príncipe. — A voz de Hurclaw ressoa. — Traga o coração para mim ou vou encher vocês dois de flechas.

Quero gritar, ordenar que Lady Nore comande suas tropas para me defender, mas não consigo pronunciar as palavras. Aquilo *dói*.

Dói como quando...

O fragmento de osso em minha boca...

Meu peito...

O gelo craquelando sob meus dedos enquanto eu me movia...

Oak me encara com pânico naqueles olhos de trapaceiro. Então ele inclina a cabeça para o rei dos trolls. Caminhando até o ex-falcão, o príncipe pega de suas mãos a caixa com o coração.

E murmura algo.

Hurclaw desce da montaria.

Oak se aproxima. Os dois estão perto agora, perto demais para que flechas disparadas contra o príncipe não acertem o rei.

Hurclaw levanta o trinco com o toque de uma garra. Um segundo depois, o troll cambaleia para trás, segurando o pescoço, onde uma fina agulha desponta de sua pele. O coração, escuro e murcho, cai na neve. Um coração de cervo, nada mais.

Era a caixa que importava, o relicário que Oak encomendou ao ferreiro no Mercado Não Seco.

Certa vez, Bomba me contou uma história sobre aranhas venenosas mantidas dentro de um baú. Quando o ladrão o abriu, foi todo picado.

A caixa era uma armadilha.

Eu me lembro do cuidado com que Oak fechou o trinco na caverna. O príncipe devia estar encaixando o dardo envenenado, pronto para matar Lady Nore se todos os nossos outros planos falhassem.

— Agora! — grita o soldado que havia recebido as ordens sussurradas do príncipe.

Os falcões se postaram em um cuidadoso círculo atrás dos trolls. Ao sinal, desembainham as armas e atacam.

Há luta ao meu redor. Flechas e lâminas. Gritos.

Eu me ajoelho.

— *Mãe* — chamo, forçando a palavra.

Aquele era o sinal destinado a acabar com a ilusão de controle.

— Todos os que me seguem, vocês devem cumprir as ordens de Suren de agora em diante e para sempre — anuncia Lady Nore, obedecendo minhas instruções exatamente como deveria, pelo menos até que baixa o tom de voz. — Se ela puder dar alguma.

— Impeçam os trolls — grito, me levantando. Ao tossir, sangue respinga em meus dedos.

— Foi você quem ordenou minha captura, criança? — Bogdana brada. — Você?

Arranco a ponta da flecha, cerrando os dentes de dor, libertando minha outra mão.

Hurclaw treme da cabeça aos pés. Seja qual for o veneno, está agindo depressa.

— Você nos enganou — constata o rei dos trolls. — Nunca teve o coração de Mellith, não é?

— O príncipe não pode mentir — argumenta Lady Nore, parada no meio da carnificina, observando a cena como se alheia à matança. — Ele nos disse que o trouxe para o norte. Está com ele.

O que vai acontecer quando ela descobrir como você a enganou? Quando perceber o papel dela em seu plano?

— Chame seus trolls — pede Oak a Hurclaw. — Chame-os, e lhe dou o antídoto.

— Não! — O rei troll investe contra Oak. Eles tombam juntos na neve. Oak é habilidoso, mas não tão forte quanto Hurclaw.

Ela terá de decidir o quanto me odeia.

Oak, que abandonou a busca do coração depois que encontrou a Bruxa do Cardo. Que tentou me mandar embora, que não queria precisar de mim.

Ele vai roubar seu coração. Não foi isso que Bogdana disse na floresta?

Minha mente vaga vertiginosamente de volta à sensação de algo se desenrolando dentro de mim. De volta ao frio chão de gelo da sala do trono. As lembranças me inundam até parecer que estou em dois lugares ao mesmo tempo. Sou outra garotinha, indesejada e com medo. *Criança bruxa*, diz a voz de uma mulher. *Você vai tomar o lugar de Clovis em sua cama esta noite.*

A sensação de cobertores pesados, bordados com cervos e florestas. Quentes e macios. E então o despertar para a agonia, para a falta de ar. Para a minha mãe pairando sobre mim, a faca ensanguentada na mão. Para a alegria, o alívio que vivenciei antes do sentimento de traição tão intenso que me consome.

Minha verdadeira mãe. Minha bela mãe. Bogdana.

Ouço sua voz. Mas ela não está falando comigo agora. Está falando com outra pessoa, há muito tempo. *Vou me assegurar de que seu coração bata em um novo peito.*

Estou apavorada. Sinto a agonia de suas unhas cravadas em meu peito.

Pisco, e é como se tivesse a visão duplicada, ainda meio naquela lembrança, meio na neve no limiar da noite.

O coração de Mellith é o meu.

Eu deveria ter percebido aquele detalhe desde que acordei no chão frio da sala do trono. Desde aqueles sonhos que pareciam tão reais. Desde que o poder cantou em minhas veias, apenas à espera de que eu o reivindicasse.

Tive medo de magia desde o primeiro momento em que Lady Nore e Lorde Jarel entraram no meu quarto no mundo mortal. E não consegui parar de temer a mim mesma. Temer o monstro que via quando vislumbrava meu reflexo em poças de água, em janelas.

Mas tudo o que sou é magia. Não magia.

Não sou nada. Sou o que está além do nada. Aniquilação.

Eu sou aquela que desenreda. Posso destrinchar magia com o pensamento.

Um objeto voa nas proximidades. Tenho apenas um momento para perceber que é feito de bronze e tem uma rolha na ponta antes que exploda.

As chamas queimam o chão Os soldados de gravetos estão pegando fogo. Lady Nore grita.

Caio novamente. O calor em meu rosto é escaldante. Minhas saias estão em chamas.

Tiernan corre pela neve em direção a Oak.

Eu me esforço para ficar de pé. E ao fazê-lo vejo que, embora alguns dos varapaus queimem, aquilo não os retarda. Eles lutam. Uma criatura monstruosa com múltiplas pernas destroça um troll, membro por membro, como uma criança desmontando um brinquedo.

O corpo de Hurclaw está na neve. Imóvel.

Oak limpa a sujeira da boca com um dos braços e me encara ao se levantar. Sinto como se o observasse de muito longe. Há um rugido em meus ouvidos. Agora que a magia está livre dentro de mim, não acho que posso reclamá-la de volta.

E ele sabia. *Ele sabia.* Ele sabia o tempo todo.

Ele me usou como uma moeda em um truque, me usou para que pudesse dizer que levou o coração de Mellith para o norte, porque não era mentira.

Respiro fundo, puxando o poder para mim. O fogo na barra do meu vestido se extingue.

Fecho os olhos e me concentro. Quando os abro, deixo meu poder atravessar os encantamentos. Os varapaus se desfazem, espalhados em um campo de galhos e gravetos pretos, formando um círculo ao meu redor. O ar ainda está carregado com o cheiro de fumaça.

— O que você fez? — pergunta Lady Nore, a voz soando estridente.

Os falcões e trolls hesitam. Dois correm até seu rei e tentam despertá-lo de onde jaz.

Bogdana começa a gargalhar.

— Oak — chama Tiernan, tendo alcançado o amigo. — O que está acontecendo com Wren?

Todos me observam agora.

Nicles. Nada. Neca. Isso é o que você é. Nicles Nada Neca.

— Você quer dizer a eles ou eu deveria? — pergunto ao príncipe.

— Quando você... — começa ele, mas eu o interrompo antes que possa formular a pergunta:

— Quando Lady Nore e Lorde Jarel ansiavam por uma criança para ajudar em seus esquemas, Bogdana os enganou. — É minha vez de narrar o conto de fadas. — Ela lhes fez uma filha de neve e gravetos e gotas de sangue, assim como disse que faria. Mas ela a animou com um coração antigo.

Eu me lembro o suficiente da história da Bruxa do Cardo. Olho para Bogdana.

— Mab amaldiçoou você. Estou certa?

A bruxa da tempestade assente.

— Pelo sangue da minha filha, eu nunca deveria prejudicar qualquer um da linhagem de Mab. Apenas Mellith seria capaz de quebrar a maldição. Mas eu não poderia lhe dar uma nova vida sem que me pedissem nem poderia falar do assunto sem ser questionada.

— Você não podia... Isso não pode... — Lady Nore não consegue admitir o quanto foi enganada.

— Sim — digo a ela. — Eu sou o que restou de Mellith. Eu, a quem você torturou e desprezou. Eu, com mais poder do que você jamais teve. Tudo isso ao alcance das mãos. Mas você nunca se preocupou em olhar.

— Mellith. Praga de mãe. — Lady Nore cospe as palavras em mim. — Este deveria ter sido seu nome desde sua criação.

— Sim — concordo. — Acho que você tem razão.

Tiernan agarra o ombro de Oak, incitando-o a se mover. Madoc chama do outro lado da neve. Mas o príncipe fica parado, me observando.

Agora conheço seu jogo e sei quem era o peão. E fluindo através de mim, sinto o poder infinito do nada, da negação.

— Você trocaria sangue Greenbriar pelo seu próprio? — pergunta Lady Nore. — Você poderia ter subjugado toda Elfhame. Mas suponho que seja a mim que deseje subjugar.

— Eu a quero *morta* — rosno, e com não mais do que a força daquele desejo, ela acaba desmembrada na neve. Desmontada. Desfeita, tão definitiva e facilmente como um varapau.

Olho para a mancha vermelha. Para a bruxa da tempestade, cujos olhos pretos brilham de satisfação.

O horror me sufoca. Não havia sido minha intenção... não pensei que aquilo iria... não sabia que ela iria *morrer* só porque desejei. Não sabia que eu poderia fazer *aquilo*.

O desejo de me encolher, de me esconder do que fiz, é avassalador. Meus ombros se curvam, meu corpo se encolhendo sobre si mesmo. Se eu a temia antes, agora minha raiva se tornou algo terrível além dos limites. Agora que consigo suportar toda a dor que já senti e fazer todo mundo senti-la também, não sei ao certo como parar.

Hurclaw se agita. Ou o veneno não era letal, ou a dose foi pensada para Lady Nore e não era suficiente para matar alguém tão maior.

— Liberte Bogdana — digo a Hyacinthe. Ele o faz, removendo as algemas de ferro dos pulsos da bruxa. Sua expressão é cautelosa, no entanto. Será que se arrepende de sua promessa? Eu lhe disse que isso aconteceria.

— Agora pegue o antídoto de Oak e dê ao rei dos trolls — continuo.

Hyacinthe marcha pela neve. O príncipe entrega um frasco do bolso sem protestar, seu olhar ainda em mim.

Leva alguns instantes para Hyacinthe administrar o líquido e mais alguns para Hurclaw se sentar.

Eu me viro para o rei troll enquanto ele cambaleia para se levantar com o apoio de um de seus súditos.

— Posso te dar o que ela não podia. Posso quebrar a maldição.

Ele dá um grunhido de consentimento.

— E em troca você me seguirá.

Hurclaw, vendo a destruição ao seu redor, concorda.

— Aguardo suas ordens, minha senhora.

— Quanto a vocês três — digo, olhando na direção de Tiernan, Madoc e Oak.

É tarde demais para fugirem, e todos nós sabemos. Ninguém pode escapar de mim agora.

Vá, eu poderia lhe dizer, e mandá-lo de volta para a segurança das ilhas de Elfhame, onde pode voltar a ser encantador e amado. Até mesmo um herói, acompanhado do pai e da notícia da morte de Lady Nore. Ele poderia dizer que esteve numa aventura.

Ou posso mantê-lo ali, um refém para forçar Elfhame a se manter afastada.

E meu.

Meu do único modo em que posso confiar, do único modo em que posso ter certeza.

— Herdeiro de Elfhame — anuncio. — Ajoelhe-se.

O príncipe Oak se ajoelha com suavidade, as pernas compridas dobradas na neve. Até mesmo curva a cabeça com chifres, embora eu suspeite que ache que estou brincando. Ele não está com medo. Acha que essa é minha vingança, humilhá-lo um pouco. Acha que, em dado momento, tudo será como antes.

— Os outros podem ir — continuo. — O general, Tiernan e qualquer falcão que desejar acompanhá-los. Digam ao Grande Rei e Rainha que tomei a Cidadela em seu nome. Oak fica aqui.

— Não pode ficar com ele — avisa Madoc.

Crave seus lindos dentes em algo.

Pego o arreio, retirado da minha cintura quando me vesti para que pudesse tê-lo à mão. O couro parece suave em meus dedos.

— Wren — chama Oak, com uma pontada de medo na voz.

— Não haverá mais traições, príncipe — informo. Ele luta no começo, mas quando sussurro a palavra de comando, ele para. As rédeas assentam em sua pele.

Madoc me encara como se quisesse me cortar em pedaços. Mas ele não pode.

— Você não precisa fazer isso — argumenta Oak, suavemente. A voz de um amante.

Bogdana sorri de onde está, perto da mancha vermelha dos restos mortais de Lady Nore.

— E por que não? Você não é o herdeiro Greenbriar, o ladrão da herança de Wren? — argumenta a bruxa.

— Não seja tola — censura Tiernan, ignorando-a. Ele observa os soldados ali reunidos, os trolls, tudo contra o que teria de lutar se tentasse me impedir, então estreita os olhos. — Jude pode não ter vindo resgatar o pai, mas vai trazer todos os exércitos que for capaz de reunir para lutar com você pelo irmão. Não pode ser isso o que deseja.

Eu o encaro por um longo momento.

— Vá — repito. — Antes que eu mude de ideia.

— Melhor fazer o que ela diz. — Vejo Oak sopesar suas opções e fazer a única escolha real que lhe restava. — Leve meu pai de volta a Elfhame, ou se Jude não revogar seu exílio, para outro lugar onde possa se recuperar. Eu disse a Wren que não partiria sem ela.

O olhar de Tiernan vai do príncipe para mim e então até Hyacinthe. Ele assente uma vez, a expressão sombria, e dá meia-volta.

Alguns dos outros cavaleiros e soldados o seguem. Hyacinthe se coloca ao meu lado.

— Você pode ir com eles, se desejar — informo a ele. — Com Madoc e Tiernan.

Ele observa como o antigo amante ajuda o antigo general a avançar pela neve.

— Até que minha dívida com você seja paga, meu lugar é aqui.

— Wren — murmura Oak, me fazendo virar na direção de sua voz. — Não sou seu inimigo.

Um pequeno sorriso curva os cantos da minha boca. Sinto a ponta afiada dos meus dentes e passo a língua sobre eles. Pela primeira vez, gosto da sensação.

CAPÍTULO 18

Bogdana nos guia até a Cidadela. Hyacinthe caminha ao meu lado. Quando os criados se curvam, não é por mera cortesia. O gesto nasce do mesmo medo que os levou a fazer reverências diante de Lady Nore e Lorde Jarel.

Medo não é amor, mas pode parecer quase igual.

Assim como o poder.

— Escreva para a Grande Corte — exige Bogdana. — Como uma criada fiel, você recuperou os restos mortais de Mab, acabou com a ameaça que Lady Nore representava e libertou o antigo Grande General. E então peça um favor: permanecer aqui em seu antigo castelo e começar uma corte própria. Esse será nosso primeiro passo. Se sua mensagem chegar antes de Tiernan, a Grande Corte pode lhe conceder seu desejo antes que descubram tudo.

Bogdana continua:

— Diga a eles que o príncipe está com você, mas foi ferido. Você vai mandá-lo de volta para Elfhame assim que estiver recuperado e pronto.

Hyacinthe me lança um olhar rápido, como se verificasse se sou a mesma pessoa que desprezava tanto o cativeiro que o ajudou a escapar de um.

Não tenho certeza se sou.

— Não ouse me dar ordens — digo à bruxa da tempestade. — Talvez te deva minha vida, mas também te devo minha morte.

Ela recua com a reprimenda.

Não cometerei os mesmos erros de Mellith.

— Assim que Tiernan e Madoc chegarem a Elfhame, informarão à Grande Corte que estamos mantendo Oak como refém — argumenta Hyacinthe. — Não importa que favor o Grande Rei e Rainha concederam a você, vão exigir a libertação do príncipe.

— Talvez uma tempestade atrase o progresso deles — sugiro, com um aceno de cabeça em direção a Bogdana. — Talvez os ferimentos de Madoc exijam tratamento. Muitas coisas podem acontecer.

Por todo o salão, pássaros ainda estão empoleirados, soldados condenados a serem alimentados por gentileza. A não matar nada ou continuar alados para sempre. Fecho os olhos. Posso ver a magia que os liga. É bem intrincada e se entrelaça em suas pequenas formas emplumadas, amarrando seus minúsculos corações. Levo um momento para encontrar os nós, mas quando o faço, as maldições se dissipam como teias de aranha.

Com suspiros e exclamações de êxtase, os falcões descobrem que habitam os próprios corpos de fada mais uma vez.

— Minha rainha! — exclama um deles, repetidas vezes. — Minha rainha.

Com certeza sou mais fácil de servir do que Lady Nore.

Assinto, mas não consigo sorrir. De alguma forma, apesar de satisfeita com o que fiz, aquilo não me comove. É como se meu coração ainda estivesse trancado em uma caixa, ainda enterrado no subsolo.

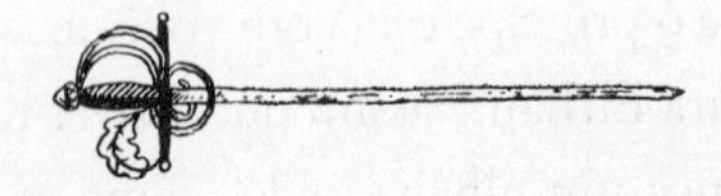

Eu me sinto inextricavelmente atraída pelas masmorras. Ali, em sua gaiola de ferro, vejo Oak deitado sobre as peles que eu havia lhe enviado.

Ele olha para o teto, a capa sob a cabeça fazendo as vezes de almofada, e assovia uma melodia.

Eu a reconheço como uma daquelas que dançamos na corte da rainha Annet.

Não saio das sombras, mas talvez algum pequeno movimento tenha me denunciado, porque o príncipe se vira na minha direção.

Ele estreita os olhos como se tentasse distinguir minha silhueta.

— Wren? — chama ele. — Fale comigo.

Não respondo. Qual o sentido? Sei que com palavras ele me faria comer em sua mão. Sei que se eu lhe der sequer uma oportunidade, criatura faminta de amor que sou, cairei sob seu feitiço outra vez. Com Oak serei para sempre uma flor que desabrocha à noite, atraída e repelida pelo calor do sol.

— Me deixe explicar — implora. — Me deixe me *redimir.*

Mordo a ponta da língua para me impedir de responder. Ele pretendia me manter alheia. Ele me enganou. Mentiu com cada sorriso. Com cada beijo. Com o calor em seus olhos que deveria ter sido impossível de fingir.

Eu sabia do que ele era capaz. Vez após vez ele me mostrou. E vez após vez acreditei que não haveria mais truques. Não haveria mais segredos.

Não mais.

— Você tem boas razões para estar furiosa. Mas você não poderia ter mentido se soubesse a verdade. Eu temia que você precisasse mentir. — Ele espera e, quando não digo nada, gira o corpo e se senta. — Wren?

Posso ver as rédeas de couro lhe cortando as bochechas. Se usar o arreio por muito tempo, vai ficar com cicatrizes.

— Fale comigo! — grita, levantando-se e se aproximando das barras. Vejo o dourado dos cabelos, o contorno agudo das maçãs do rosto, o brilho dos olhos de raposa.

— Wren! *Wren!*

Covarde que sou, fujo. Meu coração troveja, minhas mãos tremem. Mas não posso fingir que não gosto do som de Oak gritando meu nome.

AGRADECIMENTOS

Tenho a sorte de ter recebido muito incentivos e conselhos neste livro.

Sou grata a todos aqueles que me ajudaram na jornada em busca da obra que você tem em mãos, principalmente Dhonielle Clayton, Zoraida Córdova, Marie Rutkoski e Kiersten White, que me ajudaram a esboçar este livro enquanto nadávamos em uma piscina no outono.

Mais ainda, agradeço a Kelly Link, Cassandra Clare, Joshua Lewis e Steve Berman, que me ajudaram a rasgar o manuscrito e costurá-lo novamente no inverno (e várias outras vezes). E a Leigh Bardugo, Sarah Rees Brennan, Robin Wasserman e Roshani Chokshi, que me ajudaram a rasgá-lo outra vez no verão.

Agradeço também às várias pessoas que me dirigiram uma palavra gentil ou um conselho muito necessário, e que vou me martirizar por não incluir aqui.

Um enorme obrigada a todos da Little, Brown Books for Young Readers por retornarem a Elfhame comigo.

Obrigada em especial a minha incrível editora, Alvina Ling, e a Ruqayyah Daud, pela abordagem inestimável.

Obrigada a Nina Montoya, que me deu diferentes perspectivas.

Obrigada também a Marisa Finkelstein, Virginia Lawther, Emilie Polster, Savannah Kennelly, Bill Grace, Karina Granda, Cassie Malmo, Megan Tingley, Jackie Engel, Shawn Foster, Danielle Cantarella e Victoria Stapleton, entre outros.

No Reino Unido, obrigada a Hot Key Books, particularmente a Jane Harris e Emma Matthewson.

Obrigada a Joanna Volpe, Jordan Hill, Emily Berge-Thielmann, Pouya Shahbazian, Hilary Pecheone e a todos da New Leaf Liter, por facilitar as coisas difíceis. E a Joanna, Jordan e Emily, por ir muito além, lendo este livro e me fornecendo um bando de notas críticas — em ambos os sentidos da palavra.

Obrigada a Kathleen Jennings, pelas ilustrações maravilhosas e evocativas.

E obrigada, sempre e para sempre, a Theo e Sebastian Black, por manterem meu coração seguro.

Este livro foi composto na tipografia Adobe
Garamond Pro, em corpo 11,5/16, e impresso
em papel off-white no Sistema Cameron
da Divisão Gráfica da Distribuidora Record.